KEITAI
SHOUSETSU
BUNKO SINCE 2009
野いちご

真実と嘘
~Truth or Falsity…*~

うい。

JN167721

○STARTS
スターツ出版株式会社

カバー・本文イラスト／架月 七瀬

――真実か、嘘か――

「……もう私は仲間なんていらない」
青嵐の元姫
悪い噂だらけのワケアリ少女
花崎 日向
Hanazaki Hinata

×

「もう一度、人を信じろ
　――俺らは絶対に裏切らない」
青嵐と敵対関係の暴走族
白龍
Hakuryu

噂の中の偽物の私に
騙されないで
ここにいる本当の私を
信じてくれる？
――もう一度、人を、
信じてみてもいい？

登場人物紹介

花崎 日向（はなざき ひなた）

青嵐の元姫。のちに白龍の下っ端。明るくて前向きな性格、基本ハイテンション。

将門 伽耶（まさかど かや）

日向の親友で、白龍の下っ端・将門忍の妹。感情を表に出すのが苦手。

青嵐

高野 中哉（たかの なかや）

青嵐の総長。俺様でクール。柚姫のことが好き。

篠原 柚姫（しのはら ゆずき）

嘘で日向から姫の座を奪った、青嵐の現姫。

須佐 光（すさ ひかる）

青嵐の下っ端。優しい好青年。真実を知っている…？

藤代 茜(ふじしろ あかね)

白龍の幹部。日向を学校で助け、仲良くなる。意外とウブで甘党。

菅田 美影(かんだ みかげ)

白龍の総長。クールで無表情。……だが、魚貝類(特にエビ)に目がない。

中森 幹生(なかもり みきお)

白龍の幹部。元気でうるさいくらい明るい。人には言えない過去がある…?

吉田 朝陽(よしだ あさひ)

白龍の副総長。みんなのお兄さん的存在。

松本 隆(まつもと たかし)

白龍の幹部。PCが得意な中二病患者。

☆ contents

1章

噂の中の私	10
話し相手	44
とある倉庫side	59
とある事件	64
不正解　青嵐・茂side	70
"助けて"　日向side	75
私と彼ら	83
白龍	94
約束の1週間	122

2章

ソレの始まり	140
文化祭準備スタート	165
始まりの鐘は鳴った	216

3章

少しの変化	224
ピンクの素顔とサマーバケーション	234
ミッキーの過去　幹生side	249
前進　日向side	256
夏旅行前の、一波乱	269
裏での*Little Movement*　伽耶side	292
とある夜の路地裏side	297

4章

夏旅行　*+.First day.+*	302
夏旅行　*+.Second day.+*	331
彼の記憶　茜side	345
彼と私とあいつらと	367
合図	379
鳴る、動揺	397

5章

青と白と影	402
傷ついたように甘やかす	416
日向の影	425
少しずつ	445
嵐の前の	457
その音ですべては加速する	474

6章

交戦	486
立っているのは	495
みんなの不安	510
白と不安　タカside	515
そしてやっと走りだす	519
Truth or Falsity	526
そして私たちは	540
あとがき	548

1章

なんでこんなことになったんだろう。
私……なんかしたっけ?

噂の中の私

　——ガラッ。
　いつもどおり、教室の扉を開けて中に足を踏み入れた。
　そうすればこれもまたいつもどおり、にぎやかだった教室は私の方を見て、静かになる。
　ピタリ、何もかもが止まって、私の方を見ていた生徒は気まずそうな顔をして床に目線を落とす。
　でもそれは本当に一瞬で、またみんなは何事もなかったように話しはじめた。
　……まるで、私がココに存在していないかのように。
　窓側のうしろから２番目の席、そこだけを目指して歩いていく。
　凍りついたような、なんともいえない教室の空気とは裏腹に、明るくて天気のいい窓の外。
　カバンを置き、席についてぼーっと窓の外を眺める。
　ふと、この一連の流れが最近では当たり前になってるなんて思った。
　気づくと"あの出来事"から、２週間経っていて。
　無視されて、どこにも居場所がなくなって２週間。
　たかが２週間。されど２週間。
　最初は傷ついたりもしたけど。今はもう何も感じない。
　——いや、ちがうか。
　無理やり、傷ついてるのをしまいこんでるんだと思う。

心の奥底に。

私の名前は、花崎日向。

ちなみに高校２年。

私が通っているのは青風高校って高校で、いわゆる不良校ってものだったりする。そして高校の男子は、青嵐って暴走族に所属している人がほとんど。

ていうよりも、青嵐が青風高校を中心とした族って話なんだけど。

中でも、この高校のリーダー的な存在で特に目立っている人たちが……。

「キャー！」

「ヤバイ!!　中哉くんたちきたよっ！」

「海くん、かっこよすぎ！」

「茂、今日遊べる？」

「歩くん！　これ受け取ってぇ！」

「夕くん眠そうなんだけど！　最高！」

——青嵐の、幹部たち。

総長の黒髪でクールな、高野中哉。

副総長の茶髪の爽やかイケメン、坂咲海。

幹部のオレンジヘアでチャラ男な、夏下茂。

幹部の赤髪の小柄でかわいい、高原歩。

幹部の金髪でいかにも不良な、傘村夕。

毎朝女子たちに騒がれながら登校してくる。

ちょうど窓から見えたその光景。

本人たちは嫌そうなんだけど、叫ばれるのも無理ないと

思う。みんな整った顔立ちしてるし。
　そして、そのうしろに視線を滑らせれば、
「ちょっとぉ！　みんな待ってー！」
　茶髪ロングをゆるく巻いている美少女。
　彼ら暴走族の姫、篠原柚姫。
　見た目も名前も、姫っぽい。
　……なんて、私にはもう関係のないことだけど。
　そんなことを思い、そこから目をそらせば、近くにいるギャル３人組の会話が聞こえてきた。
「……あー、姫ウザっ」
「だよね、何ぶりっ子してんのって感じなんだけど!!」
「……けど前の姫よりは、ね～？」
「うんうん、だんぜんいいっしょ！　だって前の姫って中哉様たちの前ではいい子ぶってて、裏では今の姫のこといじめてたんでしょ？」
「人はみかけによらないよねぇー」
「ねぇ～」
　３人で目配せしながら、わざと私に聞こえるように言っているのがバレバレすぎて、嫌になる。
　彼女たちが言っているのは、十中八九〝あの出来事〟のことで、胸の中が、ムカついてきてしょうがない。
　……部外者のくせに。何も、知らないくせに。
　自分たちのことを棚に上げて、こんな時だけ善人ぶるなんて、どれだけずる賢く生きれば気が済むんだろう。
　募るイライラに、我慢ならずギャル３人をにらめば、私

と目が合った瞬間3人はあわてて私から視線をそらした。
　もちろん、3人は私にビビってるとかそういうのじゃない。
　私と目を合わせちゃダメっていうのが、この学校の暗黙のルールだからだ。
　──正確に言うと、私はこの学校ではいない存在にするっていうルール。
　これもいつの間にかできあがっていた、暗黙のルールだけど。
　まぁ、しかたのないことだよね。
　だって、私が青嵐の……最低な前の姫なんだから。
　学校の生徒から見た私は、
『幹部に気に入られた新参者の女に嫉妬していじめたけど、それが幹部にバレて姫をやめさせられたバカな女』
　ってとこだろう。
　──真実は、ぜんぜんちがうのに。
　でも、誰も本当の私を信じてくれる人なんていない。
　仲間だった中哉たちも、結局は信じてくれなかった。
　それで私は、仲間に見はなされたんだ。
　──まだ中哉たちは、私のこと最低なやつだって思ってるんだろうなぁ……。
　そう考えた時に、ズキッと胸が痛んだ気がしたけど、私は自分の心に知らん顔をした。
　席に座ってぼーっとしながら、なんとなくまだ姫だった時のことを思い出す。
　よくよく考えれば、私の人生の中で一番輝いてる思い出

かもしれない。
　モノクロの私の人生の中で、唯一色がついた時だった。
　楽しかったなぁ、あの頃は。
　誰にも認めてもらえなかった私。
　生きる意味も死ぬ意味もなくて、許されないことをした過去がある。
　なのに、はじめて人に信じてもらえて、認めてもらえて、仲間になって……。
　でも、そんなのは一時の夢だった。
　あざやかだった思い出も、これからもこうやって笑っていられると思った思いも。全部、夢。
　あの時、あの子に……すべてを壊された。

　少し前の話。
　私は高１の時に彼ら、──青嵐の姫になった。
　私の背負ってた過去も聞いてくれて、彼らの過去も少し話してくれた。
　私は、俺様でクールだけど本当は優しい中哉がひそかに好きだった。
　もちろん、みんなが私のことを仲間としか見てないのも知ってたし、私の恋愛感情を知られて気まずくなるのも嫌だから、極力隠し通してきた。
　まぁ、鋭い茂にはバレてたけど。
　近くにいれれば幸せだったし、この恋が叶ってほしいなんて微塵も思ってなかった。

私の生きがいは彼らだと言っても過言ではないくらい、私は彼らを信用してたし、好きだった。
　　——初めてだったんだ。
　　仲間ができたのも、自分を信じてくれる人ができたのも。
　　でもそんなのは、あっけなく崩れた。
　　……2年生の春、篠原柚姫が転校してきたことで。
　　中哉が、彼女を気に入ったらしく、倉庫に連れてきた。
　　——それが始まりの合図だったと思う。
『あ！　その子転校生ちゃんじゃん！』
『ほんとだ！　なんで中哉が連れてきてんの??』
『気に入ったから。べつにいいだろ。……日向仲よくしてやってくれ』
　　気に入ったから、そう言った中哉の言葉で胸がドクンとうずいた。
　　普段、無表情な中哉の顔がほんの少し、本当に少し、ゆるんだ。
　　戸惑いを隠せないまま、顔をうつむかせて返事をする。
『……うん』
　　中哉が篠原柚姫を見つめている目を見て、あぁ、好きなんだってわかってしまった。
　　心がチクリと痛む。
　　……ダメダメ、私はただの仲間なんだから応援しないと。
『よろしくねっ、柚姫ちゃん！』
『あ、うん！　よろしくねぇ〜、えーっと……日向ちゃん！』
『げっ！　日向とえらいちがい！　柚姫ちゃんの方がだん

ぜん女の子らしいな!』
『うるっさい! 夕は黙ってて!』
『ふふっ』
　柚姫ちゃんは美少女で、ほわほわしてて女の子らしくて優しくて、中哉が好きになっちゃうのもわかる気がした。
　——でも、ふたりでトイレに行った時、柚姫ちゃんは豹変したんだ。
　ニコリともせず、無表情。
　横でへらへら笑ってひとりで話してた私は、そんな柚姫ちゃんの様子に戸惑って。
『……具合でも、悪い?』
　かけた言葉に返事は返ってこない。
　柚姫ちゃんが手を洗っている水の音が、ただジャージャー響くだけ。
　なんだろう。
　これから起こるよくない何かを予測するようにドクンと鳴る心臓と、水の音がリンクする。
　胸の中にもやもやが広がる。
　——キュッ。
　水道を止めた音が聞こえて、無表情の柚姫ちゃんが私の方を向く。
『ねぇ、アンタさ。中哉のことが好きなの?』
　低くて、威圧的で、誰の声なのかまったくわからなくなった。
『え……?』

『残念、中哉は私のことが好きだからさー。いさぎよくあきらめてよ?』

　そう言いながらケラケラ笑う柚姫ちゃんは、さっきまでとは真逆の雰囲気になっていた。

　ドクン、ドクン、心臓はよけいにうるさくなる。

『柚姫ちゃん……?』

　この子は、本当にあの子?

『てゆーか、あんなに男がいるのに誰もあんたのこと好きにならないって、女として見られてないんじゃないの?』

　戸惑いつつも、整理がついてきた頭でなんとか口を開いた。

『……べつに見てほしいとも思ってないよ。私たちは仲間で、仲間以上にはならないから』

『ふーん……。じゃあ、5人とも私が落としてあげるね? 中哉は私のこと好きになったからー、あと4人。みんなが私のこと好きになったらアンタから、……姫の座を奪ってあげるね?』

　何、言ってんの……?

『は? なんで……』

『私、欲しいものは何をしてでも手に入れるタイプなの。彼らも、姫の座も……ね?』

　そう言って、トイレから出ていった篠原柚姫を私は甘く見ていたんだ。

　姫の座から簡単に降ろせるわけないと。

　彼らが好きになるなんてありえないと。

　……でも、たった2週間。

どんな手口を使ったのかなんて知らないし、知りたくもないけど、気づいたらみんなが篠原柚姫を好きになってた。
　青嵐の倉庫に行っても、私はいらない存在。
　誰も話しかけない。
　篠原柚姫を自分に振り向かせようと必死になっている。
『送っていってあげるよー』
『明日教室まで迎えにいくから待ってろ』
　私に向けられていた言葉は、篠原柚姫に向けられた。
　総長や幹部がいる部屋に、ひとつ増えたイスは彼女の存在を認めるもの。
　姫でも、幹部でも、ましてや仲間でもない彼女の。
『ゆーちゃんゆーちゃん、トランプしよーよ！　だからこっち来て！』
『はぁ〜？　ひとりじめ？　そんなの許さないよ〜。柚姫ちゃんは俺と今からイイコトするんだもんね？』
『バッカじゃねーの、この18禁サル。オイ柚姫そんなヤツほっといて俺とコンビニ行こーぜ』
『お前はふたりになりたいだけだろ。柚姫ちゃん紅茶入れたからこっちおいで、中哉がケーキ買ってきてくれたぞ』
『俺が食わしてやろーか、柚姫』
　これが最近の当たり前。
　そして私はその輪から少し離れたところで、音楽を聴(き)いてるかスマホをしてるか課題をやってるかって感じで。
　だって私は姫のはずなのに、まるで私が部外者で……。
　ココにいちゃいけない人みたいで。

痛い、胸が。ちぎれそうではりさけそうで、どうしようもないくらい。
　目の奥からこみあげてくる熱い何かをせき止めるように、ぎゅっと、目を閉じる。
　大丈夫、私の居場所はまだココにあるよって言いきかせる。
『あー、そういや日向は？　あ、いたお前もこっち来てケーキ食うか？』
『……んーん、へいき』
　声が震えた。気づく可能性もないのが唯一の救い。
　なんで、ダメだ泣くな。
　ただでさえ私の居場所はなくなりかけてるのに。
　めんどくさいヤツだって、捨てられる。
　居場所が、なくなる。
『ちょっと、外……出てくる』
　ゆがむ視界と流れでそうになる涙と、崩壊してしまいそうな私の心と顔。ゆっくり部屋を出て、顔をうつむかせながら外に向かって全力で走りぬけた。
『日向さんこんにちは』にこやかにあいさつしてくる下っ端の彼らを無視して、走る。
　私の中の何かが崩れてしまう前に、そう思いながら倉庫を出て裏にある大きいドラム缶に背中をもたれかけた。
『……ふ、ぅ。ぁ……ひっく、うー……』
　なるべく、声を出さないように、口に両手を押しあてて、目からとめどなく涙がこぼれた。
　もたれかけていた背中はずるずる落ちていって、立って

いられなくなって地面にへたりこんだ。
　痛い、喉(のど)が焼けるように痛い。
　ぎゅーってにぎられてるみたいに心臓が痛い。
『うー……っなんで、私の……』
　なんで……なんで私の大切なものも、居場所も、奪っていくの……？
　夕焼けに染まっていた空が、黒になって星が出てくるまで、私はその場所で泣き続けた。
　泣きやんでから、ぼーっとしていた私は足に力を入れて立ちあがった。
　……いいかげん、戻(もど)らないと。
　息を吐いて立ちあがり、倉庫裏から歩きはじめると下っ端のひとりと鉢合(はちあ)わせしてしまった。
　きっと私が泣いてるのを見ちゃったんだと思う。
　困ったように笑いかけてくれて、私も、眉(まゆ)を八の字にして苦笑いを返した。
　そして、幹部たちの部屋の前まで戻った。
　荷物をとって帰ろう、そう思ったけど中から聞こえてくる騒がしい声に一瞬足が止まった。
　目は見られないようにしよう、たぶん赤いから。
　扉を開けて、うつむきながら自分の荷物のところまでたどり着いて、……あやうく笑いそうになってしまった。
　だって、誰も私のことなんか見てなかった。
　目を見られないように、だなんて自意識過剰(かじょう)だったかもね。
　ギャーギャー騒ぎながら、誰が篠原柚姫を送るかで争っ

ている彼らに背を向けて私は静かに部屋を出た。

恋すると人はここまで周りが見えなくなっちゃうんだ。

……変わっちゃうんだ。

これじゃあ私、名前だけの姫だよ。

でも名前だけでも、彼らのそばにいたかった。彼らのそばを離(はな)れたら私を認めてくれる人もいなくなるから。

姫をやめたら、彼らに出会う前の私に戻ってしまう気がしたから。

認めてくれる人も、信じてくれる人もいない、彼らに出会う前のひとりぼっちの私に。

そんなの嫌だ。ひとりになってしまう恐怖(きょうふ)と、執着心(しゅうちゃくしん)。

もう相手にされてなくても、すがりつきたかったんだ。

私の生きがいは……仲間は、そんなもろいものだと思いたくなかった。

それからはずっと、いつ篠原柚姫に姫の座を奪われてしまうのかと怖(こわ)がって過ごしてた。

――でも……私の、"名前だけの姫"も終わり。

私はあの日、ひとりになった。

あの日は掃除があって、少し遅れて倉庫に行った。

入った瞬間、軽蔑(けいべつ)するような目をみんなに向けられて、わけがわからなくなって。

混乱する中で視界に入ったのは、傷だらけのボロボロの篠原柚姫だった。

どうしたの……？

私を見た瞬間、篠原柚姫はガタガタ体を震わせて、涙を

流す。
　……な、に？
　そんな篠原柚姫をみんなは守るように囲んで、私をにらみつけた。
　——え？
『……柚姫を傷つけたの、お前なんだろ』
　ねぇ……何、言ってるの？
　まったく理解できない。……私が篠原柚姫を傷つけた？
『……は？』
『コイツが言ってんだよ。今まで柚姫がケガしたのも嫌がらせされてたのも、全部お前のせいなんだろ？』
　……夕？　何言ってんの？
　なんで篠原柚姫の言ったこと信じてんの？
　……なんで。なんでよ。
『ちがうっ！　私、そんなことしてないよ!?』
　なんで信じてくれないの？
　涙をこらえて、震える声で否定する。
　でも、そんな私を見ても、みんなの軽蔑するような目は変わらない。
『いくら中哉が好きだからって、柚姫をこんなにボロボロにするのはさすがにちげぇんじゃね？　つーか、ありえねぇんですけどー』
　茂の言葉が、グサリと胸に刺(き)さる。
　もしかして、私が中哉のことを好きなこと、みんなに話したの？

内緒にしてくれるって、言ったのに?

……何それ。ひどいよ。みんなみんな、私のこと、信じてくれないの?

私、やってないってば。

『悪いけど、姫やめてもらえるかな?』

……やってないってば。

はじめて向けられた海くんの冷たい目線に、ズキンとまた胸がうずく。

それと同時に、目頭が熱くなった。

……ダメ、泣くな。泣くな。

『……姫を、やめる?』

『そう。悪いけど、ゆーちゃんを姫にしようと思ってるから。ひなちゃんがそんなことする子だと思ってなかった』

あゆ、む。

——みんな、私を信じてはくれないんだ。

……これが、篠原柚姫の計画か。私から、姫の座を奪うための。

恋は人を変えてしまう、そのことを篠原柚姫は知っていたんだ。

そして、その篠原柚姫の計画にみんなはまんまとのせられて、騙されてる。

1年間仲間だった私のことよりも、最近現れたばっかりの好きな人のことを信じちゃうんだね。

でも私、姫じゃなくなったら、せっかく見つけた、自分の存在する意味、なくなっちゃう。

『みんな信じてよ……。私、やってないよ？　その子が嘘ついてるんだよ!!?』

『……は？　ふざけるのもいいかげんにしろよ……!!　俺らはお前に騙されてた。そんな最低なヤツが今まで仲間だったなんて虫酸がはしんだよ』

『柚姫ちゃんが嘘をついているようには見えない。いいから出てって、倉庫から』

　なんで、なんでっ……!?

『ねぇ、中哉！　信じてくれるでしょ？　ねぇっ……!!』

　信じてくれるって言ったじゃん。

　認めてやるって言ったじゃん。

　私のこと認めてくれたのも、信じてくれたのも、中哉たちだけなのに。

『お前のことなんかもう仲間とも思ってねぇよ。……出てけ。倉庫から。──もう、一生入ってくんな』

　信じてくれなかったら生きてる意味、また……なくなっちゃうじゃん。

『なんでっ……！　信じてよ中哉っ!!』

『……っ、いいから出てけっつってんだろ!!!』

『いっ……!?』

　──飛んできた中哉の足が私のお腹に入って、一瞬何が起きたのかわからなくなった。

　あまりにも強い衝撃に、私は倉庫の外に体を打ちつける。

　はは、手かげんされてても、まさか、中哉に蹴られるとは思ってなかったよ……。

『……うっ……』

蹴られたお腹に鋭い痛みが走る。

倉庫の外に蹴りだされた私はそこにうずくまって、動けない。

開いていたシャッターが、どんどんどんどん閉まっていく。

『……おねがい、信じてよ……!』

私の必死の叫びは、ガシャンと閉まるシャッターの音にかき消された。

次の日には、もう話は広まっていて、私は今の姫をいじめた最低な前の姫。そんなレッテルが貼られていた。

そんな私に話しかける人もいない。

というより、私と仲よくして、青嵐の幹部に嫌われるのが怖かったんだと思う。

私の存在を無視して、いない存在にする。

──気づいた時には、すでに暗黙のルールになっていた。

──姫だった時のことは、一時の夢で、今が夢から覚めた現実。

私は、仲間なんてつくっちゃいけなかった。

……私は、幸せになっちゃいけないんだよ。

だって私は許されない過去が──。

そこまで考えて、ハッとする。

また思い出しちゃった、ダメだ。

バカみたいに思い出して、泣きそうになってしまう。

姫をやめてからの、悪いくせだ。

……気分変えよう。

　さっと席を立ち、トイレに行く。

　よかった、誰もいない。

　誰かいたら、めんどくさいことが起こるか気まずくなるかのどっちかだし。

　トイレの鏡の前に立って、私は前髪を止めてあるピンをつけ直した。

　いつもどおりの髪形、ポンパドールの形を整えて、胸くらいまでの黒髪ストレートを軽くとかす。

　制服を整えて扉の前で、フーッと息をはいた。

　……よし、気分落ち着いた。

　ガチャッと扉を開き、トイレを出る。

　授業が始まる少し前だからか、廊下には人がぜんぜんいない。

　でも、少し廊下を歩いたところで、鉢合わせしてしまった。……青嵐の幹部たちに。

　私は、中哉たちの顔を見るのがどうしても怖くてうつむいてしまう。

　うつむいたまま１歩も踏みだせないで止まっていると、中哉たちは平然と歩きだした。

　よ、よかった。はやく通りすぎて……。

　ホッとしたのもつかの間、彼らの足が私の前で止まった。

　ドクン、胸が激しく鳴る。なんで……。

「怖くて俺らの目も見れねぇの？」

　いきなり発せられた声に、ビクリと肩が跳ねる。

……ケンカの時以外で、聞いたことない。茂のこんな冷たい声。
「そりゃそーだよな。柚姫のことあんなにボロボロにしといて、俺らに合わせるツラもねーもんなぁ？」
「今でもゆーちゃんのこといじめてるの、あんたでしょ」
「……何が不満なの？」
　茂、夕、歩、海くん、ちがうよ。……ちがうんだって。
「……私じゃない」
「はぁ……。まだそんなこと言ってんのかよ。お前じゃなかったら誰なわけ？」
「……あの子の、自作自演」
「……苦しまぎれもいいかげんにしろよっ……！　ふざけんな！」
「ゆーちゃんは、そんなことしない……！　姫に戻りたいからって、変な嘘つくな！」
　……やっぱり信じてくれないよね。
　もう、なんて言っても、信じてくれないのは目に見えてる。
　……みんな、騙されちゃってるよ。あの子に。
「あ！　いたいた！　みんなぁ！　探したんだからねっ！」
「柚姫！」
　篠原柚姫に、騙されてるよ……。
「な、んで、その子がいるの……？」
　すごい演技だと思う。
　私を見た瞬間、ガタガタ体を震わせて、目を潤ませている。
　あわてたように、茂、夕、歩、海くんは篠原柚姫に駆け

よった。
　他の場所へ行こうと声をかけて、篠原柚姫と４人の幹部がどこかに立ち去る。
　でも、目の前から中哉が動かない。なんで……？
　うつむいてた顔をあげる。パチ、中哉と目が合った。
　冷たく軽蔑するような目から視線を外せない。
「なぁ、もう柚姫に関わるのやめろよ」
　ねぇ、もう。ねぇ、いいかげんにしてよっ……。
「何それ……私のこと疑ってんの？　やってないってば！」
「お前じゃなかったら誰なんだよ！」
「他にもいるでしょ!?　女子なんかいっぱいいるじゃん！」
「柚姫が言ってんだよ！　お前と別の人を見まちがえるわけねーだろ！」
　握った拳が、震える。なんでかな、悔しい。
「……みんなして、なんで篠原柚姫のこと疑わないの？　あの子が嘘ついてるとは思わないの……!?　……みんな変わっちゃったね、私の話に耳を傾けてもくれなくなっちゃった」
「……変わったのはお前だろ。……ちがうか。もとから最低な奴だっただけか。お前みたいに、柚姫をちゃんとわかってねぇヤツが柚姫を悪く言うんじゃねぇよ」
"もとから最低なヤツだった"
　今まで仲間とか言ってたのはどうなったの？
　もとから最低なヤツだったって、何……？
　……篠原柚姫のことを、ちっともわかってないのは。
　自分の恋に溺れて、仲間だった人のこと疑うほど最低な

のは。
　仲間だった人の言葉も耳に入れられなくなったのは。
　最低なのは、あんたたちの方でしょ……？
　……いやだ。
　なんだろ、中哉の言葉で一気に感情が冷めていく。
　すがるように中哉を見つめていた目が、どんどん冷たい目に変わっていくのがわかる。
　また仲間に戻りたいと思っていた気持ちが、こんなヤツらと仲間だったなんて気持ち悪いという嫌悪感でいっぱいになる。
　仲間だなんて言ってても、好きな人にひどいことをしてると知ったとたん、根拠なんかなくても手のひらを返す。
　恋に溺れて周りが見えてないのは自分じゃんか。
　なんで。こんな人たちと一緒にいるのが楽しいなんて思ったんだろう、私は。……バカみたいだ。
「……なんかもう疲れた。篠原柚姫をいじめたのもボロボロにしたのも全部私だよ。私がやりました。……これでいいんでしょ？　満足でしょ？　だからもう金輪際、私に話しかけないで。……教室に戻るから。そこどいて」
　気づけば、さっきよりも数倍冷たくて低い声が口から出ていた。
　自然と、冷たい声しか出ない。
「……ひなた？」
　私のいきなりの豹変ぶりに、中哉の少し戸惑ったような声が耳に届いた。

でも、もう、そんなのを聞いてもなんにも思わない。
　心がありえないほど、冷たい。
　頭の中でリピートされるのは"もとから最低なヤツだった"って言葉。
　ズキン、ズキン、本当は壊れそうなくらい痛い胸。
　嫌悪感でいっぱいなのに、なぜかその言葉が頭でリピートされるたびに傷ついてる自分もいて。
　感情が入り混じってわからなくなる。
「はやく。どいてよ」
　冷たく、冷たく言いはなつ。
　彼らが何を言っても私を信じてくれないのを見て、彼らへの執着していた気持ちからやっと我に返ったような感じもするけど。
　──なんでなのか、ズキズキ胸は痛んで。
　私は仲間なんてものつくっちゃいけない。一生、過去の重みを背負っていかなくちゃいけない。
　──頭では理解してるけど、心のどこかでやっぱりひとりになることを怖がっている。
　どこかで、仲間を欲してしまっている。
　頭の中と、心が、一致しない。
　ぐちゃぐちゃに入り混じった感情はどうしようもなく私の心を荒らしてく。
　ただ、青嵐の前で弱さなんか見せたくないから、ぜんぜんどかない中哉にため息をついて、よけて通りすぎる。
　通りすぎる時に見た中哉の目は、何か言いたそうだった。

冷たくなった感情。

彼らに、青嵐に出会う前の私に、頭の中だけは、戻った気がする。

あんなに本来の私に戻りたくないって思ってたのに、案外あっさり戻ることができて不思議なくらい……。

——いや、嘘だ。頭では理解してるけど、1回居場所と言うものの居心地のよさを知ってしまった心が、仲間と言う温かさを知ってしまった心が、裏切られてもまだ、"それ"を欲している。

心が、前みたいに戻れていない。こんなんじゃ、ダメだ。

グッと下唇を噛んで、なんとなく来ていた屋上の扉に手をかける。

ギイッと、鈍い音が鳴って中に足を踏みいれた時、

「——大丈夫!? 柚姫、落ち着いて」

突然聞こえた声に、とっさに死角になってるところに隠れた。

……バレてないよね？

そっと影からのぞいて、私の存在がバレていないことに安堵のため息をもらす。

さっきどこかに立ち去った、青嵐の幹部の4人と篠原柚姫。

まさかここにいるなんて。……しくじった。

「うっ……ひっく」

「大丈夫だから、ね？ 泣きやんで、柚姫ちゃん」

「みんな、ほんとに日向ちゃんとはもう何もない……？」

「ほんと！ 大丈夫だから信じろよ柚姫。俺らはあいつの

ことなんか大っ嫌いだっつの」
「さっきだって、白状させようと思ってしゃべってたんだよ〜。だからほら、泣かない泣かない」
「そ、なの……？　私のコト殴(なぐ)ったこととか自分から白状してくれた……？」
「それがさ〜、ぜんぜんなんだよね〜。あげくのはてに柚姫ちゃんが自作自演してるとかほざいてて。性格悪すぎでしょ？」
「ひっく、そんなことしないのにっ……。日向ちゃんひどいよ……」
「ゆーちゃんのこと誰も疑ったりしないからな！」
「本気でどーすんの？　あいつ。次はかなかったら罰(ばつ)が必要なんじゃね？」
「ん〜、次もし柚姫ちゃんのこと悪く言ったり認めなかったり、生意気な口利(き)いたらいっぺんシメとこっか」
「ちょっと乱暴するけど、柚姫ちゃん許してな」
「う、ん……。怖いけど、みんな私のためにやってくれてるんだもん。ありがと！」

　篠原柚姫が、おかしさをこらえきれない、というような笑顔でニッコリと笑った。
　──でも、彼女に心を乗っ取られている彼らは、それに気づかない。
　……はは、なんだかなぁ。私、なんもしてないじゃんか。
　私のことを、信じてくれなかったのは、あんたたちじゃんか。

なんでそこまで言われなきゃいけないんだろう。
　口から笑いがあふれそうなのとは裏腹に、心臓がまた、痛くなる。
　……こいつらのことなんかで、もう傷つきたくないのに。
　ねぇみんな。大嫌いって、性格悪いって……この間まで仲間だったんだよ、私。
　私、あんたたちといる時、そんなに最低だったかな。性格悪かったかな。
　私は、あんたたちといる時が一番優しくなれてると思ってたんだけど、カンちがい、だったのかな？
　ズキズキ痛む胸に手を当て、うつむくと、視界がゆがむ。
　目の奥が熱くなって、じわりじわり、涙がこみあげてくる。
　あいつらのことなんかもういいって、さっき思ったはずだったのに。
　あいつらのことで泣いて、私バカじゃんって思ってるのに。
　でてくる涙は、止まらない。
　それでも、このまま涙を流すのはあいつらに負けたみたいで悔しくて。
　誰が見ているわけでもないけど、せめてもの抵抗(ていこう)で、目にたまった涙をこぼさないように必死にこらえる。
　そしてそのまま屋上から出ようと扉に手をかければ、
「……で。そこに誰かいるよね」
　突然の茂の声に、ビクッと肩が揺(ゆ)れた。
　バレてた……？
　でも私だとは気づかれてないはず──。

「入ってきた時から、バレバレ〜。バカだねー？　……ね、日向ちゃん？」

　気づいてたんだ。気づいてて、ワザとそんなこと言ってたの？　大嫌いって？　性格悪いって？　なんで？　なんのために？

　——もしかして、みんな、ずっとずっと私のことをウザいって思ってた？

　最初から私のこと大嫌いだった？

　べつに仲間になんかしたくなかった？

　あの優しさはつくりもの？

　今の言葉が今まで私に抱いていた本心？

　——私の過去を聞いたから、汚いって思ったの？

　そんなわけないって、わかってるけど。

　グルグル回る思考は止まらない。あんなに優しかったはずなのに。今は彼らが、

「やっぱいるじゃ〜ん。無視すんなっつの。汚い最底の人間のくせに」

　———ありえないほど怖い。

　私のところまで歩いてきて、顔をのぞきこんできた茂。

"汚い"

「……！」

　その言葉に過剰に反応してしまう。

　過去がまた、私の頭にまとわりついて、離れない。

　——ちがう、あの人はいない、あの時とはちがう。

　ちがう、ちがう……けど。顎が、自然と震えた。

「はぁ、はぁ、ぅ」
　苦しい、息、できない——。
「はぁ、は、っ……!」
「は、お前……どうした？」
　話しかけてくる茂の言葉に、返事をする余裕なんかない。
　苦しくて、その場にうずくまる。
　肺（はい）のあたりを握りしめて、もう片方の手でぎゅっと頭を押さえた。
　——痛い、痛い。
　青嵐の仲間になってからは、こんなことなかったのにな。
　ダメだ、青嵐に会ってから弱くなってるね、私。
　全部が怖い。みんながわたしを汚いって思ってる。
　だからみんなは私を嫌うんでしょ？
「はぁ、ぅ、いや、ごめんなさ……」
　頭の中が、過去の記憶（きおく）で埋めつくされる。
　あの人の顔が、見える。
　あの時の光景が全部全部、鮮明（せんめい）に思いうかぶ。
『汚い』
　たくさんの口が動いてそう言う。
　あの時みたいに、水の中にいるみたいに息ができない。
　今はあの時とはちがう。
　わかってるけど、どうしてもあの時と重なってしまう。
　いや、嫌だ。怖い——。
「なぁ、ほんとお前どーした……」
「っい、いや!!　寄らないでっ……!!」

──パンッ!!
　伸ばされた茂の手に、なんでか首を絞められると思って。
　私はとっさに茂の手を払った。
　宙をさまよう茂の手。荒い息のまま、茂の驚いたような顔を見る。
　そして、自分が今何をしてしまったのかに気づいた。
　最低だ、私は。……茂が、一瞬あの人に重なって見えた。
　どうしようもなくなって、思いっきり立ちあがる。
「……!!」
　そして逃げるように、私はその場を走りだした。
　最低だ。青嵐のみんなを最低だなんて言う資格がまるでない。
　そりゃあ、彼らは十分最低だけど、仮にでも仲間だった人と、あの人を一瞬でも重ねてしまうなんて、私が一番、最低だ。
　気づけば旧美術室の前まで来ていて、ふらふら入ってへたりこんだ。
　過呼吸になってすぐに走りだすなんて、なんてバカなことしたんだろう。息がぜんぜん整わない。
「う、はぁ、」
　袋、ない。このまま私、死ぬのかな？
　──しかたない、か。
　朦朧とする意識の中で、そんなことを考える。
　自ら人生を終わらせようとは思わないけど。生きることに未練はないし……。

そんなことを考えてまぶたをさげた時。
　——ガラッ。
「あ？　なんだお前」
　突然開いた扉に、耳に届いた声。
「っ!?」
　びっくりして閉じかけた目を開けて、扉の方に目線を移した。
　誰か、来た？　でも、ダメだ。
　視界がぼんやりして誰なのかもわからない。
「……もしかして過呼吸？　しゃーねーな。俺のお気に入りの場所で死なれても困るし……」
　なんてブツブツつぶやく声が聞こえて、スッと、口もとに袋があてられた。
　何回も呼吸を繰り返すと、なんとか息が整っていく。
　結構な時間が経って、目の前もはっきり見えるようになった頃、あらためて助けてくれた人の方へ体を向け、頭をさげた。
「ありがとう、ございました」
「おう」
　返事が聞こえて、顔をあげて。そして、その人の顔を見て固まった。
　茶髪と金髪の中間くらいのキレイな髪色。片側だけ耳の見えたアシメヘア。さらっとした肌、高い鼻に、二重のキリッとした威圧感のある目。
　うわ、カッコいい……。こんな人、学校にいたっけ？

青嵐の幹部以上の容姿。
　こんなにカッコよかったら、学校で騒がれてそうなのに。
　そう思って、じーっと見つめていると、彼はニヤリと口角をあげ意地悪く笑った。
「見とれた？」
「え、はい！　いや、ぜんぜん!?」
「てゅーか、お前なんで死にかけてたの？」
「……いや、まぁいろいろあって」
　言葉をにごしてごまかすと、聞いた本人はさほど興味もなさそうに頬杖をついて、
「ふーん？　べつにいいけど」
　なんて言いながら、手に持っていたメロンパンを食べはじめた。
　ちょ、調子狂う。
　あ、さっきの袋、パン屋のだったんだ。
　ぼーっと、おいしそうだななんてパンを見つめる。
　……てか、あれ？　なんで私、普通にこの人と話してるんだろう？
　私と話してると、青嵐に目つけられるっていう噂知らないのかな？
　にしても、転校生？　……むしろ誰？
「……いちおう、授業中だよね？　転校生？　何年生？　名前は？」
「あ？　授業中？　知るかっつの授業なんて今年１回も出てねーわ」

「いやいや、いばるなよ！　で、転校生？」
「あーまあな。いちおう今年転校してきた」
　え、今年？　昨日とかじゃなくて今年？
　てことは、転校してきてから1回も授業出てないの？
　えーっと、たしか今日は、6月……。
　転校してきてから、2ヶ月ほど経ってますけど!!
「……それってヤバイんじゃないの？　何年生？」
　いちおうこの学校、テストの成績上位者はそれなりに出席日数ごまかしてくれるけど……。
「2年……あー、何組だったか忘れたわ。ちなみに名前は藤代茜」
<small>ふじしろあかね</small>
「茜……結構かわいい名前だね、見た目に合わず」
　ほんの少し笑いそうになってしまったのをあわてて隠す。
　いや、名前が変で笑ったとかじゃないよ!?　ただもっとこう……いかつい感じかと。
　髪の毛はほぼ金だし、目がキリッとしてるせいか、ものすごく目つき悪く見えるし。
　予想に反してかわいい名前だったから、つい。
　なんて考えながら、チラリ、藤代茜の方を見れば。
「──ヒッ!!」
　もともと悪い目つきをさらに悪くしてにらんできて……こ、怖すぎる。
「次、名前のことに触れたら、ただじゃ済まさねぇからな」
「りょ、了解であります」
　ビビリながら返事をすると、にらむのをやめてくれて

ほっとひと息つく。
　その後、私はあることに気づいて、目を見開いた。
「て、てゆーか、ふ、ふ、ふ」
「あ？　んだよ」
「藤代茜って！　ウチのクラスの不登校の子じゃん！」
「不登校じゃねっつの。ときどき学校には来てんだよ、まぁいっつもここにいるけど」
「……あー、だからあのことも知らないわけか」
　ボソっとつぶやいて安堵する。
　きっとあのウワサを知っていたら、私には話しかけなかったと思うから。
　噂の中の私を知らない人と話すのは久々で、楽しいってちょっと思ってしまった。
　だって向けられる視線が嫌悪とか、軽蔑するようなものじゃないのなんて久しぶりで居心地がよくて。
　息が詰まりそうだったこの学校での生活の中でやっと息ができたような感じがしてしまう。
「は？　あのことってなんだよ？」
「……いつか知ることになるよ」
　できるならば、知られたくないけど。……って、何考えてるんだ私は。
　でも、せっかく私をなんのフィルターもかけないで見てくれる人に出会えたんだから、知られたくないと、思ってしまう。
　でもきっと、すぐに知ってしまうだろう。

「いつかっていつだよ」
「いつかは、いつかだよ」
「……それを知ってたらなんなんだよ」
「きっと、私のこと軽蔑する。知ってたらさっきも絶対話しかけてない」
「……ふーん」
　読めない表情でそう適当につぶやく、藤代茜。
　ねぇわかってるよ、私がバカだって。
　でも、居心地がよくて、ちょっと。ちょっとでいいから、息をつける場所が欲しくなってしまった。
　大丈夫、もう仲間なんていらない。
　べつに誰も信用してないよ。
　ただちょっとだけ、この辛さを癒せる場所が欲しくなってしまっただけ。
「……お願いがあるの。"そのこと" を知っちゃうまで私の話し相手になって。友だちにはならなくていいから。"そのこと" を知ったら、無視してくれてかまわないから」
　——あぁ、私はいつの間にこんなに弱くなっちゃったんだろう。
「お前の "そのこと" が、なんなのかは知らないけど。暇つぶし程度になら話し相手になってやるよ」
「……ほんとに？」
「ほんとだっつの、わざわざ嘘言うわけねぇだろ。あ、それと、しょうがねぇからいちおう聞いといてやるよ。"そのこと" は、本当のことか？　信じていいのか？　それと

も信じねぇ方がいい……嘘か?」
　ニヤリと笑った藤代茜は、私がなんて言うかなんてわかっているんだろう。
　意地悪そうで、優しさを含んだその笑顔に、胸にじわりと何かが広がる。
　……そういう風にされたら、嫌でも期待しそうになるよ。
　信用しそうに、なるよ。
　ダメだって、わかっているのに。
　まるで、今まで誰にも信じてもらえなかった分、全部をこめるみたいな声が、無意識に出た。
「……嘘だよ、全部。全部」
「それだけ知ってれば、べつにいい。あ、名前は」
「花崎……日向」
「ぶっ、日向って、お前もたいがい女子らしいっつー名前じゃあねーな」
　ケラケラ笑う、藤代茜。
　信用、してないよ。
　私の噂を耳にして、私を軽蔑した目で見てくる時が来たって傷ついたりしない。
　なんて……嘘だ。
　ホントは信用してしまいそうで、軽蔑されたらきっと傷ついてしまう。
　そんなことわかってるのに、話し相手だなんて無理やりこじつけてでも、誰かと関わりが欲しくて、ひとりでは生きていけない私は、ものすごく……弱いんだ。

「よろしく、藤代茜」
「茜でいい」
「へへ、うんっ！　あ、学校来る日はメール送って！　この教室来るから」
「……暇つぶしに毎日学校来てやろうか」
「え!?　ホント!?」
「用事ない日は家で寝(ね)てるだけだし。寝てるよりはお前と話してる方が暇つぶしになんだろ」
「やったぁ！　……って、来るっていっても結局午後くらいでしょ？　とりあえず来たらメールちょうだい！　授業サボって行くから！」
「わかった。お前、俺がメール送ってからすぐ来なかったらおごりな」
「何それ理不尽(りふじん)!!」
　でも……傷つくとわかっていながら人と関わってしまった私は、愚(おろ)か者なのかな……？

話し相手

　いつもより、軽い足取り。
　こんなにうれしいのは、こんなに明日が楽しみなのはいつぶりだろう。
　夕焼けに染まっている道を歩きながら、鼻歌を歌ってしまいたくなるくらい。
　――あのあと、茜とはだいぶ仲よくなった。
　ゲームしたりお菓子食べたり漫画読んだりで、結局放課後まで一緒にいた。
　それと、ケンカを教えてもらえることにもなった。
　青嵐の幹部が言ってた、『痛い目にあわせる』みたいなこと……それがもし本当だとしたら、私はあぶない。
　２週間たった今でも、中哉に蹴られたあざは消えてないのに。
　……と、まぁそんなわけで、ケンカを教えてと茜に頼（たの）んだら理由も聞かず、すんなりオッケーしてくれた。
　そこまで考えてハッと我に返った。
　気づいたらあがってた頬にあわてて手を当てて、グイッと思いっきり下にさげる。
　何思い出してニヤニヤしてるんだろう、私……友だちでも、ないくせに。
　"友だちになって"……そう、言えたらよかったのに。
　話し相手じゃなくて、友だちという関係になってしまっ

たら、軽蔑された時の辛さが大きくなるような気がしたから。
　そんなのきっと、結局のところ辛いものは辛い、変わらないのに。
　話し相手なんて言ってしまった私は、相当の臆病者だ。
「あー、ほんっと……弱い」
　ぼそりとつぶやいたと同時に見えてきた、私の部屋があるマンション。
　高級そうでもなく、かといってボロボロってわけでもない、普通のマンション。
　エレベーターに乗りこんで、3階のボタンを押した。
　少しして、チーンというなんともいえない音とともに扉が開く。
　エレベーターから降りた私は、すぐそばにある305号室に鍵をさしこんだ。
「ただいまぁ……」
　誰もいない部屋に向かってそんなことを言いながら、ローファーを脱いで部屋に入る。
　自分のベッドがあるところまでたどりつくと、バフンと勢いよくベッドに突っ伏した。
「…………」
　今日は疲れたなぁ……。
　てゆーか、いつもと同じいつもどおりの日を過ごすんだと思ってた私にとっては、密度の濃い1日だった。
　うつら、うつら、瞬きの速さがだんだん遅くなっていく。
　ちょっとだけ……いやいや、ダメだ。

起きなきゃ……。
「……おき、な、……きゃ」
　　そうつぶやいたところで、私の記憶はとだえた。

『だーるーまーさーんーがー』
　　――パタパタパタ。
『こーろーんーだ！』
　　――ピタッ。
『だーるーまーさーんーがー』
　　――あははっ。
　　――あはははははっ。
　　そして魔法の呪文は響く。
『ターッチ!!』
　　そうすればほら――あのコが、いない。
『あのコを』
　　――やめて。
『汚い』
　　――やだ。
『手が』『あんたの』『どうして』『キタナイ』『汚い』
　　――や……！

「……っや、めてぇぇ!!」
　　はぁ、はぁ、はぁ、荒くなった呼吸はなかなか直らない。
　　苦しい。
　　頭でリピートするさっきの言葉。

「消えてよ、消えて、消えて消えて」
　髪の毛をグシャグシャに握りしめ、頭を押さえた。
　なんでまた、この夢が……。
　青嵐の仲間になってからは、少なくなってたはずのフラッシュバック。
　どうして今になってまた出てきてしまうんだろう。
　何分かして落ち着いてから時計を見ると、10時半くらいになっていて。
　結構寝ちゃったなぁ、なんて思いながら起きあがれば……ぎゅるるるる。
　……そういえば、帰ってきてから何も食べてなかった。
　けど、ご飯を作る気にもなれなくて。
　うーん、なんて考えて、頭に浮かんだのは"あの場所"。
　どうしよう、と一瞬迷ったけれど。
　少し間を空けてからひとりで「……よしっ！」とつぶやいて、軽く身なりを整えて家をあとにした。

　暗い住宅街を抜けると、人でにぎわった繁華街にでた。
　少し歩いた所にある、お気に入りのカフェ。
　その横の小道へ曲がる。そして曲がった所にある、カフェの従業員勝手口とカンちがいされそうな、小さくBAR（バー）と書かれた扉に手をかけた。
　繁華街から見ると、カフェ。小道を曲がったちょっと裏の世界では、夜だけバー。
　──カランカラン

「いらっしゃい」
　それがここ、BAR "JOKER"。
「龍騎さん、久しぶり」
　ちなみにカフェの名前は "ACE"。
　簡単に言えば、建物の中間に壁やらスタッフルームやら食料庫やらキッチンやらがあって、繁華街側はカフェ、路地裏側はバーという風に分かれている。
　カフェにいる人にはバーは見えないから、バーの存在に気づく人はあまりいない。
　落ち着いた雰囲気のお店によく似合う、オーナーの彼が吉田龍騎さん。
　切れ長の目に、短い黒髪をカッコよく分けて、大人の色気を倍増させてるイケメン。
　龍騎さんがいる近くまで歩いていき、イスに座った。
「龍騎さん、メロンソーダとパエリアちょうだい」
「了解。てゆーか、ほんと何ヶ月ぶりだ？」
　私をみてうれしそうに目を細めて笑った後、ちょっと間を空けて困ったように眉をハの字にした。
「……また、嫌な夢でも見るようになったか？」
　やっぱり、龍騎さんは鋭い。
　今日みたいな夢を見て、眠れなかった高１の最初の頃。
　いっつもここに通っていた。
　最初は話しかけてくる龍騎さんも無視して、ひとりでゆっくりしてたんだけど、夢を見て泣いちゃった時に、そのあとバーに行ったら私の赤い目を見て、『泣いたのか？』っ

て心配そうに声かけてきて。

　無視したのに、頭をぽんぽんって叩いて『何があったのかは聞かねぇけど、嫌なことあったらとりあえず泣いとけ』って言われて。なぜかひとりでボロボロ大泣きしてしまったんだ。

　それ以来、龍騎さんは私の心を軽くしてくれる存在。

　まあ、おたがいにおたがいを詳しく知らないんだけど。

　なのになぜか、龍騎さんには心を開ける。

　でも、青嵐の仲間になってからはなかなか来れなくて、かれこれ4ヶ月ぶりくらいなんだ。

　てゆーか、4ヶ月前にこのバーに来た時は嫌な夢でも見るようになったか、なんて聞かなかったのに、前来た時と、今とで私ってそんなにわかりやすいくらいちがうのかな。

　そう思って、私は龍騎さんを見あげて口を開く。

「そんなに私ってこの間と──」

「ぜんぜんちがう」

「……まだ言ってる途中なのに」

　"この間とちがう？"と聞くまでもなく、答えられてしまった。

　言いたいことまで、バレてる。相変わらず、人の心の中を見透かすのが上手だ。

　そんなことを考えながら龍騎さんを見ていると、龍騎さんは表情をゆるめて、

「何があったか知らねーけど、泣くなりわめくなり好きにしていいぞ」

そう言って、他のお客のところに歩いていってしまう。
　──グイッ。
　龍騎さんが、3、4歩あるいたところで、とっさに龍騎さんの袖をつかんで引き止めた。
　手が、少し震える。
　それを隠すようにして、私は握る手に力をこめた。
　床を見つめたまま、口を開く。
「龍騎さんは私の……」
「お前の味方だ」
「……まだなんにも言ってないよ」
　何があったか知らない、なんて言ってるくせに私の欲しい言葉をくれる。
　私の過去を知らないはずなのに、まるで知ってるみたいに、すべてお見とおしとでも言うように、私のことをすぐにわかってくれる。
「……ふふっ」
　やっぱり、この空間もこの人も落ち着くから、好きだ。
　フラッシュバックによってぐちゃぐちゃにされた頭の中が、やっと落ち着いた気がした。
　久しぶりの大好きな空間になごんでいると、すっと横に人影が現れた。
「龍騎の知り合いの子？」
「え、あ、はい！」
　……だ、誰!?
「おれ朝陽。龍騎のいとこだ、よろしくな」

「龍騎さんの……」
　なるほど。言われれば似てるような。
　やわらかそうな栗色の髪の毛。
　龍騎さんのいとこと言うだけあって整った顔立ちで、大人っぽい感じが漂っている。
　ただ、龍騎さんとちがうのは大人っぽさの種類。
　龍騎さんは大人の色気たっぷりで、お姉さんが言いよってきそうだけど。
　それと対照的に、朝陽さんは本当に爽やかな感じ。優しそうだし、面倒見よさそうだし、何より笑顔が素敵だ。
　と、見とれていれば、「名前、聞いても大丈夫？」と声をかけられて我に返った。
「あ、花崎日向です！　高２です！」
　焦りすぎて要らない情報まで提供しちゃったけど、それに爽やかに笑ってくれる朝陽さん。素敵。
「俺の１個下か。……てことは、あいつと同じだな」
「……あいつ？」
　ぽつり、つぶやいた朝陽さんの声が耳に届いて聞き返す。
　そうすれば朝陽さんは私の着ている制服を指さして、
「仲間で日向ちゃんと同じ高校行ってるヤツがいるからさ。高２で」
　と、笑いながら言った。
　でも、そんな朝陽さんの表情とは反対に、私の顔はぎこちなく引きつる。
　一瞬で、現実に引き戻された気分になった。

……噂のこと、きっと知られちゃうだろうな。
　噂と言うフィルターを通して自分を見られないことがうれしくて、気づけばまた、"友だち"と呼べるようなポジションの人をつくろうとしてしまった自分の弱さにあきれる。
　でも、茜といい、朝陽さんといい……。
　今日会う人は、噂を聞いても信じないでいてくれるんじゃないか、と思わせる何かがある気がしてしまう。
「……日向ちゃん？　どうかした？」
　朝陽さんに、心配そうにのぞきこまれて我に返る。
「や、なんでもないです‼　そ、それにしても仲間って……まさか朝陽さん、族かなんか入ってるんですか～？」
　とりあえず話題を変えようと、さっき気になった"仲間"という言い方について、ニヤニヤ笑いながら冗談半分で聞いてみた。きっと部活とかクラブとかの仲間だろうな。
　……けれど、そんな私の顔とは対照的に、今度は朝陽さんの顔が引きつった。……いや、え？　まさか、ね。
　と、そこまで考えたときに、朝陽さんがガタリと席を立ちあがった。
「……っと、悪い日向ちゃん。このあと用事があるからもう行くな？　来週の同じ曜日のこれくらいの時間帯にまたバー来れるか？　今度は龍騎も交えて話そうな」
「あ、はい！」
　朝陽さんの笑顔につられて、返事をしてしまう。……いや、私ももっと話してみたくてとっさに返事をしてしまったという方が正しい気がするけれど。

龍騎さんに声をかけてから扉の外に消えていく朝陽さんの背中を見送って、私はメロンソーダを飲みました。
　——心の中でひそかに、次会う時に噂のこと知られてないといいな、なんて思いながら。
　そのあと、龍騎さんと少し話してバーをあとにして。
　1時を過ぎた頃ようやく私は、いつもとはひと味もふた味もちがう、密度の濃い1日に幕をおろした。

『ピロンピロン』
　次の日、3時間目と4時間目の間。
　ポケットに入れていたスマホが音を立てて。通知を見れば、
【茜：学校ついた。早く来い今すぐ来い】
　と表示されていた。
　その文字を見て、強張っていた自分の顔が少しずつゆるんでいくのがわかる。
　……よかった。来てくれた、本当に。
　だってちょっとだけ不安だったから。
　私の噂をどこかで聞いたら、今日来てくれないかもしれない。
　噂を聞いてしまったとして、私の言った「その噂の内容は嘘」というのを信じてくれる保証もない。
　でもよかった、何はともあれ来てくれた。
【まって今行くから!!!】
　そう高速で打ち、横にかけてあったカバンをとって私は早足に歩きだした。

突然立って、教室を出ていく私にみんなはビックリしたような表情を向けてきたけど、いつもは気になるそんな目線も、不思議とぜんぜん気にならなかった。

　——ガラッ！
「っ、はぁ、茜！　来た！」
「おーはえぇ」
　イスに座っていた茜が顔だけ私の方へ向けて、昨日と変わらない様子でニヤリ、笑う。
　その様子にまたホッと息をつく。
　心を弾ませながら茜とくだらないやり取りをして、無意識にも私の顔は笑顔になっていた。
　それから何分か経って、唐突に「とりあえず食いもん買いに行こーぜ」と立ちあがった茜。
　——気づけば、私たちは学校のすぐそばにあるパン屋さんの前に来ていた。
　茜は、おばあちゃんと楽しそうに会話しながらパンを買っている。
　どうやら、茜のお気に入りのパン屋らしい。昨日私を助けてくれた時の袋も、このパン屋さんのだった。
　ありがとうパン屋さん。
「1個やるよ」
「いいの!?　やった！」
　買い終わった茜がくれたメロンパンを受け取って、光の速さでパクリと食べる。

茜におそろしいものでも見るような目で見られたけど、気にしない。
　ここのメロンパン食べてみたかったんだよねぇ、ふへへへ……。なんて考えていれば、口の中に広がった味に私は目を見開いた。
「……おいしい！　茜！　このパン！　おいしすぎ！」
　けど、目を見開いただけじゃ興奮がおさまらず、茜の腕をつかむと、なぜか茜が顔を赤らめてあわてはじめて。
「やめ、バカ、てめぇ！　公衆の面前でそーゆーことすんじゃねえよ！　痴ぎょっ！」
　……おかげで私の興奮はすぐに冷めた。一瞬だった。
　今なんて？　痴ぎょ？　え？　稚魚？
　……もしかして痴女って言いたかったの？
　てゆーか腕つかんだだけなのに、なんでそんなあわててんの？　ウブなの？　そんな見た目して、ウブなの？
「ぷっ。……あはははは！」
「笑うんじゃねえ！　シメっぞこのデコ女!!」
　顔を赤くしながら悪態をつく茜は、ぜんぜん迫力がない。むしろかわいい。
　……また、新しい茜が見れちゃったな。そんなことを考えて、うれしさから、ふふっと声がもれてしまった。
　──その後、茜と騒ぎながら公園へ行きお昼を済ませた。
　茜は認めないけど、茜が甘党だと知った。
　そして、「ケンカのやり方、教えてほしいんだろ？」と言った茜の言葉にうなずいて、3時間みっちり教えても

らった。
　ブランコに座って休憩（きゅうけい）をとりながら、さっきのあと少しで当たってた、死ぬ、消される、とぶちぶち文句を言えば、茜に軽くあしらわれて。
「もう」なんてつぶやいていれば、茜は座っていたブランコから立ちあがった。
「次は——」
　そして、あたりを見渡（みわた）して、私が首をかしげるのと同時に、ニヤリと笑った。
「——お、ナイスタイミング」
　茜がニヤリとして見ているところに私も目を向けると、そこにはこっちに向かって歩いてくる、ニヤニヤ笑った気持ち悪い人が２人。
「お前、ケンカ見れるか？」
　好きじゃないけど、姫だったんだ、私だって。
　ケンカを見るくらい、平気。
「大丈夫」
「上等」
　はっきりとそう言った私に、茜はニヤリと笑って片方の口角をあげた。
　どちらともなく近づく茜と２人組。
「あっれ～？　藤代さんじゃ～ん。こんなとこで女といちゃついて何してんだよぉ？」
「いちゃついてるように見えんのか？　目ん玉おかしんじゃね？　……えぐりとってやろーか」

茜の声に、肩がビクリと揺れた。
　ふたりとも、ものすごく声が低い。
　威圧感が、すごい。……それも茜って有名なの？
　そんなことを思っていると、2人組のもうひとりの方が口を開く。
「コイツの目をえぐりとる？　んなことできるわけねぇだろバカかよ？　お前調子のってんじゃねーの？　ちょっと有名な白りゅ――」
　そしてそいつが何かを言いかけた瞬間。――そいつの顔に茜の足がめりこんだ。
　骨のぶつかる音に目をつむりたくなるけど、口を固く結んでこらえる。
「あ、がっ……」
　でも、固く結んでいた口は驚きのあまり開いてしまった。
　……だって、まだ1発しかくらってないのに。
　そいつは、うめき声をあげてうしろに倒れていってしまった。
「――えぐりとる？　ああ、しねぇよ？　てかキメェだろ」
　ニヤリ、笑った茜に少し鳥肌が立つ。
　……す、ごい。茜、こんなに強いの……？
　もうひとりの人がうしろから殴りかかるけど、茜はそれを見はからっていたかのようにうしろに回し蹴りをした。
「ヴッ……」
　そして、そいつも倒れた。
　驚きを隠せない私を置いてきぼりにして、茜が普段の調

子で、私の方を向いた。
「あー、弱ぇ。これじゃあケンカの手本にもなんねぇな」
　ポカンと、茜を見ていた私だけど、だんだんとテンションは急上昇していき、身を乗りだして茜に話しかけた。
「なんでうしろからきてるの気づいたの!?　なんであんな威圧感出せるの！　カッコいい!!」
「あ、そ、そうかよ？　まぁ俺強いから当然だけど？」
「いや、べつにそれはどうでもいいけど、なんでなんで!?」
「どうでも……まぁ、うしろから来てんのに気づいたのはあれだ、慣れだ慣れ。やってりゃ身につく。威圧感？　とかもケンカしまくってれば身につくだろ」
「ふへぇぇ〜」
　すごかったなぁ、と、ひとりでつぶやく。
　そんな私を見てから時間を確認した茜は、
「じゃあ今日は解散。俺このあと用事あるから」
　そう言って歩きだした。
　そんな茜を追いかけて公園の外に出れば、茜は私に背を向けたまま私の帰り道とは逆の方向に歩いていってしまう。
「じゃあねー！」
　そんな背中に声をかけて、私も背を向けて歩きだした。
　がんばろう。私も、強くならなきゃ。

とある倉庫side

「よぉ」

あいさつする不良の間を通って、倉庫の奥にあるソファに腰をかけた金髪の男。

「なぁ、おまえ最近、倉庫来んの遅くねえ?」

端整な顔の金髪の男にピンクヘアで前髪が長く、顔がよく見えない男が話しかけた。

「あ? まぁ学校でちょっと、な」

ふっ、といつもキリッとしている顔を少し顔をゆるめた金髪に、一番奥に座っていた赤茶の髪の男はびっくりしたように目を開いた。

「……性格悪そうに笑うことはあっても、めったに微笑まねぇのに」

金髪と同じくらい、いやそれ以上とも言える中性的で端整な顔は本当にびっくりしたような表情だ。

「うるっせぇな! てかそれだと俺が下品な笑い方するヤツみてぇだろーが」

「え? ちがうのか」

「……ふたりでハモってんじゃねぇよ」

もともと鋭い目つきをよけい鋭くしてにらんだ金髪の男は、ハァとため息をついて、少し離れたところにあるパソコンとそこにいるふたりの男を指さした。

「何してんだ? あれ」

「なんか、調べてるらしいよ。行ってみれば?」
　そう言われて席を立った金髪は、パソコンの所までいき、目を見張った。
　——なんで。
　ふたりが眺めている画面には、ひとりの女の画像と名前が書いてあった。
　小さくて色白の顔に映える、赤のふっくらしている唇、大きくくりっとした目、つやのある黒髪。
　そして、前髪をあげておでこを出している少女の写真。
　名前は——。
「花崎日向、すぐ出たな。それも、写真も」
　そうつぶやいた黒髪の男は画面をスクロールしたり、キーボードを叩いたり。
「——なんで、日向が?」
　やっと声に出してつぶやいた金髪に、パソコンのイスに座ってた黒髪と、それをのぞきこんでた栗色の髪の男が振り返った。
「お前いたのかよ!　あービビらせんなっつーの」
「いつもは無駄に存在感あるのに、今日はなんか変だな」
　心配そうに眉をハの字にした茶髪。けれど、目に入らないというように金髪は画面を食いいるように見つめた。
「なぁ、これ調べさせたの誰だ?」
「え?　俺だけど」
「……コイツと、知り合いなのかよ?」
「バーで会ってな。ワケありっぽかったから知りたくて」

「……んなの調べてんじゃねえ」
　金髪はイラつきを隠せないというように、茶髪をにらんだ。
「――あ」
　でもそれはパソコンの前にいた、黒髪の男のひと言によってすべて吹きとんだ。
「この子、青嵐の元姫だ」
「え?」
「あ?」
「なんだって?」
　少しの間のあと、いつの間にかうしろにいたピンクと赤茶にビビりながらもう一度聞き返す。
「は?」
　なんの冗談だよ、金髪はちょっと焦ったようにつぶやいた。
　カタ、カタカタカタ、タン。
　その学校の裏サイトのようなものを開いて黒髪はマウスをすばやく動かす。
「現姫いじめ。暴力。男を使って無理やりヤらせた。うわ、ひでぇ。姫でもないのに気に入られた現姫に嫉妬して、幹部と総長に追いだされた。裏では親もいないから援交して稼いでるらしい。……すげぇ書かれようだけど。この現姫いじめが本当なら、お前らコイツと関わんねぇ方がいいだろ」
　今黒髪が読みあげた言葉に戸惑っていた金髪は、最後の言葉で花崎日向の言っていたことを思い出した。

「……俺はそいつと関わるって決めたんだよ」
　──『嘘だよ、全部』
　──『"そのこと"を知ったら、無視してくれてかまわないから』
　頭に浮かぶのは、あの少女の悲しそうな顔。
『ケンカを教えてほしいの──お願い』
　真剣に頭をさげてきた顔。
「でも、これが真実だったら」
「……噂なんか信じねぇ」
　吐き捨てるように言ったその言葉に、少し戸惑っていた茶髪も顔をあげる。
「あいつは、それは全部嘘だって言った」
「…………」
「だから俺は噂は信じねぇ。少なくとも俺は、あいつっていう人を知ってんだ。そんなことするようなヤツじゃねえっつーのも知ってるつもりだ。なら、あいつを信じるしかねぇだろ」
「……だ、よな。ごめん茜、俺は一瞬迷っちまった。ましてや龍騎の気に入ってる子がそんなことするはずねぇよな」
　最後はいつものニッコリ笑顔つきで、茶髪は決心したような顔をする。そんな２人の様子に、黒髪の男は我に返ったように笑ってあやまった。
「ワリ、そーだよな。噂に流されて何やってんだか俺は。お前らが信じるってゆーならべつにいい。その子がもしも俺ら──白龍に深く関わることになったら、そん時はお前

ら、任せた」
　力強く言った黒髪に続いて、
「……俺は、お前らが信じるんならべつにいい」
「俺も俺も！」
　赤茶に、ピンクが賛成する。
「まぁ、関わるなんてことは極力させねぇよ、俺がな」
　ニヤリと笑った金髪にみんなもつられてフッと笑う。
　花崎日向の噂を聞いても、花崎日向、本人を信じる。
　そんな人、いるはずがない。
　そう思っていた花崎日向の考えを覆す5人がここに現れたのを、花崎日向は、まだ知らない。

　——これから、白龍という族と深く深く関わることになるということも。

とある事件

　茜と朝陽さんに会った日から1週間。
　今日も、茜にケンカを教えてもらって、だんだんコツがつかめてきた。
　急所もスムーズに狙(ねら)えるようになったし、うしろからの気配にも敏感(びんかん)に反応できるようになった。
　それも今日はちょっとしたハプニングで、実践(じっせん)してしまった。
　茜がケンカ売られて、ひとりだと思ったら草むらにもうひとり隠れてて、うしろから襲(おそ)おうとしてるところを私が、みぞおちに蹴り入れて倒したんだ。
　とっさに足が出ちゃったんだけど、やっぱり難しい。
　気づかれるのがあと少し早かったら、きっと攻撃されてたし。まだまだ、だ。
　そして今は朝陽さんと約束していた、バーに向かっているところ。
　1週間ぶりなのに、この1週間密度がすごくて1ヶ月ぶりくらいに感じてしまう。
　なんて考えていると、もうバーの前まで来ていた。
　中に入れば龍騎さんと朝陽さんが話していて、笑顔で駆けよる。気づいた朝陽さんが、爽やかな笑顔を向けてくれた。
「おっ日向ちゃん来てくれたんだな」
「もちろんですよ！」

「龍騎さんも、1週間ぶり!」
「……日向、1週間前とちがって明るくねえか?」
「学校で、ちょっとね!」
　茜のおかげで、あの夢を見ることも少なくなった。
　ほんとに、感謝だ。
「日向ちゃんの周りのこと聞かせてよ」
「いやー、そんな楽しいことじゃないんですよ? あ、龍騎さんメロンソーダ」
「待ってろ」
「龍騎、俺コーヒーな。日向ちゃんにはそんな笑顔になるくらい楽しいんだろ? じゃあ聞かせてくれない?」
「う、ん。じゃあ」
　龍騎さんが、ここいちおうバーなんだけど……と横で言ってるのが聞こえる。
　だって、しかたない。私たち未成年だもの。
「えっと、私高校1年生になるまで本気で仲のいい友だちとか信頼できる人とかいなかったんですよね」
「へぇー」
「俺、お前のそーゆー話はじめて聞くな」
　そういえば、龍騎さんには学校のこととかもちゃんと相談してないもんな。
「で、すごく大好きだったんだけど、高2になってから、いろいろあって……一緒にいられなくなっちゃったんです」
　えへへ、苦笑いしながら言う。
「で、学校のみんなにも、そのまぁいろいろ知られちゃっ

て。根も葉もないこと言われたり、正直キツかったんです。最近までは」
　だから、久しぶりに龍騎さんのバーにも来たし。
「でも、私の噂とか知らない人に出会って。今はすごい楽なんです。誰に何言われても気になんないし、ただ、その人が噂のこととか知って離れていかないといいなって思って」
　へへ、笑いながら顔をあげてふたりを見れば……なんかしんみりしちゃってない？
　そ、そんなしんみりさせようとしたわけじゃないのに！
「いや、でもそれがその人おもしろいんですよー！　ちょ、龍騎さんも聞いてよ！　あのね、学校の近くにあるパン屋さん大好きでいっつもそのパン買って食べてんの！　それも、男が甘いもの好きだとカッコ悪いとか思ってんの！　小学生みたいでしょ!?　あは、あはははー」
　乾いた笑いをプラスしながら、そう言うと龍騎さんがなぜか私の頭をなでてきた。
「お前、今まで名前と学校とかしか教えてくんなかったけど。いろいろ大変だったんだな、今は平気なのか？」
「いや、も、もちろん平気平気！」
　解決したわけじゃないし、不安要素いっぱいあるけどね。
　イケメンの色気たっぷりの顔で心配されて、私もう胸がいっぱいです!!　お願いだから頭から手を離してほしい!!心臓崩壊する前に！
　そんな焦ってる私の横で、朝陽さんが「ふっ、あいつ

……」と言って笑ってたのに私は気づかなかった。
「でもまぁ、そーゆーヤツが現れてよかったな」
「はい！　とはいっても、会ったのはつい1週間前なんですけどね！　そんな感じしないけど」
　そう付け足して言うと、朝陽さんはすべてを見透かしたように優しく笑った。
「なんかあったら、頼ってくれていいからな。俺たちは、日向ちゃんの味方だ」
「はい‼　もちろんです！　ありがとうございます！」
　──朝陽さんの言った"俺たち"と、私のとらえた"俺たち"は少しちがったのだけれど。
　そんなことには気づかず。
　他愛（たわい）もない話をして、1時間ほどバーで過ごした。
「楽しかった！　龍騎さん、朝陽さんもありがとう！」
「いやいや、こっちこそ来てくれてありがとな。また来週、来れたら来てくれよ」
「はい！　もちろん！」
　朝陽さんの話を聞いて、朝陽さんの友だちには個性的な人がいっぱいいるんだとわかった。
　……朝陽さんは苦労人だ。
　がんばれ、心の中で応援しながら私はバーをあとにした。

　──次の日。
　事件は起きた。
　朝、起きて、ご飯を食べて、家を出て、……ここまでは

順調だったんだ。
　だけど、道を歩いてる時に、うしろから話しかけられた。
「キミが花崎日向ちゃん？」
「……は？　なんですか？」
　気づくとうしろに、いかにもなワゴン車が停まっていた。
　そしてその車から降りてくる、口にバンダナをつけた、いかにもな男たち。
　……ヤバイ、そう思った時には遅くて取り囲まれていた。
「キミが花崎日向ちゃんだよね？」
「そう、ですけど」
「ちょっと、ついてきてもらえるかな？」
　グイ!!　引っぱられたのは、腕にあるアザの所。
「ちょ、痛……！　やめてよ！」
　痛みで、気づけば足が出てしまって、そいつのみぞおちに、ちょうどよくキレイにめりこんだ。
　……ヤバイ。
「うっ」
　そう言って地面に崩れていく男を見て、冷や汗が流れた。
　だって、車に乗ってたのは今倒したコイツも入れて5人。
　つまり、残りは4人。
　……絶対、無理。
「ぁあ!?　テメェ何してんだ!!」
「え、してませんしてません！　この人がちょっと倒れちゃって！　だ、大丈夫ですかね？」
「ごまかせるとでも思ってんのかよ！　みぞおちにめりこ

んでたろーが‼」
「ひぃぃ！　ごめんなさいぃぃ‼」
　しらばっくれてみたけどダメだった。
　ど、どうしよう。
「おい、コイツ縛れ」
　ヤバイっ……そう思った時には遅くて。
　──ガン‼　頭に固い何かが当たっていた。
　痛っ……。そう思ったところで私は意識を手放した。

不正解　青嵐・茂side

　俺が、2週間ぶりに日向と遭遇した日のこと。

　俺が言ってしまったんだ。あいつにとっての、タブーの言葉を。

　あいつがいくら最低だからって。柚姫をいじめてたって知った時に、自分が傷ついたからって。だって、あれだけは言っちゃダメだった。

『汚い』

　――その言葉に日向は敏感だ。

　でも、今まで涙を流して過呼吸に苦しむ日向なんか見たことなくて……。

　いや、ちがう。日向が弱いところなんか見たことなくて、いっつも明るくて強く笑ってたから……これくらいなら平気だって思ったんだ。

　柚姫をいじめてたんだから傷つけばいいって。自分であいつを傷つけたのに、苦しそうにもがく日向に俺は手を伸ばしてしまった。

　でも、その時の日向のおびえた顔が、頭にこびりついて離れない。

　あれから1週間経ったのに、頭でリピートするのは、振り払われた俺の手と、恐怖と悲しさと闇にゆがんだ日向の表情と瞳。

　そして、そのあとに聞いた中哉の、

『日向が、自分がやったって認めた。そん時の、日向の表情が頭から消えねぇ』

その言葉と、何かを考えているような表情。

今まで否定していた、日向が認めた。

それだけでもおかしいのに。あの日向が冷たい顔をするなんてそれこそ信じられない。

なんなんだ。歩とか、夕は、それがあいつの本当の顔だったんじゃねぇの。そう言うけど、中哉はそれでもまだ納得できない様子だった。

きっと俺と中哉は同じことを考えていた。

——あいつにとってのタブーを犯しちまったんじゃないかって。

だけど、下っ端の報告では、次の日からのあいつはよく授業を抜けだすようになったらしい。

それも笑顔で。

それから今日までの１週間は今までにないくらい明るかったらしい。

なんなんだ？　俺らはタブーを犯しちゃったんじゃなかったのかよ？

……わからねぇ。なんで今になって罪を認めた？

なんで笑顔なんだよ？　なんで、なんで——。

そこまで考えたところで、我に返った。

裏切り者の、ましてや柚姫をいじめてたヤツを気にするなんて俺はバカか。

気にすんな、あいつのことなんか。

頭に浮かんだあいつの笑った顔を、頭を振って消す。
　そしてタイミングよく、歩と海が倉庫に入ってきた。
「おはよ！　はえーな茂！」
「おーなんか気分だったんだよなー」
「って、夕も中哉もいるじゃん」
　こんな朝っぱらから、5人集合か。
　めずらしいな。嫌な予感しかしねぇ。
　そう思ったのと同時くらい。中哉の携帯が音をあげた。
　──プルルル、プルルル。
　規則的な電子音。
　こんな朝っぱらから。それも幹部以外のヤツ……？
　"何かあった"そう思ったのはみんな一緒だったらしく、顔に力がこもった。
　──ピッ。
「……誰？」
　きっと非通知だったのだろう。
　低い声でそう聞いたあと、中哉は眉をピクリと動かしすぐさまスピーカーにした。
「凶虎だ」
　そして、スマホの口のところを押さえて、中哉は俺らにそう告げた。
　いったいなんの用なんだよこんな朝から……とか思いつつも内心焦っていた。
　だって凶虎は、最近隣町で勢力をあげているヤベェヤツらの集まり。

『お前らの姫は、預かった』
　中哉の顔が強張る。俺らの空気も、張りつめた。
『取り返したいなら、隣町の７番倉庫まで来い。時間厳守、でな？』
　プツ、と切れた電話。
　はやく行かないと姫があぶないというのは、みなまで言わなくてもわかった。
「とりあえず、今いるヤツら全員連れて乗りこむぞ‼」
「え、でもそれじゃあ数が足りなくねぇか⁉」
「まだ来てねぇヤツらと、同盟くんでるとこに声かけろ！」
「待てよお前ら。焦るのはわかる、けどいったん落ち着け。計画は慎重に、だろ？」
　相手はあの凶虎。
　いつかはつぶさなきゃいけなかったけど、銃やナイフを持ちだしてくるヤツらに無計画で立ちむかうのはあぶねぇ。
「でも、はやくしなきゃゆーちゃんが！」
　焦る歩と、自分に言いきかせるように口を開いた。
　落ち着いてるように見せかけて、本当は俺だってそうとう焦ってる。
「でもじゃねえ。無計画で行っても柚姫も取り返せないで終わるだけだろ？　そんなことになったら──」
「みんなおはよー！　……え、どーしたの？」
「……って、いるじゃねーか」
「え、じゃあ凶虎の言ってたことは」
　"嘘"一瞬頭に浮かんだその言葉のあと、俺らは気づい

てしまった。
「ねぇ、どーしたの？」
　——日向だ。でもその言葉を、柚姫の前で言うのはダメだ。
「なんでもねーよ？　なぁ？」
「あ、あぁ」
「ふーん？　あ、あたし、ちょっと下っ端くんたちと話してくる！」
　そう言ってタイミングよく出ていった柚姫に安堵しながら、俺は口を開いた。
「どーすんのよ、総長さん」
　中哉を見て、聞けば。
「……俺は、行かねぇ」
　キッパリ、そう言われた。
　その言葉に、迷いの色があったみんなの表情が変わった。
「……だよな、だってあいつは裏切り者だ」
「傷つけばいいんだよ、ゆーちゃんと同じ目にあえばいい」
「それに、助けにいったら下にも示しがつかねぇ」
　全員の意見が一致したあと、俺たちの張りつめた空気は吹っとんで、今のことを記憶から消すみたいに、いつもどおり好き勝手に過ごしはじめた。
　——これで、俺たちの意見は一致した。
　でも、俺たちは見捨てるんじゃねえよな？
　これが"正解"。——そうだろ？

"助けて"　日向side

「──うっ」

ズキン、割れるような頭の痛みに私は目を覚ました。

何、ここ……？

目を開けたところで見えたのは、薄気味悪い倉庫の壁。

それと、ガラの悪い人たちが数人。

私は、冷たいコンクリートに横たわっていた上半身を起こした。

「やーっとお目覚めかプリンセス？」

私の顔を前からのぞきこんできた男が口を開く。

「誰……？」

気持ち悪い。ニタニタ笑う目はすわっていて、どこか狂気を感じる。

……なんなんだ、ここ。

縛られた足と手を見て、自分が拉致されたんだと理解した。

でも、なんで？　なんのために？

私を誘拐したっていいことなんかひとつも……まさか。

「俺らは凶虎。お前を利用させてもらうぜ？　──青嵐をつぶすために」

あぁ、やっぱりだ。コイツらは知らないんだ、私がもう青嵐の姫じゃないこと。

「悪いけど、いつまで待っても青嵐は来ない」

「は？　ふざけんなよ」

「ふざけてない、いたって真面目だけど」
「どこがだよ、つかその態度がムカつくんだよ!! 下っ端ひとりやったのも、かわいい顔してるから許してやろうとしてんのによ!」
　声を張りあげたそいつ。頰にすごい衝撃が走って、私の上半身はうしろに倒れた。
　頭がコンクリートの床にぶつかりそうになるけど、なんとか衝撃を背中で食い止める。
「っ……」
　痛みでもれそうになった声を、なんとかこらえた。口の中には鉄の味がじわりじわり、広がっていく。
　強く保っていた気持ちが、少し恐怖に傾いた。震えそうになる手を握りあわせて、キッとにらむ。
「——だって私はもう姫じゃないんだから、誰も助けに来ないに決まってるでしょ!!!」
　でも、そんな私の言葉をまるで信じないといった様子で、ニタニタとそいつは気味悪く笑い続ける。
「まぁ、本当か嘘か、そんなのすぐわかるだろ」
　自信ありげにそいつはそう言った。
　けど案の定、それから30分経っても誰も来なかった。
　イライラしてる凶虎の総長を見ながら、私は内心ものすごく焦っていた。
　だって、どうしよう! わ、私絶対にいいようにされちゃうよね? ……やだ、そんなの絶対に嫌だし、何より……怖い。

いろんなところを殴ったり蹴られたり。
　さっきから、たびたび私に八つ当たりしてくる凶虎の総長のせいで、強がっていた私の心も崩れそうになっていた。
　青嵐の姫だった時、こういうことがなかったわけじゃない。
　でも誰かが助けにきてくれるってわかってた、だから強がっていられただけ。
　ほんとはすごく怖かったけど。
　――でも、今はちがう。
　来てくれる人がいない。助かる可能性がない。
　いやだ、怖い、でもこんなヤツらの前で弱音は吐きたくない。
　ガタガタ、震えはじめた私の足を見て、ひとりの下っ端が口を開いた。
「総長まさかコイツ、マジで……」
「あ!? ウゼェんだよ引っこんでろ!」
　鈍い音が、また倉庫に響いた。相当ムカついてるらしく、ちょっと口を出した仲間にすら手をあげている。
　やだ、どうしよう、怖い。
「うっ!! す、すみません!」
　そいつは、そう言ってさがった下っ端を冷たく見てから、私の方に目を向けて……ニタリ、気味悪く笑った。
　な、に?
「もーいいや、お前らコイツ好きにして」
　体が、スッと冷える。
　凶虎の総長に、私はバッと顔をあげた。

「や、やだ!! お願いそれだけはやめて！」
　縛られた手足をバタつかせ、なんとか縄(なわ)から抜けようとする。
　なんでとれないの!?　いやだ、怖い、いやだ。
　……やだっ……！
「うるっせんだよ!!　おい、コイツのスマホどこやった？」
　……嘘。いつの間に取られてたの？
「私のスマホ？　どうするつもり!?」
　そう叫んだ私を無視して、そいつは下っ端に渡された私のスマホをいじっていく。
　その様子を見て縄をほどこうと暴れてた私の頬に、ペチンと誰かの手が当たった。
「お前はこっちだよ」
「……っ」
　５人の目がすわった、様子がおかしいヤツら。
　絶対、この人たちおかしい。
　……もしかして、薬でもやってる？　嘘でしょ……？
　どうしよう、もう手段がない。
「チッ、なんでひとりしかアド入ってねぇんだよ!!!　あー!!　もういいやコイツで！　どうせコイツも青嵐の仲間だろ!?」
　横でそう叫んでいる声がかすかに耳に聞こえてくるけど、私はそれどころじゃない。
　伸びてくる手、外されたリボン。……気持ち悪い。
「やめっ、やめて!!　やだ！」
　ぼたぼた流れてくる涙は止まらない。力を振りしぼって

暴れるけど、意味がない。

口から流れた血が、顎を伝ってスカートに垂れた。

それが視界に入って、ああなんかもうダメかもと、諦めそうになった時、耳に何かが当てられた。

『……い、おい？　なんの用だよ？』

冷たく固いソレからは、聞きなれた声。私を安心させるように、鼓膜を揺らす。

巻きこんじゃダメだ、彼は関係ない……わかっていたけど、つい、叫んでしまった。

「──茜……!!　助けてっ……!!」

ハッと気づいた時には遅くて、凶虎の総長がニタニタしながら私のスマホの電話を切っていた。

……バカだ、私は。

茜に迷惑かけて、何やってんだ。

これは青嵐と凶虎の問題なのに、私の問題なのに。

茜が強いからって、頼ってしまった。

「お前ら、ちょっと待っとけ。あと20分そいつが来なかったらその続きしていいぞ」

私の周りにいた男たちが離れていく。

でも、ムカつきは収まらない。

「……んで？」

「なんだ？　何か言いたいことでもあんのか？」

ニタニタ笑いかけてくるコイツはやっぱり、狂ってる。

「なんで、茜に電話かけたの!?　青嵐とは関係ないじゃん!!」

「俺にはそいつが青嵐かどうかなんてわかんねぇからなぁ？

ワリィワリィ。でも、助けを求めたのはお前だろ？」
　そんなこと……言われなくてもわかってる。
「さぁ、茜くん？は助けにきてくれるかな？」
　唇を噛んだ私を、のぞきこむように見て意地悪く笑う凶虎の総長。
　どうしよう、私のせいだ。
「……来たとしても、手はあげないで。茜は関係ない！」
「それは約束できねぇなぁ？」
　ゾワ、背中に悪寒が走って、太ももを見ると、凶虎の総長の指が太ももの上を前後していた。
　気持ち悪い。ウッと、吐きそうな気持ちになる。
「手を、離して」
　震えそう、いやもう震えている声を振りしぼってそう言う。
　でもそんな私を見てもコイツはニヤニヤ笑うだけ。
　何往復かすると、つまらなくなったのか、私の第1ボタンだけ空いたブラウスに手をかけていた。
「やめて!!　離せって言ってんの！」
　耐えきれなくなって大声を出せば、凶虎の総長は怒ったように口を開く。
「うるっせんだよ!!　マジ萎えた、ナメてんじゃねぇぞ!!」
　そして、そんな怒鳴り声に肩を揺らすと同時に、肩に蹴りが飛んできて、私は固いコンクリートの床に頭を打ちつけた。
　痛い、痛い。もう、体を起こす気力もない。
　生温かいモノが額に垂れてくるのがわかった。

浅い呼吸で、かすむ視界で、どうか茜が来ませんようにと願う。
　何分経ったかはわからない。
　意識も朦朧としてきた時、凶虎の総長がさっきの５人に声をかけて私の所へ歩いてきた。
「残念だが、時間切れだ」
　よかった、茜、来なかった……。逆に、場所も言ってないのに来られるわけないけど。
"茜を巻きこまずに済んだ"
　そのことに安心して、私は意識を手放そうとしたその時。
　……ブォンブォンブォン！
　遠くから、だんだん近くなるバイクの音に、私は閉じかけていた目を開いた。
　まさか。いや、まさかね。
　それも、バイクの音もひとつじゃないし気のせいだろう。
　青嵐は、来るはずないし。
　茜は、ひとりだ。
　そう思い、もう一度意識を手放しかけた時。
　──ガシャン‼　と、すごい轟音が倉庫に鳴り響いた。
　何、が……？
　もう少し意識を保とうとするけど、限界みたいでだんだんと薄れていく。
　でもなんとか、音の方に目を向ける。
　かすむ視界の中で、５人のシルエットが見えた。
「途中で電話切るんじゃねえよ、バーカ」

なんとか、目をこらせば。
　薄れていく意識の中、ニヤリと笑った茜の顔が見えた気がした。
　本当に、茜？　だとしたら、他の４人は、誰？
　意地悪く笑う茜に声をかけようとするけど、出なくて。
　そんな私の元へ、茜の横にいた誰かが駆け寄ってくる。
　だれだろう？
　栗色の髪、優しい顔。見たことのある、シルエット。
「よくがんばったね、もう大丈夫だから」
　ふわり、優しく笑うその顔とその声を私は知っている。
　――朝陽さん？
「茜って、あの……!?　聞いてねぇよ！」
「な、なんで、お前ら白龍がここに来てんだよ！」
「俺の"話し相手"が困ってんだ、助けるのは当たり前だろーが。バカかテメェ」

　――ねぇ、白龍って、何？
　どこかで聞いたことのあるフレーズを最後に耳に入れて、私は、今度こそ意識を手放した。

私と彼ら

　どのくらい寝てたのかはわからない。
　でも、遠くの方から聞こえる騒がしい音で私は目を開いた。
「んっ……」
「あ、日向ちゃん!?」
「え、目ェ覚ましたのかよ」
　目を開けてすぐ、視界にふたりの人が現れた。
「朝陽さ……あか、ね？」
　あれ？　私なんで寝てたんだっけ？　ここ、どこ？
「覚えてるか？　日向ちゃん、さらわれて……」
「ボッコボコにされてたんだけどよ」
　ぼーっとしたままの私に、心配そうに声をかけてくれた朝陽さん。
　それのおかげで、だんだん記憶がよみがえってきた。
　私、血だらけで襲われかけて、茜に助けを求めちゃって。で、5人組が現れて、白龍って言われてて、茜と朝陽さんがいて……？
「あああ！　なんで茜と朝陽さんが!?」
　え、なんで!?　てゆーか、え？　白龍って、え？　え？
「え、ええぇ!?」
「日向ちゃんいったん落ち着け、な？　俺らも話さなきゃいけないことあるし」
「……話さなきゃいけないコト？」

「そーだ。お前には、いろいろ話さなきゃなんねぇことがあんだ」
「とりあえず今の現状だけ話しておくな。今いるのは白龍の倉庫。その中の唯一の小部屋、茜の部屋だ。ちなみに日向ちゃんは半日寝てたぞ。あ、茜はあいつら呼んでこい」
　……え、てことはこのベッドは茜の？？
　それは私が使ってしまっていいんでしょうか。
　なんて考えながら、頬に手を当てると、
　あれ？　湿布貼ってある……。
「ケガの治療もしておいた。あ、でも俺たちは見てないから安心しろよ？」
「……はあ」
　いやだから、俺たちって誰さ。
　なんて考えていると、部屋から出ていったはずの茜が戻ってきた。うしろに３人引き連れて。
「うわ！　目覚ましてる！」
「……エビ食うか？」
「コイツが例の……」
　……なんだか個性的な人が多いな。私の気のせいじゃなければ。
　私の視界にまっ先に入ってきたのは、高身長なピンクの髪の毛のお方。
　派手だ。ピンクだ。それもピンクなのに、ワックスとかついてなくて前髪で目が隠れてるし。
　そしてエビを勧めてきた、赤茶色の髪の毛の人。

起きてすぐの人に、エビ食うか？　なんでエビ？　それも手に冷凍エビが乗ったお皿持ってるんだけど。
　そして一番謎な発言をしてきた、黒髪の男。コイツが例の……？
　私、コイツが例のとか言われるくらい有名人だっけ？
　それも、ちゃっかりしっかり人差し指を眉間にそえている。
　中二病……？？
　そんなことを考えながら、首をかしげていると、朝陽さんが困ったように言ってきた。
「あ、コイツらのことは気にすんな。お前らシャキッとしろ！　今から話すんだから」
　あ、あぁそうだった。私だって知りたいことが山ほどあるんだ。
　朝陽さんの言葉で我に返った私は、姿勢を整えた。
　前にいる５人もなんだか、真面目な顔になる。
「――まず、先に謝っておく。ごめん日向ちゃん」
「え!?」
　目の前で、頭をさげた朝陽さんに私はあわてることしかできない。
　なんで、謝るの？　だって私、べつに何も……。
「俺、日向ちゃんと会った次の日、日向ちゃんわけありっぽくて気になって。コイツにいろいろ調べさせちまった」
　黒髪くんを指さしながら、本当に申し訳なさそうに私を見てくる朝陽さん。
　……調べたって？

そこまで考えた時に、ハッとして心臓がドクンと嫌な音を立てた。
　——どれを、知られた？　過去？　青嵐との噂？
　私の様子がおかしかったからなのか、なんなのか。
　朝陽さんはあわてて口を開いた。
「いや！　そんな不安そうにすんな？　日向ちゃんが青嵐の元姫だってことを知っちまったんだ！」
　——過去を知られてなくてよかった。
　そう、ほっとしたのもつかの間で、次の言葉に私の胸は締めつけられた。
　元姫だってことを、知ってたの？　この間会った時も？
　……ってことは私の噂も知ってるんだろう。
　じゃあ、
「……茜は知ってたの？」
「あぁ」
　いつもとはちがう、真面目な顔のままでそう言った茜。
　なんで？　なんでこの1週間私と一緒にいたのに、そのことに触れてこなかったの？
　なんで私と、一緒にいてくれたの？
　私の噂の内容を知ってるんでしょ？
　なのに、
「なんで、私と一緒にいたの？」
　目線を落としてそう言うと、鼻でフッと笑う音が聞こえた。
「それは嘘だってお前が言ってたからだろ」
　顔をあげると、バカにしたような茜の顔があった。

……うん、言った。言ったよ。
　信じてくれた、そのことが私の心をすごくすごく、温かくさせる。うれしい。ものすごく。だけど……なのに……。
「……そんなのおかしい」
　バカみたいに臆病な私の口からは、そんな言葉しか出なかった。
　だって今まで誰も信じてくれなかったのに。
　まだ会ってぜんぜん日にちも経ってないのに。
　茜が私の言ったことを信じてくれたなんて、信じられないんだ。
　……だって、おかしいよ。
「何がおかしいんだよアホか」
　私の心の内を知ってか知らずか、口調は悪いけどどこか優しさを帯びた表情で茜は私を見てきた。
「私の言ったことが、嘘かもしれないじゃん。噂が、真実かもしれないじゃん」
　──私の言ったことが本当だって証明できるものは、何もないでしょ？　なのに、なんで。
「そうかもな。でも俺は少なくともお前って人間をわかってるつもりだし。どこのどいつが言ってるかもわからねぇ話なんざ信じるよりは、お前の言ったこと信じた方がいいだろーが」
「……だけど」
　バカだ、私は。……どこまで弱いんだろう。
　信じてほしくてたまらなかった。

私の噂は全部嘘だってわかってほしかった。
　——でも、わかってもらえたらもらえたで怖いんだ。
　もし何かあって、また信じてもらえなくなったらって考えたら怖い。
　私から離れていっちゃうかもって考えたら、怖い。
「だって今まで誰も信じてくれなかったんだよ……？　仲間だった人たちも信じてくれなかった！　それなのに、まだ会って１週間しか経ってない茜が信じてくれるなんて、おかしい……!!」
　めんどくさいことを言っているのはわかってる。
　わかってるよ。でもね……でも、怖い。
　そんな私の心の中を見透かすように、茜は口を開いた。
「何が、そんな怖えんだよ」
　重なったままの茜との視線。
　その目は、心なしか優しく感じた。全部吐きだせ、そう言われている感覚になって、ジワリと目の奥が熱くなる。
　気づけば私は口を開いていて、震える声で不安を吐きだしていた。
「……茜が、噂のことを知って軽蔑して離れていく覚悟《かくご》ならしてた。けど、信じてくれて、これ以上仲よくなっていく覚悟はしてないよ。ましてや、これ以上仲よくなってから裏切られる覚悟もしてない……！　……だから、怖いんだよ……」
　最後の声は、弱々しくて。
　聞きとれたかな、聞こえててほしい。

そう思って茜を見ると、また小バカにしたようにフッと笑われた。
「覚悟なんて、んなもん。いらねぇんだよバカが」
　そう言いはなった茜に、私は目を見開いた。
「俺らの中に入る勇気はあるか？」
　驚いたままの私に茜はまた話しかけた。
「え？」
　俺らの中って、何？
　小首をかしげた私に向かって、茜は横にいる4人に目線を向けた。
「俺らの中に入って、もう一度人を信じてみる勇気はあるかよ？」
　ニヤリ、笑った茜。その横で、朝陽さんが口を開いた。
「紹介が遅れたな、ごめん。俺らは——白龍だ」
　うすうす、気づいてた。
　けど、でも、本当に？　茜と朝陽さんが……白龍。
　このちょっと大きい街で、青嵐とずっと敵対し続けている暴走族。
　目の前の5人は、他の人とはちがう強烈なオーラを持っていて。
　目の前にいるだけなのに、圧倒されるような何かがある。
　この人たちの中に私が——？
「俺は副総長、知ってのとおり吉田朝陽だ」
「……総長の、菅田美影」
　座っていた朝陽さんが立って、呆然としたままの私に向

かって自己紹介した。
　その隣にいた、赤茶の髪の人も立ちあがり、私の目を見てそう言った。
　中性的で、でもすごく整った顔。
　さっきエビ食べるかと聞いてきたのはこの人。
　でも、そのセリフを言った時も、今も変わらず無表情なんだけど、本当に、そんなふざけたこと言ってたっけ？　と言いたくなるくらいその無表情は威圧感がある。
　この人が、白龍の総長。それも、朝陽さんが副総長……。
　なんて考えているうちに、ガタッともうひとりが立ちあがった。
「俺は、幹部の中森幹生！」
　元気よくそう言ったのは、ピンクの人。
　相変わらず、高身長だけど、顔は前髪でよく見えない。
「俺も幹部、松本隆」
　黒髪で、さっき中二病的発言とポーズをかましてきた人だ。
　でも、そのくせ顔は整ってる。
　立ちあがった４人は、ベッドに座りっぱなしの私を見おろすように見てきた。
　見あげるけど、私はいまだに圧倒されたまま動けない。
　そして、そんな４人の横に座っていた茜が口を開いた。
「んで、俺も幹部。ご存知のとおり、藤代茜だ」
　そしてまた、ニヤリと笑った。
　立ちあがった茜は、私に手を伸ばして。
「もう一度言う。お前、俺らの仲間になる勇気あるかよ？」

意地悪く笑いながら、茜は再びそう言った。
「俺らはもう、お前を信じたぜ？」
　茜と朝陽さん以外は、初対面なのに、信じてくれるの？
　茜と朝陽さんが信じてるから。そんなちっぽけな理由で私を信じて、仲間にできちゃうの？
　——どれだけすごい人たちなんだろう。初対面、なのに。
　じわり、じわり、心が温かくなっていく。
　さっきとは比べものに、ならないくらい。
　みんなの顔を見渡して、総長の美影と目が合った。
　きれいな形の口を動かす。
「もう一度、人を信じろ。——俺らは絶対に裏切らない」
　ねぇ、本当に？
　でもね、その絶対っていうのが怖くてたまらない。
　絶対裏切らない、そう言ってくれた人のことを信じるのは簡単だけど。
　そう言ってくれた人から裏切られたら、すごく辛いのを私は一度経験してる。
　裏切られることに慣れる人なんていないと思う。
　きっと、何回裏切られても胸の痛みが弱まることなんてない。
　また裏切られたら、その痛みをこの間までの辛さをまた味わわなきゃいけないってわかってる。
　わかってる。でも、私はもう一度だけ信じたい。
　信じてみたいの。
　目の奥が燃えるように熱くて、視界がゆがむ。

ポタッ……。片方の目からそれがこぼれた。
　頬を伝う涙を拭って、私は伸ばされた手を、ゆっくり、ゆっくり。でも確実に握った。
　ねぇ、やっぱりこんなの誰が見ても愚かだと思うかな。
　今度こそ裏切らない、保証もない。
　でも、弱い私は誰かの手を取らないとこの先進めそうにないんだ。
「もう一度、信じてみてもいい……？」
　私の口から弱々しく放たれたその言葉に、茜とみんなは優しくフッと笑った。
「今日からお前は――白龍だ。だよな、総長さん？」
「あぁ。よろしくな日向」
「日向ちゃん、あらためてよろしく」
「よろしくな日向!!」
「しかたねぇ。よろしくしてやるか」
　"裏切られたら"なんて考えないで。
　ただひたすらに、私は今目の前で優しく笑うこの人たちを信じることにするよ。
　拭っても拭っても、あふれてくる涙は止まらなくて、気づいたらしゃくりあげていた。
「ダッセェな、お前」
　意地悪く笑う茜ですら優しく見えて、私の涙腺はよけいに崩壊した。
「……っ、う、うわぁあん！　あがねぇぇ、信じでぐれでありがどうぅっ」

握ったままだった茜の手を離して、茜にしがみつく。
「は!? だか、バ! ちょ!」
　ウブな茜の意味不明な発言も気にならないくらいに、私はとりあえず泣きまくった。
　そんな茜と私を見て笑う、朝陽さん。あわてふためく茜を見て、茶化すみんな。
　あったかい。この空気全部。
　茜と朝陽さんはまだ会って１週間。それ以外のみんなは初対面。
　——だけど、だけどね。
　私もっとみんなのことを知って仲よくなりたい。
　みんなにも、私のこと知ってほしい。
　だから、これから、よろしくね。
「みんなも信じてくれて、ありがとっ……！」
　まだ涙は止まらないけど、茜に抱きついたまま、ゆるむ顔をこらえることもなく、笑顔でみんなにそう言った。

白龍

「じゃあ、日向ちゃんの涙もおさまったところで白龍のこと話すぞ」
「あ、はい！　ご迷惑おかけして誠におはずかしい……」
「ったくホントだっつの。抱きついてきて、あげくのはてには涙までつけやがって……」
「茜、ぶつぶつ言うな。じゃあ美影、よろしくな」
　ちなみに今はまだ、茜専用の部屋。
　相変わらず部屋の外から少し騒がしい声がもれている。
　他の白龍の人たち……かな？
「とりあえず、お前に話しておかなくちゃならねえことを話す。白龍は……初代から今まで姫がいなかった。だから、お前がはじめての姫になる。他の白龍のヤツらはそのことに最初は反対してくるかもしれねぇけど──」
「あ、そのこと、なんだけど」
　美影が話しはじめた内容に、私は途中で口をはさんだ。
「……？」
　小首をかしげた美影に、私は考えていたことを打ち明けた。
「下っ端……として。入れてもらえないかなと思ってるんだけど……」
「え!?」
「はぁ!?」
　驚きの声をあげる4人とは裏腹に、いまだに真顔で黙っ

たままの美影。……ダメ、かな？
　これは、仲間にしてくれるって聞いた時からずっと考えてたこと。
　姫じゃなくて、そんな微妙なラインじゃなくて、私はもっと踏みこんだところにいたい。
　私がいなきゃ困るくらいの位置になりたい。
　仲間になるなら、一緒に汚いことでもなんでもするよ。
　──だから。
「……まぁお前がそう言うような気はした」
　静かに言った美影に、私は苦笑いする。
「バレてた、か」
「お前……まだ不安なのか？」
　それは、裏切られるかもしれないって、まだ思ってるかってことだよね？
「……もちろん、不安じゃないって言ったら嘘になる。──でも、それ以上に私は強くなりたい。守られる立場はもう嫌だから。私もみんなを守りたいから。一緒に、戦いたいから。だから私は守られるだけの仲間の姫じゃなくて、一緒に戦う仲間になりたい」
　きっと私は青嵐にいた時、こんな覚悟はなかった。族をよく知らなかった。
　汚いことをするっていっても、それを一緒にする覚悟もなかった。姫という立場にいて守られてただけだった。
　……でももう、それは嫌だから。
「フッ、ならべつにいい」

無表情だった顔の口もとをゆるめ、目もとを細めてそう言った美影。
　端整な顔にプラスして、微笑みなんか向けてくるから、不覚にもドキリとしてしまったけど。……てゆーか、
「いいの？」
「ああ、べつにいいんじゃねえか」
　そんな軽く!?
　そう思ったのは私だけじゃないらしく、みんなも焦ったように口を開く。
「ちょ、美影ほんとにいいのかよ!?」
「俺はお前の軽さが理解できねー」
「俺、美影がときどき怖くてたまらねえ。なんなんだ？　あいつは？　脳内どういう構造なんだよ？」
「わりぃな、茜。俺にもわかんねぇ」
　ごもっともだ。絶対反対されると思ったのに。
「足手まといに、なるかもよ？」
　美影の顔を見ながら、そう言うと。
「それなら、俺らがケンカ教える」
　当たり前、とでもいうように、相変わらず無表情でそう言われた。
　いや、今まで茜には教えてもらってたけど……。
「い、いいの!?」
「だって、じゃねぇと強くなれねえ」
「いや、そ、それはそうだけど……」
「――みんなを守りたいんじゃなかったのか」

……そうだ。遠慮なんかしてる場合じゃない。考えて、迷ってる暇はない。
「守り、たい。……私にケンカを教えて、お願いします」
「あぁ」
　満足したようにうなずいて、美影はみんなに向き直った。
「つーわけだから、これからお前らよろしく頼む」
「っええぇ!?」
「何おめぇら自己完結してんだよ！」
「はぁ、もう美影の自由度はどうにもできねぇな」
　みんながあきれたように美影にため息をつく。
　それを見て、やっぱり迷惑だったかな？　なんて不安になっていれば、
　そんな私の不安とは逆に、ピンクヘッドがずいっと近づいてきた。
「俺は楽しそうだしそれやりてぇ！　それに、日向のこともっと知りてぇし！　あ、俺のことはミキかミッキーって呼んでくれていいから！」
「う、お、おう。ミッキー？」
「幹生、だからミッキーだ！」
　げ、元気よすぎ。
　押され気味の私の様子に、朝陽さんの「あはは、悪いな」という、なんともいえない苦笑いが聞こえてきた。
　そして、その横にいた中二病くんが近づいてくる。
「ほら、離れてやれって」
　ミッキーのえり首をつかんで至近距離にあった顔を遠く

にしてくれた。
　よかった、画面全体にピンクが広がってちょっと頭おかしくなりそうだったんだよね。
　中二病とか思ってたけど、何気に常識人だったりして——
「よろしくしてやってもいいぜ。ちなみに俺のことはタカでいい。あ、もしくは目を見た人は気絶し、触れた者は死をもまぬがれない、レッドライトザクロウ……」
「よろしくねタカーあはははは」
「……おう」
　一瞬でも常識人とか思ってごめんなさい。
　何？　レッドライトザクロウって。
　赤い光のカラス？　赤く光るカラス？
　どっちでもいいけど!!
　真面目にしてる時は常識人っぽいのにちょっと話しはじめるとコレだよ。
「……朝陽さん」
　私は、ふうっと息を一度吐きだしてから朝陽さんの方をしんみりとした顔で見た。
「朝陽さん、ここ変な人たくさんいるね。朝陽さん……！苦労してるんだねっ……！」
　そういえばこないだバーで言ってたもんね……！　手のかかるのが3人ほどいるって。お気の毒に、かわいそう。
　うう、なんて泣き真似をしてれば、
「で、話の続きしていいか？」
　と美影に言われて、前へ体を向け直す。

「あ、うん。ごめんごめん」
「お前は下っ端ってことで決定。で、今からこの部屋の外にいるヤツらに紹介する」

　おおう！　さっきから聞こえてくるにぎやかな声の人たちのところへ！　き、緊張するっ！

「あ、この族って女の子いる？」
「あー白龍には女はいねぇ。だからお前が初」

　ええ！　マジですか！

　よけい緊張してきちゃったよちょっと！

「……行くぞ」

　もともと人前に出るのがさほど得意じゃない私は、どのくらい人数いるんだろうなんて考えながら、みんなのうしろをついていく。

　がちゃり、ドアノブを回した美影。

　開いていく扉の奥から、さっきよりもクリアににぎやかな声が聞こえてきた。

　5人が順々に扉の外にでていく。

　スー、ハーと1回深呼吸して、私も扉の外に足を踏みだした。

「――美影さん！　こんちはっす」
「茜さんの部屋で何してたんすかー？」
「ってええ!?　女の子!?　ついに茜さん誘拐でもしたんですか！」
「外道だ！　外道だぞ茜さん！」
「あ、タカさん俺こないだタカさんの言ってたバトルアニ

メ見ましたよ!」
　……いや、ごめん待って待って。
　ちょーっと茜の部屋に戻って、1回自分を落ち着かせてきてもいいかな?　いいよね?　うん、そうしよう。
　回れー右っ!
　くるり、半分回転して足をもと来た道に1歩進めると、
「ぐえっ!」
　首もとをグイッと引っぱられた。
　おかげで私の口からは、おそろしく気持ち悪い声が出た。
　それはもう、まさに本物のカエルのような。
「何戻ろうとしてんだお前」
　みんなが5人に次々に話しかけてうるさかったはずの倉庫が、シーンと静まり返り茜の声だけが響いた。
　……え。私の首根っこつかんだ茜も、その他のみんなも、まるで私を化け物を見るかのように見てくる。
　まさ、まさか、私のカエルのような声そんなに大きかった?　……私の第一印象、最悪じゃない?
「ぶ、お前なんだ今の声」
「日向なんて声出してんだよ!?」
「な、なんてゆーか個性的な声だったな!」
「……日向怖ェ」
「お前まさか異次元からやってきたのかよ!?　今すぐ案内しろ!」
　……おうおうおう、言ってくれるじゃないか。
　あんたたち、ふたりを除けば今日初対面だよ!?

なんなの失礼極まりないんですけど！
　茜の笑い声についてはもう慣れたしツッコまないけど。
　その他４人。とくにミッキー以外の３人。
　朝陽さんはフォローするつもりが私の傷えぐってるし。
　ありえないくらい遠ざかった美影は、怖いとかつぶやいてる。
　それも最後の中二病!!
　案内できるんなら今すぐ案内して、二度とこっちに戻れないようにしてやるわ！　……それと、
「今の、あのかわいい子が……？」
「あんな日本人形みたいなのに……」
「カエル……？」
「アマガエル……？」
「ヒキガエル……??」
　ヒソヒソささやきあってるそこの人たち！　丸聞こえだよ、もはや聞こえるように言ってるでしょ。ねえ。
　私辛い。……よし、とりあえずごまかしてみよう。
「んー？　今の声なぁに？　ここの倉庫カエルいるのぉ？　誰か捕まえといてねっ？」
　とりあえず、最上級に甘ったるい声を出してみた。ヤバイ完璧。
「なんだ今の、え？　コワッ。……ぶはっ、なぁ、お前今の声もう１回やってみてくれね？」
「なぁ……おい、茜この野郎」
　全部台なしだよお前のせいで。

絶対ごまかせると思ったのに、茜のひと言によって「やっぱりあの子が……」ってなってしまった。
　異様な雰囲気の倉庫で、思いっきり遠ざかってドン引きしていた美影が、私たちの所に戻ってきた。
「はー」
　そして、重いため息をはいた。
「もういいや、ここで紹介する」
「え!?　今!?」
　白龍の倉庫はおっきくて、たくさんの人がいる。
　そんな倉庫のすみに茜専用ルームはあったみたいで。
　私たちは今そこから出たばかりの所だから、倉庫のすみっこ。
　え、ここで声届くの？
　この大きい倉庫は階段があって、そこをのぼったところにもちょっとスペースがある。
　てっきりそこからやるもんだと思ってた。
　てゆーか、美影って大きい声出るの？　出せるの？
　だってさっきから言葉も淡々としてるし、静かに話す感じだ。
　美影が大きい声って……想像つかない！
　なんて考えてウキウキしながら美影を見てると、「ん」と言って顎でミッキーに合図した。……あれ。
「お前ら、いったん静かにしろ‼　気づいてるとおり話してぇことあるから！」
　案の定、ミッキーは美影の合図によって大きい声で呼び

かけた。
「еееееっ、美影がやればいいのに！」
　見たかったのに！
　なんて落胆しながら言うと、「だりぃ」のひと言が返ってきた。
　おい総長!!　しっかりしろ！
　なんて考えているうちに、静かになった倉庫。
　少しビリっと空気が張りつめる。
　美影の目もなんとなくキリッとなった気がした。
　いや、いつもキリッとしてるけど。
「コイツ、今日からお前らの仲間。おい日向。自己紹介」
　さっきより少し大きい美影の声は、低いせいか倉庫によく響いた。
「えっ……と、茜と同じ高校に行ってる花崎日向です！　え―……み、みんなの足引っぱらないようにがんばるので、女だからって……ナ、ナメんなよ!!」
　みんなの目線が集まって、頭がごちゃごちゃになった私はそんなことを口走っていた。
　シーンとなった倉庫で、私の声が響き渡る。
「ぶはっ!!」
「ふっ」
「ぎゃああ！　なんて恐れ多いこと言ってしまった私いいごめんなさいいい!!」
　噴きだした幹部４人。口をゆるめて笑う美影。涙目で焦りまくる私。ぽかん、としたままの白龍のみなさんたち。

5秒たっぷり間を開けて、
「ぎゃはははは!!」
「何この子ー!!!」
「え!?　姫じゃないの!?　戦うんすかその子!!」
　倉庫は大爆笑に包まれた。
　口々にいろいろなことを言っている。……お、怒っては、いない？
「ぶふ、お前、焦りすぎて出た言葉、それかよ！」
　私を指さして爆笑している茜も気にならないくらい私は安堵していた。
　よか、よかった…！　絶対激おこだと思った！
「日向って勇者だな!!」
「お前すげえな！　初対面の血気盛んな不良どもにタンカきるとか！」
　いやうん、もう掘り返さなくていいから!!
「ふっ、おもしれぇ」
　でもそんな私の怒りは美影の素敵すぎる笑顔によって、浄化(じょうか)された。
　……は、鼻血もんだよこれ!!　イケメンすごい！　最強！
　おかげでうるさかった倉庫は再びシンとなった。
　当の本人は首をかしげてる。
「……？　まぁいいか、とりあえずあと言っておくことがある。コイツは、青嵐の元姫だ」
　ザワつく倉庫の中に、私の心臓が嫌な音を立てた。
「…………」

当たり前の反応だ。
わかってはいるけど、やっぱりこの目線は、嫌い。
でも、逃げたらダメ。
うつむきそうになった顔を、しっかりあげてグッと唇を噛んだ。
「コイツの噂はいろいろだ。知ってるヤツもいるだろ」
「それって、あれですよね？　現姫を……」
「ああそうだ。でもコイツはやってないって言ってる。──茜と朝陽が信じてんだ、コイツを」
　強い目でそう言った美影に、また涙が出そうになった。
「そういうわけだ。俺は噂なんか信じるより、コイツを信じてる。俺が認めてんだコイツを。もし噂の内容が本当だったらそれは俺の責任だ。──そん時は俺をどうしようとべつに構わねえ」
「俺ら、だろ？　まぁそういうことだ。日向ちゃんがいるのが嫌なヤツがいたら、そんときは俺らにケンカ売りにこい。まぁでも、お前らも日向ちゃんとちょっと一緒にいたらそんな気起こんなくなるよ」
「コイツらが、信じてんだ。俺らが信じねぇ理由がないだろ？」
「まぁそーゆーこったな」
「俺ら５人はコイツを信じてる、仲間に入れてやりてんだ。無茶言って悪いと思ってる、でもコイツを仲間に入れてやってほしい……じゃねぇと埋められねぇんだ、コイツの寂しさ」

困ったように眉をさげて、無表情を崩してそう言った美影を見てこらえきれなくなって、今日で何度目かわからない涙がこぼれてしまった。
「みんなの総長や、憧れの人を巻きこんでごめんなさい。……でも、私はみんなの仲間になりたいですっ……!!　みんなを守れるくらい、強くなるから。みんなの足を引っ張らないくらい、強く。だからお願い、私を仲間に入れてくれませんか!」
　私の心からの精いっぱいの願いごと。
　ぼろぼろ涙をこぼして、きっとみっともない私の顔。
　でも前を見て、しっかり伝えた。
　みんなが迷ったように、困ったように目配せをする。
　ダメ、かな……?
　そう思い、自然と眉がさがってしまった。
「俺らは、べつに……なぁ?」
「とりあえず、仲よくなってみなきゃだよな……」
　でも私の予想には反してポツリポツリ、そんな言葉が返ってきた。
　それって……?
「あの、時間を置かないと判断できねぇんで、1週間一緒にいてみてもいいっすか?」
　ざわついていた倉庫がしだいに静かになっていき、意見がまとまったらしい。前にいるひとりの人がそう言った。
　白龍の仲間にはなれないのかも、そう思っていつの間にか止まっていた涙が、また目からポロポロこぼれていく。

「ね、茜、あれってさっ……」
「とりあえず１週間は仲間にしてくれるってよ」
　片方の口角をあげてニヤリと笑った茜が、袖で私の目もとをグイッと拭った。
「まーた日向は泣いてんのかよー」
　ミッキーが近づいてきて、やれやれという声を出した。
　うしろにいるタカも、あきれたような表情で。
「日向ちゃん、自分らしくこの１週間過ごせばいいからな！」
「泣いてんじゃねぇ、喜べ」
　茜に拭ってもらった目もとから、もう涙をこぼさないようにグッとこらえた。
　朝陽さん、美影、私を仲間にしようとしてくれてありがとう。
　私、白龍の人たちに認めてもらえるようにがんばるから。
　ぜったい１週間後にちゃんと白龍の仲間になるよ。
　強くて、優しくて、温かい、白龍の仲間に。
　──だからもう、泣かない。
「しっかり、信頼得てくる！」
　うしろを振り返り、幹部のみんなに笑顔を向けて、正面の白龍の人たちの方に向き直った。
「よろしく、お願いしますっ……!!」
　ぺこり、頭をさげてそう言うとうしろから茜のフッ、という笑い声が聞こえた。
　頭をあげた私の背中を、痛いくらい強く……でも、優しく。バンと叩いて押した。

「ほら、行ってこい。んで信頼得られたら１週間後、もう一度ちゃんと仲間になりにこいよ」
「……うん！」
　そう返事をして、白龍の人たちのところに足を一歩踏みだした。
　おそるおそる近づく私の手を、正面にいたかわいい子がグイッと引っぱった。
「えっ!?　うわぁ！」
　突然の出来事プラスけっこう強い力で引っぱられて、私はぐらりとバランスを崩して。
「え？　うわ、ちょ」とか言いながらふらふら進んで、前のめりになって不良軍団の中に飛びこんでしまった。
　いやむしろ、つっこんだ。
　手を引っぱってくれた子を通りすぎて、そのうしろにいる不良軍団につっこんでしまった。
　私の固い頭がいかついスキンヘッドのお兄さんの腹筋にめりこみ。
　バランスを保とうと降りあげた腕は、モヤシみたいなひょろひょろした人の首に手刀を入れていて。
　スキンヘッドのお兄さんの「ごふ……！」という言葉にエコーがかかって聞こえた。摩訶不思議。
　でもとりあえずバランスを持ち直した私は、転ばずに済んだ。
　ふー、なんて息をついて、
「ごめんね、だいじょう……ぶ……」

顔をあげた私は目を見開いた。
　なんでって。私を凝視している白龍の人たちと、目の前で白目を向いているスキンヘッドさん。それと片膝をついて、肩で息をしてるモヤシさん。……え？
「えぇえぇえ!?」
　静まった倉庫に私の声が響き渡った。
「コレ、ワタシヤッタ!?」
　こくり、目の前の不良軍団が首を縦に動かした。
「ゼンブ、ワタシノシワザ!?」
　そしてまたこくり、うなずいた。
「ひええぇ！　まことにまことにまことに申し訳ないですスキンヘッドさまぁぁぁ!!　あとモヤシさん！」
　ズダダダと駆けよって、土下座する勢いで謝りまくる。
　そんな私に、うしろから茜の声が聞こえてきた。
「けなしてんのか謝ってんのか、どっちだよ……」
　……あ。スキンヘッドさまはまだしも、モヤシさんって!!
　ヤバイ！　それもモヤシさんって意識ある方！
「ごめ、ごめごめごめんなさい！」
　またしてもヤバイ。最高に噛んだ。
　だってモヤシさんまだ片膝ついたままだし、もしかしたら怒ってるかもしれない！
「あの、お名前を伺っても……」
　そう声をかけると、すっとモヤシさんは立ちあがった。
　やっぱりひょろひょろ。
　だけどそんなボディーに合わず、フェイスはいかつかった。

ひぃっ!
「林田だ、よろしくな。あー……意識飛ぶかと思った……」
　いかつい怖い、そう思って身構えてた私とは対照的に、いかつい顔を少しやわらかくしてそう名前を言ってくれた。
　怒ってなかった…!　いい人だ!
「本当に、ごめんなさい!　バランス取るためとはいえ、モヤシダさんの首に手刀を入れてしまって!!」
「……うん、林田な」
　……もう、フォローのしようがないこの失態の連続!!　ある意味奇跡だ。
　ひとりでそんなことを思っていると、うしろから我慢できないというように、
「っぷ!　あはははは!!」
　と言うかわいい笑い声が聞こえてきた。
　私の横まで歩いてきたそのかわいい子は、この一連の事件を巻きおこした犯人。
　つまり私の手を引っぱった子だ。
　責めたい……でもできない!　だってかわいすぎる!!
　モヤシダって!　とか言いながら、いまだ笑っている様子はどこからどう見ても美少女なんだけど。
　でも、髪形と服装と身長はバッチリ男子。
　ふわふわした髪質で、おいしそうなチョコレート色の髪がまた似合ってる。
「日向、だっけ?　さっきはごめんな!　おもいっきり引っぱっちまって」

「ぜんぜんぜんぜん平気でござる！　えっと、お名前は」
　林田さんの髪の色に釘付けになっていた私は、突然のキューティーボーイの笑顔に焦りまくりながら返事した。ちょっと言葉がおかしいのは気にしない。
「オレ、増田奏多！　奏多って呼んでくれていいからな！」
　なんだか名前が似合ってる……！
　なんて話しているうちに、静かだった倉庫がだんだんにぎやかになってくる。
　よかった、衝撃から立ち直ってくれたみたい。さっきのことは記憶から消してくれないかな。
　にっこり笑いながら思っていると、下から「あー、いってぇ……」と言うドスのきいた声が聞こえてきた。
　突然のことにビビって、キョロキョロと首を動かす。
　と、そこには身長推定185センチほどの私が気絶させたいかついスキンヘッドさんがいた。
「……ふざけんじゃねぇぞ」
　かなり怒ってらっしゃる！
「すみ、すみませっ……」
「ふざけんじゃねぇぞ俺！」
　……はい？
「くっそ、下っ端の中のまとめ役を任されてる俺がこんなキューティーな女の子に一発KOだと!?　……マジで俺ふざけんな！　たるんでんじゃねぇよ！」
　……なんですって？　キューティーな女の子？
　マ、マジで！　この人もめちゃめちゃいい人だ！

それも怖いの顔だけだ!
「あの、本当にすみません！　痛くないですか!?」
　この人、安全な人だ。そう判断した私は、さっきより近づいて、私の頭がめりこんだ腹筋のあたりに、手を添えてそう言った。
　反応がなくて高い位置にある顔を見あげると、スキンヘッドさんの顔はまっ赤になっていた。なぜ。
「え、あの？」
　謎の反応に困り果てていると、うしろから肩をぽんぽんと叩かれた。
　クルリ、振り向くと笑いをこらえた顔の奏多。
「ぷっ……、まーくんホントわかりやすっ！　日向、そのスキンヘッド将門忍ってゆーから。まーくんって呼んでやって」
　え、このいかつい顔にまーくんて。
　てゆーか奏多、まーくんのこの謎の反応の意味わかるの？
　それもわかりやすいの!?　私さっぱりわからないけどね！
　奏多の方に向けていた顔を戻し、まーくんの顔を見た。
「で、あの、まーくん大丈夫？」
　反応がないから再びそういうと、なぜかまーくんはズザザザザッ!!　っとうしろにさがった。相変わらず、顔がまっ赤だ。
「まーくん……!?　まーくん、だと……!!?」
　そうつぶやきながら私の方に戻ってきた。やっぱりなれなれしすぎたかな!?

ヒヤヒヤしながら、こっちに歩いてくるまーくんを眺めていると、いきなりガッシリ手を握られた。
　ひぃぃ!?　何!?
「くそ、かわいすぎる、やられたぜ」
　え。私の両手が、まーくんの両手に包まれる。
「惚(ほ)れたぜ……付き合おう」
「なんでそうなった？」
　私のお口は無意識に、素でツッコんでしまっていた。
　だって、待って、なんで!?　謎すぎるでしょ！
　どのタイミング？　どのタイミングで惚れたのまーくん！
　びっくりを通りこしてなぜか焦ってきた。
　そんな私の様子をみていた白龍の下っ端が近づいてきた。
「まーくん、惚れっぽすぎるだろ!!」
「わりぃな日向ちゃん……いや、これから仲間だし日向でいっか！」
「でも俺、正直日向には惚れねぇな」
「あ、俺も俺も!!」
　今倉庫にいる人数だけでも50人以上。
　なのに、その中の3分の2くらいの人たちが近づいてきていっせいに話すから、私の周りは一段とにぎやかになった。
　でも、残りの3分の1は私をよく思ってない人もいるはずだ。それはこの1週間でなんとかするしかない、か。
　――今はそれよりも、
「ちょっとちょっと、今私には惚れないとか言った人いるでしょ!?」

この聞き捨てならない言葉。
　なんの理由があって私には惚れないとか、断言できるんだし！
「そりゃあ、最初はかわいい子だと思ったけどよ……」
「ガマガエルみたいな声出すし……」
「まーくんに頭突きくらわせるし……」
「それも一発KOだし……」
「林田には手刀いれるし……」
「それも林田のことモヤシダとか、くだらないギャグぶっとばしてくるし……」
「悪いけど俺ら清楚可憐な女の子がいいんで」
　それは見事なコンビプレーだった。
　私の周りにいる彼らは、キレイに声をそろえ、パーにした手のひらを「お断り」とでも言うように、私に向けてかざした。心外以外の何物でもない。
「仮にも私たち初対面だよね!?　それに私だって清楚可憐な女の子！」
「初対面ってゆーのにはちょっといろいろありすぎたよな」
「まぁそうだよな」
　そうだ、そうだと口をそろえて言うカラフルヘッドたち。
　ひどい!!
「てか日向は見た目は清楚可憐だけど、中身がなぁ」
　失敬だぞキミたち!!
「え、てゆーか私って見た目は清楚可憐なの!?」
「まぁ、見た目は……」

「認めたくないけど、見た目は……」
　いや、ちょっと待ってお兄さん方。
　歯切れ悪すぎじゃない!?
　でもまぁ私の見た目をほめてくれてるようなので、ちょっと歯切れ悪いのはあえて無視してあげよう。
　ひとりでうなずいていると、突然うしろからえり首をグイッと引っぱられた。
「ぐえっ」
　そして再び私の口からカエルのような声が出た。
　……みなさんのドン引いた表情がとても胸に刺さります。
　こんなことするのはひとりしかいないはず。
「ちょっと茜！　また変な声出ちゃったじゃん！」
「お前なんか常にそんな声だろーな。ワリィお前ら、今日はコイツ借りてくわ。まだ説明しなきゃなんねぇことがあんだ」
「どーぞどーぞ！」
　くるりと振り返ると、案の定茜がいた。
　常にそんな声だって……？　私の声は常にカエルのようだと？　茜の声なんていっつも、いっつも……非の打ちどころがないないですねコンチクショウ！
　そんなことを考えている私をズルズル倉庫の奥に引っぱっていく。
「え？　ソファ？」
　目の前には横長のソファがふたつ。
　その間にあるテーブルにはお菓子がのっている。

そのまた奥には、テーブルとイスがあって、上にはパソコンが置いてあった。
「ここは、幹部とかがとくにいる場所だな。まぁ他のヤツらも普通にくるけどよ」
　へぇ……。
「とりあえず、説明しのこしたこと話しとく」
　ソファに座ってた美影が、顎で正面のソファをさしながらそう言った。
　あぁ、座れってこと？
　なんとなく理解した私は、美影が座ってるソファの正面のソファに腰かけた。
　ぼふん、横に茜が座った衝撃がこっちまで伝わってきた。
「……話すぞ。白龍はだいたい100人。この倉庫には総会とかそういうのがない限り出入りは好きなようにしてある」
「結構いっぱいいるね……」
「あと、傘下に新月、蜃気楼、隣町のTUSKがいるから全勢力使えばざっと300人はいくな」
　そ、そんなに。白龍って、そんなにすごいんだ。
「お前、今ビビっただろ？　白龍って結構名が通ってるんだぜ？」
　ニヤリと笑った茜に、私は素直にうなずいた。
　てことは、白龍と敵対してる青嵐も結構すごいんだ、知らなかったなぁ。……なんにも。
　って、そんなこと思い返してる場合じゃない。
「私のこと、すごく強くして。私も白龍だって、胸を張っ

て言えるくらいに」
「それはお前次第だ」
　そう言った美影に、私は深く深くうなずいた。
　もちろん、どんなことでも受けて立つ。
　だからすぐに。強くなりたい。
「お前の意気込みはよくわかったけど、今日はいったん帰れ。朝からいろいろありすぎて疲れただろ」
「……なんか茜がひさびさに優しくてコワイ」
「てめっ、いちいち失礼なんだよ」
「コイツなりの心配だから」
「うるっせぇ！」
　無表情で茜を指さす美影と、それに反抗する茜。
　心配、してくれてるんだ。
　それがわかって、ひとりでニヤついてしまった。
「よし、じゃあ今日は帰る！」
「ん、送る」
　ニヤニヤしてる私に嫌そうな表情を向けながら、茜は立ちあがった。
　そうだ、私ここがどの場所にあるのかも知らないんだけど！　まぁ送ってくれるんなら乗っていこう。
「じゃ、行くぞ」
「美影いろいろありがとう、また明日！」
「……おう」
　笑顔で手を振ってから、白龍のみんなの間を歩いて、倉庫の外に出た。

みんないろいろあいさつしてくれて、うれしかったなぁ。
　ほくほくしていると、茜が黒い大きいバイクのうしろをぽんぽん叩いた。乗れって？
「た、高くて乗れませんけど!!」
「気合で飛び乗れよ、おら」
　スカートの中が見えないように、茜が私の方を見てないのを確認してから、私はおもいっきり足をあげてバイクに飛び乗った。
「よっこら!!　ふー、乗れた乗れた」
「……お前、女か？」
　引いたようにぼそりと茜がつぶやいた言葉に反抗しようとすると、ポンと頭にヘルメットをかぶせられた。
「茜は、ヘルメットは？」
「いらねー」
「ふーん、気をつけてよ！」
「わかってるっつの」
　そう返事した茜は、ハンドルを握って、ブォンブォンと鳴らしてからつかまってろよ、と言った。
　とりあえず、茜の背中につかまると、バイクはすぐにすごいスピードに加速して走りだした。
「ちょっ、とおおおお！」
　すごいスピードで風を切っていく茜に声をかけるけど、完全スルー。
　よく前見えるよね。ヘルメットしてないのにさ。
　そんなこと考えているうちに、なんだか見慣れた町並み

になっていて。
　私もバイクのスピードに慣れて、気持ちいいと感じてしまっていた。
「うへへ、楽しー!!」
　そう騒ぐ私に向かって、信号で止まった茜は「やっぱお前、女じゃねぇわ」とか言ってきた。……失礼。
　そんなこんなでバイクを満喫していると、私が教えた、マンションの近くのスーパーに着いた。
「おい、着いたぞ降りろ。パンクする」
　……しねぇよ。このド失礼が。
　心の中で毒づきながら、茜をにらみつつお礼を言う。
「送ってくれてありがとっ!」
　よいしょ、よいしょとひと苦労しながらバイクを降りた。
　もう8時くらいで、暗くなった空に重なる茜の金髪が妙に浮いて見える。
「じゃあはやく帰れ」
「帰りますよー!　また明日ね!」
　そう言って、身をひるがえし、自分のマンションの方にむかって歩き出した。
　数歩、歩いたところでうしろから、
「——大丈夫なのかよ」
　という声が聞こえてきた。
　くるりと振り返ると、バイクにもたれかかってる茜。
「何が?」
「お前、襲われかけたんだろーが」

その言葉を聞いて、ちょっと心臓がドキリとした。
「ぜ、ぜんぜん平気だし！　じゃあね」
　そう言ってまた茜に背を向けた私。
　歩き出そうとしたところで、肩に手がかかってまた茜の方を向かされた。
「バーカ、手ぇ震えてんだよ」
「っ！」
　言われるまで、気がつかなかった。
　自分の手を見ると、小刻みに震えている。
「べつにっ、なんでもな——」
「アホ、さっきバイク乗る前もちょっと震えてただろーが」
　茜の真剣な目線から、目がそらせない。
　なんで、こんなもろい状態の時に優しくしてくるの。
　家帰ってからひとりでキレイに洗おうと思ってたのに。
　……全部流そうと、思ってたのに。
「っ、うぅー……」
　口からもれた嗚咽と、同時にかすむ視界。
　やだもう、何回目だコレ。今日は泣きすぎだ。
　ポロ、片目から涙がこぼれると同時に腕をグッと茜に引きよせられた。茜の肩におでこが当たっている状態になる。
　はずかしくなって、離れようとすると頭を押さえられた。
「ツラかったんなら、強がってんじゃねぇ。誰かに寄りかかれ。助けてって、今日みたいに言えよ」
　だから、なんでときおりそういう優しさを見せてくるの。
　意地悪く笑ってるくせに、そうやって優しい言葉をかけ

てくるところが憎くてたまらない。……でも。
「ありが、とう」
　茜の言葉と行動で、さっきまで心の中にあった重苦しさが少しずつ取れていく。
　涙が引いた目もとをふいて、そう告げた。
「茜、いきなりだったのに助けにきてくれてありがとう」
「おう」
「茜、話し相手として仲よくしてくれてありがとう」
「おー」
「これからは、仲間として仲よくできるように。1週間しっかりがんばるから」
　茜が私の頭から手を離したから、顔をあげて言う。
　いつもどおり片方の口角をあげて意地悪く笑った茜は、
「せいぜいがんばれよ」
　と言った。
「気持ち、楽になった。ありがとう茜！　また明日！」
　茜の意地悪な笑顔につられて、私の顔も自然と笑顔になる。
「——あ、茜も。辛くなったら、助けてって言ってよ！ どんとこい！」
　ドンと、グーで自分の胸を叩いてから、その手をほどいて茜に手を振った。
「ぶっ」
　噴きだした茜に背を向けて、今度こそ私は自分のマンションに向けて歩きはじめた。

約束の1週間

　それから3日。
　みんなともだいぶ打ち解けてきて、でも相変わらず3分の1の人たちは近づいてきてくれてないけど。
　幹部のみんなのこともだいたいわかってきた。
　ケンカ教えてもらってわかったことは、美影は尋常じゃないくらい強いってこと。
　いつもはただの魚貝類（とくにエビ）が好きな無表情イケメンなのに、ケンカの時は目をギラギラ光らせて1発で相手を沈ませていく、まるで鬼。
　私は急所をうまく狙うことができるようになったり、スピードも反射神経もあがって、ふたり同時に相手できるくらいになっていた。
　幹部のみんなに言わせれば、筋がよすぎて怖いらしい。
　もしかして、これで格闘技とか習ってたら最強だったかも……なんて調子にのった。
　最近の日課は、朝学校に行って、茜が来たら空き教室でのんびりして。そのあとバイクに乗って倉庫に行く。
　あとはケンカ教えてもらったり、夜、繁華街の路地裏歩いたり、下っ端のみんなとダベったり。
　で、だいぶ遅くなってから茜に送ってもらって帰るっていう感じだった。
　ちなみに私の黄緑の某トークアプリの友だちは、この3

日ですごく増えた。
　——ただ今日は、少しちがったんだ。
　朝学校に行って、授業を受けて、そこまではいつもと同じ。
　だけど２時間目の移動教室の時にそれは起こった。
　廊下を歩いて、別棟の美術室まで歩いていると、うしろから肩を叩かれた。
　この学校で私に話しかける人、いたっけ？
　警戒(けいかい)しつつも振り返ると、まっ黒の髪の毛をツンツンに立たせた男の子がいた。
　無表情のその顔からは何も読みとれない。
　でもグッと構える私に対してその人は、
「美術で使う絵の具が裏庭の倉庫にあるんだけど、とってきてくれない」
　そんなことを言ってきた。
　先生に頼まれたのを私に頼んできたってこと？
　……なんだ、そんなことか。
「うん、わかった」
　そう返事をして、私は裏庭まで歩きはじめた。
　なんで、私に？　ていうか、あんな人同じクラスにいたっけ？
　話しかけられたことと、他にもいっぱいある謎な点を歩きながらぐるぐる考える。
　——もしかして。そう考えが浮かんだ時には、すでに私は裏庭の倉庫の前に着いていた。
　でも裏庭には、誰もいなかった。

最悪の事態を考えながらも、慎重に倉庫の戸を開けて、物がぐちゃぐちゃに入れられている中を探していく。
　でも、どかしてもどかしても、ほこりが舞うだけで使うような物は見つからなかった。
　ないん、だけど。中に入ってるのはゴミみたいな物ばかり。
　私のさっきの予想は、当ってた？
　そこまで考えてヒヤリとした。
　あぶない、かもしれない。はやくここから移動しないと——。
　ザッ……。うしろから足音が聞こえて、私はバッと振り返った。
「マジで来るか？　普通」
　喉を鳴らして笑いながらそう言うのは、さっき声をかけてきた黒髪。うしろに不良っぽい5人を連れてる。
　——やっぱり、ハメられた。
　目の前にいる6人に、嫌な予感しかしない。
　それも、黒髪以外はみんなこの学校の物とはちがう制服を着ている。
　あれ、この人たち、どこかで……？
「——あ、あんたたち、白龍の！」
　私に近づいてこなかった3分の1の人たちの、中心にいた6人。
「気づいたか」
　ちょっと意外そうにそう言って、ニヤリと笑った。そしてその隣にいた短髪の赤髪が目を光らせて口を開いた。

「用件はひとつ。俺らの憧れの人に近づくんじゃねぇ」
　ギロリと送られた視線に、私はゾクッとして一瞬ひるむ。
　そんな赤髪に続いて、他のヤツらも殺気を放ちながら話しかけてきた。
「どうしても認めてほしいって言うなら、俺ら６人……全員ぶっ倒せ」
「弱ぇ女は白龍にはいらねぇ。もしこの学校に存在するお前の噂が嘘だとして。──俺らはお前が弱かったら認める気はねぇ」
「ここで戦わずに、仲間になれるかもしれねぇ可能性をつぶすか。それとも少しの可能性にかけて戦うか」
　最後に黒髪が不気味に笑って、
「どっちを選ぶ？」
　そう言った。
　この間、襲われかけた時にできた傷が、うずく。
　頬に貼られた湿布に手をあてた。
　ケンカしたら、今以上にひどいケガになるかもしれない。
　でも、この人たちの憧れの人を巻きこんだのは私で。
　──今逃げたら、この人たちの思いからも逃げることになる。仲間にも、なれない。
　そんなの絶対、ダメに決まってる。倒せなかったとしても、戦わずに逃げることなんてしたくない。
「受けて、立つよ」
　彼らひとりひとりの目を見てそう言った。
「フッ、上等」

「俺らが入ると1発で終わると思うから、とりあえずそこの4人と戦ってみてよ」
　そう言った黒髪と赤髪は、はじに寄った。
　あそこのふたりだけは、オーラがちがうのがわかる。
　きっと、強いんだろう。
　でも、ナメられたことが悔しくて私は下唇を噛んだ。
　──相手は4人。
　勝敗のわからない勝負はやっぱり、怖い。
「じゃあ、どっからでもかかってこい」
　目の前にいる4人の中のひとりのその言葉で、私は彼らに向かって歩きだした。
　1歩1歩、近づいていく私にこの場の空気がピリッとした。
　距離をつめていく、私に向かってひとりが拳を構える。
　──まだ。まだ、手は出さない。もう少し、もう少し。
　慎重に1歩1歩進んで、自分の思うとおりの距離まで間を詰めた時、私は足にグッと力を入れた。
　──今。
　私の武器のスピードと狙いの正確さを最大限に繰り出して、正面にいるヤツには鼻の下にパンチをめりこませる。
そして、その横にいる攻撃してこようとしてたヤツのみぞおちに回し蹴りを入れた。
「ウッ!!」
「カハッ……」
　よかった、ちゃんと入った。
　ここで入ってなかったら、私はもう終わりだった。

よろめくふたりを見て、私は表情をかたくした。
　……白龍のメンバーなんだ、さすがに１発は無理か。
　視界がかすんで、意識が朦朧としてるはずの今がチャンス。
　そう思って、拳を握って構えてよろよろしているひとりのみぞおちに拳を入れた。
「うぅっ……」
　うめき声をあげたその人を横目で見て、もうひとりにも食らわせようとすると、うしろから残りのふたりが近づいてきた。
「……なかなか、やるな」
　よろよろしていた人はかすんでいた視界が戻ったのか、焦ったような顔で私の方を見てから、拳を握って振りあげた。
　寸前でよけて、また顔面にパンチをめりこませる。
　でも、うしろから来た気配に対応しきれず、脇腹に蹴りが入った。
「っ!!」
　フラつくけど、なんとか体制を立て直す。
　そして、数分後。
　なんとかふたりを倒し、残りはひとりになった。
　急所ではないけど、何発か入れられた重い蹴りに私はフラついていて。相手に、何回か入れることはできたけど１回しか急所に入れられてない。
「お前、フラフラなのによくやるな、逃げてもいいぜ？」
　笑って挑発してきたそいつは、私がもうあんまりスピードを出せないと思っているんだろう。

油断してる——全力を出せば、今ならいける。
　グッと拳と足に力を入れて、私は走って背後に回って首のうしろの急所にパンチを入れた。
「うっ」
　小さくうめき声をあげて倒れていくのを見て、私は蹴られたところの痛みに耐えきれず、膝から崩れ落ちた。
　どう、しよう。あとふたりいるのに。
　それもあきらかにさっきまでとは格がちがう。
「バカ、動いてよ」
　自分の足を叩きながら力を入れようとするけど、脇腹に激痛が走って力を入れることもままならない。
　はじによっていた赤髪と黒髪は、私の方に歩いてきた。
「お前のこと、ナメてたわ」
　ボソリ、つぶやいた黒髪は私に向かって手を伸ばしてきた。
　殴られると思って、目を閉じて、とっさに頭をかばう。
　でも、数秒経ってもこない衝撃に「あれ……？」と言いながら目を開けると不思議そうな顔したふたりがいた。
「お前、何してんの？」
　首をかしげながら赤髪がそんなことを言う。
　目の前には、差しだされた手があった。
「へ？」
　何この手……。
　私も首をかしげると、あきれたように黒髪が笑った。
「つかまれ、立てよ」
「えっと、うん、あの、ありがとう？」

状況がよくつかめない私とは反対に、私の手を握り、肩に手を回させて、私を立ちあがらせる黒髪。
「よし、行くぞー」
「え？　ケンカするんじゃ、ないの？」
「なんだお前、そんなケンカしてぇのかよ？」
　不思議そうな顔をしながら、赤髪が聞いてくる。
「はぁ？　だって、あんたたちが６人倒したらって……」
「あー、んなことするわけねぇだろ」
「それは、お前が６人相手でも逃げねぇ根性あるヤツか試しただけだ」
「何それ。どーゆーこと？」
　今だに理解できてない私に、赤髪はため息をついた。
「だーかーらー、俺らふたりは最初っから戦う気はねぇの！　お前の根性試しただけ。あの４人と戦うのも、お前がちょっとやられそうになったところでネタばらしして助けてやろーと、思ってたんだけど……」
「だけど？」
「お前、ホントにケンカやるようになってから１週間とちょっとしか経ってねぇのかってくらい、スピードも正確さもすげぇから、ちょっと見いってた」
「なーにーそーれー!?」
　私の痛みと焦りを返してよー！
　それにしても、ちょっとやられたところで助けてくれようとしてたとは。
　でもまぁ、そんなところが、やっぱり白龍のメンバーら

しくって、私の顔はほころんでしまったのだけど。
「ふっ、ははは！　……いててて」
　ちょこっと笑い声をこぼすと、腹筋に激痛が走った。
「ま、そーゆーことだ。とりあえず保健室行くぞ」
「あ、連れてってくれるの？　ありがと。それと、名前教えてくれない？」
　私に肩を貸して、歩きはじめた黒髪と赤髪にそう言う。
　そんな私に、赤髪が口を開いた。
「こっちの黒髪が、黒星南。で、俺が高浜暁だ。よろしく、日向」
　私の名前、知ってたんだ。
　うれしくなってまたちょっと微笑んでしまうけど、暁の言葉に疑問を感じて首をかしげた。
「南、暁、よろしくって……？　それってもしかして……」
「はぁ？　だから何回言えばわかるんだ日向は。認めたっつの、仲間として。強さも根性も！」
「今までお前に話しかけなかったヤツらにも、今日のこと報告すれば絶対認めてくれる。つまりお前は、これで全員から認められるっつーことだ」
　じゃあ、私は白龍の仲間になれるってこと……？
「よ、よかったぁぁぁ……」
　正直、3分の1くらいの近寄ってきてくれなかった人たちから、どうやって信頼を得ればいいのかわからなくって頭をひねってたところだった。
　でも、そんな不安も取りのぞかれて、私は安堵のため息

をもらした。
「……てゆーか、さっき気絶させた人たち置いてきちゃったけど大丈夫? あとなんで暁と南は白龍の3分の1くらいの人たちからそんなに尊敬とか信頼とかされてるの?」
「あいつらにはあとでメール入れとくから平気。まぁ、その話は保健室で話そうぜ」
　最初の不気味さもどこへいったのやら、少し口角をあげて笑った南の顔は爽やかだった。
「あ、あと暁ちがう学校なのに校舎入って大丈夫?」
「バレなければ、平気だ」
　親指を立てて、自信ありげにグーサインを送ってくる暁に、苦笑いを返した。
　バレなければって……当たり前だよ!

「よし、治療おわった!」
　またケガ増えちゃったな、なんて思いながら勢いよくカーテンを開けた。
　私が、お腹の部分とか隠れた部分をカーテンに隠れて治療をしている間、南が話してくれた内容はまとめればこうだ。
　美影は、白龍の古株で結構ずっといるんだけど、そんな美影と同時期に族に入った他の古株さんたちが暁や、南とかの今の白龍の3分の1の人たち。
　でもその中で、美影には敵わないけどずば抜けて強い暁と南は、その人たちに尊敬されてる存在ってわけ。それも、次期総長候補が南か暁らしい。

……なるほどーって感じ。なんだか妙に納得できてしまう。
　だってやっぱりオーラというか、威圧感というかそういうのがケタちがいだもん。
　これ、もしほんとに戦ってたらヤバかったよね……。ほんと、優しいヤツらでよかった。
　……にしても、なーんか忘れてる気がするんだよね。
　首をかしげる私。
「どーした？」
　そんな私につられるように、首をかしげた南。
　なんだっけ。なんか忘れてるんだよなー……。
「そうだ、茜!!　もしかしたらもう来てるかも!!」
　ヤバイヤバイと騒ぎまくって、制服から急いでスマホを取りだすとやっぱり通知が来ていた。……それも２件。
　おそるおそる開くと、案の定。
　１つ目は、30分前。
【学校ついた】
　２つ目は、２分前。
【お前おごりな】
「おごっ、おごぉぉ！」
「……日向って、ちょっと変わってるよな」
「それは俺も思ってた。だって俺話しかけてない時、日向の発言にいちいち笑いそうになってたぜ」
「今はそんなこといいから、南!!　私のことおぶって旧美術室まで行って！」
「は、はぁ!?」

「だって歩けない！」
「もう自分で歩けるだろ！」
「……走れない！」
「いや、うん、まぁそりゃそーだな」
「ハイじゃあ、今すぐ連れてって！」

そう言っておんぶされる体制になると、しぶしぶ南も私に背中を向けてきた。
「のっりまーす！」

よいしょ、そう言いながらおんぶされると「お前、意外に軽いな」と言われた。

あらやだ、どうもありがとう。でも意外ってなんだ。
「よし、じゃあ走って南！」
「うーい……。おい暁お前ちゃんとついてこいよ」
「わーってるって」

行くぞ、私と暁に目で合図を送った南は廊下を走りだした。

——運よく誰にも会わず、旧美術室にたどりつき、扉を開く。

南の背中から下りれば、茜と目が合う。
「茜！　……は、はろー！」

引きつった笑顔を向けながら、片手をあげてあいさつすると、茜は両方の口角をあげて、にっこりと素敵な……不気味な笑顔でこっちを見てきた。

あは、やっぱり怒ってらっしゃる。

ヘラヘラ笑顔を返してみると、茜に頭をがっちりつかま

れて低い低い声で「おごり、な?」と言われた。
「は、はひっ」
　ビビってる私に悪魔のような笑みを送って、今度はあきれたように南と暁に目を向ける。
「——で、なんでお前らもいるんだよ」
「いや、あのですね……」
　暁が茜から目線をそろりそろりと外し、私に助けを求めるように目線を送ってきた。
　でも私も目線を横にそろりそろりと動かし、南に目線を送る。
　そうすると、「はぁ」とため息をついた南は、とうとつに茜に頭をさげた。
「すんません、俺ら茜さんたちに言われたこと破りました」
「え、南……!?」
　突然の行動に、私は戸惑いを隠せない。てゆーか、言われたことって何?
　首をかしげる、私と茜。
　そんな私の隣にいた暁も、茜に頭をさげる。
「ちょ、暁も……」
「朝陽さんが言ってましたよね?　文句あるやつは幹部たちにケンカ売りに来いって」
　ああ、そのことか……。
「でも、俺ら日向の根性試すためにちょっとケンカふっかけたんですよ。条件つきで。で、4人とケンカさせて根性あるってわかったら助けようと思ってたんですけど、日向

が想像以上に強くって……」
「俺ら見いっちゃって、戦わせてた４人も結構マジになってたみたいで。結局日向が勝ったんすけど、コイツのケガ増やしちまって」

　結構マジになってた４人を、私倒せたんだ。

　手かげんしてあの強さなのかと思って、ちょっと落ちこみそうになってたんだ、本当は。

　すんませんでした、声をそろえてそう謝った南と暁をかばおうと１歩踏みだした私。

　でもそんな私には目もくれず、
「あーべつにいんじゃね？」

　軽くかるーく、茜はそう言いはなった。

　ええぇ!?
「いいん、すか？」

　不安そうに茜を見る南。

　いや、え、本当にいいの？　もうちょっと、ふざけんなみたいなのないの？　寂しいよ私？
「あれは、日向を仲間に入れることに反対してくるヤツらがいたらって話だろ？」
「まぁ、はい」
「べつに骨折とかしてねぇんだし、べつにいいんじゃねぇか。これは、仲間同士の信頼を得るためのケンカ、だろ？なら俺はなんも言わねぇよ」

　……なーにカッコいいこと言ってくれてんだか。
「ま、朝陽は過保護だから多少なりとも怒るだろーけど」

と、ケラケラ笑いながらそう言った茜は私の方に歩いてきた。
　ん？
「まぁ、これでお前も認められたってことだろ？　よかったな。それも、白龍のヤツら４人も倒すとかよくやったな」
　そう言って笑顔を向けて、頭にぽんっと手を置かれた。
　いつもの意地悪な笑顔じゃなくて、その笑顔はニッと笑った笑顔で。
「……それはレッドカードでしょおお!!　反則だろぉぉ！」
　不意打ちすぎる笑顔に、私の顔はまっ赤になって思わず南と暁の背後に隠れた。
「はぁ？　何言ってんだお前？」
　無自覚かよ！　くっそー……。
　ギロリと茜をにらんでみたけど、相変わらず私の顔は赤いらしく、南にプッと噴きだされた。
「バーカ！　南バーカ！」
「ガキか」
　ボキャブラリー少なくってすみませんねーだ。
　——そんなこんなで平和に過ごし、お昼まで学校にいてそのあとは倉庫に。
　今まで話しかけてこなかった人も話しかけてくれて、ぶっ倒した４人はなぜか私を姉御と呼んでくるようになった。……ちょっとやめてほしいけど。
　ちなみに４人は朝陽さんに、「４対１で、女の子に挑むなんて何考えてんだ！　それも日向ちゃんはこないだ襲われてケガしたばっかなんだぞ、それ以外にも元からケガが

......」と、みっちりお叱りを受けていた。

　それからは事件もなく、約束の１週間後がやってきた。

　今日はいつもより遅く来てと言われて、６時になるまで茜と話したり、バイクを走らせたりしてから倉庫に行った。

　ガラにもなく、緊張する。

　私を仲間にするのは無理だって言う人がいるかもしれない。

　倉庫の前まで行くと、茜にちょっと目ぇ閉じてろと言われた。まっ暗な視界の中で、シャッターのあがっていく音が聞こえる。

「開けていいぞ」

　おそるおそる目を開くと、倉庫の中はまっ暗で何も見えない。

「……ん？」

　数歩近づくと、パッといきなり明かりがついた。

　そして次の瞬間、たくさんのパン!!　という音が鳴り響いた。

「白龍初の女子！　日向の歓迎パーティーここに開催いたしまーす！」

　奏多と暁が大きい声でそう言うと、みんなが「おぉぉー!!」と声をあげた。

　……へ??　な、何これ!?

　驚きと戸惑いを隠せない主役のはずの私を差しおいて、みんなはわいわい騒ぎはじめた。

「え？　え？　え？　歓迎パーティー？」

混乱して、頭を抱えはじめた私の腕を誰かがグイッと引っぱった。
「うおっ！」
「日向も来ねーとはじまんねーだろっ！」
　かわいい笑顔を私に向けてそう言うのは、奏多。
　い、いやでもさ！
「私まだみんなに認められたかどうか……」
「これ、俺ら全員でやったんだ。これが俺らの答え。これから仲間として、よろしく日向」
　にっこり笑ってそう言った奏多に、私は少し泣いてしまいそうになった。
　うれしくて、うれしすぎて。
　こんな私でも認めてくれて。白龍の仲間になれて。
　目の前には豪華に飾られた倉庫と、テーブルがたくさん。
　そこにはいろんな料理が置いてある。
　きれいなものから、食べ物かと疑うようなものまで。
　でも全部があったかくて、私はみんなにとびっきりの笑顔を向けた。
「みんな、ありがとうっ!!」
　──そしてこれから。仲間としてよろしくね。
　私のその笑顔に応えるように笑ったみんなと、私は夜まで騒ぎまくった。

☆
☆ ☆
☆
2章

――もう関わらないで。
たしかに私はそう言ったのに。
私はあなたたちに裏切られたことは
ふっきったのに。
なのにどうして、関わってくるの？

ソレの始まり

　昨日の騒ぎまくった夜のせいで寝不足の私は、ふわぁ……と登校しながら小さくあくびした。
　そして、そんな私の横には……、
「やー、ホント昨日は楽しかったな」
　なぜか南が。
　ついさっき道で出くわしたんだけど、南のことを知った日から、南がちゃんと学校に来るのを見たのはたぶん今日が初だ。
　でも、理由があるらしく。今日は茜が学校に来れない日らしい。だから代わりに南が来たんだって。
　南の提案で、今日は久しぶりに６時限目まで授業を受けることにした。
　私の通ってる学校はテスト重視で、テストがよければサボって平気なんだけど、さすがにサボりすぎたらテストにも響いちゃうからね。
　今度、文化祭終わったらテストもあるし。
　――でも、この状況は久しぶりかもしれない。
　うれしくって、口もとがにへら、とゆるんだ。
「……お前、何笑ってんのコエー」
「だって私、学校行くのにぼっちじゃないの久しぶりなんだもん！」
　私は激しくうれしそうな顔をしてたらしい。

「あー、お前すごいスルーされてたもんな。知ってるよ、俺は。じゃあ今日は、俺が授業の間の休み時間のたびに遊びにいってやるよ」

　南がこんなことを言いはじめた。

　うれしい、けど。

「……それって、南もみんなからすごい目で見られることになるよ？」

　だから、やめときなよ。そう言うと、南はあきれたようにため息をついた。

「俺ら仲間だろ？　んなもん気にしてんじゃねーよ」

　み、南……!!　ホントに感激だ。

「南ありがとう！　あ、でも私４時間目は移動教室だからその前は来なくて大丈夫だから！」

　そう言うと、了解といって南は爽やかな笑顔を見せてくれた。

　うれしいなぁ。じわりじわり、胸が温かくなって、私は始終笑顔だった。

　でも、校門を通ってからは突き刺さる目線目線目線。

　おかげで、居心地が悪くってたまらない。

　でも、そんなの気にしないでのんきな顔してる南は心臓に毛が生えてると思う。絶対。

「……周りの目線なんか、気にすんな。今は横に俺がいるだろ。俺のことだけ気にしてろよ」

「ぷっ、南ヤキモチ焼きな彼氏のセリフみたい！」

「てめ、こっちが気にかけてやってんのに！」

「べつに気にかけてとか頼んでないしー!」
　おちょくるとそれに南が食ってかかる。
　単純な南をバカにして笑いながら歩いていると、ある人たちが目に入った。
　見覚えのある彼らは、青嵐。一瞬足がぴたりと止まってしまったけど、何事もなかったかのように私は歩きだして、また南とふざけながら下駄箱(げたばこ)まで向かった。
　でも、私は自分でもわかるくらいヘタくそに笑ってたし、心臓が嫌な音で鳴り響いて、手は少し震えていた。
　私とちがうクラスの南が、私から離れた下駄箱で靴を履(は)き替える。
　そんな南にばれないように、小さく息を吐いて自分を落ち着かせた。
　――また一緒にいたいとかそういうのじゃなくて、ただ単純に、彼らが怖くてたまらない。
　だって彼らは、私が襲われると知っていたのに助けにこなかった、私がそういう目にあってもべつにいいと判断した人たち。
　――怖くない、わけがない。
「おーい?　行くぞ?」
　南のその声でハッとして顔をあげて、私は小走りで南の横まで行った。
　廊下を歩いている間に聞こえるのは、ヒソヒソという話し声。
　気分は悪かったけど、始終、南としゃべってたから教室

に着いたときは笑顔で隣のクラスの南と別れられた。
　教室に入ってきた私に、さっきまでの状況を問いつめたくてしかたないというような顔をしているクラスメイト。
　でも私に話しかけるのはダメだから、遠目に私を見ているだけ。
　そんな周りのヤツらのことは気にしないで、私は昨日のことをいろいろ思い出してまた口もとがゆるんでしまった。
　……そういえば。
　昨日、いろいろ写真を撮ってたタカがあとで送ってくれるって言ってたな。そう思い、スマホのアプリを開くと、たくさんのメッセージと写真が送られてきていた。
　私とみんなが笑ってる写真。それぞれとのツーショット。
　たくさんの写真があって、ほわほわ心が温かくなった。
　やっぱり、みんなのこと思い出すとどこでも心が軽くなる。
　先生が教室に入ってきたから、私はスマホをしまって、頬のゆるみを直し、前を向いた。
　――そして、宣言どおり。
　毎時間の休みのたびに私のところに遊びにくる南と笑ってふざけあって。
　楽しくて楽しくてしかたなかった。
　教室でこんなに楽しいのは久しぶりで、軽く泣きそうになってしまった。最近、涙もろくて困ってしまう。
　でも、次は４時間目の移動教室。
　４時間目でるの久しぶりだなと思いながら、私は教科書などを持って教室から出た。

別棟への通路を通り歩いていると、向こう側から甲高い女子たちの騒ぎ声が聞こえてくる。
　な、何？
　ビビりながらもそのまま歩いていると、そんな女子の間を抜けて歩いてきたのは、不機嫌な顔の夕だった。
　久しぶりに、ガッチリ重なった目線はそらすことができない。にらむように、殺気を漂わせて歩いてくる夕に嫌な予感がして止まっていた足を進める。
　けど、足はなかなかうまく進まない。怖くて、震える。
　彼らは私が襲われてもべつにいいって思ってる、そんな風に思われるくらい嫌われてる。
　——そのことが怖くて、しかたない。
　不規則に動く心臓を直すように、教科書をぎゅっと両手で握りしめた。
　ぎこちなく、でも早足に歩いて、やっと夕の横を通りすぎられる——そう思って息をはこうとした時に。
　私の腕は夕によってガシリとつかまれた。
　ビク！　突然のことに跳ねた私の肩。周りにいた女子たちからは、小さな悲鳴があがった。
　きっと、私が姫をやめてから、みんなの前で青嵐と関わるのは初めてだ。
　夕の目を見たら、拒絶しちゃいそうで、怖くて怖くて怖くて、立っていられなくなりそうで……。
　夕の方は向かず「なんの、用？」と、震える声でそう問いかけた。

目線を合わせない私を小バカにするように笑って、夕は無理やり目線を合わせてきた。
　足が震える、手も震えてきて、私は手と手を握りあわせた。
　やだ、怖い。
　何も言わない、夕の口は不機嫌そうにゆがめられていて、目からは、憎悪と軽蔑と殺気が伝わってきた。
　──あ、これ、まずい。ケンカする前の不良の目。怒りのこもった、目。これはくる。ヤバイ、よけなきゃ。
　だって私、最初はこういう時のこと予想してケンカ教えてもらってたんだし。
　──けど、だけど、ダメだ。怖くて動けない。
　がんばって、1歩動かそうとした時には夕のパンチは私のお腹にめりこんでいた。
「お前、ウゼェ」
　はき捨てるように言われた、言葉。そのまま通りすぎていく夕。倒れこむ、私。
　最初は悲鳴をあげたくせに、次の瞬間には爆笑しはじめた周りの人。
　──痛い。
　中哉に蹴られて、完治する前に凶虎にもやられて。
　それがまだ治ってないのに、同じ場所に重ねて繰りだされたパンチに私はもう限界だった。
　いつもの、比じゃない。痛すぎて、どうしようもない。
　ヤバイ、これは骨ちょっとイッたかもしれない。
　ありえないほどの痛みに耐えながら立ちあがる私を、ま

だなお笑い続ける周り。うっとうしくて、たまらない。
　なんで、夕。なんでアンタはまた関わってくるんだろう。
　ふらり、ふらり、進んでく私に誰かがドン！とぶつかった。
　衝撃でうしろに倒れた私は、腹部に走った激痛に「うあっ……！」と声をもらした。
　なんで、こんな時に。
「いっ、いったぁ……‼」
　……ぶつかってくるかな、篠原柚姫は。
　周りは、「ひっどー、まだいじめてんの？」「篠原さん大丈夫？」「ちょっと痛い目にあわせた方がいいんじゃない？」という声であふれ返った。
　そこで、気づく。そっか、そうだった。他の生徒が今まで私に何もしなかったのは、私に関わっていいのかわからなくて、関わって青嵐に何か言われるかもしれないのが怖かっただけ。
　幹部がみんなの前で直接私に関わって殴ったら、それは暗黙のルール崩壊の合図。
　裏では篠原柚姫の悪口を言ってるギャルたちも、今はよってたかって私を責めていた。
　……どっからどう見たって、篠原柚姫がぶつかってきてたじゃん。
　なんだか悔しくってしかたない。でも、その悔しさをどうすればいいのかわからなくてよけいに悔しくなった。
　悔しくて、痛くて、こんなヤツらの前で弱いところを見せたくなくて、無意識に強く強く、下唇を噛む。

痛みに耐えて、もう一度立ちあがり歩きはじめた私の頭の上に、どこから用意したのかバケツがあった。
　ヤバイ、そう思ったときにはそれは傾いて、廊下と私は水浸(みずびた)しになった。
　廊下は甲高い笑い声と、私を恨(うら)んでるらしい青嵐の下っ端の笑い声でいっぱいになった。
「きったなぁい!!」
「掃除しときなよね?」
　でも、その半分の声は私が顔をあげると一瞬で止まった。
　私の左頬に貼ってあった、湿布が水圧ではがれて落ちた。
　むきだしになったのは、できたばかりの紫よりももっとひどく見える、治りかけの赤黒い大きいアザ。
　左側にいた人たちは、それを見て息をのむ。
　隠しきれない笑いを口もとに浮かべていた篠原柚姫の顔も、驚愕(きょうがく)の色に染められた。
　こういうのはあまり見たことがなかったんだろう、一瞬で目をそらされた。……そんなんで、姫をやってるなんて。
　……ねぇタ、アンタ本当に顔と地位しか見られてないね。なんとなく、青嵐の人たちに同情してしまう。
　もちろんそれは、心の底からの「かわいそう」ではなくて、青嵐の愚かさにあきれて出る「かわいそう」なんだけれど。
　ただ、そんな左側の人たちとはちがって、右側の人たちはケガが見えないからよくわからないらしく。
「は?　なになに?」とか言いながら、ニヤニヤしている。
　水をそのままに歩きだした私の肩を、右側にいた男子が

つかんで振り向かせた。
　ニヤニヤ笑ってたそいつの顔もまた、驚愕の色に変わる。
　右側のヤツらにも見えてしまったようで、廊下はシンと静まり返った。
　最悪だ。こんなの、見られたくなかった。
　屈辱でいっぱいになりながら、痛みに耐えて私はまたふらふら歩きはじめた。
　今度は誰も邪魔はしてこなくて、保健室に向かってふらふら歩く私をただ見るだけだった。
　──保健室の鍵は開いていたけど、中には誰もいなくて。
　好都合、なんて思いながら、着替えて頬にシップを貼り直した。
　ズキリ、痛むお腹に病院に行かなきゃと立ちあがり、南に【ちょっとサボってくる。昼休みいないかも！】と送って私は痛みに耐えて病院へ足を運んだ。
　診断結果は私の予想どおり骨にヒビだったけど、なにげに病院ははやく終わり、学校に戻った。
　お昼休みを旧美術室で南と過ごして。私が殴られたこと南に伝わっちゃってるかな、なんて心配だったんだけど平気みたいで。私はひとりでホッと息を吐いた。

　──お昼休みも終わり、南と別れて教室に入る。
　けど、入ってすぐ。私は自分の机があったはずの場所を見て目を見開いた。……机、行方不明。
　まさかこれって、俗に言う嫌がらせ？　いじめ？

うわぁ地味にイヤだ！
　ただ、なんでかイスは置いてある。
　クラスはヒソヒソとした話し声と、クスクスという笑い声で包まれていて。でも私はそんなの気にせず、よいこらしょと隣の席の机をいただいた。
　べつに隣の人に迷惑はかけてない。
　だって私の隣の席は——１回も教室に来てないから。忘れてる人もいるかもしれないけど——茜だ。
　そうすれば、こんな荒技に出ると思ってなかったのか、クラスメイトが動揺したような顔になっていた。
　そんな中、先生が来て、授業が始まった。
「はーい、じゃあ残り２時間は文化祭のことについて決めるぞー」
　……マジですか！
「じゃあ実行委員から決めるぞ。推薦、立候補どっちでもありだ」
　ちょ、バカたれ!!
　推薦という単語を出した担任に心の中で悪態をつく。推薦なんて言ったら、このクラスの人たち——。
「花崎さんがいいと思いまーす」
「うちも〜」
　——こういう古典的なイヤがらせしてくるから!!
　ってやっぱりか！
　いやいや、これは本当にイヤだし無理だ。白龍のみんなと一緒にいる時間減っちゃうよ！

「じゃあ、女子花崎決定なー」
「え、はぁ!?」
　担任のゆるさに驚きの色を隠せない。
「男子はー」
　え？　本当に決定なの？
　ていうか、私とやりたがる人がいるわけない。これ確実にシーンって──。
「はい、俺やります」
　そう言って廊下側のうしろの席で、男子が誰か立候補した。
　……へ？
「ほい、決まり。ふたり前出てこーい」
　今、あの子自分で立候補したよね？　な、なんで……!?
　ぐるぐる考えながら、しかたなく黒板の前に立つ。
　もう決定なの、これ。
　私のあとから前に出てきた男子は、教室以外のどこかの場所で見たことがある。
　あ、青嵐の人かな。だから見たことあるのかな、ひとりで納得していると横から、
「じゃあ、花崎と須佐ふたりでこっから進めてけ。今日絶対決めるのは、クラスで何するか３つ候補絞ることだ」
　じゃ、よろしくという無責任な声が聞こえてきた。
　先生丸投げすぎる。ひどすぎる。
「俺、進めるから花崎は黒板お願い」
　突然普通にそう話しかけられて、戸惑いつつも私はチョー

クを手に持った。
　話を進めていく須佐くんを横目に、教室を前から見渡して心の中で苦笑い。
　髪の毛の色は黒は少なくて。クラスの4分の1の席は空席。
　すごい光景だ、本当。
　たくさんある空席の中、派手な色で落書きされたふたつの机に自然と目が止まる。——中哉と、夕の席。
　そう、私たちは同じクラス。そして、篠原柚姫も。
　ただ、私が青嵐をやめてから彼らがこの教室に来たことはないけど。
　そこまで考えて、頭に浮かんできたのは今日の夕の、殺気に満ちた目。
　思い出して、ゾクリとした。
　そういえば夕は、裏切られるのが嫌いだったっけ。
　だから私にあんな目を向けてきたのかな。
　頭で考えながら、黒板の方に体を向け文字をつづっていく。
　その手がかすかに震える。思い出して震えるなんて。
　……私は白龍なのに。こんなんじゃ、ダメだ。
　出た案を全部書き終えて、私は腕をおろした。
　にしても、黒板に書いていくのはヒビが入ったところに響く。書く時の衝撃がちょっと痛い。
「じゃあこの中から多数決していくんで、やりたいやつ手ぇあげてって」
　こんなにはやくまとまっていくなんて、上手だなぁ。
　須佐くんに感心しつつも、私は数を数え、黒板にカツカ

ツ正の字を書いていく。
　書くたびに、ズキリと傷が痛む。
　書き終わり、腕をおろし、黒板を見ると人気の出し物とそうでない出し物がキレイに分かれていた。
「おー、決まったな。第1候補はお化け屋敷。第2はメイドカフェ。第3はコーヒーカフェ。これでみんな文句ないか？」
　そう聞いた須佐くんに、みんなの返事が返ってきて、まさかの20分で終わってしまった。
　……え、もしかしてこれで仕事終わり!?　じゃあ倉庫行ける!?
「実行委員は、紙に書いておけ。今日の放課後早速集まりあるぞ」
　で、ですよね〜。
　はぁーっと落胆しながら、放課後使う用紙をもらって自分の席についた。
　みんなが自習している中、私はそのプリントに候補と、候補理由を適当に考えて書いていく。
　よし、書き終わった！　と、完成したところでちょうどよくチャイムが鳴った。

　そのあと、また私のクラスに来てくれた南に事情を話すと、めちゃくちゃ驚かれた。
　そして、6時間目の授業を受けながら茜にも連絡を入れておく。

文化祭までの3週間は、放課後まで学校にいなきゃいけないこと。だから、茜とはサボって倉庫行けそうもないということ。それと、今日も入れて3週間、終わったら連絡するから家の近くのスーパーまで迎えにきてくれないかということ。
　それを打ち終わり、残りの時間は真面目に授業を受けて、やっと放課後になった。
　文化祭実行委員の集まりがある会議室の扉を開けば、もう来ていた人から、案の定、たくさんの目線を浴びせられる。
　先輩、後輩、いろんな人がいるけど、周りから聞こえて来るのは、夕くんという単語と殴ったという単語ばかり。
　ヒソヒソ噂されているのは、今日のこと以外ありえない。
　こんなに広まってるなんて。ちょっとゾッとしながらも、私は気にせず前だけ向くことに決めた。
　それからは着々と話し合いが進んでいって、お化け屋敷とメイドカフェはかぶり。
　須佐くんがじゃんけんしたものの、どっちも他のクラスと学年に負けて、結局、かぶりのなかったコーヒーカフェになった。
　コーヒーカフェって、なんだ？　内心そう思ったのは、私だけじゃないはず。
　決まった出し物の基本的な構想を考えて、と先生に言われて須佐くんと話し合った。須佐くんと話すことはあっても、目が合うと一瞬でそらされる。
　ちょっと凹みつつも先生に構想を話してOKをもらい、

5時半頃やっと会議室から出ることができた。
　──だがしかし、まだ私は学校から出ることができなかった。理由は、女の先輩3人に引きとめられたことにより。
　やだもう、なんだ今日。厄日かっ！
　それもこれも全部、夕の行動のせいだ。
　はぁ、とため息をついて先輩たちのうしろを歩く。
　腕をつかまれて、逃げるにも逃げられない。
「入れよ！」
　突然腕に力が加わって、私は横にあった資料室に入らされた。
「はー、やっとアンタに手ぇ出せるわ」
「ホントホント。つか、何にらんでんの？　生意気すぎ！青嵐の姫になった時から生意気だとは思ってたけど」
　そりゃ、にらむでしょ。てゆーか口調がおそろしい変貌をとげてますけど。
「マジでコイツムカつくよね！」
「1回ボコろうよ。てか、青嵐を裏切るなんてよくできたね、アンタ」
　その言葉に、私はギリッ……と歯を食いしばった。
　また、それか。
「で、姫もいじめてたんでしょ？」
「性格悪すぎ!!　ヤバイでしょ！」
　キャハハハハ！　甲高い声で笑う3人の女。
　……ああ、ダメだ、イライラしてしまう。
　投げかけられる言葉は、私のイライラに拍車をかけた。

「てか、あの朝一緒にいた男の子。あの子のこと、体でたぶらかしたんでしょ？」
「っぷ、キャハハハ！　ありえる〜！　ひとりじゃ寂しいから学校でも一緒にいて？　とか言っちゃってそう！」
「てか、それに乗るあの男子も単純すぎ！　てかバカ？」
　うるさい。わけわかんない妄想を繰り広げて、爆笑して。
　そこまでは、我慢できたけど、さすがに南を……仲間をバカにされて黙ってられるようなタチじゃない。
　知らないくせに。私のことも、南のことも、篠原柚姫の本性も、青嵐のことも、何ひとつ。
「……南を、バカにしないで」
　私の口から出た低い声に、「は？」と笑いながら返してくる。
　私をバカにするのはべつに構わないけど。
　でも、白龍の人たちをバカにされるのは我慢ならない。
「何も知らないですよね？　何か見てたの？　南のことも、私が篠原柚姫をいじめたって話も、全部噂と想像でしかないくせに‼　それに、もし私が篠原柚姫をいじめてたとしても同じことしてた先輩たちに責められる筋合いはない！　何より、これは私と青嵐の問題で先輩には関係ないっ‼　……何も知らないじゃん、何も……っ！」
　怒りをこめて、低い声で言ってたはずなのに。
　最後は、声を張りあげて、声からも私の感情が伝わってしまいそうなくらい、悲痛な声になっていた。
　だって、ずっと思ってたから。

この学校の生徒にも、青嵐のみんなに対しても。知らないでしょって。
　誰かに信じてほしくて。でも、根も葉もないことを言われて……イライラして。ムカついてた。
　でもたぶんそれ以上に、苦しくて悲しくて、辛かった。
　本当は、気を抜いたら泣いてしまいそうで、逃げだしたかった。誰も信じてくれないこの場所から。
　——前までは。
「何、言ってんの。生意気!!!」
　戸惑ったような声を出した女の先輩だったけど、言われた内容がムカついたらしく、私の頭を壁にゴン!!　と押しつけた。
　——だからね、茜。
　本当はこの辛さから救ってくれた茜に、どれだけ伝えても足りないくらいに感謝してるんだ。
　だからね、白龍のみんな。みんながちょっと道を踏みはずした存在だとしても、私はみんなと同じ道を歩いていきたい。
　君たちが、苦しんでたら今すぐ助けにいきたいし。君たちをバカにする人がいたら、その時は私が許さない。
　そう、思ったんだよ。
　白龍を守れる存在になりたい、そう思った時から私の気持ちは揺るがない。
「先輩にそんな口聞いていいと思ってんの!?」
「ただで済むと思うなよ!!」

先輩は怒ったように、私の足を蹴ってくる。けど、あんまり痛いと感じなかった。
　最近強い蹴りいっぱい受けてたからなぁ。
　私は、スッと立ちあがる。
　まさか立てると思ってなかったらしく、戸惑ってる先輩たちを思いっきりにらんで、息を吸いこんだ。
「もう1回私の仲間をバカにしたらっ!!!　そん時はぜっっったいに許さねぇから、覚悟しろっ!!!」
　校内に響き渡るくらいの大声。白龍に届ける勢いでそう宣言して、私はその場からマッハで逃げた。はやかった、もはや光の速度だった。
　走ったけど、ヒビのところがやっぱり痛かったから途中からは競歩の選手ばりのスピードで歩いた。
　なんとか下駄箱まで着いて、あがった息を整えると、同時に正常な判断力が戻ってきた。
　……ひぃい!!　先輩にタンカきってしまった！
　後悔は、しない。けどやっぱりバカなことをしてしまった自分に少し腹が立つ。
　夕に殴られて崩壊した暗黙のルール。
　それはつまり——私へのいじめが始まるということ。
　そこまでは全部夕のせいだ。けど、きっと明日からのいじめはもっとひどくなる。
　その引き金を引いてしまったのは、まぎれもない私だろう。
「あーーー、もう！」
　ぶんぶん、頭をふってそんなことを取っぱらう。

だめだ、気にしちゃ。もう言っちゃったものは言っちゃったんだし。謝る気もさらさらないし。
　あとは流れに身を任せます！　よし、そうしよう！
　ふん、と鼻から息を吹きだし、決意して私は家にむかって歩きはじめた。

「ぶ、文化祭実行委員!?」
　あのあと、茜にマンションの近くのスーパーまで迎えにきてもらい私は倉庫に来ていた。
　これから倉庫に来るのが遅くなる報告と、その理由を話すと茜と南以外にド失礼な表情を向けられた。
　なんでそんな衝撃受けてんの!?
　逆にこっちがたじろいでいると、ミッキーが私のところに近づいてきて肩に両手を乗せる。
「ひ、日向みんなのことまとめたりできんのか？　大丈夫か？　逆に迷惑かけたりしないか？　俺も手伝いにいこうか？」
　お前、このやろう。それって心配してるフリしてホントは意図的にバカにしてるでしょ？
　ミッキーをちょっと疑っていると、暁がノリノリの表情で私に近づいてきた。
「日向の高校の文化祭行きてぇな！　楽しそうだし、俺遊びに行くわ！」
「はぁ!?」
　それに便乗して、白龍の下っ端くんたちまで行く気満々

になってる。
「む、無理でしょ！　人数多すぎだし！　それも私の高校、青嵐いっぱいいるんだよ！」
　ケンカにならないわけがないでしょ！
　私の言葉に、低レベルすぎる「ぶーぶーぶー」というブーイングが聞こえてきた。ガキか！
「なぁ、お前の高校寿司屋あるか？」
「ないでしょうね！　むしろある高校があったら見てみたいから！　普通に寿司屋行けっ！」
「マンガ喫茶はねーの……」
「お前も普通にマンガ喫茶行ってろ！」
　なんなのお前らふたり！　タカと美影は自分の好きなものをすごい押してくるよね。めちゃめちゃ押してくるよね。
　うしろで行きたいよー行きたいよー、と暴れる白龍の下っ端はもう、朝陽さんの手に負えない。
「幹部以外は顔あんまり割れてねーだろー？　なぁなぁなぁ〜」
「そーだぞ、なぁ日向ー！」
「日向ー俺も行きたいーそして好きー」
「姉貴ー俺もー」
「姉御の文化祭見たいよー」
　ぶーぶー言ってくるのは、暁と奏多とその他3人。
　まーくんの発言はスルーだスルー。
「ぶーぶーぶー」
「ぶーぶーぶーぶー」

「ほんっとにもう！　じゃあ午前と午後で人数分けてきて！どっちも最大は10人だからね！　あと私服！　なるべく不良感は減らしてよ！　あ、朝陽さんの私服みたいなキレイめのにしてね！」

　私のその発言でワッと沸いた白龍の下っ端は、じゃんけんをはじめた。

　はぁ……とため息をつくと、茜がこっちに歩いてきて私の頭に顎を乗せてガクンガクンしはじめた。

　いや、ちょ、痛いんですけど！

　てゆーか、最近知ったことなんだけど茜はいきなり女子に近づかれたり触られたりするのは顔まっ赤にするのに、自分からは平気らしい。謎だ。

　ケタケタ笑いながら、上から私の顔を見てくる。
「おめー、今日俺がいなくて寂しかったろ？」
「はぁ？　べつに平気ですぅ」
　いや、ホントはちょっと寂しかったけどさ。南いたし！
「嘘つけ」
　そう言ってニヤリと笑った茜を、どんな自信家だ、と心の中で毒づく。
「茜は、文化祭来ないの？」
「あー気が向いたら教室に出むいて、お前が準備してるの手伝ってやるよ」
「茜来る気ないでしょ。でもそれホントだったら、茜教室に初登場だね！」
「でも俺、もーすぐ初登場するし」

当たり前だろ？　みたいな顔して言った茜に、私は首をかしげる。
「テスト、文化祭終わったらあるだろーが」
「あぁ！　茜もさすがにテストはうけるんだ！」
　……てか、テストできるの？　と疑って聞くと、うしろから朝陽さんの声が聞こえてきた。
「俺らの学校ももうすぐテストだな、美影。日向ちゃんそいつすげえ勉強できるからな。心配いらねぇぞ」
「ええ!?　茜が!?」
　驚くと、上から舌打ちが聞こえた。
「バカにしてんのかおめぇ」
「うーん、ちょっと？」
　悩んでからそう答えると、また頭の上で顎をガクガクやられた。……だから痛いって!!
　ちなみに、私と茜と南以外の白龍の高校生は、だいたいみんな同じ高校に通ってる。
　この街で、西側にあるのが私たちの高校、青風高校。
　そしてその反対の東側にあるのが彼ら、白龍が通う不良男子校、赤羽高校。
　青嵐と白龍が勢力争いを続けて行く中で、気づいたらこう言う風に高校に入る不良たちまでもが分かれていたらしい。
　ひとつちがいをあげるなら青風はブレザーで、赤羽は学ランってことくらいかな。
　あ、そういえば。
　茜から離れて、いまだじゃんけん大会をやっているみん

なの中に入っていく。
　そしてミッキーの前まで行って、にっこり笑い。
　さりげなくスッと、前髪まで手を伸ばすとその手をやんわりつかまれ、おろされた。
「あー!!　失敗したぁ！」
「もういいかげん、諦めような？」
　そう、最近私の中でブームになっているのはミッキーの素顔を見ること。
　だけどなかなかうまくいかないんだよねぇ。
　ぶうっとぶーたれて茜のところに戻ると、
「ぷっ、その顔まんまモチだな。まぁ幹生の素顔はいつか見れるだろ」
　と言われた。
「モチってなんだし！　っていうか、なんでみんなは見たことあるのに私はないの!?　絶対見てやる！」
　意気込んでそう言うと、まあがんばれという適当な返事が返ってきた。
　そんなことをしている間に、文化祭に来る人が決まったらしい。
　私のところにみんなが集まってくる。
　そして、ミッキーがうれしそうに口を開いて結果を教えてくれた。
　午前はだいぶ濃いメンバーで、ミッキーと奏多とまーくん、モヤシダさんとタカと朝陽さん、それと私を姉御と慕(した)う４人組。

でも午後は暁と美影にプラスして、大仏くん、マッチョくん、ノッポくんにマツゲに輪ゴムくん、赤に黄色に青……と、私が倉庫で仲よくなった下っ端軍団の中からたくさん来てくれる事になった。うれしいなぁ。

　騒がしいみんなを眺めながら、大仏くんを探す。

　あだ名はもちろん、私がみんなに付けたやつ。

　……ネーミングセンスが皆無とか茜に言われたけど、そんなことないし！

　みんなも喜んでたし！　たぶん！

　私なんか白龍の何人かからは、親しみをこめて「ひーちゃん」って呼ばれてんだからな！

　えっへん、ひとりでドヤってから、ちょうど見つけた大仏くんたちのところに駆けていく。

「大仏くーん、マツゲー!!　来てくれるなんてテンションあがるよ！」

「ひーちゃんのがんばり見たいしな！」

「おうよ！　日向の学校も行きたいし！」

　きゃっきゃっと午後のメンツで盛りあがっていると、午前のみんなが、ぶすーっとした顔で見てくる。

「日向、えこひいき反対！」

「日向、俺らはイヤなのか？」

「っ、嫌いなんてそんなことあるわけないよ奏多!!　かわいいよおお!!　……だがしかし、午前はちょっとメンツが濃すぎる！　絶対問題起こさないでね！」

　私がそう言うと、マッチョくんがうしろでそうだそう

だーと賛成する。
　倉庫はいっそう騒がしくなった。
　間に入った朝陽さんまで巻きぞえ食らっちゃってるし。
　あきれながらも。耐えることなく、私の顔から笑顔がこぼれる。
　ちょっと変わってる白龍のみんな。そんな彼らが私は大好きだ。イヤなことだって、忘れさせてくれる。
　文化祭実行委員だって、みんなが来てくれるんならがんばろうと思う。
　だけど、そんなみんなの心配そうな顔は見たくないから。
　だから、ケガのこともいじめのこともべつに言わない。
　大丈夫、自分でなんとかできる。
　──大丈夫。

文化祭準備スタート

　倉庫で文化祭に行く人じゃんけん大会が行われた次の日。
　その日から、私の予想どおり嫌がらせは悪化した。
　トイレに行けば、上から水が降ってきたり、物が落ちてきたり。
　茜から奪った机は、落書きだらけ。
　ジャージは隠されて教科書とかはボロボロ。
　なんていうかもう、悲劇のヒロインできあがりだ。
　ボロボロになった物を買い直すお金ならあるから、ひと安心だけど。
　それと、文化祭の準備が少し始まった。
　決めることはたくさんあったけど、須佐くんのおかげでちゃんと決めることができた。
　相変わらず、彼が実行委員になった理由はわからないけど、放課後は、文化祭初日の校内発表について決めたりして、そのあとやっと、癒しの白龍のみんなに会いにいく。
　そんな日々を繰り返して２週間。
　──文化祭まで残り１週間となり、本格的に準備が始まったけど……。
「どんな衣装にするの？　わっ！　茶色のメイド服？　かわいいー‼　ね、夕？」
「だな。男子はねぇのか？」
「あああ、ありますよ！　これです！」

「へー、センスいいな」
　突然教室にやってきた、夕と篠原柚姫と中哉によって準備もままならなくなってしまった。
　誰が材料買いにいくか決めてるところだったのに。タイミング悪い。
　はぁ、ため息をついて私は須佐くんに近寄った。
「私、買い出しいってくる」
「よろしく、頼むわ」
　相変わらず私の目を見ないでそう言った須佐くんに、ちょっと傷つきつつも、私は財布とメモを持って外に出た。
　ヒビの所、最近ぜんぜん痛くないな、なんて思いながら歩いていると、うしろから走ってくる音が聞こえた。
　くる、と振り向くと、息を切らして私に追いついてきた須佐くんの姿があった。
「え!?　須佐くん!?」
「お、追いついた……。俺も買い出し手伝うよ。ひとりじゃ無理だろ？」
　つくづくわからない子だな、なんて思いながら手に持っているメモを見て苦笑いをこぼした。
「これはさすがにちょっと無理かも……」
　苦笑いしたまま須佐くんを見ると、目線が重なった。
　あ、初めてかも。すぐにそらされるかな、そう思っていたけどなぜか須佐くんはすぐにはそらさず。何かを言いたげな表情で立ち止まった。
　言おうか、言うまいか。迷っているようなそんな感じ。

「……須佐くん？」
「え、あ、なんでもない」
　でもちょっと声をかけると、あわてたように苦笑いして須佐くんはまた歩きはじめた。
　なんだったんだろう。まぁべつにいいか。
　とくに気にするのはやめて、須佐くんに手分けして買わないか提案した。
　その案に乗ってくれた須佐くんは、食べ物系を。私は装飾系を任された。
　あんまり会話もなく目的の場所に着くと、「じゃあ1時間後ここで」須佐くんのそっけない合図によって別れた。
　衣装の簡単なものを作るための生地や、教室を飾りつけるための紙。
　それをたくさん買い終わった時には、結構な時間が過ぎていて。タピオカのジュースを通りがかりに買って、須佐くんとの集合場所に5分前に着いた。
　とくにすることもなかったから、無心にタピオカを噛んで飲んでを繰り返していると、須佐くんが集合場所に来た。
「ごめん、遅くなった？」
「ぜんぜん平気！」
「そ？　ならよかった」
　じゃあ、学校戻るか。
　そう言った須佐くんの手には、私と同じくらいのふくらみの袋がふたつ。
　学校までの道のりを歩きながら、私は須佐くんに問いか

ける。
「須佐くん、食べ物買うの大変じゃなかった？」
「いや、ぜんぜん。花崎の方は？」
　私もぜんぜん、と答えて、また私たちは無言に戻る。
　本当になんの会話もなく、横に並んで学校に向かって歩く。
　校門の前まで来て、最後の1粒のタピオカを噛んで飲みこんだ時、須佐くんはピタリと足を止めた。
　須佐くんよりも何歩か多く歩いたあと、止まって振り返る。
「須佐くん？」
　足を止めてうつむいている須佐くんが心配になって、私は須佐くんに近づいた。
　顔をのぞきこむと、またその表情。言おうか、やめようか、迷ってる表情。
　言いたくないなら、べつにいいんだけど。
「何か、言いたいことがあるなら言ってほしい」
　迷ってるってことは、言いたい気持ちがないわけじゃないはず。私のその言葉に、須佐くんはゆっくり顔をあげた。
　眉をさげたその表情を、私前に、一度見ている。
　何が言いたいのか、わかってしまった気がする。
　口を少し開けて、でもやっぱりというように閉じて。
　それを、何回か繰り返してから、須佐くんは決心したようにまた口を開けた。
「なんで、花崎は"あの時"泣いてたんだよ？　なぁ花崎、お前——本当に青嵐を裏切ったのか？」
　……あぁ、やっぱりだった。

私が思い出した光景は、私がまだ青嵐の姫で。私は、名前だけの姫なんだって傷ついて。篠原柚姫しか見てないみんなを見ていたくなくて、幹部の部屋から飛びだした"あの日"。
　倉庫の裏に来て、ドラム缶に背中をもたれかけてズルズル地面にへたりこんで。
　なんで？　そう思いながら、声を押し殺して泣いた、"あの日"だった。
　そうだ、あの日泣きおわって、立ちあがった時。
　目が合って、今と同じ眉をさげた顔で笑いかけてくれた青嵐の下っ端は……須佐くんだったんだ。
「……思い出したよ」
　そう言うと、須佐くんはまた同じセリフを繰り返した。
「あの時、花崎が泣いてたのはなんで？　本当は青嵐を、裏切ってないんだろ？」
　その言葉、私が白龍に出会う前にかけてもらったら、きっと泣いて喜んだだろうな。
「須佐くんは、もう真実がなんとなくわかってるんでしょ？」
「花崎も幹部のみなさんも、今の姫──篠原が来てから変わった。花崎が追いだされたのは……」
　そこまで言った、須佐くんの口を私は両手で押さえつけた。
「それ以上は、言っちゃダメだよ」
「……ぷはっ、なんでだよ？　花崎は、辛くないのかよ？　無実なんだろ!?　やってないって言わないのかよ!?　それじゃあお前……」

本気で辛そうな顔をして言った須佐くんの口を、私はまた押さえつけた。
「やってない、なんて何回も言ったよ……！　でも、彼らが信じてくれなかったらどうしようもないでしょ……!?　それに、須佐くんが青嵐である以上そっから先のセリフはもう二度と口にしちゃダメだ!!」
　そう言って、手を離すと顔をゆがめた須佐くんは「なんで……？」とつぶやいた。
「今、須佐くんが信じてる人たちは、仲間は誰？　青嵐でしょ？　なら、須佐くんの信じてる人たちが信じてること、疑うようなこと言ってどうすんの!!　……篠原柚姫の嘘のせいで傷つく人が、私だけで済むなら。それでいいじゃん」
　真実を知ったら彼らは、きっとものすごく傷つく。
　それなら彼らは知らない方がずっといい。
　でも今のままじゃ、彼らはいつか知らなきゃいけなくなる。
　ただひとつ、彼らが私と関わることをやめてくれれば。
　あと戻りできなくなるところまでまちがった道を進まないで、止まってさえいてくれれば。
　篠原柚姫の嘘で傷つけられるのは私だけで済むのに。
「花崎は、強いな」
　そう言ってまた、よわよわしく笑った須佐くんに、私は満面の笑みを送ってみせた。
「私今、新しくすごく大切な人たちができたから！　きっとね、こんなに強く生きていけるのもその人たちのおかげ。私は、その人たちがいる限りこんなの、屁でもないから

さ！」
　にっこり、笑ってまた歩きだすと、ちょっと遅れて歩きだした須佐くんが、私の横まで走ってきた。
「なんかどうしようもないことがあったら、俺のこと頼ってほしい。俺お前にしてやれることそんぐらいしかねぇから。人前では仲よくできねぇけど、姫と下っ端としてじゃなくて、友だちとして仲よくしてくれねぇか？」
「もちろん！　ありがとう！　よし、じゃあ教室戻るかー！」
「だな」
　このことを聞きたくって、文化祭実行委員にまでなったのか。須佐くんは。
　いいヤツだなぁ、なんて思って、教室へ向かいながら、久しぶりに白龍以外のことで笑顔をこぼした。

　それから何もかもが順調で、衣装もだんだん完成して、いい感じだった３日目。
　なのにまた、問題が起きた。
「ちょっと、花崎さんちゃんと仕事してくれない？」
「そうそう、突っ立ってるだけでさ。それでも文化祭実行委員なの？」
　今は６時間目。
　教室の飾り付け用にダンボールに絵を描く作業を、衣装作る人以外でやってるんだけど。
「はぁぁ!?　人がやろうとすると、さっきっから仕事奪ってくるのはアンタたちじゃん！」

「うわ、言いがかりつけてるし！　ひど！」
「うーわ、最低な女だなコイツマジで！」
「ギャハハハハ！　だって売春してるらしいぜ？」
「あー、どうりでいじめても次から次へと物が買えるわけだ」
「言えてるぅ」
「……っ」
　嫌な笑いでいっぱいになる教室の中で、私は歯を食いしばることしかできない。
　物理的な物よりも、私は言葉で言われるのが苦手だ。
　どこからそんな噂が広がってるんだろう。
　……いや、わかりきったことか。
「つーか、ほんとだるい!!　こんなヤツと同じ空間にいたくないし！　あ、あとの準備はコイツに任せてみんなでカラオケ行かない？」
「あ、それいいかも！」
　え、は!?
「明日には、だいたい完成してなきゃいけないんだって！まだ半分も終わってないよ？」
「だからそれをやれって言ってんの!!」
　笑いながらこっちに近寄ってきたその子は、ペンキのついたハケを私の顔の近くまで持ってきた。
　嫌な予感、しかしない。
　——ベチャッ。
　とっさに目を閉じると、左の頬から鼻にかけて冷たい液

体がついた。
　冷たい感覚がする場所を手で触ると、黄色のペンキが指についていて……。
　あぁ、最悪だ。そんな私を見て、こらえきれないというように噴きだした目の前の女子につられて、クラス全体が笑いの渦(うず)に包まれた。
　パチリと合った視線の先には、須佐くんが心配そうな顔して立っていて、大丈夫、と目線で送った。
「じゃ、明日までに完成よろしく」
　肩に手をぽんっと置かれる。
　ニヤニヤ笑ったその女子の顔が、あまりにもみにくくてとっさに私は肩にある手を払った。
　人をいじめる時の人の顔って、なんてみにくいんだろう。
　なんて考えながら、教室から出ていくみにくいこのクラスのヤツらの背中を見る。
「ほら、須佐も行くぞー」
「いや、俺は、その」
「はやくしろよー！」
　教室に残ろうと私にまた目配せをしてくる須佐くんに、『平気だから早く行け！』と口パクで言って追いだした。
　……と、追い出したのはいいものの。
「はぁぁ〜」
　強く張っていた気持ちが、ポキリと折れる。
　中身がない、ただの悪口。根も葉もない噂をあの人たちは信じているだけ。

わかってる。でもやっぱり、悪口を言われるのも、身に覚えがないことを言われるのも。
「疲れるよ……」
　誰もいなくなった教室に、私の声が響いた。
　私、文化祭実行委員がんばってるのにな。
　それまで疑われちゃうんじゃあ、もう何をすればいいのかすらわからない。
　──なんて考えてる場合じゃない、か。
「よしっ」
　気合を入れて立ちあがった私。
　今はこの教室の装飾を済ませなきゃ、とジャージの袖をまくりあげる。
　髪の毛をゴムでくくって、私はみんなのやりかけの作業をひとつずつ終わらせていった。
　ダンボールの色ぬりがだいたい半分終わった時に、6時間目の終わりを知らせるチャイムが鳴った。
　実行委員の集まりがあるからと、会議室までのんびり歩いていけば、まだ全員はそろっていなかった。
　席に着き、目線をあげるとみんながこっちをニヤニヤした顔で見てきていて。
　……何？　なんかついてる？
　あ……顔にペンキ、つけっぱなし…。
「ぷっ、何あれ」
「やば、気の毒ーっ」
　クスクスクス、会議室が私の嫌いな笑い声でいっぱいに

なる。
　あぁもう、本当に最悪だ。
　そして、最悪な気分の私に追い打ちをかけるように、先生が言う。
「じゃあ今日は、校門に装飾する物の準備お願いします！」
　……あぁ、もう本当に今日はツイてない。今日はなるべく簡単なのがよかったのに。
　頭の中にダンボールの広がった教室を思い浮かべて、ガックリ肩を落とす。
　今日はやっぱり倉庫行けないかな……なんてため息をつきながら、私は会議室から出た。

　実行委員の仕事も終わり、顔のペンキも落として、教室に戻った私は作業を再開した。もくもくとダンボールに描いてある絵に色をつけて、全部のダンボールの４分の３くらい塗り終わったところで、スマホが振動した。
「電話？　……茜？」
　画面に表示されている文字を見て、意外だななんて思いながら通話をタップした。
『おい、お前今日来ねえの？』
「……あ、やっぱり茜だ」
『やっぱりってなんだよ。つか、文化祭の準備そんな夜までかかんねぇだろが』
「まだまだやることあるんだもん！　悪かったな！　明日までに、教室完成させなきゃいけないから今日は行けない！」

『明日までに、ねぇ?』
「な、なにさ」
　曰くありげな言い方をした茜に警戒心を抱いていたのに、そんなのは一瞬で吹き飛んだ。
　ガタガタ、と耳もとで音が鳴って一瞬耳から離す。
　もう一度近づければ、何か争うような声が聞こえて。
『ちょ……めろ……!』
「茜?」
　聞き返して耳を近づけたのが、失敗だった。
『日向!! オレオレ!　なんで来ねーんだよ寂しい!!　……ミッキーさんずるいっす!　ひーちゃんがいねーとつまんねぇよー!　……おい、俺にも。日向、エビあるぞ?……だ…おれ……ガタ!　ゴトゴトガタン、ゴッ!　だからてめーら自分のスマホでかけろよ!!　ワリィ、じゃあな日向!』
　一方的に切られた電話に、私は数秒あっけにとられた。
　……な、なんだったんだ今の。
　とりあえず、スマホが地面に転がったような音で私の耳の鼓膜が破れそうになった。
　……ほんとに、もう。
　さっきの出来事でさがっていた眉が、自然とあがる。
　心がほわりと温かくなって、よし!　と気合を入れた。
「文化祭白龍のヤツら来るんだもんね、全力でやんなきゃ!」
　みんなからの電話でここまで元気が出るなんて、私って本当に単純だ。クスリ、自然と口からこぼれた音にそんなことを思いながらハケを手に持って作業を始めた。

それから何分かして。
「──できた!!」
　全部のダンボールに色をぬり終わった私は、教室が暗くなっていたことに気づき、何も考えず電気をパチリとつけた。
　──まさか、それが失敗だとは思ってなかったけど。
　よし、あとは教室の壁とかに飾りつけていくだけだ。
　なにげにはやく終わるかも。
　ペンキをすみによけて、最初の方に色をぬった、乾いているダンボールを手に持った。
　飾りつける位置を確認するために、置いてあったプリントの所まで行ったとき──ガラガラッ。
「君!　まだ校内に残っていたのか!　はやく帰りなさい!」
　まさかの先生が入ってきた。
　電気つけたから、バレちゃったんだ……!!
「む、無理ですよ!　私これを終わらせないと!!」
「なんでひとりでやってるんだ?　いいから、下校時刻はすぎてるぞ。帰りなさい!」
「すみません、でも本当に無理です!　離してくださいっ、頼むから見逃して!」
　なんでこうもツイてないんだろう、今日は。
　明日の朝、はやく来てやるので終わるかな…?
　諦めて、抵抗する力を弱める。
　そのままズルズルと教室の扉の前まで連れていかれた。
「ほら、帰った帰った!」

先生のそんな言葉にため息をついてから、「あ、カバン」とつぶやき、振り返る。
　私が教室の方へ何歩か戻ると、廊下の方を向いている先生の焦ったような声が聞こえてきた。
「だ、誰だ君たちは！」
　先生の焦ったような声を背中に、とくに気にせず机に向かって歩く。
　そのまま、カバンを取りにいこうとすると——。
「しいて言うなら、そいつの仲間？」
　笑いを含んだそいつの声に、私はとっさに振り返った。
「な……!?」
「おう、喜べ。お前のこと手伝いにきてやった」
「やっほ！　ひーちゃん」
「日向がいねぇと倉庫つまんなく感じるんだもん！」
「お前、お腹空いてねぇか？　俺冷凍エビ持ってるけど」
「日向お前、ぼっちかよ！」
　ガヤガヤと先生を押しのけて入ってきた彼らに、私はただ驚くことしかできない。
「な、何しに来ちゃってんの茜!!」
　手伝いにきたって、え!?　え!?
　でもそんな私の質問はスルーして、「あ？　なんだコイツ」先生に向かってコイツ呼ばわり。
　さっきまで強気だったはずの先生は、茜ににらむように見られてビビったのか、「い、いいか!?　ちゃんと帰れよ！」と早口に言い、どこかへ行ってしまった。

……とりあえず、助かった。
「なんだあいつ。……まぁとにかく、お前はなんでぼっちで文化祭の準備やってんのか知らねーけど、俺らはとりあえず暇だったから手伝いにきてやったんだ。なんかすることあんだろ？　貸せよ」
　ホッと息をついたのもつかの間、茜のそんな言葉に我に返る。
「そ、そうだよ！　なんでいきなり教室来ようなんて思ったの!?　もう、ほんとびっくりした！」
　いや、でもまぁ、本当はめちゃめちゃうれしかったけど。
「おめーがいねぇとなんかつまんねぇってこいつらが言うから。ちょっくら行くかって」
「そ、そう？」
　や、やだ。何それうれしいな。
　にへら、ゆるんだ頬を茜が片手で押さえてきた。
　……痛いけど!?
「喜んでる場合かお前は。とりあえず、やんだろ？　じゃねーとお前まずいんだろーが」
「う、うん！　……てゆーかえらそうに言ってるけどね、茜、アンタもいちおうこのクラスの一員だからね？　わかってる？」
「……わかってる」
　コイツ、絶対忘れてたな。
「じゃあ、俺らは何すればいい？　日向指示くれよ！」
「こんだけいればすぐ終わんだろ！　これどこだ？」

積極的に動きだしてくれたみんなに、茜の手から解放された私の頬はまたゆるむ。
　……ほんと、もう、いいヤツらだ。
「それはねー！　あそこにつけるの！」
「これはあそこ！」
「それはハサミでギザギザに切ってから窓ね！」
　言われたとおり、指示を出していくと。
　みんなが嫌がりもせず準備してくれる。
　——ひとりでやると１時間以上かかりそうなその作業は、まさかの15分で終わった。
　見渡せば、イメージどおりのできあがり。
「みんな、ありがとう！」
「お安い御用よ！」
「そうそう、ひーちゃんはもっと俺らを頼れよな！」
「えへへ、うん。ありがとう」
　みんなの優しい言葉に、私の胸はまた温かくなった。
　私がひとりだったことについて、何も聞かずにいてくれてるのは彼らの優しさなんだろう。
　まだ解決策は見つかんないけど、絶対に見つけて自分でいじめを終わらせてから、みんなには話そう。
　そう決めて、「終わったー！」と言いながらガヤガヤ教室から出ていくみんなの背中についていく。
「じゃ、帰るか。今日は日向ちゃん疲れただろ。茜に送ってもらえ」
「はーい！　茜、よろしく頼みまっす」

めんどくさそうな顔をしている茜を見ながら、カバンを机から持ちあげてまた歩きはじめた。
　まだ教室に残っていたヤツらの目線は私の机の上の落書きの方に移ったけど、私は気にせず「ほら、いくよー！」と言って歩きだした。
　心配なんか、しなくて大丈夫だから。
　みんなは私の周りで、笑っててくれればそれで。

　――次の日。
　何時もよりはやく教室に来た私は、まだ少ししか人がいないけどその人たちが動揺してるのを感じとった。
　まさか、完成してるとは思ってなかったんだろう。
　……ダメダメ、にやけるな私!!
「なんで、完成してんのよ!?」
「知らないよ！　諦めて帰ると思ったのに！」
　ヒソヒソと話すうしろのギャルたちの声が聞こえてきてしまって、私はニヤニヤしそうになるのを必死にこらえる。
　それからも登校してきた人はみんな、「え!?」みたいな反応をしてて。
　……ふふん、どうよコレ!!!
　にらんでくる目線も気にせず、心の中でドヤ顔をしていると、先生が教室に入ってきた。
「うぉっ、なんだこれすげーな！　てかオイ花崎ー、昨日遅くまで残ってこれやってたんだろ？　お疲れー」
　せ、先生なんで知ってんの？

「でもな、花崎、下校時刻すぎてんのに教室に残ろうとした上に、他校の不良いっぱい連れてきやがって。昨日の日直の先生に聞いたぞ！　そーゆーのはバレないようにやれ！」
　あの先生、チクったのか！　担任に！
　それも不良いっぱい連れてきたとか、教室で言われたら……。
「ほら！　やっぱりあいつ青嵐のみなさん裏切ってる!!」
「ほんっとに、許さねぇ……」
「絶対体売ったっしょ？」
「アハハ、ありえるー」
「えー!!　あたしたちそんな教室で文化祭すんの？　汚れるー」
　……こう、なっちゃうでしょうよ。
　でも、担任にはこの言葉が聞こえてないらしく、ざわついた教室を見てひとり、「？」という顔をしていた。
　まったく。
　でも、今日はとくに問題もなく進められた。
　衣装を作ってた子は、今日はちゃんとやってくれて完成したし。
　教室を見にきた先生からオッケーをもらって、そのあとはひたすら教室の外側の装飾を作った。
　気づけば放課後。
　でも、実行委員の仕事も１日目の、ステージ発表のリハを見るだけだったから簡単に終わり。
　そのあとは倉庫に行って、楽しく過ごしただけだった。

——でも、私はそんな裏で。
　ニヤリと笑った少女に気づかなかった。

　——文化祭前日。
　今日は、外側の飾りつけを終えて。
　教室の机の配置を変えたりするだけで、4時間目には帰れるハズだったのに。
「……何、コレ」
　朝学校に来ると、昨日とはまるっきりちがう教室がそこにはあった。
　私と白龍が、がんばって作ったハズの教室の中は全部ぐちゃぐちゃにされていた。
　何これ……？
　私の顔が、そんなに悲痛だったのか。どこからか笑いが聞こえてきた。
　悲しさと、怒りで、どうしようもない。
「ねぇ、これやったの誰……？」
　私が最近ケンカする時のような、低くて殺気立った声が出た。
　だって、ムカムカして抑えきれない。
　そんな私の気迫に、すばやく反応したのは青嵐の下っ端たち。
「俺らはやってねぇぞ」
「来たら、こうなってた。それだけだ。てゆーかお前、その威圧感……ただもんじゃねぇだろ」

ピリッ、教室の空気が張りつめた。
「……私が、何者かなんてどうでもいいでしょ！　これやったの、誰？」
　殺気を出したまま、低く声を張りあげた私に、教室にいた大半の生徒はビクリ、と肩を揺らす。
　目の前に立っていた青嵐の下っ端も、少したじろいだ。
「だ、だから、俺らじゃねぇって言ってんだろ!!」
「そんなに疑いたいなら疑ってろよ！　も、もう俺ら知らねぇ!!」
「みんなで来たばっかだけど帰ろうぜ！　こんな居心地ワリィ教室いたくねぇよ」
　そう言って出ていく青嵐の下っ端に、ほとんどの人がついていく。
　最後の方に出ていった女子に、
「せいぜいがんばって？　また体売った男たち連れてきてやれば？」
　そう声をかけられて私はギリ……と歯を食いしばった。
　そして教室に残っているのは──ひとり。
「あいつらの味方するわけじゃねぇけど、あいつらはやってねぇよ。俺〝見た〟から」
　そう言って、須佐くんが近づいてくる。
「じゃあ、誰が──」
「今の姫、篠原柚姫だ」
　ちらり、私から崩壊された教室に目線が移されて、あぁ、と納得してまた怒りが湧いてきた。

でも、それと同時に無実のクラスの人たちを疑っちゃって、悪かったなぁと思った。
　疑われた時の気分の悪さは、誰よりもわかっているから。
　でも、不思議とこの教室を見た瞬間、怒りがこみあげてきた。
　私が、苦労して作っただけの教室ならムカつくことはムカつくけど、あそこまで殺気立つこともなかった。
　だけどあれは、白龍のみんなが手伝ってくれたものだったのに。
　怒っていたのに、悔しさの方が強くなって視界がにじんでくる。
「日向、先生が言ってた不良たちって」
「こないだ言ったでしょ？　私の新しくできた大切な人たち、なの」
　だからこんなにも、悔しいの。
　これは彼らが、がんばってくれたから作れたものだったのに。
「てゆーかさっきの、日向の威圧感ただもんじゃなかったよな？」
　そう聞いてくる須佐くんに、私は顔をうつむけたままちょっと考える。
　須佐くんになら、教えてもいいかな……？
「他の人には言わないって約束できる？」
「お、おう」
「私、今ね──白龍の仲間なの」

「っ……!!」
　まさか、敵対してる族の名前が出てくるとは思わなかったんだろう。
　須佐くんの表情が強張った。
「てことは、白龍の姫なのか？　青嵐の元姫って知ってんのかそいつら？」
　フルフル、首を横にふって、口を開こうとした時に、須佐くんに肩をガシリとつかまれた。
「あぶねぇよ！　それ青嵐の元姫だってバレたら、また手のひら返されるぞ！　それか息の根止められるぞ!?」
「い、いや。私が首を振ったのは、そっちじゃなくて！　姫って方！　私は白龍の姫じゃないよ、それにみんなは私が青嵐の元姫だって知ってる」
「あ、なんだ知ってるのか。よかった……。姫じゃ、ない？」
　須佐くんが安堵の表情を浮かべたのもつかの間。
　次の瞬間、眉を寄せて目を見開いて「嘘だろ？」とでもいうようにこっちを見てきた。
「うん、下っ端！」
　笑顔でそう言うと、須佐くんは固まってしまった。
「は、おま、マジかよ……？　じゃあケンカするってことかよ！　それも日向直接的におれの敵じゃん！」
「ときどき夜ケンカしてるー」
　軽くそう言うと、「マジかよ、聞いてねぇ……」須佐くんが唸った。
　うん。だってはじめて言ったもん。

須佐くんに話したことによって、頭に白龍のみんなが浮かぶ。壁に貼ってあったのに、今は落ちてボロボロの猫の絵のダンボール。
　それが目に入って、私の頭には自然と教室を装飾する時に手伝ってくれたみんなの様子が思い浮かんだ。
　——せっかくみんながやってくれたやつなのに。
　思い出して、ヘラッとゆるんでいた口もとが自然に、きゅっと真一文字に結ばれる。
　篠原柚姫は、なんでまだ私に関わってくるんだろう。
　あの子はすべてを手に入れたから、もう私には用はないでしょ。
　——それなのになんで。
「日向……」
　私の顔をのぞきこんで、須佐くんが心配そうな声を出す。
「……私、悔しいよ。悔しくてたまらないっ……！」
　じわりじわり、ゆがんでいく視界を阻止するように。
　目にあふれたそれをこぼさないようにするために、私は眉に力をこめた。
　顔をのぞきこんでいた須佐くんは、私のそんな様子に気づいたのか、私の頭にぽんぽんと手を置いて優しくフッと、笑った。
「日向は強ぇよ。日向は、強い。……だからまだ、がんばれるか？」
「……うん」
　須佐くんのその言葉で、私はまた眉に力をこめた。

まだ、泣かない。私はまだ、がんばれる。うつむいていた顔を、クイッとあげる。
　須佐くんはそれにつられるようにニカッと笑った。
「じゃあ最後まで、終わらせようぜ。そんでまた、クラスのヤツら驚かしてやろう」
「――うん!!」
　直して使えるものは使って、使えないものは作っていく。
　須佐くんとふたりで協力して、4時間目の半ばあたり。教室の修復が完了した。
　そしてそのあと、今日やる予定だった作業を終わらせた。
　4時間目には帰れる予定だったけど、その時間は少し過ぎて。お弁当もないし、お腹が空いた私と須佐くんは帰りがてら、一緒にコンビニのお弁当を買った。
　コンビニの外で一緒に食べながら話す。
「でも、完成してよかったなー」
　大きい唐揚げをごくり、飲みこんで口を開けた。
「須佐くんのおかげだよ、ありがとう」
「俺ら、文化祭実行委員だろ？　俺がやるのだって当たり前じゃねーか」
「でも、あれは私のせいだから」
「お前のせいじゃねぇって！　気にすんな！　お前、今から白龍のとこ行くんだろ？　はやく食っちまえ」
　須佐くん優しいなぁ、なんて思いながら私は「そうだ急がなきゃ！」と思い出して口にいっぱい詰めこんで、メロンソーダを流しこむ。

あ、そーいえば最近龍騎さんのバーに行ってないなぁ。
　行きたいな、と考えながらマッハで食べ終わった弁当のゴミを捨てると。
「おまえ、食べんの早過ぎだろ……!?」
　ビビったような須佐くんがいた。
「いやーだって、もうすぐ来るからさ」
「……は？　来る？　誰が？　まさか……」
「だーかーら、白龍！　迎えにくるから」
「はぁぁ!?　お前、先に言えよ!!　ちょ！　俺敵対してんだぞ！　殺される！」
「大丈夫、顔割れてないよきっと。まぁ殺されそうになったら私が奥の手で助けてあげるから！」
「はぁ!?　不安しかねぇよ！　……お前、本当に……」
　──ブォンブォン。
「あー来た来た！　あっかねー!!」
　こっちに走ってきたバイクに向かって手を振ると、バイクは目の前まで来て止まった。
　メットを外した茜は、うん、相変わらず悔しいけどかっこいい。
「あぁ？　誰だコイツ？」
　私の横にいる須佐くんを見て、眉を寄せる茜に私は笑いかけて説明する。
「私の新しい友だちー！　青嵐の下っ端」
「ちょ!?　なんで言ってんの!?」
　私のヘラリとした発言にふたりの顔が強張った。

げ、ヤバ！
「ごめん、口が滑ったまちがえた!!」
「青嵐の下っ端だ？　なんでオメーは敵と仲よしこよししてんだよ！」
「敵の前に、私たち友だちだし！　ね、須佐っち！」
「なんで俺にふるんだよ!?　それも須佐っちって何!?」
　焦りまくりの須佐っち——もとい須佐くんと、お怒りの茜。
「あのな、お前青嵐に裏切られたんじゃなかったのかよ？」
「そう、だけど！　須佐っちだけ！　白龍以外で私のこと信じてくれた人なの！」
　私の必死さが伝わったのか、茜はあきれたような顔になった。
「……はぁ。わかったけど、ケンカのときにはそれは持ちこむんじゃねえぞ」
「うん！　ありがとう茜！」
「……じゃあ、とりあえずここでつぶしとくか」
「えええぇ!?　ちょっと待って茜ぇぇ！」
　今にも須佐っちに殴りかかりそうな茜に、とっさに抱きつく。……これぞ奥の手！
「お、い、日向離れろよ！　てめ、公衆の面前で、は、ハレンチなことしてんじゃねーよ！」
　テンパって、顔を赤くしている茜を見て、ぽかー、口をまん丸開けてる須佐っちを気にせず私は抱きつき続ける。
「じゃあ須佐っちのこと殴らないって約束して！　そした

ら離す！」
「な、殴らねぇよ！　殴らねぇ！」
「蹴らない!?　頭突きもしない!?」
「しねぇ！　しねぇっつの！」
「よし、じゃあ離す」
　パッ、手を離すと茜はすぐに3メートルくらい遠くに行った。
「てめ、日向!!　マジふざけんなよ!!」
　まだ赤い顔で叫ぶ茜は、正直ぜんぜん怖くない。
　おまけに3メートル離れてるしね。
　ぷぷっ、茜の様子を見て笑いながら「よいしょぉっ」と茜のバイクにまたがった。
「ほらー、茜！　はやく行くよ！」
「マジでありえねぇ……つーかそれ俺のバイク！」
　ズカズカこっちに歩いてきて、私の頭にヘルメットをかぶせた茜はバイクにまたがった。
　いまだひとりでぽっかり口を開けている須佐っちを振り返って、「じゃあねー！」と言うとすごく気の抜けた返事が返ってきた。
「んじゃ、つかまっとけ」
「はーい」
　ちなみに茜につかまれって言われる前につかまると、茜はテンパってバイクから落ちそうになることがこのあいだ判明したんだけど。
　つまり、茜は不意打ちは無理ってことらしい。

ぷ、おもしろ。
　なんて考えながら茜のしっかりした体に腕をまわした。
　そして、ぼーっとしてる須佐っちを置いて、私たちは発進した。

　──そして次の日、文化祭１日目のステージ発表は問題なく終わり。
　メインの２日目がやってきた。
　──が。
「……え!?　なんで!?」
　始まる直前。私のクラスでは、とある問題が起きていた。
　学校に着いてから、昨日は疲れて寝ちゃって倉庫行けなかったなぁとひとりで悔やんでいた私。
　だんだん人が増えていく教室で、裏方をやる私は制服にエプロンを身につけ準備していると、接客をやる子たちが、衣装を袋からだしていく。
　ブラウスとエプロンだけが白で、それ以外は茶色のメイド服と、ワイシャツだけ白でズボンと腰にまくエプロンは茶色のカフェ店員っぽい服。
　クオリティー高いなーなんて眺めていたけど。最後、袋の底から出てきたのは──ボロボロに切りきざまれたメイド服だった。
　で、今に至るというわけだ。
「何、これ……」
　周りの子も騒然(そうぜん)とする。

すると、集まっていたいつもより気合が入っているギャルのひとりが目を見開いた。
「……!!　ちょっと待って、これ……!　篠原さんのだよ!」
　篠原柚姫。その名前を聞いたとたん。
　ハジで準備していた私のことを、みんなは蒼白(そうはく)な顔で見てきた。
　……は?　何?
「アンタねぇ……!!　まだいじめやってんの!?」
「え!?　はぁ!?　なんで私になるわけ!?」
　青嵐の幹部がキレるのが怖いのか、厚化粧(あつげしょう)なのにわかるくらい顔を青くして私に詰めよった。
　なんで篠原柚姫が関わってくると、全部私ってことになるの?　……意味、わかんないじゃん。
　鼻歌歌いそうなくらいのテンションだったのに、それがどんどん急降下していく。
「アンタ以外に、いねぇだろうが……!!」
　ねぇ、自分たちが責められるのが怖いからって、そうやって、決めつけないでよ。
　なんで?　私、がんばって文化祭の準備してたんだから。
　わざわざ文化祭の雰囲気ぶちこわすようなこと、しないよ……。
　下唇を噛みしめる。悔しくって悲しくって、眉がハの字になった。やだ、もう、本当にやだ。
　自己防衛(じこぼうえい)するのは構わない。けど、お願いだから、人を盾(たて)にしないでよ……。

口々に私を責めはじめた教室から、今すぐ逃げだしたくなる。
　でもここで、私が逃げだして——この教室に青嵐のヤツらが来たらどうなる？　クラスメイトに、キレたら？
　それって、文化祭まるつぶれじゃん。
　今日１日楽しくやってけるはずない。
　でも私が残ったら？　……私が責められるだけだ。またかよってあきれられて。——あぁ、なんだ簡単なこと。
　今日は、白龍のヤツらも来るし。大丈夫だ、私はまだがんばれる。彼らに文化祭を楽しんでもらいたい。
　——私が青嵐に責められる代償(だいしょう)がそれなら、なんだお安い御用じゃないか。
　逃げ腰になっていた自分の背筋を、しゃんと伸ばす。
　さがっていた眉を無理やりあげて、噛んでいた唇を元に戻した。
　よし、大丈夫。
　そう思った時に、ちょうど中哉と夕と篠原柚姫が教室に入ってきた。
　教室の空気がピンと張りつめる。
「やったー！　今日文化祭だね！」
「お前ほんと楽しみにしてたもんなー」
「よかったな、楽しめよ。……なんだ、それ」
　ペラペラとしゃべっていた３人は、ようやく教室の雰囲気に気づいたのか。
　中哉は、ボロボロになったメイド服を持っている子に近

づいた。
「どーゆーことだよ、コレ」
　地の底をはうような低い声が教室に響く。
　みんなの肩がびくりとあがった。
「何、それ？　――私のメイド服!?　なんで？　……うっ、ふぅ……楽しみに、してたのにっ……」
　中哉に近づいた篠原柚姫は、ボロボロのそれを見て涙をこぼしはじめた。でも、私はそこで気づいてしまう。
　――名前が書いてある所、ほとんど中哉の手に隠れてて見えてないじゃん。
　……それで、自分のだって。判断できるわけないじゃんか。
　コイツはまた、私が責められることを予測して……いや、どう転んでも私が責められるように仕向けるつもりだったんだ。
　――だってこれ、全部またアンタの自作自演だよね？
　なんでまだ、私を落としいれたがるの？
　それが、わかんないよ。
　そんなに嫌われること、したっけ…？
　そこまで考えてから、ハッとして弱気になりそうな心を、あわてて強く持ち直した。
「これ、誰がやった？　……答えろよ!!!」
　その様子を見た夕が、怒鳴りちらした。
　アンタ、いつもは余裕ぶっこいて感情表現激しくないのにね。
　やっぱり、好きな人がやられるとこう対応がちがうのか。

ふたたび、ビクリと肩が跳ねたクラスメイトを見ながら、そんなことを考える。
　恐怖に耐えきれないとでもいうように、
「あ、あの子が……!!」
　震える声で、ひとりの女子がそう言って私を指さした。
　あぁ、来たか。
　私の方を、すごい形相で見た夕と中哉は、そのあとあきれたような顔になった。
　でも、瞳には怒りがこもってる。
「また、お前かよ」
「てめぇ、なんでこりずにまだやってんだよ!!」
「ふざけんな、日向、お前マジで……わけわかんねぇよ」
　低い声でわめいた夕と、静かに、でも怒っているように、なのに本当にわけがわからないとでもいうような声を出した中哉。
　……中哉の様子が変。何かを訴えかけるように私を見つめてくる。
　——まるで何かを"教えてくれ"とでもいうように。
　なんで？　知りたいことは、全部知ってるでしょ？
　それがたとえ、"ツクリモノ"の真実だとしても。
　遠くにいたから、目を合わせていられたけど。どんどんこっちに近づいてくる夕と中哉に耐えきれず、私は目線をそらした。
　——怖い。ダメだ、怖い。拒絶してしまう。
　近くで目線を合わせたら、きっと突きとばしてしまう。

震えそうになる足を、なんとか保つ。

大丈夫、私は白龍。みんなを守れる存在になるって決めたんだから。

自分のことくらい守れないでどうするの。

「なんでまた、こんなことしてんだよ」

「次やったら、ただじゃ済まねぇぞ！」

近くで聞こえるふたりの声に、心臓が不規則になる。

大きく息を吸って吐かないと、呼吸が荒くなってしまいそう。

大丈夫、大丈夫、自分に言いきかせる私の目線に入ったのは篠原柚姫。

みんながこっちに気をとられてるからか、口角がニンマリとあがっている。

いつもはふわふわしてて、かわいい笑顔なのに。同じように笑っているのに。みにくく悪魔のようなどす黒い笑みにしか見えない。

――ねぇ、アンタは何がしたいの？

心の中でそう問いかけて、目線を合わせようとしない私のすぐそばまで、夕は歩を進めた。

心臓がドクンと鳴る。

近い、お願いだから、やめてよ。指先が震えて、それを隠すようにぎゅっと握りあわせた。

耳もとで、私にしか聞こえないように、夕はぼそりとつぶやいた。

「そういえば、お前。――襲われなくて、よかったな？」

軽く、笑うように。
耳もとで発せられた言葉に、私の頭の中はまっ白になった。
背筋がスゥッと寒くなる。
抑えきれないくらい、足が震えて。強く保っていた表情も、自分でもわかるくらいに弱く、まるで何もかも失ったあとのような表情になった。
……青嵐には、その言葉は言ってほしくなかったよ。
直接、お前なんか襲われればよかったのにと言われた気持ちになった。
そのまま固まる私を残して、夕は「誰かコイツに接待ゆずってくれねぇ？」と言いながらみんなの輪の中に入っていく。
ひとりで、固まっている私を残して。気まずそうにしていたみんなも盛りあがりはじめた。
中哉もいつの間にかいなくなっていて、ぼーっとしたまま、震える指先同士を握りあわせて自分の席に座った。
——大丈夫。大丈夫だ。だって私は白龍。
——今日はみんなが、来てくれる日。
我慢していた涙があふれそうになって、ぐっとこらえた。
みんなに会えば、こんな気持ち、すぐに吹っとぶよ。
——だから、はやくみんなに会いたいよ……。
最近たまってたストレスと、悲しさと、いろいろごちゃ混ぜになって。
でも、自分を落ち着けるために私は「ふーっ」と長く1回、ため息をついて立ちあがった。

午前は途中まで裏方で、午前に来る白龍の人たちに会えるかはわかんないけど。とりあえず、私は私の仕事をまっとうしよう。
　文化祭開始まで、あと15分。
　私は自分の仕事をする場所まで足を進めた。
　ちなみに裏方は、主に家庭科室。
　コーヒーとかを作って、教室まで届ける仕事。
　でも、始まる前に何個か準備しておいた方が楽だから。
　そう思い目的の家庭科室まで行くと。裏方の子がもうひとり、もう家庭科室に来ていた。
「──あ」
　ショートヘアで、無表情な、きれいな子。
　その子は、おもわず声を出してしまった私の方をちらりと見てから、また作りかけのコーヒーに目を向けた。
　たしか、青嵐とかには興味ないってタイプの子だから……普通に話しかけて、いいよね？
「はやいね！　来るの！　私も手伝う」
　少し緊張しながらヘラッと笑ってその子の横に立つ。
「べつに、普通。じゃあ、氷それで細かくしてくれる？」
　嫌がることもなく、私に指示をくれたその子に「うん！」と返事をして、私も作業にとりかかった。
　よかった、普通に話してくれた……。
　もくもくとふたりでやっていると、他のクラスの裏方の人たちもやってくる。
　チラッと時計を見ると、あと５分で文化祭の一般公開が

始まる時間。
　できているものを、教室へ運ぶためお盆(ぼん)にのせる。
「これ、持ってくね！」
　と言うと、お盆にいっぱいのせて運ぼうとしている私を見て、無表情を少し崩して目を開いた。
「いいの？　大変じゃない」
「ぜんぜん！　えーっと……、あ！　伽耶(かや)ちゃんはコーヒー入れるのよろしくね！」
　名前がわからなくて、あわてて目に入った文化祭の紙を見る。
　将門伽耶……かぁ。
　ん？　将門？　どっかでそんな名字聞いたような……？
　うーん、ひとりで唸(うな)っていると。
　心底嫌そうな顔した伽耶ちゃんが、私の方を見て、
「ちゃんづけってキモいし慣れないからやめて。普通に、伽耶でいい」
　と言ってきた。
「え、いいい、いいの!?」
　さっきまでのテンションの低さも忘れて、私は興奮ぎみに伽耶ちゃん──もとい伽耶に詰めよった。
　じ、じつは私、今まで呼び捨てにするほど仲いい女の子いなかったんだよね！
　うん、べつにまだ伽耶とは仲よくないけど！
　私もう、仲よくなる気満々だけどね!!
「マブダチになる!?」とか言いながら詰めよる私の顔を

ぶにゅっと押して、伽耶は冷たい目線を送ってきた。
し、辛辣。
「はやく教室まで運んで。それも呼び捨てするだけでマブダチって何。あと、アンタめんどくさそうなことに関わってるからヤダ。私、目立たないように過ごしたい」
 それって、青嵐とか、いじめられてることとか、だよね。
 でも、なんとなく納得させられた。
 目立たないように過ごしたいと言う彼女は、うん。そういうタイプだ。
 とりあえず、面倒なことには関わりたくないって顔してる。
 まぁ、ならしょうがないよね。
 そういえば私、よく考えるとめんどくさいことの中心人物と言っても過言ではない。
「うーん、わかった！ とりあえず私のことは日向と呼んでくださいっ！ んじゃ、教室にこれ運んでくるねー！」
 早口でまくしたてた私は、この学校も悪い子ばっかりじゃないなーなんて思いながら、教室までひとっ走りした。
 家庭科室まで行く廊下は、もう一般の人が歩いていて。
 白龍のみんなはこんなはやく来るわけないな、なんて思ってちょっと笑いそうになる。でもやっぱり早く会いたいなぁ、なんて思いながら、急いで家庭科室まで戻った。
 ──行ったり、来たり。
 何回かそんなことをしているうちに、だんだんひとりじゃ間に合わなくなってくる。
 廊下は人でいっぱいで歩きづらい。

「伽耶、ヤバイ！　次いっぱい作って持っていかないと！」
「いま、高速で作ってる」
「私も手伝う！」

　せわしなく働いて、働いて、働きまくって……あと10分で私の仕事の時間も終わり。

　これで最後かなーなんて思いながら、多すぎてひとりで運びきれなくて今回ばかりは伽耶に手伝ってもらう。

　すみません、と声をかけながらも道を練り歩いていくと。
「ヤバイ!!　あの人たちカッコよくない!?」
　という興奮気味の声が聞こえてきた。
　ちょ！　急いでるんだけど──。
「──日向!!」
「うわ、日向、なんでそんないっぱい持ってんの？」
「日向ちゃん大変そうだな、手伝うよ」
「姉御俺らも！」
「うわー、やってんなぁ」

　まさかの、騒がしい所の中心部から出てきたのは、午前に来る白龍のメンバー。

　奏多、ミッキー、まーくん、モヤシダ、タカ、朝陽さん、それから私の子分（？）4人だった。
「み、みんな!!」

　制服でも、金と黒のジャージでもなく。

　カジュアルな服を着こなして、髪形も爽やかに決めてあるみんなは、いつもの倍のオーラが出ていた。

　みんなは私が運んでいたものと、伽耶が運んでいたもの

をスマートに持ってくれる。
　そんなみんなを見て、私は少しうるっとしてしまう。
「みんな、超、超超超超会いたかった!!!　……あれ、まーくんどうしたの？」
　でも、いつもは騒がしいハズのまーくんは固まっている。……伽耶をみて。……ん？　よくわからなくて伽耶を見ると、伽耶は嫌そうな顔をして口を開いた。
「やっぱり、お兄ちゃんが話してたのって日向だったんだ」
「伽耶、てめぇ日向と友だちだったのかよ!?」
　え？　伽耶とまーくん知り合いなの？
　急いでコーヒーを運ばなきゃいけないのも忘れて、私は、足をピタッと止めて。
「はぁぁ!?　お兄ちゃーん!?」
　と叫んだ。
　そうだ、どこかで将門って名字聞いたことあると思ったんだ。まーくんのあだ名の由来って、"将門"ってゆー名字からだったもんね！　てゆーか、似てないんですけど！
　無表情、おとなしい、きれいな顔。そんな妹の伽耶に対して。性格がギャグ、テンション高い、いかつい顔。そんな兄、まーくん。
　それも、驚きつつも歩きはじめた私の前で、地味に兄妹ゲンカが勃発中。
　デカイ声で何かを言うまーくんは、冷静に伽耶にあしらわれている。
　不思議すぎる、兄妹だなぁ。なんて思っている間に私の

教室に着いた。
　みんないちおう変装？　みたいなのしてるし、白龍だってバレないよね？
　そう思い、そっとみんなを入れると教室が少しざわついた。
　まさかバレた!?　と、思ったのも束の間。
　聞こえてきたのは、一般の人の「あの人たちカッコいい！」という声と。クラスメイトの、「なんで花崎日向と、一緒に？」という怪訝(けげん)そうな声だった。
　よかった、バレてない。
　安心しつつ、伽耶と一緒に次の裏方の人にバトンタッチして、教室から出た。
「あー！　疲れた！」
「もうすぐお昼だよな！　なぁなぁ、お昼買って食おうぜ！」
　テンションマックスのかわいい奏多が、私の腕を引っぱって走りだす。
　ものすごい視線を感じて、周りを見ると女の先輩ににらまれた。怖すぎる。
　でも、それからちょっと経つと、そんな目線も気にならないくらい私はみんなと楽しく話しながら、始終笑顔で、お昼ご飯を買って裏庭に出た。
「ぷはぁー、疲れた！」
　裏庭のベンチにどかっと腰掛けて、私は買ったタコ焼き食べようとしたけど、飲み物が欲しくなり、ひとり立ちあがってジュースが売ってそうなクラスを探して歩く。
　３年生の教室がある所を歩いていると、タピオカを見つ

けた。ミルクティーのタピオカを買って、裏庭まで戻る道を歩きながら、考えごとをする。
　あそこに白龍のみんな置きざりにしちゃったけど、大丈夫かな？
　青嵐にバレてケンカとか、してないといいんだけど。
　朝陽さんがいるから平気だとは思うけど、やっぱり不安になってきて、なるべく人通りが少ない廊下を早足で通る。
　もう少しで、下駄箱……という所で、会いたくない人たちが前から歩いてきた。
　なんでこうも毎回タイミングが悪いんだろう。
「っ……！」
　私の顔が自然と引きつった。
　それと同時に、前の人たちの足も止まる。
　——青嵐の幹部と、篠原柚姫。
　楽しい気持ちが、沈んでいく。
　朝、夕に言われた言葉が頭に浮かんで。
　私の足はまた震えそうになる。
　ピタリ、足を止めて向きあう私たちを、一般の人たちはよけていき、この学校の人はなんだろうと興味本位でちょっと足を止めた。
「よぉ、朝ぶり」
　ハッと鼻で笑いながら、1歩前に出てそう言った夕。
　そんな夕に続いて、久しぶりに見た茂も口を開いた。
　また、なんか言われるのか。私、まだ耐え切れるかな？
「またうちの姫、いじめてくれたんだって？　てゆーかい

いかげん気づきなよ〜、お前はもう俺らとは他人なの、わかる？」
　知ってる、わかってる、でも関わってきてるのはアンタたちだよね？　私は関わろうなんてこれっぽっちもしてないよ？
　でも、直接それを言われるのはやっぱりまだ無理だ。
　——最近我慢していた、泣くこと。
　——大丈夫だって、言いきかせて保ってきた心の中。
　これ以上、何かを言われて私は耐えきれる自信がない。
　でも、こんなヤツらの前で泣きたくなんか、ないよ。
　グッと、下唇を強く噛む。
「なぁ、お前は、何がしてぇの？　ゆーちゃんをこんなに苦しめて、何がしたいんだよ……!!」
　苦しそうに、篠原柚姫を想って私に怒りをぶつける歩を見て、視界がゆがむ。
　好きな人が苦しめられたことが許せないというように、苦しそうにそう言う歩を、見てられなかった。
　——ダメだ、泣いたら。
　でも、だって、全部、篠原柚姫のせいなのに。
　私も、青嵐も。犠牲者なのに。なんでこんなにも、苦しまないといけないんだろう。
　せめて、青嵐を自分のものにしたいなら、苦しめないであげてほしいよ。
　楽しく、過ごさせてあげてよ。
　今の青嵐の好きな人は、篠原柚姫、アンタなの。

アンタの自作自演でも、アンタが苦しんでるって、好きな人が苦しんでるって思ったら、一緒に苦しむのは青嵐のみんななの。
　ねぇ、なんで、みんなを苦しめるようなことするの――？
「花崎さん、いいかげん柚姫ちゃんにまとわりつくのはやめてあげてくれないかな。柚姫ちゃんが姫をやめたらその時は花崎さん、君のせいだよ」
　冷たい声で言う、海くんも久しぶりに見た。
　それも、他人行儀な名字呼び。やっぱり、私、海くんの低い声は苦手だ。――怖い。
　無言で立っている、中哉と。何かを考えているような篠原柚姫。
　そんなふたりに目をやったあと、夕はまた、私の心を切りきざむ言葉を放った。
「次、お前が柚姫にチェ出したら。俺らがお前のこと別の族に売って、襲わせてもいいんだけど？」
　ただの、脅し。うん、わかってる。
　でも、もう。――無理だ。
　周りにはいつの間にか集まっていた野次馬。目の前には青嵐。
　こんな敵だらけの所で、泣きたくなかった。
　だけど私の目にあふれる涙は止まらない。
　ゆがむ、ゆがむ。景色も、色も、青嵐の顔も。
　目のふちいっぱいいっぱいまでたまった涙が、ポタ……と流れる瞬間。

「ワリィけど、そこまで。——俺の仲間そんなにいじめないであげてくんね？」

　大きい手のひらが、私の目の前に広がって。目もとを覆われて、視界がさえぎられた。

　そして、耳に響くのはいつもと変わらないトーンのあいつの声。

　きっといつもどおり、顔も意地悪く笑ってるんだろう。

　私の両肩に両腕をダラリとのせて寄りかかるようにしながら、右手で私の目もとを覆ったのは——。

「ふっ、う、茜……!!」

　——茜だった。

　視界を遮る、茜の手をすがるように両手でつかむと、たまっていた何かがあふれだすように、私の目からとめどなく涙がこぼれた。

　止まらない。張りつめていたものが全部壊れて、茜の手を握ってるだけで、安心する。

　ひっく、ひっく、と声を出して泣く私の頭の上で、茜のフッと笑う声が聞こえた。

　そして、私にしか聞こえないような声の大きさで、
「おめーはひとりでためこみすぎだ、アホ」

　優しく、茜はそう言った。

「言っただろ？　辛いときは寄りかかれよ。助けてって言えばお前ひとりぐらい助けてやれるって」

　もう、声が出せなくて。情けないくらい、喉の奥が熱くなって。私はただひたすらにうなずいた。

なんで茜は、ときどき優しくなるの？
　なんで、私が辛い時にいつも現れてくれるんだろう。
　いつもは、私が抱きつくだけで顔まっ赤にしてテンパるくせに。
　なんで今は……悔しいくらいにカッコいいの？
　そんな私の心の中も知らずに、騒ぎはじめる周りの野次馬。
　黄色い女子の声が聞こえてきて、茜の顔ってすごい整ってるってことを思い出す。
　でも、そんなうるさい声の中でもかき消されることなく、低いその声は響いてきた。
「……てめぇ……!!　白龍の幹部!!」
　鋭い殺気を放って、私を包みこむ茜に声をあげたのは夕だった。
　きっと夕はものすごい形相なのに、茜はいつもどおり平然としているんだろう。
　周りの野次馬の声が少し、小さくなった。
　そして、そんな夕の言葉に茜が白龍の幹部だと気づいたのか、青嵐の幹部が口々に茜に威嚇する。
「なんで、ここにいる……!?　それもなんでウチの制服着てんだよ！」
「なんだ？　ケンカでも売りにきたのかよ。それも、そいつの仲間？　フッ、笑わせてくれるね〜」
「お前らも花崎さんに騙されてんのか。気の毒に。せいぜい族がかき乱されないようにな？」
　その言葉に、ピクリともしない茜に対して、私の肩はビ

クッと揺れた。
　そんな私を、落ち着かせるように。目もとにある茜の手は、グッと力がこもった。
「……何しにきた、お前。それも日向が仲間？　白龍の？　それは白龍の姫ってことか」
　幹部たちのあとに続いて、静かに低い声でそう言った中哉は、やっぱり総長の威厳(いげん)がある。
　茜は、なんて答えるんだろう。今、どんな顔をしているんだろう。
　私の目もとを覆う手を、ほんの少し遠ざけて上をチラリとのぞくと……茜はいつもどおりの意地悪な笑みを顔に貼りつけていた。
　いや、貼りつけているように見えた。
　いつもと同じ笑顔のハズなのに、それがどうしても貼りつけられた笑顔のように感じられてしまう。
　まるで心の中の怒りを隠しているみたいに。
　でもまさか、私がバカにされたくらいじゃ怒ったりはしないだろうから。
　たぶん私のカンちがいだと思うんだけど……もし、カンちがいじゃないんなら。
　私はうれしくてたまらない。
　貼りつけたような笑みで、中哉と目線を合わせていた茜は間をあけて、口を開いた。
「この学校の生徒だったら、ここの制服着てんのは当たり前だろーが」

ハッとバカにしたように鼻で笑い、そう言った茜に、青嵐の幹部たちが驚いたような表情になった。
　私たちから離れた所にいる、野次馬の人だかりもザワつく。
　そんな幹部と周りを気にも止めず、茜はそのままの表情で続けた。
「俺らが日向に騙されてるわけねぇだろ、バカか。あと敵対してる族がかき乱される心配するよりも、てめぇらの足もと、ちゃんと見た方がいいんじゃねぇ？　かき乱されてんのも、真実を知らねぇのも、足もとが崩れかけてんのも……全部おめぇらだよ」
　すべてを知っている茜の言った言葉に、真実を知らない青嵐の幹部の動揺を隠しきれない声が聞こえてきた。
「な、に言ってんだよ？　強がりか？　俺らは真実を知ってる、知らねぇのはお前の方だ」
「俺らが、何にかき乱されてるっていうんだよ？　ハッタリはやめとけよ〜」
　そんな歩と茂の言葉に、茜はプッと笑いをもらした。
　へ？　またチラリと顔を見ると、茜は意地悪な笑みを貼りつけたまま。でも目が、見てわかるくらい怒りに染まっていた。
「好きな女の言うこと鵜呑みにして、無実だって訴える仲間を切り捨ててる時点で……てめぇらは足もとなんてぜんぜん見えてねぇって言ってんだ。仲間の言葉も信じらんねぇヤツらが俺らと敵対？　ハッ、笑わせんじゃねぇよ」

隠しきれない怒りをにじませて、吐き捨てるように言った茜に、私の喉の奥はカッと熱くなった。
　クリアになっていたはずの視界は、ぐにゃりとまたゆがんでいく。
　目には涙があふれているのに、茜が私のために怒ってくれたってことがうれしすぎて、口もとがゆるんでしまった。
　これがうれし泣きってやつなのかもしれない。
「うっ、へへへ……」
　ぽろぽろ目からこぼれる涙を拭きながら、口から笑い声をこぼすと茜が「怖ぇ、何笑ってんだよ」と引いたような声を出してきた。
　でも、引いているけど、私にはどこか優しさを含んだあきれたような声に聞こえて、よけい私の口もとはゆるんでしまった。
　傷だらけで、ボロボロだったはずの心が修復されていく。
　いっつも怒ったりしない茜が、私のことで怒ってくれた……っていうのはちょっと自意識過剰かもしれないけど。でも、茜の声が、表情が、言葉が、まるで特効薬みたいに私の心に染みこんでくる。
　自分では気づかなかったけど、私は安心しきった顔になっていた。
　ゆるんだ茜の手の隙間から見えた、中哉の瞳はなぜか知らないけど……揺れていた。
　そしてそんな青嵐の幹部のうしろから、鋭くにらんでくるのは篠原柚姫。

へらりと崩れていた表情が、少し強張る。
　そんな私に気づいたのか、茜は小声でよからぬ提案を持ちだした。
「なぁ、周りのヤツらとあいつら……ちょっとビビらしてやろーぜ」
　いたずらを仕掛ける前の子どものような顔で、ニヤリと笑った茜に嫌な予感しかしなかったけど、私は濡れた目もとを拭いて、「何すんの？」ニヤリと笑い返した。
　小さい声で話されたそれに。
　うまくいくかな、なんて思いながらも私の口もとは自然とあがっていた。
　私の目もとから手を離して、茜は作戦を決行した。
「あと、青嵐の総長とやら。日向は白龍の姫じゃねぇよ？　もっとふっかーい仲」
　意味深な発言をした茜に、中哉は眉を寄せる。
「……それってどういう――」
　――今だ。
　戸惑ったような声を出した中哉をさえぎるように私は行動を起こした。
　さっきから私に野次を浴びせてきていた青嵐の下っ端ひとりの首もとをつかんで、自分の顔に引きよせる。
　拳を振りあげて――。
「こういう、こと」
　そいつの顔に当たるギリギリの所で、ピタリと止めた。
　凡人とはちがう、スピード。顔の急所を狙った的確な拳。

青嵐の下っ端くらいのヤツなら、怖気づかせることができる殺気。
　周りにいた、野次馬の人たちが息をのむ声と、女子の小さな悲鳴が聞こえた。
　この行動で、伝わったはず。
「私、今、白龍の下っ端やってんの」
　強がりでも、強く見せたくて。不規則なリズムになる心臓を隠して。目線を合わせるのは怖かったけど、グッと青嵐の幹部をにらみつけるように見て口もとに笑みを浮かべた。
　青嵐の下っ端の首もとをパッと離すと、そいつはすぐに私から遠ざかった。
　上出来、というように私の頭にポンと手を置いた茜は、裏庭……つまり、青嵐の方へ歩を進める。
　静かになった野次馬たちの目線を感じながら、私も茜について歩いていく。
　戸惑っている青嵐の目の前で、ケンカを売るように止まった茜は、ギラギラ目を光らせて青嵐の幹部を見てからうしろにいる野次馬を振り返って、再度口を開いた。
「コイツをいじめようが、いじめまいが俺にはさらさら関係ねぇけど。いつまでも、おとなしいと思ったら大まちがいだって、覚えといた方がいいんじゃね？」
　茜は威圧感をこめてそう言うと、青嵐の幹部の間を通って歩いていってしまう。
　私もあわてて追いかけて、茜の袖を引っぱった。
「茜、私がいじめられてたの知ってたの……？」

「きっと白龍のヤツら、ほとんど知ってる。つか、気づかねぇ方がすげぇ。まぁ、今日文化祭が終わったら全部話して安心させてやれば」

茜のその言葉に、私はうんっ！ と元気よくうなずいて、軽い足取りで歩きはじめた。
　──青嵐の横を通る時。
　あとから気づいたんだけど。私の心臓は不規則に鳴ることもなかったし。手も足も、震えなかった。

　──その時、青嵐のみんなが、戸惑った表情で私のうしろ姿を見ていたことに、私は気づいていなかった。

始まりの鐘は鳴った

「カンパーイ‼」
　——カチン！
　グラスとグラスがぶつかりあう音が聞こえて、まわりはよりいっそうにぎやかになった。
　文化祭も終わって、今は放課後。
　白龍の文化祭に来てくれたメンバーと、南と茜と私は龍騎さんのバーに来ていた。
　ちなみにうるさくなるから今日の龍騎さんのバーは貸切。
　最初は怒ってたけど、私がいることに気づいて承諾してくれた。
「——で？」
　みんなと離れたカウンターに座って、メロンソーダを飲む私を、正面にいる龍騎さんは説明しろと言わんばかりに見てきた。
　そういえば、龍騎さんは私と白龍の関係を知らないんだ。
　てゆーか、龍騎さん私のことぜんぜん知らないよね。
　よし、話してあげよう。
「花崎日向O型かに座、青嵐の元姫。んで今は、白龍の下っ端してます」
「え……？　は？」
　相変わらずの素敵なお顔で、口角をあげながらわけがわからないよ？　という顔をしている。

私は龍騎さんが理解してくれるのを無言で待つ。
　ハテナという顔をしていた龍騎さんは、しだいに眉をよせて口をパクパクしはじめた。
　そして、いつもの落ち着いている龍騎さんとは思えないような声で、
「ハァ!!?」
と言った。
　理解してくれたの……かな？
　と、思ったけどそのあとは質問責めだった。肩をつかまれて、グワングワン揺すられる。
「ちょ、日向、お前はどんな順序で青嵐の姫に？　てかどーゆー流れで白龍の下っ端なんかになったんだよ!?　やめとけ、危険だから今すぐ抜けろ！」
　心配、してくれてるんだろうなぁ。そういうのは伝わってきた。
　でも。私はいまだ揺らしてくる龍騎さんの手を抜けて立ちあがり、高らかに宣言した。
「私は、白龍の仲間でいたいから絶対抜けません!!」
　そんなに大きい声で言ったつもりはなかったけどバーの中によく響いて、近くにいた大仏くんとモヤシダさんが私のほうを笑いながら振り向いた。
「そーそーひーちゃんは白龍ラブだもんな！」
「……のわりには、午後に来た白龍のヤツらほったらかしだったけどな？」
「だよなぁ、午後のヤツらと会ったの文化祭が終わってか

らだもんな」
「……う。その節は誠に申し訳ありませんでした……」
　青嵐とごたごたがあったあと、私は茜と裏庭に戻って、ずっとそこで遊んでいた。
　だって、仕事もなかったし……。それで一般公開の時間が終わったあと、教室に戻って片付けをしてから、みんなが待ってるって言ってた校門の前に行くと、人数が倍に増えてて……。
　そこで私は午後に来るって言ってたヤツらの存在を思い出したんだけど。みんなめっちゃくちゃふくれてた。
　とくに美影、寿司屋がなかったってふくれてた。
　そりゃないよね。コイツ本当に総長として大丈夫なんだろうか。と、まぁそんな美影は置いといて、みんなに私は平謝りした。
「日向マジで白龍の下っ端なのかよ。ケンカとかできんのか……？」
　まだ心配そうに龍騎さんが私を見てくる。
　本当に、優しすぎるよ。心配性すぎだし。
　でも心配なんてあんまりされないから、私はちょっとうれしくなってしまう。
　安心させようと口を開いた時、私の肩に手が乗っかった。
「こいつはマジでできるから問題ねぇよ。コイツのケンカの腕は白龍のヤツらが認めてる」
「ちょ痛い痛い！　肩痛いんですけど！」
　体重を私の右肩にずっしりとかけて話す茜に文句を言い

つつも、正直うれしかった。
　白龍のみんなが認めてくれてる、そんな言葉、茜から聞けるとは思わなかったし。
　茜の言葉ににやけを隠しきれない私を見て、龍騎さんは「しかたねぇな」とあきれたようにため息をついた。
「日向は言っても聞かねぇしな……。なんかあぶねえことあったらすぐに俺に知らせろよ？」
　私の頭をぽんぽんとなでて、フッと笑った龍騎さんに、私も笑顔で返す。
「了解！」
　笑顔のまま、ピシッとおでこに手を当てて敬礼する。
　そして龍騎さんの質問責めから解放されると、私もみんなで騒いでいる輪の中に入っていった。
　みんなが騒ぐ中、すうっと息を吸って大きい声でみんなに呼びかける。
「あのっ!!」
「うわっ、ビビったー」
　近くにいたタカがそんなことを言いつつも、私の方を見てくれる。
　そんなタカにつられるように、みんなも私の方へ顔を向けてくれた。
「……なんだよ？」
「あの、私の最近のこと、なんだけど。茜から聞いた。みんな、私の様子がおかしかったの気づいてたよね？　——心配かけてごめんなさい」

ふかぶかと頭をさげた私に、驚いたような顔をしたみんなだけど、私の次の言葉を待つように、
「おう」
　優しく返事をしてくれた。
「私、最近学校でいろいろされてて。正直キツかった。でも、みんなの心配そうな顔とか見たくなくて、笑っててほしくて、自分で解決して見せるって思って。だから、みんなの前ではそれは出さないようにしてたつもりだったんだけど。それのせいで逆に心配かけて、ごめん。ごめんなさい」
　謝った私に、みんなは眉を八の字にした。そういう顔をさせたくなかったの。でも自分で解決すれば、なんてそんなのただのひとりよがりだったよね。
　話せばよかった。もっとはやく、話せばよかった。
　そしたらみんなに、よけいな心配かけないで済んだのに。
　落ちこむ私とは裏腹に、みんなの顔は優しい笑顔になっていた。
「おめぇはもっと、人を頼れよ」
「そうだよひーちゃん、俺ら言ってもらえなかったり頼ってもらえないことの方が辛いから」
「……うんっ」
　声が、震えた。
　いかつい顔のくせして、みんなは優しく笑ってた。
　優しすぎるんだ、この人たち全員。
「日向、お前は仲間だろ。俺こんなんだけどいちおうお前のこと認めてるし心配してんだぜ」

うるっ、目の奥が熱くなった。不意打ちだ、ズルイよタカ。いつもそんなこと言わないくせに、なんなんだ。
　みんな私のこと、泣かす気なんじゃないの。
　でも今日はいっぱい泣いたし、泣かないから——。
「我慢しないで、泣いちまえよ。お前今までいろいろためこんでたんだろーが」
　——茜のバカ。我慢してたのに。そういう泣かせるようなこと言うの、ズルイと思うんだ。
「っ……ふ、うぇ」
　最近、涙腺ゆるくなってるんだから。
　ほんともう、やめてよ。
　みんなは、声を出して泣いてしまった私の頭を、なでまわす。そんなみんなの優しさがうれしくって、私はよけい泣いてしまった。
　——みんなには、助けられてばっかりだ。
　私、守るって宣言したのに。まだ一度も守れてないなんて、悔しいなぁ。
　そんなことを思いながら、私は心があったかくなるのを感じながら、よけいに泣いてしまった。

　——小さな小さな音が鳴る。
　空気の中を伝わった始まりのその音は、彼らのもろい足もとを小さく揺らす。そしてパラパラ崩していった。
　——篠原柚姫の嘘。
　——私の真実。

――青嵐のみんなの楽しい日常。
――青嵐と白龍の敵対関係。
始まりのその音は、すべてのことを入り混ぜた。
終わりの鐘(かね)が鳴った時、すべてのことに終止符(しゅうしふ)が。
そして今日。
すべてのことが、動き始めた――。

☆
☆ ☆
☆ ☆

3章

明るく笑う彼らにも、彼らなりの過去があった。
私を守ってくれた彼らを、守ってみせるって最初に決めた。
私にできる精いっぱい。
――辛いことがあったなら、救ってみせるよ。
全力で。

少しの変化

　ザワザワ、うるさい廊下を、茜と南と話しながら歩いていく。
　文化祭の振り替え休日も終わり。
　私はいつもどおりの学校生活が始まるもんだと思ってた。
　だけど、私が学校に行く途中に通る、スーパーの所になぜかバイクに乗ったふたりがいた。
　混乱している私は、茜にうながされてバイクに乗り、学校に着いて、普通の流れで校内を歩いていた。
「って、ええ!?　なんで、茜と南いるの!?」
　さっきまで普通にしゃべってた私も私だけど。
「お前、大丈夫か？　さっきからいるだろ」
「いやいや、ちがくて！　なんで朝から学校いんの!?」
　めずらしすぎる。謎すぎる。
　驚きながら聞くと、茜は言葉をにごして、
「べつにいいだろ」
　と言ってきた。いや、いーけど……。
「だってダルくて来ねえって感じだったじゃん」
「日向が心配なんだよ。な、茜さん！」
「は、はぁ？　俺はべつに心配なんかしてねぇよ！　べつに日向もういじめられてねぇかなとか思ってねぇし！」
　あ、うん、思ってるんだね。
　動揺しまくり、それにプラスしてありがちなみえみえの

否定をしてきた茜に私の口もとはゆるんでしまった。
　——それにしても、この間の青嵐とのゴタゴタは、生徒の間にそうとう広がっているみたいで、ヒソヒソ話す声が聞こえてくる。
　女子からは、茜がカッコいいという声まで聞こえてきた。
　……現金な人たちだ。
　わかってるのかな？　アンタたちが今までチヤホヤしてた人たちの敵なんだよ？　茜は。
　……まぁ、わかってないよね。
　そして、私への興味と嫉妬の目。
　ヒソヒソという声の中には、私が白龍の幹部だとかいうのも聞こえてくる。
　ええ!?　いやいや、ちがうけど。
　やっぱり噂はアテにならないなぁ、なんて心の中で思っていると、私たちの教室に着いて、隣のクラスの南と別れて教室に入った。
　ざわつく教室のみんなをスルーして、そういえば茜って隣の席だったなぁなんて思いながら落書きだらけの机にカバンを置いて座る。
　——と。横で茜が立ったまま止まっていた。
「茜どうしたの？　座んなよー……あ」
　なんだろうと思って首をかしげながら、茜の机があるはずのところに目線を移すと。茜の机はなく、イスだけが置いてあった。
　そういえば私、最初にいじめが始まった時に、茜の机

奪ったんだっけ。
　あっはー、やっちゃったみたいな顔で止まっていると、その表情から何かを察したらしい茜は、私をおもいっきりにらんできた。
「てめ……それ、俺のだろーが！」
「ひいっ！　ごめんなさいい！　机返す！　机返しますから、もともと悪い目つきをさらに悪くしてにらむのはやめてぇぇ」
　相変わらず怖い茜のにらみにビビって、私は席からガッタンガッタン立ちあがり机に手をかける。
　茜に返却しようとすると、また鋭くにらまれた。
「てめぇ、もともと悪い目つきってなんだよ……？　てか、そんな落書きだらけの机いらねぇよ！　もう周りのヤツからパクるからいいわ」
　あきれたようにそんなことを言う茜をおちょくるように、私は再度口を開く。
「うっわー、パクるとか悪人すぎ。そんなんだから、白龍の悪人代表なんだよ」
　また、鋭くするどーくにらまれた。
　生命の危機を感じた私は、おちょくってヘラヘラしてた顔を、一瞬で"私、何もしてませんよ"という真顔に変化させた。
　だけどまぁ、そんなのでごまかせるはずもなく。
「そんなので、ごまかせるわけねーだろアホか。つーか人の机、最初にパクったのは誰だ？　あぁ？」

ほっぺを片手でぶにゅっとつかまれ、タコみたいな顔にされて、ガンを飛ばされた。
　こ、怖すぎる。
　久しぶりに茜のことおちょくったから、茜のにらみの怖さ忘れてた。
「わ、わたひれす」
　ビビりながらもそう返すと、「ったく」というように手を離した茜は、前の人の机を本当にパクった。
　……なんてゆーか、ね。
　べつに青嵐の下っ端のヤツだしなんとも思わないけど。
　その席の所まで歩いてきてる人がいるのに、悪気もなくよくもまぁ堂々とできるよね。
　ある意味感心するわ。
　……それにしても、横に茜がいるのって、なんか……なんてゆうか、自然とニヤけちゃうんだけど。
　ゆるゆる、ゆるんでいく口もとを隠すように、私は遠くで座って読書をしていた伽耶に声をかけた。
「伽耶ー！　伽耶ー！　おはよー！」
　ぶんぶん、手を振りながら言うと。
　少し振り返った伽耶は、関わりたくないというように、すぐ前に向き直った。
　冷たくて辛辣。でも、それが伽耶。
　うんうんと、ひとりで納得するようにうなずいていると、茜に「さびしーヤツ」と笑われた。
　やめてください。さみしくなるのでやめてください。

てゆーか、茜の笑顔で一部の女子が騒いでるんだけど。
　笑うだけでチヤホヤされるとかうらやましいことこの上ないんですけど。
　でも、本当に新鮮な感じ。
　それも、教室でこんなに笑顔が絶えないのは久しぶりだなぁ……。
　途中、目が合った須佐っちが『よかったな』と口パクで言ってきたから、私はおもいっきり笑顔でうなずき返した。
　──それから、茜とは先生が来るまで言いあいしながら楽しくしゃべって、教室に入ってきた、相変わらず適当な担任は初登校の茜も気にせず、そのまま進めていった。
　授業中、茜はずっと寝てたけど。
　横にいるだけでもやっぱりうれしくて、私の気分はルンルンだった。青嵐の幹部たちもいないし。
　あと、お昼の時間は、南と茜と私で過ごした。
　で、放課後になったら倉庫に行く。
　そんな日々を繰り返して４日。
　いじめも気づいたらなくなって、茜と朝一緒に行って、教室で一緒にいるのも慣れた頃。
　倉庫にて、美影から驚きのひと言が飛びでた。
「昨日、傘下の族〝新月〟の下っ端何人かが青嵐側の族にやられた」
「青嵐、の……？」
　みんなの表情が一瞬で強張る。
　私の心臓も、ドクリと音を立てた。

……それって、まさか私のせいで？
　どうしよう、その人たちと会ったことはないけど。申し訳ない。私がいるせいで、また、迷惑かけて……。
「バーカ」
　そんなに思いつめた顔になっていたのか、頭をうしろから茜にコツンと叩かれた。
　そこで、ハッと我に返る。
　そんな私の様子を横で見ていた奏多も微笑んで、「大丈夫、日向のせいじゃねぇよ」と言って頭をふわふわなでてくれた。
　そんな私を見つめたあと、美影は再度、口を開いた。
「近々、交戦することになると思う。お前ら、気い引きしめとけよ。あと、ひとりで歩くな。あいつら大人数で来ると思う。それだけ」
　美影の威厳のある声に、再び静かになった倉庫。
　緊迫した空気の中、茜の声がゆるゆると響いた。
「んじゃ、まー外出るか。日向の特訓のためにもな」

　繁華街の裏。暗い暗い路地と公園。
　治安がよくないこの街では"夜は通るべからず"。これ基本。
　だってそこにいるのは──血に飢えた、ケンカだけを求めて生きてる不良と、地位をあげるために名の通った族を狙ってる、小規模暴走族。
　それとそんな不良を狩ろうと躍起になってる警察たち。

少し歩けば、暗い所に見えるのはケンカ、ケンカ、ケンカ、ときどき赤い散光灯。
　そんな道をのんきに私たちは歩きながら、ただひたすらに狙われるのを待つ。
　今一緒にいるメンバーは、タカ、暁、モヤシダさん、茜、大仏くん。そして私。
　7月中旬、やっぱり暑いけど。
　肘(ひじ)とかだしてると、もしもの時に痛すぎるからね。パーカーを着ながらみんなと笑って話していると……。
　──ガッ!!
　突然の衝撃音。一瞬、みんな硬直(こうちょく)した。
　まうしろで聞こえた音に、ギギギギッと壊れた人形のごとく首を回す。
　見えたのは黒いパーカーのフードをかぶって、カッコよくたたずむ、茜の背中。
　それと、うしろに倒れていく男がひとり。
「──ったく、てめぇらよそ見してんじゃねーよ」
　半分振り向き、私たちに横顔を向けながら茜は余裕の表情でそう言った。
　……は、反則。カッコよすぎるん、だけど。
　不覚にもキュンとしてしまった心臓を抑えながら、2回、深呼吸した。今はキュンとしてる場合じゃない。
　ひとりいるってことは──。
「さっすが、白龍のみなさん」
　やっぱり、他にもいた。

笑いながらこっちに近づいてくるのは、20人の男たち。
　どこにいたの、こんなに。
　警戒するように、ニヤニヤ笑うそいつらの前に出た茜とタカ。
「なんだ、おめーら」
　低い声で茜がそう問うと、そいつらはニヤニヤしたまま口を開いた。
「俺らは、青嵐の傘下の族。俺らで白龍をぶったおして青嵐の人たちに認めてもらう。てことで……やられてもらうよ？」
　その顔は、自信たっぷり。恐怖なんか、ひとかけらもない。
　自分の力を過信して疑わない。
　――この人たちは、弱い。
　そう判断した私と同じく、みんなもわかったみたいで。
　茜とタカは俺らさがってるから、お前らだけでやれば？
と言い、うしろにさがった。
「任されましたー！」
「行くぞ、日向」
「油断すんなひーちゃん」
「――ハッ、当たり前」
　私とモヤシダさん、大仏くんと暁。
　横に並列して、20人いる集団に向かって歩いていく。
　20対4だから――ひとり5人。
　頭で計算しながらリーダー格をにらみつけて不敵に笑顔を向けた――。

決着は簡単についた。私たちの圧勝だ。
　私も、確実に腕をあげているみたい。少し安心した。
　ピリッとしていた空気が、また和やかに戻ったのを感じ取り、「ふーっ」と一息つく。
　ううー、膝痛い。フードをパサリ、かぶって、笑顔でみんなのいる方へ駆けていく。
「茜！　今の何分だった!?」
「あー、１分くれぇじゃね？」
　人を殴ったりするようになってから、族というものに深く関わってから１ヶ月とちょっとが経ったけど。
「新記録かも！」
　やったー！　と喜ぶ私の少し前で、モヤシダさんと大仏くんが笑いながら口を開く。
「日向、マジで狙いよくなったなー」
「俺もひーちゃんみたいに戦力になれるようにしねぇとな！」
「いやいや、まだまだだよ。急所狙うの外したら、ひとたまりもないもん」
　これは、本当に。
　５人相手で、もし最初の段階で自分のペースに持ってけなかったら、私はバッドエンド確定だもん。
　……にしても。青嵐の傘下が襲ってくるとは。
「……本当に青嵐との敵対、激しくなってるんだね」
　ポツリと落とした私の言葉に、みんなは少し真面目な顔になった。
　近々、交戦。勝敗も定かじゃない。

引き金を引いたのは私。私のせいでみんなが傷つくのは、イヤだ。
　守りたい。もっと強くなりたいよ。もっと、もっと。
　グッと下唇を噛んで、みんなのうしろを歩きはじめた。
　遠くに聞こえるパトカーの音をかき消すように、風がさあっと吹きぬける。
　その風に、草がざわざわと音を立てた。
　まるで、ざわつく私の心の中と、少し変化した青嵐と白龍の関係を、楽しんで笑うように。

ピンクの素顔とサマーバケーション

　それからの日の流れはあっという間だった。
　夏休みに入る4日前にテスト。だからテストが終わるまでは勉強づくしの毎日。
　南と一緒に、ほぼ毎日図書室で勉強してから倉庫に行く。
　横に茜もいたけど、パラパラ教科書を読み返してるだけで、ときどきちょっかい出してくるし。
　教えてって言ったら、めちゃくちゃわかりやすく教えられて、なんだか癪だった。
　それも、勉強する時の茜はまさかの眼鏡だ。
　やめてほしい。
　たぶん、茜が不服にもイケメンなせいだろうけど、金髪とアンバランスなハズの眼鏡なのに、なんだか似合っていて……。
　新たなる一面を見てしまった感じがして、ドキリとした。
　それもやけにキュンとしちゃったのは内緒。
　と、そんなことは置いといて。今日は夏休み4日前。
　つまりテストが終わった日。
　茜のバイクに2ケツして、倉庫へ向かう途中。
　天気悪いなーなんて思ってたら、倉庫まであと半分というところで、顔にポツポツと冷たいものが当たってきた。
「ゲッ、雨降ってきた！」
　そう大声で言った私に、茜は飛ばすぞ、とつぶやき、ハ

ンドルを強く握った。
　だけどまぁ、そんながんばりもむなしく、倉庫に着いた時には、私と茜はびしょびしょだった。
　夏の暑い気温だけでも倍の体力を使うのに、それに加えてものすごい湿気。
　ペタリと張りつく制服をバサバサはたきながら、濡れないように私と茜はダッシュで倉庫に入った。
「ふー」
「あー、気持ちワリィ」
　濡れた制服を指でつまんで、パタパタやる茜と私の所に朝陽さんが笑顔でやってくる。
「お疲れ、大変だったな。タオル渡しとくから拭いとけよ、風邪引かないように」
「はーい！　やっぱり朝陽さんってなんでもお見通しだよね！　完璧だよね！」
「お、おう？　天気予報見てきただけだけどな？」
「それでタオルを持ってくるところが神だよ！　ホント崇拝（すう）拝（はい）する！　朝陽さんリスペクト！」
　ありがたやありがたやと、朝陽さんを崇拝していると、私の手に渡されたタオルは横の金髪にひったくられた。
「ちょっと、まだ使ってな――」
　ムッとした顔で茜に目をやると、私の心臓は本気で一瞬、止まった。
　キラキラと反射して、いつもの倍輝く金髪。
　濡れた髪の毛からのぞく伏し目がちな目と、重なった視線。

そして、びしょ濡れだったはずのワイシャツとその下に着ていた黒のタンクトップは脱いで──上半身ハダカだった。
　腹筋、われてるし。筋肉なにげについてるし。
　てゆーか。ボフン、効果音がつきそうなくらい赤くなった顔をバッと両手で隠して、
「……っばぁぁか‼　べつにときめいたりしてないからー‼‼」
　おもいっきりそう叫んでスタコラサッサと、茜専用ルームに逃げこんだ。
　バタン‼　と、扉をおもいっきり閉めて、ドアに寄りかかり、心臓の音をかき消すようにひとりでブツブツつぶやく。
「ありえないありえないありえない、ほんとにありえない心臓破裂しそうナニコレどうしたの」
　赤い、ほてった顔を両手で押さえてさっきの記憶の残像を消し去ろうとする。
　……あぁ‼　ダメだ消えない！
　──でも、この部屋にいたのは私だけじゃなかった。
　脳内を整理するために、下を見ていた顔をバッとあげると、少しウェーブがかかった、ピンクの濡れた髪の毛が目に入った。
　その間から見える、整っていて、色っぽすぎる顔のパーツ。
　薄い唇、少し垂れた目、スッと通った鼻。
　……え。私は再度硬直する。本当に、かっちり固まった。
　誰、この人。
　え、色気ありすぎる。

視線で落とせそう、てゆーか、え、え!?
「失礼しましたぁ!!」
　とりあえず初対面だし、色気ありすぎるし、気が動転した私は、さっき入ったばかりの扉から急いで外に出た。
「ひーちゃんなんでそんな濡れてんの？」
「日向、顔まっ赤ー」
　ケタケタ笑ってくるみんなを無視して、まだ倉庫の入り口の所にいる茜目指してズカズカ歩く。
　もう新たに服を着ている茜に、私はまだ濡れてるのに！ なんて心の中で毒づきながら詰めよった。
「ちょっと、茜！　お客さん来てるなら教えてよ！」
「はぁ？　客？　んなもんいねーだろ。……てか、なんでオメェは目もと手で隠してんだよ」
　だ、だって茜見るとどうしてもさっきのシーン思い出して、気が動転しちゃうんだもん！
「気にしないで！　てゆーか、お客さん！　いたじゃん！ 色気ありまくりのピンクの髪の毛の——」
「あぁ、そりゃ幹生だろ」
「はぁ？　幹生？　誰それ……幹生……ミッキー!?」
　いや、たしかにピンクの髪の毛だけど。
　あれが、ミッキーですと……？
「はぁーー!!?」
「うるせぇ、叫ぶなよ」
「いや、でも、だって美影！」
　うしろから倉庫に入ってきた美影は、迷惑そうに私を見

ながら倉庫の奥へ歩いていってしまった。
「ほ、ほんとにあれがミッキー？ わ、私聞いてくる！」
　そう告げて、また茜専用ルームへ歩きはじめる。
　そんな私の背後で、「だからそうだって言ってんのに」というあきれた声が聞こえた。
　だだだ、だって！
　茜専用の部屋の前まで来て、中に入ろうとした時。
　ガチャリ、と扉が開いた。
　髪の毛は、くしでとかされていて、さっきほどのウェーブはかかってないし、目もとはほとんど髪の毛で覆われてる。
　この姿、ミッキーだよね？
　じゃあ、さっきの人はやっぱり——。
　なんて考えていると、間からのぞいた目と視線が重なった。
　驚いたように見開かれたミッキーの目を見て、私は笑顔で話しかける。
「ミッキーの素顔、はじめて見——」
　でも。ミッキーは、私を拒絶するように目線をそらして、私の横を急ぐように、スッと通って歩いていってしまった。
　——え？
　茜の部屋の前で笑顔のまま、固まる。
　え、なんで？　今の、ミッキーだよね？
　なんで？　とぐるぐる回る思考の中で、ドクリと心臓がイヤな音をたてた。
"拒絶"
　その言葉が頭にまとわりつく。

嫌われた？　……素顔を見ちゃったから？　なんで？
　青嵐のことがあったせいで、拒絶には敏感になっている私。
　表情が、自然とゆがんでしまう。
　私とミッキーのただならぬ感じを読みとったのか、暁が近づいてきた。
「おい、日向大丈夫かよ？」
「ね、暁、ミッキーに……」
　"拒絶された"とは、口に出したくなかった。
　私の顔はそんなにも絶望的だったのか、暁は私の頭に手をぽんっと置いた。
「嫌われてはいねぇ、平気だ。──ただちょっと、ミッキーさんは過去にいろいろあったから……女に素顔を見られるのがダメなんだ」
　切なげにそうつぶやいた暁の言葉に、私は目を見開いて顔をあげた。
「──えっ……？」
　彼らにも、過去が……？
　忘れられない、逃げだしたい、何かがあるの？
　はじめて、知った。……でも、そっか。
　そりゃそうだよ。
　みんなみんな、何かがあってきっとこの外れた世界にいる。
　その"何か"は人それぞれちがうけど。
　私だってそう。
　私がいま、この危ない世界にいるのは全部──どうしようもない過去から逃げてるから。

ミッキーも、私と同じだってこと……？
「助けたい」
　口から、自然とかすれるようにこぼれでた音は暁の耳に届いたみたいで。
「へぇ」
　とおもしろそうな顔で言われた。
「……私、ミッキーを救いだしたい」
　過去から。私がやってほしかったように。
　ゆがんでいた表情はいつの間にか元に戻って、逆に顔に力がこもった。
「日向がミッキーさんの素顔見ちゃったとき、どうなっちまうのか心配だったけど……日向なら平気だな」
「当たり前。また普通に話せるようになってみせるよ。だって私、言ったでしょ？　みんなを守りたいって」
　にっこり、口角をあげてそう言うと、暁は「そういえば、言ってたな」なんて声を出して笑った。
　ミッキー、待ってて。
　守られて、助けられてばかりの私だけど、ミッキーを過去から救いだすよ。
　何をすればミッキーが救われるのか、何をすればミッキーがしがらみから逃れることができるのか、ぜんぜんわかんないけど、私がかける言葉はひとつだけ。
　──準備はできてる。
"もう、前に進んでもいいんだよ"
　私が欲しかった──いや、欲しい言葉。

きっと背中を押してほしいはずだから。
　しがらみも過去も、乗りこえて、ミッキーを前に進めてみせるから。

「はぁぁぁあ」
　茜と私がいる旧美術室に、私の盛大なため息が響き渡った。
　夏休み1日前。今日は終業式。つまりあれから3日経った。
「ったく、てめーはうるせぇんだよ」
「だってだってだって!!」
　ミッキーを、助ける宣言したのはいいものの、ミッキーには避けられるし……。
　そんな風に露骨に拒絶されると、ここからは"踏みこまないで"と線引きされてるみたいで。
　もし無理やり聞いて、おもいっきり拒絶されたらと思うと、傷つくのが怖くてなかなか聞けない。
「どーするかなぁぁー」
　いや、聞けばいいんだよね。拒絶されてでも、直接聞けば。
　でもその勇気が、出ない。
「べつにどうでもいいけど、さっさと仲直りでもしとけ。じゃねーと周りのヤツらも気まずくてしかたねーだろ」
「うっ……。やっぱみんな私とミッキーの変な態度気づいてるよねぇ……」
「ったりめーだバカ。あれで気づかねぇほうがすげぇだろ」
「バカってなにさバカってー！　茜のほーがバ……」
　ああ、茜って頭いいんだった。

くっそー。なんでこんな完璧なんだよ、もう。
　なす術がなくて、とりあえず腹いせにあっかんべーってした時、旧美術室の扉がガラリと開いた。
「茜さん、ひなたー！　終業式終わったぞ！　帰りま……日向お前なんて顔してんだ」
　そんなドン引きしないでよ。傷つくんですけど。派手に。
　そんな私を見て意地悪く口角をあげ笑った茜は、カバンを持ってイスから腰を離した。
「はぇーな、夏休みか。おい日向てめぇ、さっさと幹生と仲直りしろよ」
　前を歩いて教室から出ていく茜のそんな言葉に、ムッとして返す。
「だから、できたらとっくに──」
「夏、みんなで旅行、行かねーのかよ」
　クルリ、と半分振り向いて口角をあげて笑った茜に、私の心臓はドキリ、自然と跳ねた。
　謎の胸の高鳴りに首をかしげる。
　──それよりも!!
　ムッとしていた顔も、一瞬でパァッと明るくなっていく。
　夏、旅行、みんなで。
「……行くっ!!」
「じゃーさっさと仲直りしろよ」
　夏の熱い日差しに、金髪をキラキラ反射させながら、
「今年はどこ行くんすか？」
　なんて聞く南の横を歩いていく茜。

——心臓が、鳴り止まないのはなんでだろう。
　きっと、夏休みが楽しすぎるんだな、うんうん。
　だって。みんなで、旅行。
　楽しみすぎて、ニヤけが止まらない。
　叫びたいくらい、気持ちが高まってく。
　セミの鳴く声は嫌だけど。今年は我慢できる気がする。
　熱い、暑い、厚い、夏休みが始まる。
　——旅行が楽しみすぎて高鳴る胸に、もうひとつべつの甘酸っぱい高鳴る感情をのせて。

　そして待ちに待った、夏休みが始まった。
　茜と倉庫に行く途中、考える。
　どうしようか、ミッキーのこと。覚悟を決めて、聞くしかないのかな……。
　それでも話してくれなかったらどうしよう。
　今以上に拒絶されたら。怖い——。
　——トンッ。
　茜が私の眉間を人差し指で押した。
「う、わ」
　突然のことに我に返って、ぐらり、とバランスを崩す。
「ちょっと、茜、いきなり何すん——」
「バーカ」
　……は？
　ムッと顔をゆがめると、茜はいつものように意地悪く片方の口角をあげて笑った。

「考えすぎなんだよ、てめーは。いいか？ 幹生とちゃんと話しなかったら旅行は行けねぇんだ。難しいこと考えてんじゃねぇ」
「でも、もし」
「でももだってもねぇよ。旅行に行きたいか、行きたくねぇか。どっちだよ」
「そりゃもちろん、行きたいよ」
「んじゃあそれでいいじゃねーか。お前は旅行に行きたいってことだけ考えてろ。聞いたら拒絶されるかもとか、んなこと考えてビビってんじゃねえ」
「…………」
「だーもう！ 幹生はお前が聞いてやれば絶対話してくれんだよ、あいつだって自分から話す勇気が出ねぇだけだ。お前が聞く勇気が出ねぇのと一緒で」
「あ……」
　あ、でも……そうかもしれない。
　私が助けてみせるって言ったのに、なに弱気になってんだろう。ダメだなぁ、私。
　いっつも茜に助けてもらって、背中押してもらってばっかりだ。
　旅行に行くため、なんて。不純な動機だけど。でも何か背中を押してくれる何かがあれば、私はきっとミッキーに聞ける。
「ありがとう、茜。私絶対ミッキーと仲直りする」
「おう、がんばれ」

茜の背中を追いかけて歩きながら、もう一度、「ふー……」と息を吐いた。……よし、聞ける。
　──ちがう、聞く。ぜったいに、聞く。
　もう１回、ミッキーと普通に会話できるようになってみせる。

　倉庫に着いた私は、早速ミッキーに話しかける。
「ミッキー、ちょっと来て」
　ドクン、ドクン、心臓がイヤな音を立てる。
　でも、言えた。
　ミッキーは顔をうつむかせまま、合わせてくれない。
　──あぁ、もう。
　不安で手が震えそうになって、ミッキーの腕をおもいっきりつかんで走りだした。
「え!?」
　素っ頓狂な声をあげたミッキーも気にせず、下っ端のヤツらの間を駆けぬける。
　声をかけてくるヤツらも気にせずに、倉庫の外に出て、裏のバイクが停めてある所まで回った。
「ふー、これでよしっ」
「……」
　ミッキーの方に向き直ると、ミッキーはまだ顔をうつむけていた。
　ここまで来ちゃったんだ、もう無理やり聞くしかない。
　それに聞かなかったら旅行、行けない!!　よし!!

「ミッキー、過去に何があったのか。私に話してくれない？ 私、ミッキーとまた仲よく話せるようになりたい。このままなんて、嫌だ」
「…………」
「それにね、仲直りしないと旅行も行けないし！ ミッキーは旅行に行きたくないの？ 私は超行きたいけどね！ ……私ね、ミッキーのこと助けたいの。私なんかにできないって思うかもしれない。でもきっとその過去を知らない人にそのことを話すのって、前に進めることだと思う。だって、それだけですごい勇気いるじゃん。ミッキーが自分から過去を話してくれて、私が背中を押したら。ミッキーはきっと前に進めるから。だから、話してみてくれないかな……？」

　自分のありったけの思いを、伝えた。
　最初の方はちょっとテンションちがったけども。
　それはいいんだ。
　ピンクの派手な髪の毛は目にかかっていて、うつむくミッキーの表情は何も読み取れない。
　自分の口が、手が震えるのがわかる。
　手を胸の前でギュッと握りしめて、口を真一文字に結んだ。
　ミッキーの言葉を待つ時間がひどく長く感じて。
　自分の心臓の音だけが大きく聞こえた。
　10秒か、20秒か。
　私にはもっと長く感じられたけど。そのくらい経った時に、ミッキーが「ふっ」て、笑った。

驚いて、いつの間にかさがっていた目線をミッキーに戻す。
「ミッキー……？」
　不安に駆られながらも聞くと、ミッキーは自分の前髪に手を伸ばして——前髪を上にあげてピンでパチリととめた。
　露わになる、ミッキーの顔。
　整ったパーツ。長いまつ毛と、濡れたような黒い瞳。少し垂れた目。
　ピンク色の薄い唇は、見慣れているハズなのに他のパーツと合わさるとどこかいつもとちがって見える。
　カッコよくて、色気が全体から放出されてるようなその顔は、なんともいえない表情だった。
　眉はさがっているのに、無理やり口角をあげていて……。
　ミッキーの口からは、痛々しいくらい乾いた笑い声がこぼれた。
「ははっ……ごめんな日向。俺がお前のこと避けたせいで傷ついただろ？」
「そんなことっ……」
　そんなの、ミッキーに比べたらぜんぜん辛くないのに。
　過去って大きすぎるくらい大きくって。
　私たちは、誰かに背中を押してもらわないと踏みだせないもの。
　もし踏みだせたとしても、なんかのきっかけでフラついて、また過去に覆いつくされる。
　そういう、もの。
「弱いんだ、俺。日向、俺に聞きに来るの怖かっただろ。

勇気いるもんな。……俺も、旅行、行きたいし。話すよ、過去のこと。――救って、くれんだろ……？」
　最後の声は痛々しいくらいに弱くって、痛々しいくらい、かすれてた。
　それだけで私の心臓はきゅうううって締めつけられて、涙が出そうになってしまった。
　照りつける太陽の光を、倉庫の影が遮断して、比較的涼しい風がふわっと吹きぬけた。
　泣きそうになるのを我慢して、私はコクリと深くうなずいた。
　その私のうなずきを合図にするように、ミッキーは口を開いた――。

ミッキーの過去　幹生side

「——俺、昔、子役やってたんだ」
　目の前の日向を見つめながら、ひと言、言葉を発した。
　そんな俺の言葉に、目を見開く日向。
「ミッキーが、子役……?」
「知らねぇかな?　中森ミキって子役」
　俺の言葉を聞いて、日向はうーん……と考えるように唸ってから目をパッと見開いた。
「あっ!!　そそ、それって、超超有名だった!?　その子が出たヤツは必ずヒットするって言われてた——あれ、ミッキー……?」
「そ、それ。俺」
　戸惑うように瞳を揺らす日向を見て、自嘲気味に笑いながら俺は過去の記憶を解きはなった。

　始まりは、スカウトだった。
　当時幼稚園の年長だった俺は、父さんは病気で死んじゃったけど、優しくてきれいな母さんがいる生活に寂しさも感じず満足してた。
　カッコいいって言われることも、かわいいって言われることもあったけど、べつに気にも留めてなかった。
　でも、母さんと東京まで出かけた時。
『あのー、子役とかって興味ありませんか?　私、こうい

う者なんですけど……』
　そう声をかけてきた男によって、俺の人生はガラリと変わった。
　母さんは、『そういうのはちょっと……』と断ろうとしたんだけど、俺が『やりたいです』って言ったんだ。
　べつに、子役なんか興味なかった。
　ただ、母さんが無理して働いてるのは知っていた。
　俺のために、仕事をはやく切りあげて帰ってきてくれる母さん。
　でも、俺が寝たあとに家で仕事をしたり、仕事を掛け持ちしているのも知っていた。
　それでも、いつでも元気に笑って、俺に愛を注いでくれる優しい人。恩返しが、したかった。
　——でも、思った以上にその世界は厳しかった。
　入る時にお金はかかるし、レッスンにもお金がかかる。
　母さんの負担を増やしたのは、俺だった。
　でも絶対に売れて、楽させてやるって決めて本気で取り組んだ。
　素人だった俺は、演技、歌、ダンス、ポージング、いろんなレッスンをした。
　最初の話では１年はレッスンをするハズだった。
　でも、１年も経たず役をもらえることになって。迷いもせずその役の仕事を受けて。
　監督には、
『はじめてでこの演技か！　すごいなぁ』

なんてほめられて。
　ドラマはヒットを果たし、気づけば俺は新人の子役として、一躍(いちやく)有名になっていた。

　CMのオファー。ドラマや映画のオーディション、依頼。バラエティー。めまぐるしく回る俺の日常。
　母さんは仕事を１つにした。前よりも笑顔が増えた。
"母さんのため"
　そう思って始めたこの仕事を俺は大好きになっていた。
　全部全部、全部がうまくいってた。
　驚くくらい。
　でも、時間が経つにつれて、俺は少しずつ現実を知っていった。
　俺を有名にしてくれたドラマの監督も『新人なら、まぁこんなもんだろ』と評価してくれただけに過ぎなくて。
『"新人なのに"こんなに演技がうまい』
『"新人なのに"礼儀正しいのねぇ』
　俺がこの世界で、のびのびとできたのは、新人だったからだ。
　でも、俺はこの仕事が好きだから続けた。
　うまくできたらうれしかった。
　自分の演技が評価されたらうれしかった。
　小学１年生という無垢(むく)な年頃だったからか、俺が芸能人をやっているからって俺をブランドとして近くに置いておこうとするヤツもいなかった。

だけど、流れていく月日は俺をこのままではいさせてくれなかった。
　年長、小学１年生、２年生。──そして３年生。
　俺の演技は、前よりもはるかにうまくなっているハズなのに、３年生になってから、仕事は激減した。
　幼さの残っていた顔立ちも身長も、少しずつ変わっていく。
　伸びていく身長に比例するように、減っていく仕事の数。
　まわりの人たちも少しずつ、変わっていった。
『みっ、幹生くん！　好きです！』
『……ほ、んとに？』
　告白してきた俺の初恋の女の子。
　その子は俺をブランド物のバッグのように見せびらかして自慢した。
『中森ミキくんだよ！　私の彼氏なのー』
　俺は、ミキじゃない。幹生だ。
『ほら、あの子役やってた……』
　なんで過去形なんだよ。
　前より露出は減ったけど、まだやってる。
　俺に貼りつけられたブランド名、"元子役"。
　それを目的に近づいてくる人たち。
『最近仕事が減っちゃってかわいそうねぇ……』
『子役にしては長かったんじゃねぇ？』
　大人の間を飛び交う同情の言葉。
　俺はこの仕事を好きでやっていたんだ。
　べつにかわいそうなんかじゃない。

俺は元子役じゃない。
俺はブランドじゃない。俺はアクセサリーじゃない。
——俺の名前は中森幹生だ。
成長なんか、止まればいいと思った。
変わってくまわりの女子の目線、大人の目線、俺の見た目。
何もかもが憎くて、何もかもが嫌だった。
いつの間にか大好きになっていた演技の仕事は、ほとんどなくなっていた。
荒れていく俺を、ついには——母さんまでもが気を使い同情し始めた。
『またチャンスはあるわ、ね？』
『子役なのにすごく長く人気が続いて、幹生は才能あったのね？』
母さんのその言葉が、逆に俺の心を荒らした。
いつもみたいに、笑ってくれればいいのに。
気なんか使わないで、笑ってくれればいいのに。
家にいるのに楽しくない。気を使う母さんは好きじゃない。
どんなに好きな子ができても、その子は俺をアクセサリーとして身につけておきたくて作った性格で関わってくるだけ。
次の子こそ、俺自身を見てくれるんじゃないか。
期待して、期待して、期待して。
でもその期待は一度もむくわれなくて。
——疲れた。疲れてしまった。
そして俺は荒れまくった。

好きだった演技は、しなくなった。テレビも見なくなった。
　事務所との契約は切った。
　これが子役の宿命だったのかな、なんてひとりで悟って笑った。
　ブランドとして俺を見てくる女子の目に入らないように、もう傷つかなくていいように前髪を厚く伸ばした。
　ふわふわっとゆるくウェーブのかかった癖っ毛は、ストレートにして、俺は一転して地味になった。
　何もかもが平和で、静かな日常。
　夢もとくには抱かなくなった。
　今までが非日常、こっちが日常。
　そう、節目をつけることができたような気がした。
　――いやちがう、自分に言いきかせてただけだ。
　べつに俺は演技なんか好きじゃない……って。地味に過ごすことが当たり前にはなったけど、母さんとの隙間は修復できなかった。
　母さんは、明るく笑うこともなくなった俺に遠慮しながら、話しかけてくる。
　前みたいには、話しかけてくれない。
　時間は流れていく。
　俺もそれに合わせて無心で歩いていっているみたいだった。
　やる気も出ない。楽しいこともない。
　ただ過ごすだけ……そんな日々。
　３年間、そんな風に過ごして、中学生になった。

子役だった俺はみんなの記憶の中からは消えている。
　今は、クラスで影の薄い男子。
　名字も覚えられているかどうか。
　これからもこんな風に生きていくのかなー、なんて考えたらおもしろくって笑えた。
　そのあとの毎日も変わらなかった。いや、むしろひどくなった。
　やっとのことで仲よくなった友だちも、最初は純粋に好きだと言ってくれた女の子も……結局は俺のことをアクセサリーとしてしか見てくれなかった。
　──俺は、裏切られ続けたんだ。
　もう、嫌だ。何もかも、壊れてしまえばいい。
　おれは、俺は……なんのために生きている……？
　たどりついたのは、治安の悪い裏の道。
　売られたケンカを買って、殴って殴って殴られて。
　俺は裏の世界の住人になった。

前進　日向side

「──で、俺は荒れに荒れまくってケンカもありえないほど強くなっちゃってさ。美影に誘われて白龍入ってからは居心地がよくて、前の俺みたいに笑ったりするようになって。今の俺に戻れたんだけどな」

顔をさげて、私の方を見ないで話していたミッキーが、私の方に顔を向けてはにかむように笑った。

あふれてしまった涙は、ミッキーに同情したわけじゃなくて、私の最近の出来事と、重ねてしまったから。

期待したのに、裏切られて、傷つく気持ち……痛いほど、胸がはちきれそうなほど、知ってる。

「でもさー、顔だけは。白龍の男どもの前では出せたけど。外でもいつでも、出せなくなった。女に顔を見せるのが怖くって。……ダッセェよな」

それと、私が泣きそうになってるのはもうひとつ理由がある。それは、ミッキーの今でも変わらない夢がわかってしまったから。

「ぜんぜん、ダサくなんか、ないじゃん……。ミッキー、私に顔見せてくれたじゃん。それってもう、強くなってるよ」

ミッキーが話してた、子役時代。

その話する時のミッキーの横顔が、今まで見たことないくらい輝いてた。楽しかったって、全身で言ってた。

言ってないけど、夢があるなんてそれってめちゃくちゃカッコいいじゃん。
　そんな思いをこめて、ミッキーの目を強く見つめてそう言うと、ミッキーは瞳を揺らして、泣きそうに顔をゆがめた。
「俺、ちょっとは強くなれてんのか……？」
「なれてるよ、なれてる。ちょっとなんかじゃない、めちゃくちゃなれてる」
「……俺、もう強くなれてる……？」
　ねぇ、もう、ミッキーは過去を乗りこえられるよ。
　大丈夫だよ。
　あと1歩。その1歩を踏みだすために。背中を押してと、押すような言葉をくれと、泣きそうな顔で私を見るミッキーにつられて、私は目頭が熱くなった。
　きっと私も泣きそうな顔だけど。思いっきり笑顔を作って、ミッキーに伝えた。
「もう、とっくになれてるよ……！　私たちがいる、白龍がいるじゃん。もうひとりじゃないんだもん。もう誰に裏切られたって大丈夫だ！　またかよって笑ってあげる！　だから、もう……前に進んでも、いいんだよ……っ」
　そう言った私の言葉で、ミッキーは笑いながら片方の目から涙をこぼした。
　私の、伝えたかったコトバ。伝えられた。
「ありがとう、日向。俺これからは少しずつ顔出していけるようにする」
　ふわりと、まつ毛を濡らしたままで笑ったミッキーの色

気に、あやうく倒れそうになった。
　けどなんとか平常心を取り戻して、もうひとつの言いたいことを伝えるために口を開いた。
「ミッキー、ちゃんと夢あるじゃん」
　にっこり笑って言うと、ミッキーはビクリと肩を揺らした。
「お、俺べつに夢なんか……」
　わかってるくせに、認めない。まったく、なんて思いながらミッキーのきれいなおでこを、
「えい!」
　と、デコピンした。
「いってぇぇ!　何すんだよ日向ぁ」
「ばーか、ほんとにバカ。気づいてるんでしょ？　自分の夢。何がしたいか。ほら、言ってみな」
　痛そうにおでこを押さえながら、私の言葉に、うっ……と図星とわかる表情を見せた。
　やっぱり、表情がわかるって、いいなぁ。
「言ったところで、叶わねぇじゃん。元子役だぜ？」
　でも、そういう表情は見たくない。
　ミッキーは強気でいてほしい。
「叶わないわけないじゃん。何度だって、やり直せるよ!!」
「……でも、もうできるわけねぇよ。俺、マトモな世界じゃ生きてけねぇ。だって俺は白龍で、暴走族に入ってんだぞ……できるかよ……」
　そうつぶやいたミッキーは、諦めているように言っているのに、顔は諦めきれてないのがバレバレだった。

「やりたいって本気で思うなら。暴走族に入ったことなんて隠せばいい。白龍にいたってことは」
「……でも」
「べつに隠されたって白龍のヤツらは恨みも傷つきもしないから。言いふらしたりもしない。私はそういうヤツらだって思ってる。ちゃんとみんな、ミッキーを応援してくれるよ」
「…………」
　だって、本当にそう思うから。みんななら応援してくれる。
　それに何より——。
「自信持ってよ。私ミッキーの演技、また見れるんならもう一度見たい。絶対見たい。もう、同情なんかされないくらいにカッコよくなってまたテレビに映ってよ」
　目を見つめてそう言うと少し経ってから、ミッキーは真一文字に結んでた口をゆるり、とほどいた。
　そしてゆるやかなカーブを描いてフッて声をもらした。
「——俺、もう一度チャレンジしてみてもいいのかな、あの世界に」
　優しくカーブを描いた目の中心にある瞳は、ものすごく強い意思が伝わってきた。
　チャレンジしちゃダメ、なんて言ったってもう諦められない所まで来ちゃってるくせに。
　私もフッて笑い声を出してから、ミッキーに全力の笑顔を向けてうなずいた。
「——うんっ!!」

ミッキーはもう、自信持っていいんだよ。
　最初は同情してくるヤツがいるかもしれない。
　最初は居心地が悪いかもしれない。
　でもそんなの、ミッキーならすぐになくなるから。
　絶対、みんなに認めてもらえる。
　だからもう、自信を持って前を歩いて。
　私の笑顔に微笑み返したミッキーは、立ちあがって、グーっと伸びをした。
「でもまずは！　日向と青嵐のことの決着つけてからじゃねーと！　な？」
　顔だけ日陰から出て、日が当たっているせいか。それとも吹っきれたおかげか。
　ミッキーはキラキラ輝く笑顔でそう言った。
「そう、だね！」
　青嵐とのこと、か。
　最後に話した青嵐とのことを考えて、私も少しは強くなれたのかな、なんて考える。
　歩いていくミッキーのあとを追うように立ちあがった私も、歩こうと足を１歩前に出した。
　その時、１、２メートル先にいたミッキーが私に背を向けたまま立ち止まって
「日向の抱えてる過去も、いつか教えろよ」
　振り返らずにそう言ったミッキーの言葉に、私の心臓は不規則な音を立てた。
　出した足を、ハタ、と一瞬止めて自分を落ち着かせる。

——でも、なんかあるってバレちゃってたかぁ。
　いつか、いつか、話すから。それまで待っててね。
　そんなことを思いながら、整った心臓のあたりに上から手を当ててひと呼吸。
「ミッキー待ってー！」
　そして、ミッキーの所まで走って追いついた。
「あ、ミッキー。お母さんともちゃんと話するんだよ？」
「……わかったよ」
　なんて話しながら、ふたりで倉庫の入り口までたどりつくと、倉庫の中にいた白龍のメンツが、うれしそうにニヤニヤ笑いながら待っていた。
　心配していたらしい朝陽さんは私たちが笑顔で話しているのを見て、ホッと息をついた。
　みんなのうれしそうな目線に照れくさくなって、はにかみながら口を開いた。
「みんな、心配かけてごめん。……夏の旅行、行けるよ!!」
　私のその言葉を聞いて、奏多が１番はやく私に飛びつく。
「ったく！　心配させんなよ日向ぁぁ！　よかったなぁミッキーさんと仲直りできて！」
　うれしそうに、私にギュウギュウ抱きつく奏多がかわいくて、私も笑みがこぼれてしまった。
　そんな奏多に続いて、暁と南、モヤシダさんが肩を組むように飛びついてきた。
「っわぁ！」
「お前、日向この野郎！」

「よかったな、日向！」
「日向おまえミッキーさんの美貌(びぼう)によく倒れなかったなぁ」
「ちょっと奏多以外重いんだけど！」
　奏多は正面からギュウギュウと抱きついてるからよしとして。何よりかわいいし。
　その他人は、私と肩を組むというよりは、私を肘置きにしているというのがふさわしいと思う。
　おもいっきり体重かけてきてるもんね、とくに暁。
「あー楽だなぁ」
「暁お前！　わざとか！」
「まーいいじゃん」
　いやいや、ぜんっぜんよくないんだけど。
　みじんもよくないんだけど。
「いい高さの肘掛けだなー」
「うおっ、本当だ」
「……あんったらねぇ！」
　私が怒りをおもいっきり爆発させようと、うしろを振り返った時。肩にかかっていた重さはなくなって、代わりに……色気のある顔で微笑むミッキーがいた。
「えっ？」
　ミッキーのうしろを見ると、ミッキーにどけられたのか「？」と言う表情で固まる３人がいて。
　ミッキーはミッキーで、微笑みながらやんわりと私の腰に回る奏多の手をほどいた。
　そして、うしろから私の腰に手を回して、ぎゅっと引き

よせた。
「……?」
　ん?　てて、てゆーか、ミッキー顔近い‼
　自分の顔、性格に合わず色気だだもれなの気づいてる!?
　そんな私の焦りも知らずに、私の腰に手を回して抱きよせたままのミッキーは口を尖らせて、顔だけうしろに振り向いた。
「お前ら、日向にくっつきすぎだっつーの。マジふざけんな」
　……え?　ミッキー今までそんなこと言ったことあったっけ?
　そう思ったのはみんな一緒らしく、私も4人もきょとんとする。
　そして周りで見ていたヤツらは、私が抱きよせられている状況にきょとんとしていた。
「……で、ミッキーはいつまで抱きついてんの?　てゆーかなんでミッキー抱きついてんの?」
　沈黙を破るように言うと、ミッキーは満面の笑みで口を開いた。
「俺、日向のこと好きになっちゃったみてぇだから!」
「へーぇ……」
　へー。ふーん。ほーお。
「は……」
「えっ」
「っはぁぁぁあぁぁ!?」
　今までの私たちのやりとりを見ていたヤツらと私は、お

もいっきり叫んだ。
「なっ、何言っちゃってんのミッキー!?　意味わかんないんですけどぉぉ！」
「日向って、ときどき変態ってゆーか変人まがいなところあるけど、優しいだろ！　かわいいし！　こんなこと言ったら自意識過剰だけどよ、俺をアクセサリーとも見てこねぇし。さっき、いいなって思ったらなんかもう止まんなくてよー」
　ははははっ、笑いながら言うミッキーの頭を１回叩いてあげようかと思った。
　私がミッキーの過去聞いて、倉庫に戻るまでに、なんでミッキーの心の中でそんな劇的な変化おこっちゃったの？意味わかんないんだけど！
　焦りすぎて、ミッキーの失礼な最初の方には気づかなかった。
　──楽しそうにミッキーとたわむれる白龍のみんなをみて、私の顔も自然とゆるむ。
　奥にあるソファで寝っ転がっている、茜を見つけてよけいに笑顔があふれた。
　──無意識、だったんだけど。
　そこまで駆けていき、茜をのぞきこむ。
　閉じられた目にどきりとしながらも「茜っ！」声をかけた。
　普通の金髪よりほんの少し茶色っぽい色の、きれいな髪が揺れて、茜は目を開けながら体を起こした。
　ソファの空いたところに私も腰をかける。

「茜、もしかしてずっと寝てたの?」
「……おう」
　なんて言いながら、眠そうに瞬きを繰り返す茜がかわいくって、「ははっ」笑い声を出して笑ってしまう。
　そんな私を茜はムッとした表情で見る。
　……寝起きだからか、いつもよりぜんぜん怖くない。
　むしろ、かわいい。
　きゅんときて、ニヤけてしまいそうな口もとをこらえる。
　そんな私を見て、あきれたように笑いながら茜は口を開いた。
「ちゃんと仲直りできたのかよ?」
「うんっ、ばっちり!」
　にっこりと笑顔を向けてそう言うと、頭に大きい手がのっかる。
「わっ」
　乱暴に、でもなでるように頭をグシャグシャとされた。
　ああ、前髪のポンパドールが!
　もう、なんて茜をにらむように見たら、いつもの意地悪な笑顔じゃなくて優しく目を細めて笑う茜がいた。
　出かかった言葉を、のみこむ。というより、止まった。
「そりゃあ、よかったな」
　私の頭に手をのっけたまま、やわらかく笑う茜に私の目は見開かれた。
「……っ!」
　声にならない声がもれて。かぁって頬が熱くなる。

私の中で、ありえないほど心臓が不規則に鳴り響く。
　茜に、聞こえそう。
　なんで私こんなに、気が動転しちゃってんだろう。
　茜は、そんな私の様子を意味がわからねぇというように、首をかしげた。
　そして、立ちあがった茜は、ざわつく倉庫を見て「なんだあれ？」首をかしげて私に聞いてきた。
「おい、あいつら、何騒いでんだ？」
「や、な、なんか。……ミッキーが私のこと好きになったとか言いはじめて」
　口ごもりながらもそう言うと、ピッシャーンと効果音がつきそうなくらい衝撃的だという顔をされた。
　でも、わからなくもない。
　ミッキーが突然私のことを好きになるとか、どういう状況だって感じだ。
　それに。私がまだ、青嵐の姫だった時に篠原柚姫に言われた言葉が頭を横切った。
『──誰もアンタを好きにならないって──』
　私は、青嵐にいた時、恋愛対象じゃなかった。
「仲間」だったのか。もう、今じゃよくわからないけど。
　でも、言えることはひとつ。私は「女」として見られてなかった。しいて言うなら、「女友だち」。
　──なのになんで、今は好かれてるんだろう。
　わからない。何がちがうんだろう。
「……なんで」

ポツリ、ひとり言のようにつぶやいた言葉。それは、茜によって拾われた。
「お前がどういう風に青嵐と過ごして、どういう風に裏切られたのか。詳しいことは知らねぇ」
　そういえば、私は白龍のみんなに、青嵐にいて追いだされるまで何があったか詳しく話してなかった。
　茜の方にパッと顔を向けると、また意地悪く笑ってた。
「でもな、たぶん青嵐にいた時と今の状況がちがうなら。それは今のお前が、青嵐にいた時とはちがうからだ」
「それって、どういう……」
「お前は覚悟をもって白龍にいる。1回裏切られたのに乗りこえた、強さがある。ケンカもできる。……これが、今のお前。青嵐にいた頃とはだいぶちがうだろ？」
　ニッと笑って言った茜に、私は気づかされた。
　茜が言ったことも、たしかに前の私とはちがう。
　でももっと、決定的にちがうところ。
　青嵐は私にとっての初めての"理解者"で、"嫌われたくない""失いたくない""ひとりになりたくない"。
　私は青嵐に――依存していた。
　だからきっと、いつでも笑顔で嫌われないように接してた。
　でも。白龍は私にとっての初めての"仲間"で、"好かれたい""みんなのことをもっと知りたい"
　――"守りたい"。
　うしろ向きなことなんてなんにも考えなかった、そういえば。ずっと一緒にいれるって信じてるんだ、今でも。

嫌われたくないなんて、考えたこともなかった。
　私は、白龍には素で笑って素で怒って、隠すことなく弱さも不安も出してる。
　——たぶんそれが、決定的にちがうところ。
「なんとなく、わかった気がする」
　ふっと笑ってそう言うと、茜は意地悪な笑みを浮かべたまま「そりゃあ、よかったな」なんて言った。
　そして、そのまま歩いていこうとする茜の背中に話しかけた。
「今度っ、青嵐と何があったか詳しく話して聞かせてあげるね！」
　そう言った私に、茜は顔だけ振り返って、
「楽しみにしてるわー」
　気だるげに言ったあと、
「２泊３日で海行くぞ、１週間後。明日はいろいろ買いにいく」
　そう言ってまた歩いていってしまった。
　顔にあふれるニヤけが止まらなくなる。
　うれしい、よかった、行けるんだ旅行。
　そんな私を見て、美影とタカもふわりと笑った。
　日陰で比較的涼しい倉庫に、ふわっと温かい空気が入ってきて、肌をかすめた。
　それによけい、私の笑顔はあふれた。
　——うれしすぎて、私は、"海"に旅行に行くと言ったことを、まったくと言っていいほど気に留めてなかったんだ。

夏旅行前の、一波乱

「おーい‼ ひーなたー！」
　公園の、待ち合わせ場所。
　でっかい声を出して、キラキラした笑顔でこっちに手を振ってくるミッキーと、その横で立ってる４人。
　私は淡いラベンダー色のワンピをはためかせ、白の厚底サンダルを鳴らしながら駆けよった。
「ごめんごめん、お待たせ」
　──今日は、白龍の幹部のみんなとお買い物の日。
「おっせーぞおめぇ」
「こら茜！　ひなたちゃんぜんぜん待ってねぇからな？」
「日向、今日のお昼は寿司で決定してるからな」
「へー、お前ほとんど制服だけど、普通にセンスいい私服着るんだなー」
「日向、かっわいい！」
　私を見てニコニコ頭をなでてくるミッキーの手をさりげなくよける。
「……にしても、みんなオーラすごいね」
　イケメンなのは重々承知だったけどさ。５人そろうとそりゃもう、輝きが倍だ。
　それもミッキーも顔を……片目だけ出してるからいつもより５人そろった時のオーラがすごい。
「なんでミッキー、片目？」

「いやぁ、まだ全部出すのは怖ぇから。片目から」
　ニコッと笑って言ったミッキーに、がんばってるんだなぁと私も笑い返す。
　朝陽さんはそんな私たちを見てニコッと笑ってから、
「それじゃ、行こうか」
　そう言って、近くにある大型ショッピングモールまで歩きはじめた。
　大人数でお出かけなんて久しぶりだから楽しみだなぁ。
　みんなでわいわい何を買うのか話し合う。
　私が水着を持ってないって言ったら、買おうってことになった。
　でも女子ひとりしかいないのはイヤだから、まーくんの妹であり、私のクラスメイトである伽耶を無理やり呼んだ。
　まーくんと一緒に、あとで来てくれるらしい。
　あとは、食料とか、服とか。
　ちなみに、泊まる所のお金は気にすんなって茜に言われた。
　……つくづく、茜がよくわからない。
　茜は自分のこと教えてくれないし。
　食料を買い終わって、服屋さんがたくさん並んでる所まで歩きながらそんなことを考えていると、うしろから、
「おーい!!　日向ー!」
　バッカデカい声が聞こえた。
　私たち6人だけじゃなく、近くを歩いていた人も振り返る。
　でもビビったようにすぐ前に向き直っていた。
　振り返った先には、ツルツルのスキンヘッドの "いかに

も"なジャージ姿のまーくんがいた。
　いや、うん、ありゃ怖いわ。
　今日はいちおう、幹部のみんなにはそういう格好は避けてって言ったのに。
　はぁぁ、なんてため息をつきながらその横にいる伽耶をみて胸キュンした。
　ヤ、ヤバイ、かわいすぎるよ伽耶。
　相変わらずのショートで、表情も変わらずクール。
　まーくんの腕をバシン‼　と叩きながら、「デカい声出すな、目立つ」なんてクールに言いはなってる。
　でも服は、アイスブルーの丸えりブラウスを同色のチュールスカートにインして、その上から白の半袖Gジャンを羽織っていて、めちゃめちゃかわいい。
　乙女だ……！　超ブラックで決めてくるかと思ってた……！　でも、めちゃめちゃ似合ってる。
　私たちの正面まで来た伽耶は、「お待たせ」と言ったあとで私のほうを本当に嫌そうな目で見ながら、
「日向、その顔超キモい」
と言ってきた。ひ、ひどい……！
　でも、私は伽耶が久しぶりに日向って呼んでくれて、キュン死しそうだから許します。
　にへらって、だらしなく笑うと伽耶は心底嫌そうな顔をしながら私から目線をそらして幹部のみんなを見た。
「それじゃ、女子は女子。男子は男子に分かれて衣類の買い物ってことでいいですか？」

「ああ。伽耶ちゃん、日向ちゃんをよろしく頼むな？」
「はい。絶対迷子にはさせません」
「しっかりした将門がついてれば、コイツもヘーキだろ」
　え？　なんで私、迷子になる設定なの？
　超失礼なんですけど。
「ん、それじゃ。１時にレストラン並んでる所にある寿司屋の前集合」
　美影のそんな合図で、私たちは別れた。
　ちなみに美影は自分の口から出た"寿司"と言うワードに少し顔をゆるめてた。こいつ本当に重症(じゅうしょう)だ。

「──あ、私あそこ入りたい」
「私も私もー!!」
　ハイテンションな私と、平常運行なテンションの伽耶。
　一方的に私が話すのを、クールな顔をして、でもときどきフッと笑いながら聞いてくれる。
　……えへへ、楽しい。
　半袖に、色ちがいのアクセサリー。いろいろ買って、水着を買う前に休憩しようとカフェに入った。
「あーおいしい！　冷たい、生き返る～！」
「ん」
　抹茶フラッペをふたりで飲みながら、イスに座ってのんびりする。
　初めてかもしれない、女の子とこんなに楽しくショッピングしたの。

それと、さっき知ったんだけど、伽耶も一緒に旅行に来るらしい。うれしいなぁ。
「伽耶、旅行楽しみだね！」
「……そうかもね」
「素直じゃないなぁーっ！　もうっ！」
　ツンツン、伽耶のほっぺを突っつきながらヘラリと笑ってそんなことを言うと、おもいっきり嫌がられた。
「ぶー……」
　伽耶はふてくされる私を横目で見て、「まったく」と言うようにあきれたような笑顔でため息をついた。
　ちょっと私たちの間に沈黙が訪れて、そんな中、伽耶からめずらしく口を開いた。
「——私さ、初めの頃アンタと関わりたくなかったの」
　ああ、うん、知ってる。
　文化祭の時言ってたもんね。私が巻きこまれてるめんどうなことに、自分も巻きこまれたくない、みたいなこと。
　伽耶らしいなーって思ったんだけど。
　ちょっと仲よくなれたってニヤついたところでそのひと言は——。
「でもさ、今日とか。教室で絡んでくる日向の隣って。正直、居心地よかった」
「へ？」
　マヌケヅラになった私を置いてきぼりにして、伽耶はどんどん話してく。
「知ってると思うけど話すのも感情表現も苦手なんだ、私。

クールで無表情で冷たいってよく言われる。私も誰かと一緒にいて楽しいって思うこと、あんまなかった」
「…………」
「日向と文化祭で話したとき、めんどうに巻きこまれたくないって気持ち９割だったけど。本当は１割は、怖かった」
「伽耶……」
「他の人と同じで、一緒にいてもつまんないって言って、どうせ離れていっちゃうと思って」

　無表情で、そんなことを淡々と語る伽耶。
　私は伽耶を、まだあんまり知らなかったのかもしれない。
　誰にでも、コンプレックスはあるよね。
　生まれつきの性格とかなら、なおさら。

「でも、アンタは一方的に話してひとりで笑って。でも私が時々話す時はちゃんと聞いてくれて。なんか、落ち着いた。無理して話さなくってもいいなんて初めてだったから」

　少し、口角をあげて微笑んだ伽耶の言葉と表情に、私は驚きとうれしさの混ざった表情を浮かべて、食いつくように身を乗りだした。

「伽耶、それってさ、私と性格が合うってこと!?」
「……知らないっ。でも私、今ならアンタがめんどうに巻きこまれてても関係なく一緒にいる……てか。――"いたい"、かな」

　身を乗りだした私から気はずかしそうに、ぷいっと顔をそらす。
　でも再度、私に目線だけ戻してそう言った伽耶に、私の

胸の中には言いあらわせない感情が広がった。
　キュンって気持ちと、うれしいって気持ち。
　はじめて女の子にそんなこと言われた。そのこともうれしいけど。でも、他でもない伽耶から言われたのがありえないほどうれしかった。
　仲よくなりたいって、思ってたから。
「伽耶ぁぁっ！　超ラブだよぉぉぉ！　このツンデレ!!　私たち、友だちってことでいいの!?　女の子でそういうのいたことないからわかんないんだけど!!」
　超ハイテンションで伽耶に抱きつくと、「うるさいし目立ってるからヤメテ」冷たくどけられた。
「って、日向って友だち多そうなのに女友だちいたことないの？　中学とかは」
　聞かれた質問に、ドクンと心臓が跳ねて顔が引きつった。
　でも、隠すこともないなって思ってそのまま、
「高校に入るまでね、誰とも関わりたくなかったの」
　ぎこちなく笑顔を向けてそう言った。
「……そっか」
　私の変な空気を感じとったのか、それ以上掘りさげてくることはなく、連絡先を交換して、空っぽになったカップを捨てて、カフェを出た。
「よーっし！　それじゃあ張りきって水着買いにいくぞー！」
「……おー」
　水着売ってそうな所どこかな、なんてマップを見て話してそれらしき所まで歩いていく。

でも、途中で通りかかったショッピングモールの広場みたいな所で水着がたくさん置いてあった。
　夏だからかな？
「ここも見よ！」
　私のそんな言葉にコクリとうなずいた伽耶は正面にいるマネキンが着ている水着を見て、つぶやく。
「あ、これかわいい」
「あっ、私この色好きだなぁ！」
「それ、日向っぽい」
「えっ、そうかな？」
　いちおう、他の水着も見てみよう。そういった伽耶にうなずいて、置いてある水着を一緒に見ていく。
「わっ、見てこれもかわいい！」
　うしろを歩く伽耶に向かって、振り返り声をかけて。
　けど、私はその直後凍りついた。
　さっきは気づかなかったけど、男子物の水着と女子物の水着を分ける所に大きめの胸くらいの高さで、横に長い板が１枚、置いてあった。
　そこ一面に貼りつけてあったのは、――海の写真。
　なんの変哲もない、その写真。でも、私を動揺させるのには十分すぎた。
「――ぁ」
　あ、そうか。海に行くって、こういうことだ。
　なんで何も考えてなかったんだろう。
　バッカだなぁ。

まっ黒に染まる頭の中で、冷静に考えながら自分の低能さに自嘲する私がいた。
　——バシャン
　——どこかで、音が聞こえた。
　落ちていくその子が頭いっぱいに映った。
　広がる、青。目に迫る青。
　逃げようとしても逃げられなくて、私の顔は青に沈んで——。
「っ、ひなた……！」
　近くにいる伽耶の焦るような声が、どこか遠くに聞こえた。
　私の顔が青に沈む、直前。
「——おい、柚姫？　決まったか？」
　私の大嫌いな声が聞こえて、私は運よく現実に引き戻された。とっさにパッと目の前のかすんでいた景色に、焦点を合わせる。
　焦ったような顔で私を見る伽耶と、海の写真が貼られた板の向こう側にある、男物の水着の影からひょこっと姿を見せたあいつ。
　重なった目線に、あいつの目は見開かれて、私の目は自然にスッと細められた。
「お前——！」
　あいつ……中哉の発した声に気づいたのか、伽耶はバッとそっちを振り返る。
　そしてそんな声に違和感を感じたらしい別のヤツらも、水着の影から姿を見せた。

——あぁ、もう、本当にイヤだ。私は、関わりたくない。
　もし関わるとしても、"敵対している族同士"という関わり方しかしたくない。
　"元仲間"としてなんか、関わりたくないのに……っ。
「なんでお前がココにいんだよ……？」
　茜のきれいな少し茶色っぽい金髪に見慣れちゃったせいか、夕の派手な金髪にものすごい違和感を感じた。
　あんまり金髪にあってないなんて思いながら、私をにらんでくる夕にため息をつきそうになるのと同時に、殴られたお腹がズキリと痛んだ。
　もう治ってるはずなのに、なんて思いながらその場所に手を当てた。
　そういえば夕のせいでヒビが入ってから、もうすぐ1ヶ月だ。明日くらいにでもまた病院行かないと。
　そんなことを考えながら、私を見る夕の目線が文化祭の前と変わっていないことにあきれてしまった。
　せっかく茜が、文化祭の時にアンタたちが真実に近づけるヒントをあげたのにね？
　きっと青嵐の中でも葛藤はあったはず。迷いはあったはず。
　私が思うに、文化祭のあと、混乱した青嵐にはふたつくらいの予想が浮かんだはずなんだ。
　これは私の予想でしかないけど、たぶん——茜が文化祭の時に言った、
『かき乱されてんのも、真実を知らねぇのも、足もとが崩れかけてんのも、——全部おめぇらだよ』

この言葉で、"もしかしたら柚姫は日向にいじめられたと嘘をついたのかもしれない"という予想がひとつ浮かんだはず。

　そしてもうひとつは、私が白龍の仲間だと知って、"もとから白龍の仲間で、青嵐をおとしいれてかき乱すために、わざと俺らに近づいた"という予想。

　でもきっとコイツらは自分たちが信じる方をまちがえたなんて信じたくなくて、後者を選んだんだ。

　茜が真実を知る道を目の前に描いてあげたのに、コイツらは自分たちの憶測でまちがえた嘘の、偽りの道を描きだした。

　そしてよけいに真実から遠ざかる道を歩いていく。

　すべては篠原柚姫の思惑どおりに。

　その道は、もろく、細く、少しの衝撃で壊れてしまうのに。

　今の幸せな生活を壊したくない"自己保身"、その言葉が彼らにはぴったりだ。

「なんとか言えよ」

　気づいたら自分の顔から表情が消えていて、歩の声で我に返った。

　てゆーか、なんとか言えって言われても困るんだけど。

「べつに買い物してただけ」

　無表情で歩を見てそう言うと、歩は一瞬顔をゆがめた。

　――ねぇ、あんたは何を考えてる？

　顔をゆがめたかったのも、なんでって顔をしたかったのも、全部私なんだけど。

……にしても、これ以上ここにいるとよけいなことに気づかれる可能性がある。
　心の中の焦りを感じとられないように、伽耶の手をとって
「行こう、伽耶」
　声をかけ、青嵐の幹部のヤツらに背を向けて歩きだす。
　２歩進んで。３歩目を踏み出そうとした時、
「――あれ、でもお前は海には……」
「――黙って!!!」
　気づいてしまったらしい茂が声を出したのを、焦ってさえぎる。
　――コイツらは、私の過去を知ってる。
　私の、海のトラウマも。
　だから去年の私が青嵐の姫だった夏は、海には行かなかった……と言うより、私に気を使ってか、海に行こうと言いだすヤツがいなかった。
　私の茂の声をさえぎった、突然の大声。
　それにビクッとした伽耶は、私の焦りようと、さっきの私の、海の写真を見たときの表情を思い出して何かを悟ってしまったみたいだった。
「日向、あんたもしかして海が――」
「なんも、ない」
　――"怖いの？"とは、言わせなかった。
　心配する伽耶を、バッサリ、切り捨てた。
　踏みこむな、とでもいうように線を引いてしまった私に、伽耶は傷ついたような顔をした。

その顔を見て、私の胸もズキリときしむ。
　——あ、痛い。
　この言葉は、この行為は、相手を傷つけるって知ってるけど……でも、ごめん。
　だって、みんなが海を楽しみにしてる。私だって旅行を楽しみにしてる。それをぶち壊すことはしたくない……たかが私の過去ひとつで。
　だから茂、よけいなこと言わないで。
　心の準備をしないで、いきなり実物大の海の写真があったからフラッシュバックしちゃったけど。
　ちゃんと、事前に知ってて、心の準備が出来てれば本物の海見てもフラッシュバックはしないはずだから。
　怖くない、大丈夫。
　自分に言いきかせるように、心の中でそうつぶやいて。さっきバッサリ切り捨てちゃったのを埋めあわせるように、伽耶に笑いかけた。
「私、やっぱり一番最初に見た水着買いたいな！　買ってきてもいい？」
「日向……。——はぁ、私もあれがいいと思ってたんだ。買おうか」
　何か言いたそうな顔をした伽耶だけど、諦めたようにため息をついて笑顔を向けてくれた。
「うん。……ごめんね、伽耶」
　小さい声で、ポツリとつぶやいて。
　冷たくしちゃったし、私のこと嫌いになっちゃうかなな

んて不安になって上目づかいで見ると、伽耶はフッて笑って私の頭を小突いた。
「……バカ。いつか絶対に話してよ」
「うんっ！」
　そしてそのまま、青嵐に背を向けてさっきの水着の所まで向かおうとすると、
「――あぁ、そっか。お前の過去の話も全部俺たちを騙すための嘘だったんだっけか。忘れてたわぁ〜」
　――ムカつくのを我慢してたのに。
　まだ言ってくる茂に、頭の中にイラつきが広がって眉間にシワが寄る。
　その場をそのまま去ろうとしてたのに、私は「やっぱりやめた」と心の中でつぶやいてうしろを振り返った。
「アンタたちがどう思おうと勝手だけどね。なんでそんな――わざわざ攻撃するようなこと言ってくるの？　関わりたくないんでしょ？　嫌いなんでしょ？　話したくもないんでしょ？　なら話しかけなければいい。なのになんで話しかけてくるの、意味不明。私も関わりたくない、アンタたちだって関わりたくない、ならそれだけで済む話しなんだけど」
　冷たく、淡々と、畳みかけるように言う。
　茂と夕はハッという表情をしたあと、自分がなんで私にわざわざ関わってくるのかがわからなかったみたいで、戸惑ったまま言葉をにごした。
「俺は、べつに……」

「嫌いだから、……お前を傷つけたくて攻撃してやってんだよ！」
　もっともっぽいことを言ってきた夕だけど、それはちがう。
　ぜんぜん、ちがうじゃん。
　もしアンタたちが本当に、私が白龍の仲間で青嵐をおとしいれるために姫になったと思ってるなら。
　きっと私を"にらむ"ことはあっても"関わって"はこない。最低だとか、嫌いだとか言われても、その場合、私が傷ついたりしないのはわかるでしょ？
　──でも本当は、私が青嵐をおとしいれるために白龍に入ったっていう考えはまちがってるって、心のどこかで思ってるから……わかってるから。
　だから無意識に、私を攻撃しちゃってる。
　きっとコイツらはどこかで真実に気づいてる。
　なのに否定してる、認めたくない、だから本当はちがうとわかってる道を振り向かないように、ただひたすらに走ってる。
「──私を攻撃するのは、自分はまちがってませんって"再確認"。今の日常を壊したくない"自己保身"。弱くて、
──汚い」
　冷たく、目を細めて、低い低い声を出して、吐き捨てるようにそう言った。
　──"汚い"その言葉は私が大嫌いで、なるべく使わないようにしていた言葉。
　だけど今は、心の底からこの人たちが汚いと思った。

でも、言ったあとの気分はいいものじゃないなぁ。
　これからも言うのは控えよう、なんて思いながら、私はまた、くるりと踵を返して青嵐に背を向け歩を進めた。
　——最後に見えたのは、青嵐のあいつらの図星だとでもいうような顔。
　固まる青嵐のヤツらを置いて、私は伽耶の手を引いてさっきの水着の所まで戻った。
　私は水着を手に取って、
「いちおう試着しようか？」
　さっきの空気を振りはらうように笑顔を向ける。
　そしてそんな私に安心したのか、伽耶も表情をゆるめてうなずいた。

　——そのあともいろいろあったけど、無事、私たちの買い物は終わった。予定どおりお寿司も食べたし。
　美影が32皿食べたこととか言いふらす気、微塵もないし。
　そんで、茜が当たり前のように全部お金払ったこととか、気にしてないもん。
　聞きたいけど聞けなくって落ちこんだとか、ぜんぜんそんなこと……は、あったんだけど。
　とりあえずそんなこんなで私たちは最初に集合していた公園に戻っていた。みんなで、ベンチに座って楽しく話す。
　あたりは、赤く染まっていた。
「でも今日、楽しかったな！」
　ニコッと笑ったミッキーが、私の方を見て言った。

その手にはさっき撮ったプリクラが握られている。
「うん、ホント、楽しかったね！」
　私も自分の手の中にあるプリクラを眺めながら、頬をゆるめてつぶやいた。
　1枚は、伽耶と私。もう1枚は、全員で。
　全員で撮ったプリは、みんなカメラの方を向いていなかったり、見切れちゃってたり、目を閉じてたりがほとんど。
　でも、ポーズを決めまくって撮るよりはこっちの方が私たちらしいな、なんて少し笑えた。
　でも、ひとつだけ。ちらり、プリクラの一番端を見る。
　端っこのそれだけは、みんなちゃんと入って撮れたやつ。
　まん中に『白龍』とでっかく落書きされたそれは、白龍以外の人には絶対見せられないけど、私のお気に入りの1枚。
　警察にバレたら捕まっちゃうかもだし、暴走族に恨みがある人が見たら、きっとただじゃ済まない。
　でも、私には宝物の1枚。
　私はバッグの中から眉を切る用のハサミを出して、その1枚を切り取った。
「お前、何してんだよ？」
「んー？」
　自分の手もとに集中してるせいで、茜に生半可な返事を返しながら、切りとったプリの裏のシートをはがした。
　1本の指の先にプリをくっつけてから、スマホのカバーを外す。
　そして、ペタリ。スマホの本体に貼りつけた。

「……えへへっ」
　本体についたそれを眺めながら、笑みをこぼすと「お前何ひとりで笑ってんだよ、コエーな」と茜が言ってきた。
　そんな私と茜のやり取りを見てか、みんな私のスマホの裏をのぞきこんでくる。
「あーあ、本体に貼っちゃって。はがしたくなっても知らねぇぞー」
「本当にそのプリクラでよかったのか日向ちゃん？」
「これでもう、透けてるカバーはつけらんねーな」
「でも日向！　そのスマホ超いい感じだね！　俺もしよっかなー」
「お、俺、日向とおそろいにするっす！」
「私は貼らないからね？」
　みんな口々にそう言いながら、でも、うれしそうにほんのちょっぴり目もとをゆるめていた。
　なんだ、みんなだって気に入ったくせに。
　素直なのは、ミッキーとまーくんだけか……なんて考えながら、私の目もともゆるんでく。
　そしてそのままスマホのカバーに手をかけて、大切な宝物に蓋をするように……宝物を宝箱にしまうようにそっと、スマホにカバーをつけてプリクラに蓋をした。
　手には、いつもどおりの私のスマホが握られている。
　見た目も何も変わってない。
　——でも、見えない所にプリクラが１枚あるだけなのに、スマホがいつもとちがってすごく大切なものに思えた。

座っていたベンチを立ちあがり、
「じゃあ、とくにすることもないし、帰るか！」
　そう言うと、みんなも賛成するように立ちあがる。
　そして、途中まで一緒の帰り道をにぎやかに話しながら歩いた。

「——それじゃ、私、こっちだから！」
　横にある道を指さして、足を止めるとみんなも足を止めて私の方に目をやった。
「へー、お前んち、そんなとこから行けんだな。気をつけて帰れよー。気いつけてな！　寄り道すんなよ！」
「迷子にならないように気をつけろよ日向ちゃん」
「もし迷子になったら、近くにある寿司屋の名前言えば飛んでく」
「日向！　また明日な!!」
「日向、気をつけて」
　もう、みんな私のことバカにしすぎじゃないかな。
　迷子とかならないし。今から行くの家だし。
　ムッて顔をしてみたけど、やっぱりみんなが心配してくれるのがうれしくてフッて顔がゆるんだ。
「じゃーな」
　最後に、茜がそう言って笑って、私も笑顔を返して手を振った。
「バイバイ！　みんな、明日も倉庫行くからね！　伽耶、また遊ぼう！」

ひとりでちがう道へ曲がって、歩きだす。
　そして、「ふーっ」とひと息ついた。
　──頭が、心が、まだあまり正常に働いてない気がする。過去にのまれる。一度思い出すと、グラグラ、心が揺れてどうしようもなくなる。
　みんなに見えない位置に来て、横にあった、電柱に背中を預けた。
　明るく、振るまえていたかな。でも、過去をさらけ出すのがこんなにも怖く感じるなんて、初めてだった。
　青嵐の仲間になった時、私は自分の過去を普通に話した。
　嫌われるかもって、ちょっと怖かったけど、それでも私は、話せない、言いだせない、なんてことにはならなかったのに。
　伽耶に知られるかもって思った時、『嫌だ』って思った。
　知られたくないって、拒絶した。私の全部が。
　おかしいな、私は青嵐には"依存"してたんだから、本来なら青嵐に過去を話すことの方が億劫になるはずなのに。
　なんでだろう。
　そこまで考えて、自分の心の中に気づいてしまった。
　パッと顔をあげると、近くを通りかかる人が私の方をチラチラ見てきていて。
　電柱に寄っかかってるのは怪しいよねそういえば、なんて思って背中を離して家へ足を進めた。
　家にはやく帰って寝て、すべてを忘れてしまいたくて、自然と足が速くなる。

自分の玄関の扉をバタン!!　と乱暴に閉めた時には、息はあがって、額にはうっすら汗がにじんでいた。
　家の香りに落ち着いて、私は靴を脱ぎ捨てソファにダイブした。
　あがる息を整えて、ソファのクッションに顔を埋める。
　──私は、"過去を話す"って行為がトラウマになっちゃってるんだ。
　青嵐に信じてもらえなかった時、『好きな女のことしか信じない、最低なヤツら』そう思うのと同時に、『私が汚いから、私の過去が汚いから、私のことを信じてくれなかったのかな』そう思っちゃったんだ。
　今は、それはちがうってちゃんとわかってる。
　──わかってるけど、怖い。
『嫌い』『大嫌い』彼らに言われた言葉は、忘れたようでいてまだ私の心にこびりついている。
　流れない、消えない、その言葉。
　あの時の感覚が、忘れられない。だからまだちょっと、怖くて。
　まだ、もう少し経たないと、話せない。
　──でもいつか、話すから。
　いつか絶対に話すから、ごめん。
　まだ私は……弱くて、もろいんだ。
　みんなと同じくらいの強い瞳に、私はなれる日が来るのかな。
　ううん、ちがう。どれだけかかっても、なってみせる。

そっと、心の中でそうつぶやいて、私はクッションに埋めていた顔をあげた。
いつもどおりの私の部屋。
何もかもおばさんが用意してくれたもの。
おばさんは"あのこと"があったあと、私を経済的な面で助けてくれている。
おばさんとおじさんの家がお金持ちなことに感謝しても仕切れない。
といっても、"あのこと"以来、おばさんの家に１回行ったっきり会ってないんだけど。
どうしても保護者が来なくちゃいけない行事とかはおじさんが来てたし。
目に入っためったに鳴ることのない固定電話を眺めて、今年のお盆も、『家には顔を見せにこなくっていいから』っていうおばさんからの電話がかかってきたりするのかな、なんて考えた。
……まぁ、べつに行く気もさらさらないけどね。
そんなことを考えながら、「よしっ」とつぶやいて私は立ちあがった。
おばさんから毎月送られてくる、７万のお金。
マンションの家賃はおばさんが払ってくれてるから、食費、水道料金、光熱費に使えってことなんだろうけど……さすがに余る。
その余ったお金で買ったノートパソコンを立ちあげて、検索する所には【海 画像】と打ちこんだ。

出てきた画像に、心臓の鼓動が不規則になった。
　慣れなきゃ、普通に見られるようにしなきゃ。
　あと、今日から、シャワーだけはやめて、湯船にお湯ためてちゃんと浸かろう。
　そんなことを考えて、私はフラッシュバックしそうになる脳内をなんとか制御しながら、そこに出てきた画像を1枚1枚見ていった。

裏での*Little Movement*　伽耶side

　日向が曲がっていって見えなくなったあと、「今日の日向かわいかったなぁ」とかつぶやいてるウザいお兄ちゃんをビンタして、歩く足を止めた。
「……あれ？　どうした伽耶ちゃん？」
　爽やかな笑顔で私を振り返る朝陽さん。
　そんな朝陽さんに気づいたのか、みんなも足を止めて私を振り返った。
　朝陽さん、私が止まったことに最初に気づくなんてさすが周りのことよくみてるな。
　そんなことを考えながら、私は今日あった出来事を頭の中に浮かべて口を開いた。
「……言っておきたい、ことがある」
　赤く赤く、染まる道と私たち。
　静かな空間の中に、女子にしては少し低めの私の声が凛と響いた。
　私の口調に気づいたのか、茜と幹生が、ピクリと眉を動かす。
　ふたりは、気づいてたのか。青嵐と会ったあとの日向の様子が、ちょっとちがったことに。
　青嵐に会ったってことは日向が言いださなかったから、あえて私も言わなかったけど。お昼を食べる前にみんなと合流してからの日向は、やけに明るいっていうか、無理し

て笑ってる感じがした。言い換えるなら、空元気。
「……あの子は。日向は、海に"何か"ある。これは私の予想だけど、あの子はたぶん――海が苦手」
　きっぱり、そう言った私に無表情だった菅田美影が眉を動かした。
「なんで、そう思う」
「これは言っていいのかわかんないけど、私たちふたりで買い物してる時に青嵐に会った。その時に――」
「……それ本当かよ。何か言われたか」
　青嵐に会った、その言葉に過剰に反応した藤代茜の表情はありえないくらい険しかった。
　鋭い目つきに、多少ビビりつつも私は青嵐と会った時の記憶を思い出せる限り引きぬく。
「心配しないで。そのせいで日向の様子がおかしかったんじゃない。その時に、幹部のあのチャラそうなヤツが何か思い出したように言った『――でもお前は海には』って言葉に日向は過剰に反応してた」
　黙ってって、せっぱ詰まった声で……そう言っても、みんなは私がなんで日向が海が苦手って判断したのかわからなかったようで「？」という顔を向けてきた。
　あ、説明不足。
「その青嵐に会う直前に、女子の水着と男子の水着のコーナーを分けるために置いてあった板を見て、日向の様子がおかしくなった。その板ね、一面に大きく海の写真が貼ってあった」

「え?」
 お兄ちゃんが、ほんの少しの声をもらす。
 みんなの表情も、もう「?」という顔じゃなくなっていた。
「日向、その写真を見た時指が少し震えてて。いっつもあんなにキラキラした目してるのに、少し見開かれた目の中の瞳がまっ黒で。塗りつぶされたみたいにまっ黒で。どこも見てないみたいだった」
 その時のことを思い出して、私の声が少し震えて早口になってく。
「消えそうだった、そこに日向は居るはずなのに、居なくって。触れるはずなのに、通りぬけちゃいそうで。日向の呼吸がだんだん荒くなっていってあたし怖くって、あんな日向、見たことなくて、日向が死んじゃったらどうしようって思っ――」
 いつも明るい日向のその様子は、私には怖すぎて耐えられなかった。
 思い出して話すだけなのに、その時のどうしようもない不安が胸をむしばんで、泣きそうになった私は気づいたらふわりと誰かに包まれていた。
 大きい頑丈な胸板。
 ぽんぽんと、あやすように背中に優しい振動が伝わった。
「わかった、わかったよ。伽耶ちゃん日向ちゃんがそんな状態の時ひとりにさせてごめんな、辛かったろ? もう、大丈夫だから」
 上から優しい、温かい声が降ってきて、朝陽さんだった

んだと気づいた。
　そのことによけい、なんでかわからないけど安心して、私は朝陽さんの服の裾をきゅって握った。
　自分を落ち着かせるように3回深呼吸して、「もう、大丈夫です」そうつぶやくと、朝陽さんは私の背中に回してた手を離して、私から離れる瞬間優しく笑って頭を2回ぽんぽんと叩いた。
　離れた朝陽さんによって、私の視界に深刻そうな顔をしている、日向の仲間たちとお兄ちゃんが入った。
「日向は、私に過去を知られることをものすごく拒絶してた。──怖がってた、だから、」
「わかってる、俺、無理に聞きだしたりしねーから」
　私の言葉にうなずいて、そうつぶやいた幹生はどこか遠くを強く見つめている。
　そんな幹生の言葉に賛同するように、私を見て軽く笑った松本隆。
「大丈夫、俺らみんなちゃんとあいつが話すまで待つからさ」
　さっき激しい中二病発言をしていたとは思えないような、強い瞳で見つめられて、私はよけいな心配だったかな、なんて思った。
　日向には、こんなにもわかってくれる仲間がいる。こんなにも強い、仲間がいる。
　──日向は、大丈夫。
　そう安心して、私はまた口を開いた。

「旅行の時、気をつけて。日向が──消えないように」
　消える、なんて頭おかしいなんて思われるかもしれない。
　でも正直、あの時の日向は消えそうだった。
　きっと旅行の時、日向は一歩まちがえたら消えそうになる。
　またあの時みたいになっちゃうと思う。
　だから、アンタたちに任せた。
　日向を絶対に──消さないで。

　旅行まで──あと６日。

とある夜の路地裏side

　にぎやかに、夜なのにも関わらず、大声で笑い話す彼ら。
　途中、何か争うような声が聞こえて彼らは横の路地裏に目線を移した。
　闇の中で、繰り広げられるそれ。その光景に、彼らは目を細める。
「──あれ、柚姫さん……？」
「……は？」
「え？」
　そこには、茶髪をゆるく巻きあげた美少女と、その女を守るように立ちはだかる黒髪の男がいた。
　それと、その目の前で座りこみ、泣きじゃくって否定する女。
　彼らは、茶髪の女以外は知らないらしく不思議そうな顔をしながら物陰に隠れてその様子を眺めた。
　茶髪の女は、泣きながら男に抱きついた。
「この子が仲よくするなって、叩いてきたのっ！　ひっく、ひっく……」
「お前ホント最低だな。そんなヤツだったなんて知らなかった……！　もう、お前は彼女なんかじゃねぇから。行こう、柚"香"」
「ちがうっちがうよぉっ！　やだぁぁ、ひっく……行かないで！　柚"香"ちゃんが嘘ついてるんだよ!?」

「ひ、どい！　柚"香"嘘なんかついてないのに……!!」
　茶髪の女の言葉に、物陰でのぞく彼らはつぶやく。
「柚……"香"？」
　そして彼らは、どこかで見たことのあるような目の前の光景を呆然と眺めた。
「柚"香"のせいにするとか、いいかげんにしろよ!!　行くぞ柚"香"」
　歩きだした男は、柚"香"と呼ばれた茶髪の女の腕を引っぱった。
　男に合わせ歩きだした、柚"香"は泣きくずれる女のほうを、男にバレないように振り返って、泣いていたはずの顔をみにくくゆがませ、笑った。
　そして男にバレないように、女の足を1発蹴りとばす。
　それからまた、何事もなかったかのように男に腕を絡みつけて彼女は闇に溶けていった。
　残された彼らは揺れる瞳でつぶやく。
「──柚"香"？　いや、あれはまぎれもなく……」
　……柚"姫"さん。
「なぁ、おい、まさかっ……」
　物陰で見ていた彼らは、彼女の仲間ともとれる7人。
　茶髪の女は7人の尊敬している5人の男に好かれる、か弱く可憐で、かわいい姫……だったはずだった。
　だけど、今の、目の前で繰り広げられた光景は、一度彼らが見たことのある、光景だった。
　彼らの立場は、あの男で。泣きじゃくる女の所にいたの

は、『裏切り者』と蔑まれている元姫――花崎日向。
　そこにいた、青嵐の下っ端７人全員が、真実に近づいてしまった瞬間だった。
　――いや、正確に言うと６人。
　ひとりは、嫌われ者の"元姫"の友だちで、青嵐の中で唯一真実を知ってる。
　冷静なひとりをのぞいて、その他のヤツらはみんな動揺したように口を開いた。
「な、なぁ。俺たち、さっきの光景と似たような光景、見たことあるよな」
「ああ、目の前でな」
「なんだあれ……あれじゃまるで」
　現姫の方が悪物みたいじゃねぇか。
　信じられない、信じたくない。
　けれど、真実に気づいてしまった彼ら。
　やっと彼らが真実を受けいれられた時。
「あいつ――!!!!」
　怒りに満ちた声が、路地裏いっぱいに低く低く、響き渡った。

4章

近くまで来てる。
すべてのコトに気づかずに
私も彼らも強くなるために前を向く。
過去も何もかも乗り越えて。

——笑える日が、来るように。

夏旅行　＊＋.First day.＋＊

　――天気は、晴天。
　海を見ることの耐久性も、心構えもバッチリ。
　ヒビが入っていたところも、病院に行って『もうしっかり治ってるね』の言葉をいただいてきた。
　そして今日は待ちに待った、白龍のみんなで２泊３日の海旅行であり、私の"あのこと"以来初めての海でもある。
「おはよう！　龍騎さん、朝陽さん！」
「……おはようございます」
　強すぎる日差しを手でさえぎりながら、倉庫の前に停まっている車に近寄り、伽耶と一緒にあいさつをした。
「お、久しぶりだな日向。伽耶ちゃんは初めましてか」
「日向ちゃん伽耶ちゃんおはよう！」
　ニコッと爽やかに笑ったイケメンふたりのおかげでちょっと涼しくなった気がしなくもない。
　……にしても。倉庫の前に車が２台あるのはまぁ許せる。
　うん、だけどね。……だけどさ、この数はないよね!?
　もうこれ幻覚だと思いたい、なんて考えながら周りに停まる大量のバイクを見渡した。
　数えるのも嫌になるほどのバイクの数。
　バイクはカッコいいんだけど、この数はさすがに気持ち悪いじゃん？　怖いじゃん？
　でも白龍の中で、行ける人たちはほとんど行くんだもん

ね、このくらいの数になるのが普通なのかな……?
　バイクのそばに座ったり、寄っかかったり、朝から騒がしくダべってるみんなを見ながら考えていると、
「おーい、日向。荷物積むんだけど」
　龍騎さんの手がポンとのっかって私は我に返った。
　……あれ?　そういえば。
「なんで龍騎さんがここに?」
「フハッ、今さらかよ。みんなの荷物を持ってってやる係だから、感謝しろよ?」
「そうなんだ!　ありがとう龍騎さん!　じゃあ龍騎さんも一緒に旅行行くってこと?」
「まぁそうなるな。俺も同じ所に泊まらせてもらう」
　うわぁいって両手をあげて喜んでから、もうひとつ疑問に思っていたことを思い出した。
「あ、その宿泊先のことなんだけどさ。朝陽さんにお金いらないって言われて。どーゆーこと?　龍騎さんなんか聞いてる?」
　首をかしげてそう聞くと、龍騎さんは困ったような顔をして首のうしろをかいた。
「あー、言ってねぇのかあいつ。まぁ着けばわかるよ。とりあえず、日向はどいつのバイクに2ケツしていくか決めとけ」
　龍騎さんが言った、あいつ。
　それが誰だかはわからなかったけど、私は「はぁい」と返事をして龍騎さんに持っていた荷物を渡し、みんながだ

べってるところへ駆けよった。
「いえーい！　みんなおっはよー!!」
「うぉっ！　ひーちゃん元気いっぱいだな！」
「おはようっす姉御！」
「おう日向、今日は誰のバイクに乗せてもらうんだ？」
　元気いっぱいなのはどっちかってね。
　そんなことを思って笑いながら、モヤシダさんの問いに返事を返す。
「いつもどおり、茜じゃないかなぁ？　てゆーか私、他の人と２ケツしたことないな」
　そう言うと、モヤシダさんは渋い顔をして私に耳打ちするように顔を近づけた。
「今日はたぶん、茜さんあんまり機嫌よくねぇぞ」
「えぇっ？　なんで？」
「……ま、まぁそれは茜さんから直接聞けよ」
　言葉をにごしたモヤシダさん。
　周りに聞こうと、みんなを見渡すと苦笑いを向けられた。
　朝っぱらから、ケンカ売られたとかかな……？
　私はそのことを深くは考えず、頭からぽーんと切り離した。
　……にしても、あっつい。
　雲ひとつない空を仰ぎながら、にじんできた汗を乾かすように着ていた白いＴシャツの胸もとをバサバサと動かし風を送りこむ。
　そして、自分を落ち着かせるようにひと息つくと同時に朝陽さんから声がかかった。

「よし！　それじゃあ行くぞー！　せっかくの旅行の前にサツに捕まったなんてシャレになんねーからな、分かれてこい！　んでもって気をつけろ！」
　その声を合図に、みんなバイクに乗る準備を始める。
　みんなの荷物をしまい終わったのか、龍騎さんが車のトランクを閉める音が聞こえた。
　私も茜に乗せてもらわなくちゃ、そう思いキョロキョロ周りを見渡す。
　と、ハジでバイクに寄っかかり、タバコを吸っているまだ今日一度も話してない金髪が視界に入った。
　――あれ？
　でもそんな様子を見て私はなぜか違和感を感じた。
　なんだろう。いつもの茜とは、ちがうような……。
　うーん……頭をひねって、ちがう点に気がついた。
　――あ、タバコ。
　タカとかはすごいよく吸うのに、茜が吸っている所は見たことなかった。
　違和感を感じながら、茜の所まで歩いていき、
「おはよ！」
　と声をかけた。
　でもそんなテンションの高い私とは正反対に、茜は機嫌悪そうに眉間にシワを寄せながら、相変わらず悪い目つきをさらに悪くして、
「……あ？　んだよ」
　あいさつも返さず悪態をついてきた。

えっ、超腹立つんですけど！
「茜なんでそんな機嫌悪いの？」
「……なんでもいいだろ」
　つんと言いはなった茜に、私の抑えてたムカつきが爆発した。
「茜、何？　さっきから態度悪いよ！　機嫌悪いのはいいけどね、人に八つ当たりすんなバーカ!!」
　そう言いはなって、あっかんベーをすると茜はムカついたようで眉をピクリと動かした。
「てめっ……バカはそっちだろうが」
　不機嫌に、いつもより低い声でそう言った茜に私のイライラはよけい増す。
　ムカつくっ!!　なんでこんなに不機嫌なの!?　意味わかんないっ！
　これ以上不機嫌な茜に構ってると海行く前にテンションさがりそう。
　そう考えて、
「べつにいいもん！　ミッキーのうしろに乗せてもらうからっ!!」
と言って茜から「ふんっ」とおもいっきり顔をそらして、ミッキーの所へ歩を進めた。

　イライラしながら……不機嫌に冷たく接されて、どこかでズキンと傷ついている自分もいた。
「ミッキーうしろ乗せてっ！」

「へっ!?　おおお、おう！　ぜんぜんいいぞ！」
　そんな気持ちを振り切るように強く言った私に、なぜかどもりながらもオーケーしてくれたミッキー。
　茜のよりは座る位置高くないな、と確認してミッキーのメタリックな黒のバイクに私はひらりと飛びのった。
　そんな私の前に、ミッキーも乗る。
　あ、そういえば、伽耶は――なんてあたりを見渡すと、朝陽さんのうしろにちょこんと座ってる伽耶がいた。
　朝陽さんが何かを伽耶に話しかけて、伽耶がコクリとうなずく。
　……なんか、いい……！
　ほのぼのしたオーラが出てるっていうか、周りにお花が飛んで見える。
　そんなふたりを見てほわほわ癒されていると、みんな準備が終わったらしく、バイクに乗って美影の言葉を待つ。
　それに応えるように美影が口を開いた。
「あんまり大人数で固まるな、サツに見つかった時まけなくなる。でも撒くの苦手だからってふたりとか少人数すぎるのは青嵐側に出くわした時まけなくてヤベェからそこは気をつけろ、頭使え。いいか」
「うっす!!」
「――じゃ、行くぞ」
　――ブォンブォンブォン。
　その声を合図にするように、あたり一面にけたたましい音が鳴り響いた。

心臓を揺さぶるその音に、一瞬びくりとした私。だけど、すぐにその音が好きになっていた。
　その音以外の音を聞こえなくするような、遮断するような大きい音。
　"海に行く"そのことに、本当はまだ少し怖がっていた心の中。
　でもそんな心の中の恐怖をすべてかき消すように、耳をつんざくその音は私を少し安心させた。
　近所のみなさんごめんなさい……なんて暴走族らしからぬ甘いことを心の中でひっそり思いながら、
「つかまってて」
　私の方を振り向いて、ふわりと微笑んだミッキーにうなずいてミッキーの腰に手を回した。
　１回大きくふかす音が鳴って、動きだしたタイヤに私は"ミッキーだから"と油断していたのかもしれない。
　いや、ものすごくしていた。
　──次の瞬間。
　バイクはありえないスピードで加速した。
　茜のスピードとか、比じゃない。
「ひぇええぇぇぇ!!!」
　怖すぎて頭がまっ白になる。
　どうすることもできなくて、私はとりあえずミッキーの腰にしがみついた。
　というよりは、ミッキーの腰を締めあげたという方が正しいのかもしれないけど。

「ぐ、ちょ、日向日向苦しいっ!!　イテェ!　事故る事故る」
「あ、だだだって、こっ怖いんだもん!!　ミッキー速すぎぃいいい!!」
　焦るミッキーの声も聞きいれず、ただひたすらミッキーの腰を締めあげる。
　でも痛いだの事故るだの言ってるくせに、ミッキーはスピードを落とさずそのまま走った。……悪魔だ。

「おおぉ!!　着いたな！　って１番ノリかよ！」
　あったりまえだろうが!!!　このスピード狂!!
　叫びたかったけどあいにく私にそんな元気は残ってなく、とりあえず、ひとつ心に誓(ちか)った。
　ミッキーとバイクの２ケツはしない、二度と。絶対に。
　私がやっとこ恐怖から立ち直れた頃には、だいたいみんな目的地についていた。
　私はイマイチ集合場所とか聞いてなかったんだけど、私たちが今集まってるのは泊まる所の駐車場だ。
　……たぶん。
　ここら辺はホテルが多いのか、周りには大きくて高さのある建物が立ち並んでいる。
　その中でも、他のものより少し高さが低い建物の前の駐車場に私たちは集まっていた。
　よかった、まだ、海は見えない。
　でも、ふわりと吹いてくる心地いい風にのって、懐かしい潮の香りがときどき鼻をかすめる。

それに、私の心臓はドキリと嫌な音を立てた。
「いい匂いだなーっ」
　横でそういった南に、私は我に返って、
「えっ、あ、うんそうだね！」
　平常心を装いながら返事を返した。
　そのあと1回、深呼吸する。
　──大丈夫。見るまでが怖いだけ、見ちゃったら平気。
　自分に暗示をかけるように心の中でそうつぶやき、周りを見渡すと、龍騎さんの荷物を乗せた車が到着した。
　キュッと、軽やかなハンドルさばきで黒の車を停めて、車から降りてきた龍騎さん。
　いい、イケメン度が増して見えるっ……！
　なんて思いながら、私もそこまで駆けていった。
　荷物を降ろすのを手伝っている朝陽さんに「私も手伝いますっ」と言ったら、「ああ、サンキューな」と爽やかな笑顔で微笑まれた。うん、素敵。
　そんなこんなで荷物を降ろしてみんなに渡して、11時くらい。茜を先頭に、私たちは建物の中に入った。
　きれいなとこだなぁ……。
　受付とかしなくていいのかな、とか思ったけどみんな当たり前というように歩いていくので、私もそれについていく。
　3階まであるらしく、階段の前で茜に部屋の割りふりを聞かされた。
「女子2人は同じ部屋。302号室。……これ鍵な」
　相変わらずそっけない茜を不服に思いながらも、伽耶と

一緒に部屋に着いた時にはそんなの吹きとんでいた。
「うっ、わあぁぁ……」
　思わずもれた歓喜の声に、伽耶も納得したのか「すごいね……」と言った。
　泊まりにきたのなんて久しぶりだから、普通の部屋がどれくらいなのかは知らないけど、ふたりでこれはすごいと思う。
　ベッドが２つ余裕に入って、テーブルと机もあって、広い洗面所があるにもかかわらず他の場所にドレッサーも置いてあった。
　それも、部屋の中が白と青で統一されていて、すごくオシャレ。
　部屋のいろんな所を触ってまわりたいのはやまやまだけど、今からすぐ海に行くんだ。
「ほら、日向早く準備しなよ」
「はぁーい」
　もうすでに準備しはじめている伽耶に感心しながら、私も荷物を置いて、荷物をまとめたり、水着を着たりと準備を始めた。
　着替え終わると、伽耶は私の頭にパチリと何かをつけた。
「へっ？」
「ハイビスカスの、飾り。……私と、色ちがい」
　私からプイッと顔をそらしてそう言った伽耶の頬はちょびーっとだけ赤くて。
　これ、おそろいで、買ってきてくれたってことっ……!?

「やだもう!! 伽耶大好き！ 愛してるよ！ かわいいっ」
　胸キュンが止まらなくておもわず抱きついた。まぁすぐにはがされたんだけど。
　私の今日の髪形は、いつもどおりのポンパドールで、毛先だけ巻いてある。その髪形の、耳の上についた、大きめの淡いピンクのハイビスカス。
　ドレッサーを振り返って、確認してさっきよりもニヤリとしてしまった。
　水着にも、髪形にも、合ってる。
　"おそろい"がうれしくて、私はものすごくニヤニヤしてしまった。
「えへっ、ありがとうっ」
　うれしくって満面の笑みでそう伝えると、はずかしそうに目線をそらした伽耶は立ちあがった。
「ほら、服着て、行くよ」
　照れてる、かわいいなぁ。
　そんなことを思ってニヤニヤしながら私も立ちあがる。
　パーカーと短パンを上から着て、服と荷物をトートバッグに入れて、伽耶と一緒にみんなの待ってる所まで行って。
「ごめんごめんっ、待った？」
　階段をパタパタと駆けおりて、出入り口付近のソファで座っているみんなに声をかけた。
　そうすると、気づいたみたいにみんながこっちを振り向く。
　……けど、これはいかつい。
　見るからに不良なヤツらがごちゃっと集結していて、こ

れ海で私たちの近くには誰も寄ってこなそうだなと悟った。
　まぁ話してる内容はかわいいものなんだけど。
　私の足もと近くでしゃがみこんで、耳打ちしながら話してる男3人。
　いやいや、図がおかしい。なんで耳打ちしてんのさ。
「なぁおい、この海パンイケてね？　逆ナンされっかな？」
「そこは男ならビシッと、逆ナンじゃなくてナンパしろよな！」
「バッカお前、この海で彼女とかできちゃったらどうすっぺ」
　……ちょっと待て最後のヤツなんで標準語使わなかった？　あぁ、うん、大仏くんか。なら許す。
　てゆーか海パンイケてるからナンパするってどういうことだよ、お姉さまたちの迷惑になるから今すぐやめなさい。
　というより、まず勇気あるギャルとか以外は寄ってこないと思うんだ。
　アンタたちの求めてる清楚可憐な女の子は寄ってこないと思うんだ。
　あ、なんかお母さんみたいな気分になってきた。
　そんなことを考えていると、朝陽さんのお声がかかった。
「お前ら海ではおとなしくしろよ！　暴力沙汰にはしねぇこと！　通報されたとかシャレになんねぇからな」
「はーい」
　いやいや、「はーい」って。
　いかつい顔にはてしなく似合ってないよ。
　なんて心の中でツッコミながらも、みんなで楽しい時間

を過ごせると思うとワクワクして、私の顔には笑顔があふれた。

だってみんなで海なんて、なんかちょっと普通の高校生みたいじゃんか。

「それじゃ、行くか」

──でもまぁ、私が楽しいとは思っていても笑顔でいられるかは別問題、なんだけど。

だってほら、海に行くってなったら一瞬で全身が重くなった。ずっしり、何かが体重をかけてきてるみたいに、心も体も重くなる。

暑さのせいか、不規則にドクドクと鳴る心臓のせいか。

──たぶん、どっちもだけど。

私の額にはうっすらと汗がにじんだ。

建物から出て、道を歩いていく。

先頭きってギャーギャー騒いでる下っ端とミッキーを「静かにしろ！」なんて注意してる朝陽さんを遠目に見ながら、私は一番うしろを歩いていた。

がんばって歩いてるはずなのに、前の人との距離は開いていく。

──大丈夫、大丈夫だから、怖くないから。

心の中で強くそう言って、何回も深呼吸を繰り返す。

前の人との開いちゃった距離を縮めようと、下におろしていた目線をあげると茜が私の目の前に立っていた。

「わっ」

びっくりして足を止め、思わず声をもらした私を、相変

わらず不機嫌そうに無表情で見てくる。
　その様子にムッとして、
「なんの用？」
　って言ったらそれをまるっきり無視するように、かつ"用"の"う"の部分にかぶせて言ってきた。
「お前、何ブッサイクな顔してんだよ」
　……はぁぁぁぁ!?
「ちょっと、アンタね!!　失礼にも程があるよ！　てゆーかイライラをぶつけたいだけなら他を当たって……」
「ヤッベー!!!　海見えたー!!!」
　前の方で叫んだ誰かの声が、私の耳まで届いてきて。
　私は無意識のうちに眉と口に力をこめた。
　茜がなんでちょっかいを出してきたのかは知らないけど、『イライラをぶつけたいなら』このセリフは、私には言えなかったな、なんて思う。
　だって、茜のムカつく発言に対する私の強めの返事は、茜に対してのイライラじゃないものまで入っていたから。
　焦って、大丈夫って言いきかせてはみるけど、心に余裕がない、イライラ。
　それを茜に少しぶつけてしまった。自分で言っておきながら。ごめん、謝ろうとしていつの間にかうつむいてた顔をあげたら、不意打ちで、眉間をトンと押された。
　突然のことに、「わっ」なんて声をもらして、強張っていた顔の力が抜ける。
「イライラしてんのはおたがい様だな。お前に何があんの

かは知んねぇけど、そんな、思いつめた顔してんなよ。……いつにもましてブサイクに見える」
　そう言って、前を歩いていってしまった茜に、私の心臓はキュッと締めつけられた。
　——そうだった、何考えてんだ私は。茜はイライラしてるからって、無条件にちょっかい出してきたりはしないじゃん。
　全部、私の強張った顔を直すためにやってくれてた。
　茜は、なんでか知らないけどあんなに不機嫌なのに。
　それでも周りが見えてるんだ。
　……すごいなぁ。
　感心して、茜の背中を眺めながら私もまた歩きはじめようとすると、うしろから歩いてきた美影に抜かされた。
　まだ、うしろがいたんだ。……手にイカ焼き持ってるけど。
　美影は、立ちどまる私を不思議そうに見たあと、中性的な顔をフッてゆるませて、
「あいつ、あれでたぶん一番周りのことよく見てんだ」
　茜の背中に目線を送りながらつぶやいた。
　見てたんだ、今の。——でも、そうかもしれない。
　私はわかりやすいらしいけど、茜は私の心の変化を敏感に感じとって、助けてくれて。
　前からちょっとだけ、ほんのちょっとだけ思ってた。
　ヒーロー、みたい。
　……なんて。茜には絶対に言わないし言えないけど。
　ほんのちょっぴり、軽くなった心を感じながら、私はま

た歩きはじめた。
　みんなから離れた位置を歩く私と美影に手を振って、
「そーちょー!!」
「ひーちゃん、総長はやくー!!」
　なんて叫んでいるみんなが見えて、私は「ぷっ」て笑ってしまった。
　だから、総長なんて言ったら怪しい雰囲気ぷんぷんだってば。それも大声で叫ぶって重度のおバカさんだ。
　まぁ、素直でちょっとバカなのがみんなのいい所なんだけど。
　そんなことを考えてるうちに、私の顔には笑顔が浮かんでいた。
　海が見える位置までもう少しなのに。私の顔は笑顔だった。
　怖い、けど。みんながいれば、きっと大丈夫だ。
「今行くー!!」
　笑顔で手を振り返して、でもやっぱり震えそうになる手を握りあわせて私は前へ駆けだした。
　海になんて、きっと今までの私なら来ようとはしなかっただろうなぁ…。
　——私も少しは、強くなれてるのかな？
　目の前に広がった青。にぎわう人。頭にまとわりつきそうになる過去。
　いつぶりだろう、この青をこんなに近くで見たのは。
　手が、震える。弧を描く口もともぎこちなく震える。私の恐怖心と、よくわからない焦りを倍増させるように、心

臓の不規則な音が加速する。
「……っ」
　恐怖から逃げたくて、ぎゅって目を閉じそうになったけど。
「日向ー！」
「はやくこっち来いって！」
「総長もー!!」
　そう叫ぶ彼らのおかげで私は恐怖から抜けだせた。
　視界いっぱいに海は広がってる。
　でも──焦点をずらせば、海なんてボヤけて。
　私の視界にはいっぱいに白龍のみんなが映るんだ。
　私のさっきの震えに気づいたのか、優しく肩を２回ぽんぽんと叩かれて。パッと横を見ると、美影が優しく、
「──大丈夫」
　そう言って目もとをゆるめた。
　いつもの無表情が崩れて、ほんの少しだけだけど微笑んだ美影に、私の心の中には安心感が広がった。
　"大丈夫"、自己暗示するよりも。彼らに"大丈夫"、そう言ってもらえた方が、もう本当に大丈夫な気がするんだ。
　１回、深呼吸をして。私は履いていたビーサンを脱ぎ、砂浜に素足で踏みこんだ。
　──懐かしい。
　火傷しそうなくらいの熱さも、足の指と指の間に入ってくる感覚も、全部が懐かしい。
　不思議と、頭の中に浮かんだのは忘れたくて消したい過去じゃなくて。トラウマが大きすぎて消えていた、忘れて

いた、楽しい過去だった。
　この砂浜じゃないけど、小さい頃友だちとたくさん砂浜で遊んだんだ、そういえば。
　生まれてから、"あのこと"が起こる小4まで。
　――私、海が、大好きだったんだよ。
　大好きだった。
　なんでこんなに楽しい記憶を消しちゃってたんだろう。
　なんで忘れちゃってたんだろう。
　でも私……今日、海に来れてよかったかもしれない。
　海に入るのはまだ無理かもしれないけど。
　海に対しての恐怖心が、ほんの少し和らいだ気がした。
　浜辺に大きめのレジャーシートを2枚広げているみんなの所まで、駆けていく。
　軽い足取りで駆け出した私に、横にいた美影が何かを悟ったのか、「フッ」って笑った声が聞こえた。
「あー！　やっと来た日向！　なに美影とイチャイチャしてんだよっ」
　相変わらず、片目だけ出したミッキーがすねた顔を向けてくる。けど、元の顔が色気ダダもれなせいで誘惑されている気分になった。

　そんなこんなで昼ご飯を済ませ、波打ちぎわで水鉄砲したり、どっちが遠くまで泳げるか競ってあやうく溺れそうになったり、イカ焼き抱えこんでたり、ナンパを朝陽さんに全力で止められたりしてるヤンチャ野郎たちを私はレ

ジャーシートから眺める。
　ほんと、バカばっかりだなぁなんて考えながらも私の顔には笑顔が浮かんでいた。
　さっき、水が苦手って理由で一緒に遊ぶのを断った時、奏多とか暁とかが「日向がいねぇとつまんねぇ」そう言ってくれたのを思い出して私の顔はよけい笑顔になる。
　……だって本当にうれしかったんだもん。
　うれしすぎて、あやうく「しかたないなぁ」とか無責任なこと言いそうになっちゃったんだけど。たぶんまだ、海には入れない。
　なんでか。明確な理由はないけど自分のことだからなんとなくわかる。
　きっと、今海に入っても楽しめない。
　あの過去が頭に広がっちゃって、たぶん、過呼吸になる。
　そこまでいかなくても、笑顔ではいられなくなる。
　楽しい空気を壊すことになるのはまちがいない。
　でも、やっぱりみんなと遊べないのは寂しいなぁ。
　そんなことを考えてみんなの様子を見てると、ひとりいないことに気がついた。
　──茜は？
　キョロキョロ、あたりを見渡すけどどこにもいなくて、首をかしげたところで、暁が走ってきた。
「おい日向！　今からビーチバレーとかするから来いよ！　あ、波打ちぎわから離れたところでやるから安心しろっ」
「えぇ？　でもせっかく海に来たし、１日目なのに……」

「お前も楽しくなかったら意味ないって！」
　そう言って、私の手をグイッと引っぱり暁は私を立ちあがらせた。
「え、あぁ、ちょっ」
　いきなりのことに戸惑う私の手を引っぱって走り、ビーチバレーの準備をしている所まで連れていかれた。
　ほんっとにいきなりだよね、とかつぶやきつつも私の顔はゆるんでしまう。
　それよりも、茜は──まぁ、なんか食べ物買いにいったとかだろう。
　うんうん、ひとりでうなずいて自己完結して、私は笑顔でビーチバレーをするメンバーの中に入っていった。

「ふぁあぁー!!　疲れたぁぁ！」
　部屋に入ったとたん、ソファにバターンと倒れて叫んだ私。
　そんな私を涼しげな顔でまたいだ伽耶は、海に行く時に持っていったカバンの中身を片づけていく。
「伽耶は疲れてないのぉぉ〜!?」
　手足をジタバタさせながら伽耶を見ると、相変わらずの涼しげな顔で
「私は日向ほどハードに遊んでないから」
　と言われた。
　うー……まぁ、そうだけど。
　……明日は、おとなしくしてよう。
「ほら、今からご飯食べるんだからはやくしな日向」

「うー……」
　唸りながらも、気になっていることをグルグルと頭の中で考える。
　……なんで茜、いなかったんだろう。
　痛い体をなんとか起こしながら、私は心の中でつぶやいた。
　──やっぱり、なんかある？
　茜が不機嫌な理由も、一緒に遊ばなかった理由も……。
　でも──私が踏みこんじゃって、いいのかな？
　立ちあがって、床をにらみつけるように見る。
　私は結局、またそこ。
　聞きたい、知りたい、でも怖いから聞けない、嫌になるくらい堂々巡り。
「──日向？」
　床をじっと見つめる私に違和感を感じたのか、伽耶が私に声をかける。
　そこでハッと我に返った私は、笑顔を作って首を振った。
「なんでもないっ。……よしっ！　早くご飯食べにいこっ！」
　後で、ほんの少し、茜の中に踏みこんでみよう。
　……拒絶くらい、平気だもん。
　そう心の中で決めてから、私も荷物を片付けた。

「っあー！　また大貧民!?」
「やった、俺大富豪ー!!」
　ご飯を食べ、お風呂にも入り終わった私は白龍の下っ端数名と大富豪をやっていた。

私が得意と言ってやり始めたのに、なんでか負けてばっかりだ。
　目の前でウザすぎるドヤ顔を披露するモヤシダさんにムカついて、
「意味わかんない！　絶対イカサマだこのヤロー！　もういい、おやつとジュース買ってくるから！」
　確実に言いがかりだろ、という発言をして、サイフを持って、ついでにあっかんべーもしてやって外に出た。
　もー、気分転換だ気分転換!!
　キラキラ星が輝く空の下で、私はフーッと息を吐いた。
　……なんか、落ち着く。
　さっきあそこにコンビニあったよね、なんて記憶をたどりながら私はそこまで行ってコンビニに入った。
　おやつ、おやつ……。
　お菓子の棚をきょろきょろと見渡して、目に入ったものでよさげなものをカゴにつっこんでいった。
　その結果、私のカゴはあふれかえっていて、２つの袋はおかげでパンパン。
「うー……調子乗って買いすぎた……」
　重いーなんてブツブツ言いながら来た道をたどっていく。
　そしたら通りかかった公園で、たむろっていた不良に絡まれた。
「ねーねー、おねーさん」
「おーい、君だよキミ！」
　……よし、無視しよう。

ああいうのは無視するに限る。
　そう考えながら早足に公園の前を通り過ぎる。
　しかし、そうはうまくいかなかった。
「おねーさん、聞こえてるんでしょー」
「何しらばっくれてんだよ〜」
「ワタ、ワタシノコトダトハ、チョット、オモワナクテ」
　逃げたいです、切実に。
　汗ダラダラにプラスして激しいカタコト。
　……うん、これは嘘だってバレたな。
「あ、おねーさんナニソレ、重いでしょ〜」
「一緒に運んでってあげるよ？　ね？　ね？　だから運び終わったら遊ばない？」
　明るい茶髪のチャラ男の指の先には、コンビニの袋。
　なんだこの人たち、めんどくさい。超めんどくさい。
　あんまりケンカ強くなさそうだし、6人か……。
　私でも、いけるはず。蹴ってもいいかな？
　……いや、それは最後の手段！
「ね、オネーサン。聞いてる？」
　私の両手がうさがってるのをいいことに、ピアスがジャラジャラついた男が肩に手を回してきた。
　ぞわっ……。
　なんともいえない気持ち悪さが、心の底から湧きあがってくる。
　少し前に、青嵐の姫とカンちがいされて誘拐されて。襲われかけた時のことがふと、頭に浮かんだ。

太ももを這う手の感覚が。触られてないのに、触られてるみたいによみがえる。気持ち、悪い。
「……離して」
「え？　おねーさんなんか言ったぁ？」
「大きい声で言ってくれないと聞こえませーん」
　そう言ってゲラゲラ笑う、下品な声が耳にこびりつく。
　それのせいで、よけい、心の余裕がなくなった。
「離してって言ってんの‼」
　予想以上に大きく出た声。
　ケンカする時のような、低く、威圧する声が出て、ナンパ男たちの肩がビクリと揺れた。
「お、おねーさんそんな怒んないでよー」
「かわいいからイイコトしてあげるってだけだってば」
　ほんとに、心に余裕がなくなる。
　まとわりつく視線が気持ち悪い。肩に置かれた手が気持ち悪い。コイツら全部、気持ち悪い。気持ち悪い。
「いいかげん、離せっ‼」
　暴れて、肩に置かれていた手をパシンと振りはらって、走りだした。
　──けど、私の反抗的な態度にムカついたらしい男は、すばやく私の手首をグイッと引っぱってきた。
「イタッ……⁉」
「もう無理やり連れてこうぜ」
　そう言ったひとりの男の言葉で、他の男たちも動く。
「……っ」

私の反応が遅れたせいで、私の両腕はふたりの男によって封じこめられてしまった。
「離せ、離してっ……!!」
　暴れてもビクともしない。さらに口をふさがれてしまった。
　族に入ってても、私の力はしょせん、女。
　女と男の力の差がそこにはっきりと現れていた。
　……相手がケンカできなそうだからって、油断してた。
　バカだ、大バカだ私。
　公園のベンチの方に、うしろ向きにズルズルと連れていかれる。
　私の手をつかむそいつをにらみつけると、ニタリと気持ち悪い笑顔を向けられた。
　触らないで、心が悲鳴をあげる。唇に当たる手がイヤでイヤでイヤで、ギリッと唇を噛みしめた。
　どうしよう、どうしよう、どうしよう。
　考えてはみるけど、焦ってるせいで頭がしっかり働かない。
　ぐるぐると思考を巡らせてるうちに、両腕を押さえていた男の手に力が加わって私の体はバランスを崩して、グラリとうしろに傾いた。
　口に当たっていた手が離れる。
　──え。
　そう思った時には、ドサッ!!　私はベンチに体を打ちつけていた。
　寝っ転がるような体勢の私と、上から私を眺めてニタニタ笑う気持ち悪い男たち。

打ちつけた体は痛いけど、今しか逃げられない。
……今なら油断してる。
　私は腕に力をこめて、すばやく上半身を起こした。
　間を空けずに足を動かして、正面にいるヤツの腹筋にめりこませるために力をこめて膝を曲げて。そいつの腹筋めがけて、おもいっきり伸ばそうとしたその時。
「ガハッ……!!」
　目の前のふたりが横に吹っとんだ。驚きを隠せない、私と他の４人の男。ふたりがいた場所には、長い足。
　そして――茜が立っていた。
「あかっ……」
　やっぱり、茜はすごい。
　うれしくなって、そこまで声を出したけど、茜の顔を見て、私の声は途切れた。
　――茜？
　なんだろう、ちがう。茜……でしょ？　茜なのに。
　――まるで茜じゃないみたいに、まっ黒な瞳がそこにはあった。
　冷たく何も映さない表さない、無表情。
　目が合ってるはずなのに。合ってない。
　今、茜……どこを見てるの？
　茜は無表情のまま、私の正面にいる４人に近寄る。
　茜の異様なオーラにビビったのか、あとずさりする男たち。
「ひっ……」
　男の足が、私の座ってるベンチにぶつかって、もうそれ

以上男たちは下がれなくなった。
　震える男たちを前に、茜は近づくのをやめない。
　茜が砂を踏む音が、静かな空間に響いて聞こえた。
　男たちの呼吸も荒く、浅くなって。茜がジリジリと詰めよって、ひとりの男の顎に手をかけて、
「は、はあ、おい、……ぅがっ‼」
「っあ」
　その横にいた男の頭に、そいつの頭をおもいっきりぶち当てた。
「やめっ、やめろよ、悪かった、すみません、だか……うっ」
「がはっ……！」
　鈍い音が連続で聞こえる。
　静かな空間に、木霊した。
　でも茜は、倒れた男たちをまだなお無表情で見続ける。
　さすがに……手かげんしてるよね？
　不安になって茜に目を合わせようと必死に見つめるけど、茜はこっちを見てくれない。
　目の前で気絶してる男を、茜は殴り続ける。
　変な焦りが生まれて、私の頭には警報が鳴り響いた。
　──茜が、壊れちゃう。
　何を根拠にそんなことを思ったのかはわからない。
　でもなぜかそんな風に感じて、私はベンチからすばやく立ちあがって茜の腕を押さえた。
「茜っ‼　もう気絶してるよ‼」
「…………」

必死になって叫ぶけど、茜は聞こえないみたいにまだその男を殴り続ける。
　やだ、やだよ、茜。
　壊れないで、いなくならないで、変わらないで。
　──茜、何があったの？
「茜っ、茜ぇ!!!　もう平気だから、やめてっ」
「…………」
　なんで茜が不機嫌だった理由をちゃんと聞かなかった？
　なんで、なんでもなかったなんて思ったの？
　聞いてれば、茜の心をちょっとは軽くしてあげられてたはずなのに。
　こんなに荒れるのを……こんなに悲しそうなまっ黒な瞳をするのを、止められたかもしれないのに。
　大バカだ、私。
　茜の悲しそうな瞳に。能天気だった自分への怒りに。喉が焼けるように熱くなって、奥から透明のものがこみあげて視界がゆがんだ。
「茜っ、お願い、……お願いだから、普段どおりに戻って……。茜っ……！」
　腕を精いっぱいの力で引っぱるけど、ダメで。
　私は茜の顔を両手ではさんで、グイッと私の方に向かせた。
　視界は涙でゆがむけど、今度はちゃんと、茜と目が合った。
　茜の目が我に返ったように見開かれて、茜が首もとをつかんでいた気絶している男が、下にドサリと落ちる。
　よかった、戻った、茜だ。安心して、ほっと息がもれる。

そして私の強張っていた顔がゆるんだ。
「あか……」
　でも、話しかけようとしてそこまで言葉を発したのに、茜はフイッと私から目をそらして、私に背を向けた。
「……ワリ」
　そしてそのまま、ぼそりとそんなことをつぶやいて公園の外に歩いていってしまう。
　止めなきゃ、引き止めなきゃ。ちゃんと、なんで不機嫌なのか聞こう。なんで荒れてたのか聞こう。
　——そう、思ってるのに。
　茜が私から目線をそらす時に見せた、ひどく悲しそうな瞳が頭に焼きついて、私はその場から一歩も動けなかった。

夏旅行　*＋.Second day.＋*

「はぁあ〜……」

周りに誰もいないと思って、ぼーっとしたままもらしたため息。

でも、それは運悪く、空気を伝って奏多の鼓膜を揺らしてしまったみたいだった。

「日向、どした？」

ほんのちょっぴり離れていた奏多が駆けよってくる。

今日も、かわいい。

「んーん、なんでもない！」

私はあわてて憂鬱な顔を消し去って、ぎこちなく笑みを浮かべた。

——夏旅行、2日目。

お昼に、私たちはバーベキューをしていた。

みんな昨日の疲れがたまってるみたいで、海で遊ぼうって言いだしたのはまーくんと暁とミッキーだけだった。

そんなワケでバーベキューをしようという結論にいたって。今、バーベキューをしてるんだけど。

「はぁぁあぁ〜」

調子が、出ない。

楽しいし、おいしいんだけど……茜はいないし。

また昨日みたいに、我を忘れて人を殴ったりしてないかなって心配になる。

それとまだ、茜の不機嫌な理由聞けてない……。
　私は、茜のことを心配しながらも、みんなと話して楽しんでいたけど、不安と妙な緊張で喉が渇く。
「伽耶～ジュースまだ残ってる??」
　カラカラの喉をなんとか潤そうと、周りを見渡すけど飲み物がない。
　伽耶に声をかけると、あぁ、と思い出したように、「お兄ちゃんが全部飲んだ」サラリと言った。
「え！　まーくん!!」
「わ、ワリィワリィ!!　つい飲んじまったんだよ……」
「何それー!?」
　まーくんをジト目で見ると、まーくんは焦りだす。
「お、怒んなって！　取ってくる取ってくる!!　たしか茜さんちの別荘にまだ置いてあったはず！」
「もー、はやく取ってきてまーくん！　……"茜さんちの別荘"？」
「おう、昨日泊まったとこだろ？　日向、茜さんちの別荘って知らないで泊まってたのかよ……って。え、マジか？」
　私たちの間には、謎の沈黙が流れた。
　周りで、聞いてたらしいメンバーが「やっちまった」と言うように頭を抱えていて、重苦しいため息が聞こえた。
　……何、どゆこと。
「何それちょっと!!　私そんなの聞いてないから!!!」
　みんなに向かってそう言うと、みんなは気まずそうに目線をそらした。

ナ、ナニソレ、何それ!!
「なんで教えてくれなかったの!?」
「……ワリィな日向ちゃん」
　いや、そんな謝られたって……。
　べつに教えてくれるくらい……あぁ、そういうことか。
　みんなの表情を見て、わかってしまった。
　気づいてしまった。
　……きっと、茜の不機嫌な理由がそこにあるんだって。
　みんなが私に教えてくれなかったのは、茜にとって触れてほしくない部分だから。
　茜が自分から私に話すまでは教えないようにしようと、みんなもみんななりに気を遣っていたんだろう。
　まぁ、結局知っちゃったけど。
　……茜の、不機嫌な、理由。
　――なんだろう。
　でもひとつ自分の中で確信に変わったことは、茜はお金持ちだってことだ。
　前からお金を払う時はだいたい茜で、なんでかなーなんて思ってたけど、これでわかった。
　あとひとつ、これは憶測でしかないけど……茜の不機嫌な理由は"家"のことか、家族との何かが関係あるんじゃないかなってこと。
　でも、こんなのただの憶測だし。
　――聞いてみなきゃ、茜に。
　教えてくれるかは、わかんないけど。

私は頭の中の絡まってた糸がほんの少し解けた気がして、にっこり笑って「まーくん、口を滑らせてくれてありがとう」と伝えておいた。

「茜さん、まだ見つかんないのか？」
「うん……」
　あれから、茜に聞こうと気合を入れたのはいいんだけど、探しまわるより別荘で待ってた方が確実だと思いみんなも一緒に別荘に戻った。
　夜、花火をやるらしいからはやめにご飯を食べて、茜を探そうと、広い別荘の中を何回も歩きまわった。
　でもどこにもいないし。
　てゆーか、何ここ、ほんとに別荘なの？
　何回目かわからない、みんながたむろってる所に戻ってきてため息をつけば、見かねたモヤシダさんが話しかけてきた。
「ここ、広すぎじゃない……？」
「まぁな。なんか茜さんの話によると俺らの泊まってる部屋とかは客人用らしいぞ」
「茜の家って、やっぱり……。てゆーか何してる家なの？」
「それは……あー、そこらへんは茜さんに聞けよ。日向が知りたがってる、茜さんが不機嫌な理由がもし教えてもらえなくてもそんぐらいなら教えてもらえるだろ」
　モヤシダさんにワリィと言う笑顔を向けられた。
　みんなは知ってるのに私は知らないって。

なんか、なんかさ……。
「もう1回探しにいってくる！」
　なんとも言えないもどかしい気持ちになって、私はバッと歩きはじめた。
　……寂しいとか、思ってないし。
　うしろから聞こえた、
「あと20分で戻ってこなかったら先に花火行ってるなー！」
という声に「はぁい！」と背を向けながら返事をして、私はまた茜を探しはじめた。
　──そして、それから少し歩いたところで、少し開いている窓を見つけて立ち止まった。
　その窓の向こう側には、テラス。……さっきは、気づかなかったな。
　窓を横にカラカラと引く。
　夏のなんともいえない蒸し暑さと、夜の温かい風に顔をしかめてから、テラスに足を踏みこんで、右、左と目線を移動させると、
「……茜」
　テラスのイスに座って空をぼーっと眺める茜がいた。
　私のつぶやいた声に気がついたのか、茜が顔を少し動かして私を見る。
　ノースリーブのパーカーのポケットに手をつっこんで、フードをかぶっている茜の金髪が、光を反射してキラキラと光った。
　昨日のことがあったせいか、茜は気まずげに間を空けて

「……おう」と言ってから目線を星空に戻した。
　ズキリ、心が痛くなったのはきっと茜の目がどこか悲しそうだから。
　私は夜空を仰ぐ茜にそっと近づいて、茜の正面のイスに座った。
　私もそれからぼーっと空を見あげたけど、少しの沈黙のあと、口を開いた。
「……ココ、茜の家の別荘だったんだね」
　そう言って、ちらりと茜に目線を向けてみるけど茜はとくには動かなかった。そのまま、空を見つめてる。
　そしてまた沈黙。
　スズムシの鳴く声だけがリーンリーンと耳に響く。
　何秒間かの沈黙のあと私は、そっと茜の"中"に踏みこんだ。
「茜の家ってお金持ちだよね？　……何をしてる家なの？」
　平常心を保って、笑顔で問う。
　茜の指がピクリと動いた。
　ゆっくりと、のらりくらりと顔と目線を私に向けて。
「……お前には、関係ねぇだろ？」
　無理やり作った笑顔で『踏みこむな』、バッサリと拒絶された。
　——ズキンッ。
　……あれ。わかってたんだけどな。
　あは、なんだこれ、痛い。
　ミッキーに拒絶された時よりも、もっと……痛くて、痛

くて。
　茜の拒絶の笑顔が、頭でリピートされるたび。
　泣きたいくらいに痛くなった。
　作っていた笑顔がぎこちなく引きつる。
　『そっか、ごめん』て、いつもの私ならそう言うけど。
　その言葉を飲みこむ。
　——だって私は、拒絶されてでも聞くって決めた。
　茜のそれは、茜の不機嫌な理由は、ためこんでで楽になるものじゃないんでしょ？
　だからあんなに荒れてたんでしょ？
　話すのは嫌かもしれない。
　だって、思い出すから。それは私もよくわかるから。
　まだみんなに話すのが怖くて、過去を話せていない私が言うのはすごくおこがましいけど。
　周りにそのことを知ってる人がひとりでも増えると、楽になるんだよ。
　だって私、青嵐に過去を話した時……そうだったから。
　だから茜、言ってよ。お願い。
　もう一度、踏みこもうとした時、茜がガタリ、突然立ちあがった。
　高い位置にある茜の顔を見あげると、険しい顔をして私が入ってきたドアのあたりを見ている。
　うしろでカラカラ……という音が聞こえて、私は茜の見ている方をバッと振り向いた。
　……誰か、いる？

でも、暗いのにプラスして少し離れた位置にいるせいか、誰だかわからなかった。

テラスの床に足をのせた、コツッという音が床を伝って聞こえてくる。

だんだんその音が大きくなるにつれて、そこにいた人の姿もはっきりと見えるようになってきた。

——男の人？

スーツを着た、固そうな感じの男の人。

キリッとして、整っているその顔はどこかで見たことがあった。

この人と、会ったことあったっけ？

うーん、なんて頭をひねって考えているとその人が足を止めて私のうしろをジッと見つめた。

……茜に、用？

そこまで考えてハッとすると同時にうしろから、

「……親父」

茜のドスのきいた声が耳に響いた。

この人が、茜のお父さん……。

会ったことがあるなんて思ってしまったのは、この人と茜の目もとがそっくりだからだ。

でも、それ以外は雰囲気も服装の感じも、全部ちがう。

私の前にいる茜のお父さんは、作ったような笑みを顔に貼りつけていて、うしろにいる茜は鋭くお父さんをにらんでいた。

間にいる私は、どうしようなんてオドオドしたあげく、

そーっと横にずれた。
　見つめあうふたりに、ピリッと空気が張りつめた感じがした。
　無言の間が続いて、何秒か経ったあとに、先にやっと茜のお父さんが口を開いた。
「まだ、そんな髪の毛をしてるのかお前は」
　貼りつけたような笑顔で茜を見るのをやめて、冷たく目を細めた茜のお父さんに、よりいっそう空気が張りつめた。
「……べつに、アンタにどうこう言われる筋合いねーよ」
「それになんだ、まだあんな集団と一緒にいるのか？　バイク乗りまわして世の中に反発するのがカッコいいと思ってるバカたちだぞ？」
「……るせぇ」
「ケンカして、人を傷つけて、何が楽しい。そんな汚れた世界で生きるのはやめなさい。刺激を求めてスリルを求めて、汚れた世界にいるのかもしれないけど、ちゃんと考えろ。茜、お前は賢いだろう？　まっ当な人生を歩んだ方が幸せだってなぜわからない。お前の幸せのためだ。──いいかげんあんなバカどもとつるむのはやめなさい」
　最後の言葉で、茜のにらみがギッと強くなった。
　でも、私も我慢の限界で。
　最後の言葉で怒りくるいそうになった。
　──もう黙って聞いてらんない。
　そう思って1歩前に足を出して口を開こうとすると、それよりも先に茜の口からはケンカの時よりもドスのきいた、

低い、怒るような声で、
「あいつらを、バカにすんじゃねえよ」
　そう言った。
　基本あまり怒らない茜の本気で怒ってる声。
　それに私は一瞬、ビクッとする。
　こんなに怒ってる茜の声は聞いたことがないかもしれない。
　でもそんな茜を気にすることもなく、茜のお父さんは茜を冷たく見たあと、私に目線を移した。
　そして冷たい顔からは一変して、また笑みを貼りつける。
　……何？
　警戒するように私も茜のお父さんをにらみつけるけど、貼りつけたような笑みは崩れない。
　そしてその、違和感のある笑みのまま茜のお父さんは口を開いた。
「君も、こんなバカとバカの汚れた友だちと連むのはやめなさい。いいことなんてない。両親も心配してるだろう？」
　頭で、プツン。切れる音がした。
　こんなバカ？　茜が？
　汚れた友だち？　——白龍のヤツらが？
　汚れた、とか、汚いって言葉は。私は、大っ嫌いだ。
　気づけば、茜のお父さんをにらんでいて……。
「——ふざけんなっ!!!」
　大声で、怒鳴っていた。
「私のことも茜のことも、よく知らないくせに!!　何も知ら

ないくせに、知った口叩かないでよ!!　まっ当な人生を歩んだ方が幸せ？　両親が心配してる？　──幸せだったらこんな世界に私たちはいない!!　みんなはいない……!!　心配してくれる両親がいたらこんな世界に私はいないっつの!!　私はアンタと比べたら茜といる日数は悔しいくらいに少ないし、生い立ちも素性も何も知らないけど、茜の思ってることはアンタよりも理解できてるつもりだから!!　親だから何!?　私たちのすることに口だしすんな!!　以上!!!　……行こ、茜！」

　はずかしいくらいにおもいっきり怒鳴った私は言い終えると同時に、頭に血が上ったまま茜の手を引っぱってテラスから外に走りだした。

　芝生の上を走って走って、ただただ走って、気づいたら昨日遊んだ浜辺の位置から少し離れた、堤防の近くの浜辺に出ていた。

　乱れた息を、整えて。砂浜にポスンと座りこむ。

　はぁー、１回ため息をついて。

　海をじっと眺めてから、私はようやく我に返った。

「……やっちゃった」

　さっきまでの激しいムカつきは消えて、今度は冷や汗がダラダラと垂れそうなくらいに焦ってくる。

　も、もしかして。

　私、結構ヤバイことしちゃったんじゃない……？

　頭に浮かぶのはさっき怒鳴った言葉。

　横に座って何も言葉を発しない茜が、怒ってるんじゃな

いかと不安になる。
　こんな所まで連れだしてきちゃったし。
　親子のケンカに割ってはいって、自分の言いたいことだけ怒鳴りちらしてきちゃったし。
　そう考えたらよけいに焦ってきた。
　親子の事に口出しちゃうなんて、絶対怒ってる。
　茜絶対怒ってるよ！
「ああぁ、あの、茜、ちょっとカチンときちゃってあんな……っ。ご、ごめ——」
　とりあえず先に謝っとこう、そう思って横に座ってる茜の方を向いて頭をさげてそう言いかけた時。
「——ぶっ！」
　頭の上から茜の噴きだす声が聞こえた。
　……あ、れ？　怒って、ない？
　目線をあげると、茜は昨日と今日見られてなかった、いつもの笑顔でケラケラ笑っていた。
「えっ」
　私の口からは驚きすぎて間抜けな声が出る。
　いや、だって、意味わかんないんだけど！
　不機嫌だったんじゃないの!?　怒ってるんじゃないの!?
　にしてもなんで笑ってんの!?
　はぁっ!?　という顔で茜を見ていると、茜と目が合う。
　そして茜は失礼なことに「ぶふっ！」もう１回噴きだして、
「お前ってほんとタンカきるの得意だよな！　尊敬するわ！」
　笑いながらそう言った。

ぽかん、間抜けに口を開けて見つめる私も気にせず、茜はまだ収まらないと言うように笑ってる。
「つかタンカの内容よく考えたらダッセェなお前！　……ぶはっ！　生い立ちも素性も知らないってそれなんも知らねえじゃねーかよっ」
　……そんなおもしろいポイントあったかな？
　首をひねりながら、笑い続ける茜の笑いが収まるのを待つ。
　茜は、ひとしきり笑ったあと、笑いすぎて目に浮かんだ涙を指ですくいとりながら、私に自然な優しい笑顔を向けてきた。
　意地悪な笑顔なんかじゃなくて、両方の口角をほんの少しあげて、目をちょびっと細めた優しい笑顔。
　何回か、でもほんとに少ししか見たことのないその笑顔を久しぶりに見て、私の心臓はドキンと跳ねた。
　頬に熱が集まって、じんわり熱くなる。
　でも茜のその優しげな目から目線はそらせなくて、じっと茜の目を見つめた。
　ハー、なんて茜は息をついて、
「あー、もういいわ。お前になら知られてもべつにいい」
　やわらかく軽い口調でそう言った。
　その言葉に私は目を見開く。
「えっ、それって」
「知りたいんだろ、俺のこと。機嫌悪かった理由も、我を忘れて人を殴ってた理由も……俺の素性、知りてーんだろ」
　変わらない、少し顔をゆるめた優しい笑顔でそう言った

茜は、私になら話してもいい、話せるって思ってくれたんだ。
　話して、くれるなら……。
「知りたい、茜のこと。教えてほしいよ、全部」
　まっすぐ目を見てそう言った私に、茜はフッと笑うと、1回砂に目線を落として、それから、目線をあげてまっ黒な海を眺めて口を開いた。
　入ったら、抜けだせなくなりそうな闇の色をした海が揺れて、あたりに音が静かに響いた。

彼の記憶　茜side

『おとーさぁーん‼　すげぇだろー！』
『おっ、きれいな貝殻見つけたなー』

　パタパタ、裸足(はだし)で砂浜をかけて貝殻を見せびらかすと、大きな手が、俺のまだ黒かった髪をわさわさとなでた。

　その手と優しい笑顔がたまらなくうれしくて、俺は無邪気に笑う。

『えへへ……し、しかたねぇからおとーさんにやるよ！』

　そう言って貝殻を差しだすと、受け取ったお父さんは、クシャッと笑った。

　そんなお父さんの横で、白いワンピースを風にはためかせているお母さんがプクゥッと頬をふくらます。

『あーっ茜ってば、お父さんばっかりー！　お母さん寂しー』

　すねたように言うお母さんに、俺はあわてて持っていた貝殻をひとつあげた。

　ありがとう、ふんわり笑うお母さんに俺も照れたように笑った。

　周りのヤツらに比べたら経済的な面で我慢することは多かったけど、それでも優しくて温かい家族がいて、それだけで俺は幸せだった。

　家は、海のそばに建つ一軒家。

　お父さんの始めたばかりの洋服の小さな店も、家の近く

にあって、よく遊びにいっては手伝っていた。
　帰りは、お父さんと海で遊んで帰るのが日課。
　お父さんもお母さんも海が好きだから、週に1回は家族で海に行っていた。
　——楽しくて、幸せで、何不自由ない毎日。
　ほしいものも買ってやれなくてごめん、お父さんは言うけど。そんなのぜんぜん気にしてなかった。
　茜に家事とか手伝わせてばかりでごめんね、お母さんは言うけど、俺はお母さんとたくさん話せる時間だったから、むしろうれしかった。
　俺にとっては、そこに家族がいれば。家族がいてくれれば。べつにもう、なんでもよかったんだ。
　——でもきっと、そう感じていたのは俺だけ。
　何がいけなかったんだろうな。俺がなんか悪いことしたのかな。お父さんに何か不満があったのかな。
　なんだろう、わかんねぇよ。
　裏の、隅の隅。俺の見えないところから。静かに、でも確実に、その平凡な幸せは音を立てて崩れていっていた。
　俺は気づかなくて。ぜんぜん気づかなくて。気づいたときには、手遅れ。
　——小学3年の、夏の終わり。
　お母さんは知らない男と家を出た。
　最初は誰だあの男くらいにしか思わなかった。
　バイバイ、そう言って家を出たお母さんはすぐに帰ってくると思ってた。

でも、それから何日も、何ヶ月もお母さんは帰ってはこなかった。
　お母さんが帰ってこない日が増えるのに比例するように、お父さんは仕事にのめりこんでく。
　お父さんが作っておいたご飯を、温めてひとりで食べる、そんな毎日。
　この間まで、家族３人で楽しく食べてたはずなのにな。
　平凡な、幸せだったはずの日常が少しずつ、狂ってく。
　でも俺は、お母さんは帰ってくるって信じてた。
　またあの楽しい日々に戻れるって信じて待ってた。
　壊れた日常から目をそらして、掃除も洗濯も勉強も運動も、お母さんが帰ってきたらほめてもらうためにがんばった。
　でも、お母さんはぜんぜん帰ってこなくて。
　お母さんが帰ってくると信じていた心も、だんだんと折れてった。
　……俺は、捨てられたのかな。
　そう思いかけていた時、家にお母さんが突然戻ってきた。
　──お母さんが、バイバイ、そう言って出て行ってからちょうど１年経った時だった。
　うれしくて俺は抱きついたけど、お母さんの手の中の紙に顔から表情が消えた。
　その紙は、テレビで見たことがあるから知っている。
『お母さん、離婚するのかよっ……？』
　つぶやいた俺を見て、お母さんは寂しそうに笑った。
　──意味、わかんねぇよ。

『なんで、悲しそうにするくせに、離婚なんてすんだよ……』
『……茜』
『寂しそうに笑うくらいなら、しなけりゃいいだろっ……！ それともその顔は同情かよ!?』
『…………』
『なぁ、何が不満だったんだよ、お母さん。俺、なんかした──？』

そう言った俺に、お母さんは色素の薄い髪をサラサラと揺らして首を振った。

ちがうなら、なんで。

幸せだったじゃねーかよ。平凡だけど、幸せだったじゃん。

意味わかんねぇ。

いきなり帰ってきたと思ったらなんだよ。

なぁ、俺この１年でめちゃめちゃいろんなことがんばったんだよ。

完璧にはほど遠いけど、完璧になれるまでがんばるから。

お母さんが望むことは、なんでもするから。

だから……捨てんなよ……。

そうつぶやくのと同時に俺の目からは涙があふれて、お母さんはぎゅっときつく俺を抱きしめた。

『ちがう、ちがう。ちがうの茜』

震える声でそう言うお母さんの声は本当に悲しそうに聞こえて、望んでする離婚じゃないのかな、という淡い期待が浮かんだ。

ならそんなの……って、言おうとしたけど俺の期待はす

ぐに砕かれた。
『他の人を、本気で、愛しちゃったのっ……』
　震える声でそう言うお母さんに、辛そうに言うお母さんに、俺はなぜか冷静に心の中でつぶやいた。
　――あぁ、この人がさっきから苦しそうに笑ってたのはただの罪悪感か……って。
　そう考えたらどうでもよくなって、俺は、『……もう、いいよ』冷たくそう言ってお母さんから離れた。
　弁解したそうに、罪悪感から逃れたそうに、ゆがんだお母さんの顔を視界の端に追いやると同時に、今日は仕事を休んだらしいお父さんが俺らのいたリビングに顔をのぞかせた。
　お父さんは無言でお母さんの手から『離婚届』と書かれたその紙を受け取って、ペンを握って動かす。
　ずっと前から知っていたとでもいうように、静かに着々と紙が埋まっていく。
　そしてその紙がお母さんの手に戻ると、お母さんも静かにリビングのイスを立ちあがった。
　そんな様子を俺はぼーっと眺める。
　――なんだこの気持ち。悲しいはずなのにな、悲しくねぇ。なんも思わねぇんだ。
　だってそうだろ？
　他の人を愛しちゃったってなんだよ。何してんだよ。意味わかんねぇよ。
　――俺のこともお父さんのことも、その程度にしか愛し

てなかったってことかよ……？
　べつに悲しくなんかない。
　ただ俺には、まだ愛やら恋やらはピンとこなくて。お母さんに失望することしかできなかった。
　荷物を手に持って、玄関に行くお母さんを無表情で見つめる。
　お母さんは玄関を出る前に、振り向いてひと言。
『バイバイ』
　寂しそうに笑ったきれいな顔が、家を出る時最後に見えた見慣れた白のワンピースの裾が、一生消えないんじゃないかってくらい頭に強く刻みこまれて。
　悲しくはないはずなのに。片方の目からひと粒だけ涙がこぼれた。
　——そして、俺の日常はこの日を、小４の夏の終わりを境に、大きく変化した。
　お父さんは、仕事仕事仕事。帰ってくるのは夜遅く。
　帰ってきても、俺を注意することしかしなくなった。
『おい茜、こんぐらいのテスト100点とれるだろ？』
『そのぐらい自分でできるだろう』
　俺の大好きだった笑顔はそこにはない。
　眉間にシワを寄せた表情だけ。
　——そして俺も。前みたいには笑わなくなった。
　お父さんにほめてもらうために勉強をして、お父さんに認めてもらうために家のことをいっぱいやった。
　ただ、ひたすらに。でも気づいたら。

『——おい、やめとけって殴られるぞ』
『……見てー、怖〜』
『いっつも周りにらんでるよねー』
『ぜんぜん新しい服買ってもらえてなくない？』
『プッ、やだー超気の毒ー』
　——学校で周りのヤツらから敬遠されてた。
　そういえば俺、休み時間もずっと勉強してたんだっけ。
　必死に勉強して、友だちとの遊びの誘いも断って。
　笑わなくなった俺は、もともと目つきが悪いこともあって、あることないこと噂された。
　それに加えて、ボロボロでシワシワの服とクツ。
　指をさされてヒソヒソ、笑われてた。
　家も、学校も。息苦しい。
　お父さんは俺の勉強のことばかりを気にしてて、俺には目を向けてくれないから、きっと服がボロボロで小さくなっているのにも気づいてないんだろう。
　そう考えたら、もうダメだ。息がつまる。
　それで気がついたら、学校が終わったら走って海まで来るようになっていた。
　砂浜にランドセルを投げ捨てて、岩の上に座る。
　海を眺めて、すぅっ……と息を吸いこんだ。
　２月の、刺すように冷たい空気が喉を刺激する。
　でも、深く深く、息を吸いこんでるはずなのに。胸に、肺に、何かがつっかかってるみたいな、息がつまる感じがして、しかたねぇ。

どこからともなくこみあげた透明のそれが、ポタリと砂浜に落下して、砂を小さな丸い形に、濃く染めあげた。
　ここに来ると必ずと言っていいほど、小3の夏までの幸せな時間を思い出す。
　でも、それと同時にお母さんが出ていった時のことも思い出す。
　2度目にお母さんが出て行った小4の夏の終わり――あれからどれくらい経ったっけ。もう2年は経ったか。
　なんて考えて頭の中で数える。
　……ああ、でも、まだ。
『……まだ、5ヶ月しか経ってねぇんだ』
　――こんな日々が、これからも続くのか。
　なんでお父さんは、あんなに仕事にのめりこむようになっちゃったんだろう。
　なんで笑わなくなっちゃったんだろう。
　なんで俺に完璧を求めるようになったんだろう。
　なんでなんて……考えたら止まんねえ。
　俺はお父さんにがんばったなって笑ってほしいんだよ、また。
　……ただそれだけ。それだけのために俺はがんばってる。
　……いや、ちがう。
　お父さんが、また、笑ってくれたら。
　――愛してくれてるんだってわかるから。
　お父さんに、俺はまだ愛されてるのか確かめたくて。そのためにがんばってるっていう方が、本当だ。

海を見つめて、ハァ、とため息をついて俺は勉強するために立ちあがり、家に戻った。
　でも、いつもと同じ、誰もいない光景が待ち受けていると思ったら今日はちがったんだ。
　がちゃり、と玄関を開けて中に入る。
　ついていたリビングの電気を疑問に思いながら、扉を開けるとうれしそうな顔をしたお父さんが立っていた。
　なんでお父さんがこんなにはやく帰ってきてるんだ、それに……。
　最近のお父さんの、眉間にシワが寄った表情じゃなくて、明るい、昔みたいな表情。
　——え？
　俺は瞬きを繰り返す。
　でもそれは目の前にある現実で、お父さんは俺の方にうれしそうに駆けよってきた。
　そして、俺にはよくわからない、手に持った紙を見せびらかす。
『茜、お父さん、やったぞ！　お父さんの会社、きっとこれからもっと大きくなる!!』
　でも、うれしそうに大きく口を開けてしゃべるお父さんをまた見れてることがうれしくて、俺もつられて笑顔になった。
『やっ、やったな！　お父さ……、お父さん……？』
　なのに、俺の顔に浮かんだ笑顔を見ると、お父さんはいつもの冷たい厳しそうな顔に戻った。

俺の笑顔も、引きつる。な、んで。
『で、お前はこんな時間まで何をやってたんだ？　まさか遊んでたんじゃないだろうな。放課後は帰ってきてすぐに勉強しろと言ってるだろ』
　なんで。昔のように戻ったのかと、一瞬思ったのに。
　期待した分、悲しさと虚しさがズシンと心にのしかかる。
　また、息苦しい。
『……はい』
　俺はポツリとそう返事して、自分の部屋に駆けこんだ。
　ベッドにのってクッションに顔を埋める。
　こんな地獄のような、息苦しい日々が終わると、どこかで期待した俺はバカだ。
　そんなわけがねぇのに。
　お父さんのさっきの一瞬の笑顔すら、偽りに、俺が勝手に作りだした幻覚にすら思えてくる。
　何もかも、無駄なんじゃねぇかな。
　俺ががんばったってもうお父さんは元の優しいお父さんには戻んねぇんじゃねぇかな。
　――なら、勉強なんかやめちまえばいいんじゃねぇか。
　そうは思うけど、じゃあ俺は、勉強をやめたらどうすればいい？　勉強をやめたら俺はどうなっちまうんだよ？
　――自分の存在が、曖昧すぎて、その選択は怖くてできねぇんだ。
　どうすれば、この息苦しさから抜けられる？
　そんなことを考えている間に、俺は深い眠りについた。

——お父さんが、言っていたとおり。

　それから1ヶ月後には、お父さんの会社は成功して、俺が小5になる頃には、気づいたら結構名の知れた会社になっていた。

　何がどうなって、こうなったのかはわからないけど。

　目に見えてわかったのは、裕福になったってことだ。

　小5にしては多いお小遣い。買い直された家具。

　でも、経済的に裕福になるにつれて、反対に俺の心は空っぽになっていった。

　もう、100点のテストじゃ満足しないお父さん。

　俺が、がんばってとってる100点のテストを、当たり前という顔で見て。1点でも落としたら俺を勉強不足だと責める。

　中学受験して、私立の名門中学に入れと言われた。

　俺はただそれにハイと言ってうなずくだけ。

　小5になって少し経って、俺の学校での肩書はいつの間にか塗り替えられていた。

　貧乏な不良のはずだったのに、今は、勉強も運動もできるお金持ちのヤツ。

　相変わらず敬遠されたままだったけど。

　それと、外での俺を見る目も変わった。

　——老若男女幅広く手がけるアパレルメーカー社長の、ひとり息子。

　気づいたら俺は、そんな位置にいた。

　いろんな目線を向けられて、たくさんのことを陰で言わ

れて。
　でも俺は、どこか他人事で。まるで肩書がひとり歩きしているみたいだった。
　突然のことに、実感が湧かない。
　本当にお父さんはそんなすげぇヤツになったのか？
　社長のお父さんを目の当たりにはしてないから、俺は本当なのかも曖昧だった。
　でも、お父さんが『この家に引っこすぞ』と言って見せてきたパンフレットを見て、俺はやっと実感した。
　──今の家とはまるっきりちがう大きな家。
　ここからすごく遠くはないけど、海からは離れてしまうその場所。海が見えない、その場所。
　そう思ったらギュッと胸が痛くなって、昔のことを思い出した。
『──お父さんとお母さんは海が好きだからなぁ。結婚する前から海の近くでずっと暮らそうって話してたんだ』
『私、あそこの家から引っこしたくないなぁ』
『じゃあ、さんにんで、ずっとあの家でくらそうぜ！』
　浜辺に座って笑う、幸せだった頃の俺たち。
　もう叶わない約束。
　なんともいえない気持ちがこみあげる。
　悲しいのか、何もできなかった俺自身にムカついてるのか、時間を戻せないのがもどかしいのか、どれだかわからない。
　いや、たぶん全部。

全部の感情がぐちゃぐちゃに入り混じって、俺はリビングを飛びだした。
　気づいたら、また海に来ていて。
　もうここに簡単に来ることもできねぇのかと思って、気づいたら涙がこみあげてきた。
　でもこんな弱い自分が嫌で、グイッと袖で目もとを拭う。
　ぐちゃぐちゃになった感情を落ち着かせるために、深く息を吸いこんだ時、うしろから砂を踏む音が聞こえて俺はとっさに振り返った。
『……お父さん』
　まさか、お父さんが追いかけてきてくれるとは思ってなくて。
　予想外の出来事に目を見開く。
　遠くて表情は見えないけど、もしかして俺を心配して来てくれたんじゃないかと淡い期待が胸に浮かんだ。
　……俺を少しでも愛してくれてるんじゃないかと、期待した。
　近づいてくる足音が、俺の横で止まる。
　俺はまたバカみたいな期待を心に浮かべて、バカみたいに少し喜んで。お父さんに話しかけた。
『お父さん、俺、海が好きだ。お父さんも好きって言ってただろ？　俺、昔何よりもお父さんと海で遊ぶのが一番好きだったんだぜ。もう1回、昔みたいに遊びてぇなぁ……』
　海を見つめたままそう言った俺にお父さんの表情は見えないけど、横から、

『……茜』
　という声が聞こえた。
　どういう感情で言ったのかわからなくて、
『お父さん、俺——』
　お父さんの方に目線を移しながらそう言って。
　お父さんと目線が合った時、俺は口をつぐんだ。
　変な期待を抱いていた俺は、本当にただのアホだ。
　お父さんの顔は——冷たかった。
『そんなこと、どうでもいいだろう』
　お父さんの口が動いて、発せられた言葉に、俺は胸をえぐられたような気がした。
　——"どうでもいい"？
　俺の、一番大切な記憶が？　大好きだったはずの、海が？　お父さんにとってはどうでもいいのかよ？
　はっ、なんだよ……それ。
『そんなくだらないことは気にするな、お前は１番を取り続けて、俺のあとを継げばいいんだ。それがお前にとって一番いい道だ』
　ムカつきすぎて、悲しすぎて。聞いてる途中で鼻で笑いそうになった。くだらねえ、全部、くだらねえ。
　——くだらねえよ。
　——その日から俺は、お父さんも海も、大嫌いになった。
　大嫌いだけど、俺はどうすればいいのかわからなかった。
　今までずっと従ってきたから。自分が曖昧すぎるから。
　——勇気を出して、表立って反抗することはできなかった。

言われたとおり、私立の名門中学に進んだ。
　成績もずっとトップだった。
　ただひとつ、前までとちがったことは、お父さんが遅帰りなのをいいことに、俺は夜な夜な荒れた路地裏に足を踏みこむようになっていたことだった。
　全身黒ずくめの格好でそこに行っては、無の目をした、ケンカしか能のないヤツらを、狩りまくった。
　最初はやられまくって、死にかけたこともあったけど、中学の３年間ずっとやっていて、だんだん俺は強くなっていった。
　お父さんとのことで、むしゃくしゃしていた時は半殺しまでに人を殴って。
　裏路地に行っても、全身黒ずくめの男だとわかればだいたいのヤツはビビって逃げる。
　中学卒業の時、気づいたら『クロ』という通り名がそこらじゅうに広がっていた。
　――つまんねぇんだよな。弱えヤツばっかでよ。
　高校も、エスカレーターでそのままあがって、成績もまた、トップをキープしてた。
　中学の時と同じ日常をまた繰り返す。
　起きて学校に行って帰ってきて勉強して、裏で『クロ』としてケンカをしまくる、そんな毎日。
　俺は、媚を売って近づいてくるヤツはいるけど、本当の友だちもいねぇ、そんなゴミみたいなヤツ。
　生きてる価値すら見つからねぇ。

——でもそんな、曖昧でからっぽな俺に、はじめてやけに絡んでくるヤツが現れた。
　その日は、お父さんにテストの点のことで文句をつけられてむしゃくしゃしてて、角砂糖を口に入れながら、人をただ無心で殴ってた。
　誰もストップをかけてくれるヤツがいねぇから、俺は怒りに任せて殴る。
　死ぬんじゃねぇかなコイツ、そう思った時。
『おい』
　横から声がかかった。
　ふ、とそっちに目を向けると、中性的で整った顔がそこにあって我に返る。
　……あ。
　それによって、口の中の角砂糖がなくなっていたことに気がついた。
　そのことになんとなく気分が萎えて、気絶してる男の襟から手を放した。
『……なんの用だよ』
　無表情でそいつを見ると、そいつもまた無表情のまま口を開いた。
『お前だろ、クロって』
『はっ、知らねぇよ』
『お前、白龍入らねぇか』
『……は？』
　——それが、美影だった。

俺のことをかまってくるくせに、俺の素性なんかべつにどうでもいいという顔をする変なヤツ。
　誘われた暴走族"白龍"の総長やってるとは思えねぇくらいのんきなヤツ。
　魚貝類がただひたすらに大好きな変わったヤツ。
　暴走族、その存在に俺の心が揺れたのも確かだった。
　でも、そっちの道に行ったあと俺はどうすればいいんだ。
　今まで敷かれたレールの上を、前の見えた道を、ただ無情で歩いてきた分、突然横道にそれるのが怖い。
　でもこのまま、お父さんの──親父の言いなりになって過ごしていくのかと思うとそれも虫酸が走るほど嫌だった。
　美影の誘いに、毎回『入らねぇよ』と言ってみるものの、迷ってた。
　でも気づいたら、俺ははじめて友だちと言えるくらいに美影と仲よくなってた。
　……仲よくなってたっつーか、素で過ごせるっつーか。
　夜一緒にだべって、ケンカ売ってきたヤツらを倒して……。
　そんな日々が続いて１ヶ月、美影に聞かれたのが、
『お前は何にビビってる？』
　──図星、だった。何もかも、お見とおしか。
　いつもの俺なら、なんでもねえって言って、切り捨ててたはずだけど。
　なんだかな。気がついたら、俺は家のことも自分の思ってることも話してた。
　族に入りてえけど、その勇気が出ねぇこと。

でも、これからずっと俺をあとを継がせる道具としてしか思っていないような親父の言いなりになり続けるのも嫌だ、ということ。
　弱えんだよな、俺。
　自分を嘲笑いながらそう言ったら。そんなもんだろって、美影はいつもどおりの表情でそう言いやがった。
　そのあとまた唐突に、『お前、族に入れよ』と言われて。
　はぁ？　と声をあげそうになると、そんな俺にかぶせるように美影は、
『敷かれたレールの上なんか歩いてても、楽しいことはなんもねぇぞ』
　そう言った。
　知ってる、んなこと。
　そう言おうと思ったけど、美影がまた口を開いたから俺は開きかけた口を閉じた。
『自分のことなんか曖昧なままでいいんじゃねえか。そんなヤツ、そこらへんにいっぱいいる。お前は今まで前の見える道を歩いてきたから怖いかも知れねぇけど、前の見えない道だっていいもんだぞ。どこに転がったって、それが底辺だって誰もなんも言わねえ。親に隠れて、鬱憤晴らすんじゃなくて、その親に当てつけるようにでっかくやってやれ。逆らってやれ。その親になんと言われようと、お前の意志を貫けよ。——茜、お前はどうしたい』
　あぁ、大丈夫だなって思った。
　自分が見つからねぇとか、これからのことがなんにもわ

からなくて怖えとか、そんなこと考える必要なかったじゃねえか。
　自分の居場所がわかんなくなっても、自分が曖昧になっても、どんな人生に転がったとしても、近くにコイツがいればたぶん俺はやっていける。
『俺は——もう、あんな親に従って生きていきたくはねえ。俺を、族に、白龍に入れてくれ』
　そう言った俺に、美影はゆるりと口角をあげて。
『上等』
　そう言った。
　——それから俺は族のヤツらに会いに行って、族の一員になった。
　もう従わないって、あいつに——親父に見せつけるために、やれること。そう考えて出てきた答えが、幼稚だけど髪を染めるってことだった。
　俺はその日のうちに髪を金に染めて。制服を着くずして。
　——学校に登校した。
　浴びる視線。先公に注意されたから反抗的な態度をとってやったら、親に電話されて。
　でも、親父は俺が髪を染めたなんて信じてないといった様子で、軽く謝ってる声がもれて聞こえた。
　家で顔を合わせることもそんなにねえし。
　あるとしたら、テストの結果が出る時くらい。
　そんな状況をいいことに、俺は着々と家を出る準備を進めた。

何回かに分けて、俺は倉庫の空き部屋にいろんなものを運んでいく。
　反抗したあとはたぶん家に居れなくなるし、居たくもねぇって美影に言ったらその部屋をくれることになった。
　今まで使わず貯めていた小遣いと、通帳を見ると結構な額が入っていた。
　そのお金を使って、バイクの免許を取る。
　気づいたらそんなのが日常になって、ときどき学校はサボって、ほとんど家にはいなくなった。
　でもそれでも、まだ親父は俺がこんな生活を送ってるって気づかねぇ。都合がいいことこの上ないけど、ちょっとムカついたのも事実だった。
　──そんなこんなで、高校１年３学期の中間テストがいつの間にかやってきて、難なく解けるものばかりだったけどわざと白紙で提出した。
　返ってきた、すべて０点の最底辺なテストを見て俺は、なんでか達成感に包まれた。
　今日できっと、親父と会うこともなくなる。
　きっと担任が電話したんだろう。
　授業中だというのに、ずかずかと教室に乗りこんできたその男を見て俺は鼻で笑った。
　いつぶりかに見た息子の変貌した姿に、驚きを隠せないというように目を見開く親父は間抜けだった。
『茜っ……！　お前、なんでこんなことをした……!!』
『…………』

『おいっ!!!』
『……授業中だって言ってんだろ、うっせーな』
　親父、もうここに、『ハイ』そう言ってうなずくだけのお利口な息子はいねぇんだよ。
　残念でした、とでも言うように俺はニヤッと口角をあげた。
　今までこんな口で親父に話したことはきっと、ねえ。
　戸惑うように俺を見たあと、親父は俺の名前を叫びながら頬にパンチを繰りだしてきた。
　重心がずれて、俺はうしろにヨロつく。
　けど、ぜんぜん痛くねぇというように笑ってみせた。
　いや、本当のとこぜんぜん痛くなかったんだけど。
　よっえーパンチ。
　……そういえば俺、親父に殴られたこととかなかったかもしれねぇな。
　そんなことを頭のどこかで考えながら、俺は片方の口角をあげてニヤッと笑ったまま。
『パンチって、こうやってやんだぜ？　知らねーの？』
　そう言って。教室の窓ガラスを、おもいっきり。俺を縛りつけていた何かを、ぶち壊すみたいにおもいっきり。
　──ガッシャン!!
　殴って、粉々にした。
　あわてる教師を視界の端に入れながら、俺は何も隔てる物がなくなった外を見つめる。
　少し離れた所から、呼ぶ、声が聞こえた。
『茜ーー!!!!』

ピンクの髪の毛をゆらしてそう叫んでる幹生と、美影とタカと朝陽を校門の所に見つけてフッと笑う。
　昨日、『明日で全部終わる』って言ったからわざわざ来たのかよ、暇なヤツら。
　そう思いながらも俺はうれしくってまた、ハッと笑った。
　クリアに見える青空に目線をあげる。
　騒ぐ生徒の声も、あわてる教師の声も、怒鳴りつける親父の声も、何もかも遮断するように俺は息を吸った。
　深く、深く。そして息をはいて。
　ざわつくヤツらや止めるヤツらをかきわけて、俺はあいつらの元へと歩き出した。
　——もう、息苦しくは感じない。

彼と私とあいつらと

「——そのあと、ガラス片で手がずたぼろになって、まあ超大変だったっつの。……これで、親父とはもう関わらなくていいって、思ってたんだけどな。なんでか知らねぇけど、退学だったはずの俺を無理やり転校ってゆー形にして今の高校に入れやがったんだ。それも、その話をされた時、夏休みは絶対別荘に来てくれって言いやがって。——んな顔で言われて断れっかよ……」

　どんな顔だったのか、わからないけど、茜の苦しそうな声を聞いて、私までキュッと心臓が締めつけられた。

　茜の、過去を聞いて痛いほどにわかるところがたくさんあって。重なるところがあって……。

　泣かなかったけど、ずっと心臓が痛かった。

　きっと、美影に出会わなかったら茜は苦しいままだったんだろう。

　今もまだ、敷かれたレールの上を歩いてたんだろう。

「茜、話してくれて、ありがとう」

　目を見つめてそう言うと、茜はまだ切なそうにしながら微笑んだ。

　……茜は、今でもホントはお父さんのこと嫌いになれてないんだね。

　その笑顔を見て私はそんなことを思った。

　だってホントは。茜がお父さんに反抗できなかった理由

はきっと、もうひとつあるから。
　勇気が出なかった、それもあるけど。
　——道具だったとしても、自分がお父さんに反抗したらお父さんが悲しむのをわかっていたから。だからきっと戸惑った。
　傷つくお父さんを目の当たりにしたくなかったから、これ以上お父さんに何かを言われたくなかったから、もう会わないように仕向けた。
　——そうなんでしょ？
　でも、予定どおりにはいかなくて、お父さんと会わないようになることはできなくて。
　だから今でも、苦しんでるんでしょ……？
　でも、口に出して聞くことはできないから、それに絶対そんなわけねぇって言われるし。私は心の中で思考を巡らせる。
　茜は何かを思っているのか、海をじっと見つめている。
　私たちの間には、海の波の音だけが響き渡った。
　——愛されてない、茜はそう言ったけど、私は、どうしてもちがう気がしてならない。
　だって、だってさ。さっき見た茜のお父さんは、少なくとも私が見た限りでは、茜のことを心配してた——。
　そこまで考えたら、いてもたってもいられなくなって、私はバッと立ちあがった。
「うわっ！　ビ、ビビらせんなよ！」
　横でいつもの調子で騒いでる茜に目線を一瞬移して、

「茜、私ちょっと行ってくる!!」
　そう大声で言って走りだした。
　突然の私の行動に、茜の戸惑うような「はぁっ!?」という声が聞こえる。
　でもそんなのが気にならないくらい、私の頭の中は"確かめなきゃ"──このことでいっぱいだった。
　さっきがむしゃらに駆けてきた道をまたがむしゃらにたどって戻っていく。
　まだあの別荘に、茜のお父さんはいるかな？
　はやく、はやく。──はやく、確かめなきゃ。
　茜のお父さんが、茜のことを愛しているかどうかを、はやく。
「──っ、はぁ、はあ、はっ」
　さっきのテラスにたどりついて、荒い呼吸を整えながら顔をあげると、案の定、テラスのイスに座って空を眺める茜のお父さんがいた。
　私の荒い呼吸の音に気づいたのか、茜のお父さんは私の方にゆらりと目線を移してくる。
　それを合図にするように、私はズカズカズカと茜のお父さんが座っているイスのテーブルのところまで歩いていって、バン!!　と、机を叩いた。
　ビクついて、戸惑う茜のお父さんを見つめて、私はバカでかい声で話しかけた。
「あの、さっきはごめんなさい、それよりも単刀直入に聞きますけどね!!　茜のこと愛してます!?」

茜のお父さんは「な、なんだいきなり……」と困惑したような声を出す。
　その間ですらじれったい。
「どっちですか!?　茜の未来が心配だから族を否定するんですか？　ちゃんとした道を進めと言うんですか？　それとも……バレたら会社の名誉に関わるから？」
　強くそう聞いた私に、茜のお父さんは真面目な顔になって、
「そんなのあいつの未来を思って——」
　そう言った。
　ねぇ、ほら、やっぱり。茜。
　茜は、嫌われてなんかいないんだよ。
　ちゃんと愛されてるんだよ。——でもね。
「茜の未来を思った愛なんて、そんなのアンタのひとりよがりだっ!!」
　ちょっと前にタンカを切った時みたいに、私はまた大声でそう叫んだ。
　えらそうにこんなこと言える立場じゃないことくらい、わかってる。わかってるけど、止まらない。
　茜のお父さんは、子どもの私がこんなわかったような口を叩いているのが気に入らないのか、冷たく言いはなった。
「子どもで、部外者だろう、君は」
　まるで、何がわかる、とでも言うように。
　——子どもで部外者、そのとおり。だけど、今はそれは関係ない。何もわかってないのは、そっちだ。
　知ったような口叩いてるくせに、茜の気持ちも他のこと

もぜんぜん見えてない。
「大人も、子どもも、生まれてきた順番が早かろうが遅かろうが関係ない!!! 子どもだから何!? バカにしないで!! あなたはちゃんと茜に愛をあげた!? 未来を保証して、安全な道を与えてあげることが、茜のお父さんなりの愛情表現だったとしても、それはただのひとりよがりでしかないのがわからない!?」
「……!!」
「子どもがそんな、遠回しな愛情望んでないって、わからない……? 茜が言ってた。海とあなたを嫌いになったのは、あなたに『海で一緒に遊ぶこと』をくだらないって言われたから。その気持ち、わかる? 茜はあなたも海も大好きだったんだよ。あなたと一緒に遊ぶ海が大好きで、あなたと一緒に海で遊んだ記憶を宝物にしてたのに、それをくだらないって言われた時の茜の気持ちが、まだ、わからないの——?」

　あなたにとってはなんでもないひと言でも。みんなにとってはなんでもないひと言でもね。私たちにとったら、言われてる方にとったら、それはすごく心に刺さる言葉の時ってあるの。忘れられないくらいに。

　きっと、茜のお父さんは今の今までそんなこと言ったのを覚えてもいなかったんだろうな。

　茜のお父さんは、驚いたような表情で止まっていた。でもそれから、悲しそうに目を伏せて。
「茜に苦労をかけないようにって必死だったんだ。離婚な

んてしちゃったんだから、その分、将来楽にさせてやろうって。でもそれがそんなに、重荷になってたんだな……。目の前じゃなくて、先のことしか見てなかった……」

そう、ポツリとつぶやいた。

……そっか。茜のお父さんもお父さんで、いろいろ考えてたんだなぁ。

なんだ、茜、やっぱりめちゃめちゃ愛されてるじゃんか。

そう思ったらうれしくて、私の顔には笑顔がふわりと浮かんだ。

「それを、茜にいつか伝えてあげてください。……それと、生意気な口ばかり叩いてしまってごめんなさい、我を忘れて……」

そういえば、なんてさっき生意気な口をきいたことを思い出して私の顔からシュンと笑顔が消える。

ぺこりとさげた頭に、ぽんぽんという振動が伝わって顔をあげるとそこには笑顔の茜のお父さんがいた。

……笑って、る。

今日会ってからはじめて見た笑顔に、私はびっくりしつつ、不覚にもどきりとしてしまった。

茜とどことなく似てる整った顔に、やっぱり親子だなぁなんて思って私もつられて笑顔になった。

「我を忘れるくらい、茜のために親身になってくれる友人がいて、本当にうれしいよ。私も、失礼なことを言ってしまってすまなかった。時間をかけてだけど、茜との関係も修復できるようにがんばってみるよ」

「はいっ！　それじゃあ！　あと、別荘泊まらせてくださってありがとうございました！」

その言葉がものすごくうれしくて、私はまた勢いよくペコッと頭をさげた。

よし、茜の所に戻ろう。

そう思い頭をあげて、笑顔を向けている茜のお父さんにもう一度ぺこりと会釈して、私は背を向けて歩きはじめた。

茜はまだ、海にいるかな？

はやくみんなのところに連れてって花火にまぜてもらおう。

私は茜の過去を聞いただけだけど、茜は少しは楽になってくれたのかな。……いや、そんなことあるわけ——。

——ドンッ！

「ひょえっ」

頭の中でいろんなことをぐちゃぐちゃ考えていたら、角を曲がった所で何かにぶつかった。

なんだろう……と思って見あげると、目の前にあきれ顔の茜がいた。

「えぇっ！」

声をあげて茜を見つめれば、茜の目はうっすら赤くて。なんとなく、察してしまった。

茜、もしかして私と茜のお父さんの話聞いてたのかな。

聞こうと思って口を開きかけて——べつに聞くこともないか、なんて思って口を閉じた。

……茜にお父さんの気持ちが伝わったんなら、いいなぁ。

私は茜の赤い目についてはつっこまず、代わりに明るく

ニッと笑って茜の腕をつかんで走りだした。
「よし！　行くぞ茜！　みんなもう花火しちゃってる!!」
「は、ちょっ！　バカやろ、ううう、腕つかんでんじゃねーよ!!!」
　あぁ、茜が意味わかんないくらいにウブなの忘れてたよ。
　ごめんごめーんなんて笑いながら、茜の腕から手を離す。
「ふ、ふざけんなよマジで！」
　ちょっと顔を赤くして自分の腕を押さえる茜は、本当になんていうか不思議なヤツだ。
　こらえきれなくなってブフッて噴きだした私に怒ったような目を向けてから、茜はバシッと私の頭を叩く。
「いてっ！　ちょ、茜待てコラ！　ふ、ざけ……」
　反撃を受けまいと私の横を早足に通りすぎて、前でニヤッと笑った茜。
　横を通りすぎる時に耳もとでポツリ、つぶやかれた言葉に私はびっくりして、「ふざけんな」と言い終わる前に口を閉じ、足を止めて、目を見開いて茜を見た。
　ジッと見つめる私に茜は、照れたのか顔をサッと前に向けて歩いていってしまう。
　びっくりして停止していた私は数秒経ってから、フッて顔をほころばせた。
　――ねぇ茜。自分で気づいてる？
　茜、今までよりずっと、今までで一番、すっきりした顔してるんだよ。やっぱり、私と茜のお父さんが話していたのを茜は聞いてた。

私ちゃんと茜の役に立てたかな？　お節介って思われなかったんだよね？
　こんなんじゃ返しきれないくらい、茜にはいっぱい救ってもらってきたけど。──ほんの少し、ほんのちょびっとなら返せたって、思ってもいいよね？
　前を歩く茜の広い背中を見て、なんでかわからないけど……いや、きっともうわかってる──。
　キュッと締めつけられた胸を無視して、私はその背中めがけて駆けだした。
　頭の中で、さっき耳もとでつぶやかれた、
『──サンキュ』
　その言葉をリピートさせながら。

「花火、終わっちゃったねぇ」
「……だなぁ」
　騒いでるヤツらに目を向けて、笑いをこぼしながらそうつぶやくと、ミッキーはしんみりした感じにつぶやく。
　明日でもう、帰りだもんなぁ。
　まぁ残りの夏休みも遊びほうけるんだろうけどさ。
　──あぁ、でもそうもいかないのかな。
　ここに来て忘れかけてたけど。白龍と青嵐の敵対関係は、悪化してるんだ。
　何か、大きな動きがあったら。変化があったら。
　──この、のほほんとした雰囲気ではいられなくなる。
　きっとそれが交戦が起こる予鈴になるから。

……青嵐か。そういえば。まだ話そうと思って話してなかったことを思い出して、私は口を開いた。
「あのさ、私みんなに、まだ真実の話を聞かせてなかったなってこの間気づいたんだよね」
　そんなに大きな声で言ってないのに、騒いでたヤツらも私の方に目を向ける。
　ミッキーは首をかしげて、「真実の……？」とつぶやいた。
　その質問にうなずきながら、私は口を開く。
「うん。私と青嵐の間で起こったことの、真実の話」
　そう言うと、あぁと言うようにタカがうなずいた。
「それ、俺も気になってたんだよな。お前と青嵐の間に何があったか、だいたいは想像つくし少し聞いたけどまだちゃんと聞いたことなかったから」
「うん、私もこの間気づいて。本当は、他にもっとみんなに話さなきゃいけないことがあるんだけど。……ごめん、そっちはまだ無理だからさ。聞きたい人だけ、聞いてくれればいいよ——」
　そう言って、私は話しはじめた。
　始まりは、青嵐との出会い。篠原柚姫の転入。変わってく、倉庫の中のコト。私への無関心。そして、追いだされたあの日のコト。私が青嵐に依存してたというコトも。
　すべてを話し終わって、口を閉じるとあたりには海の音しか響いてなくて。
　みんなこんな話真面目に聞いてくれるんだなぁ、なんて思ったらうれしくて少し泣きたくなった。

「弱かったの、あの頃の私は……何も知らなかったの、あの頃の私は……だから、白龍に入った時。変わりたかった。強く強く、なりたかった……！」

　ねぇ、私は。──最初よりも、強くなれたよね？

　そんな思いをこめて、みんなを見ると、わかってるとでも言うようにみんなは優しく笑ってうなずいて。

「……っ！」

　うれしくって、ものすごく。

　やっぱり大好きだ、なんてあらためて感じて涙が出た。

　私を見て美影は、何を思ったのか私の所まで来て口を開いた。

「俺は、生きがいがなくて。親もいたのに、すべてがあったのに何か足りなくて。そんで裏路地ふらついてて、前の白龍総長に拾ってもらってここにいる」

「美影は、生きがいは見つかった？」

「生きがいかはよくわかんねぇ。でも、守らなきゃなんねぇモノがいくつもあるっていうのはわかる。そのためにならがんばれる」

　……そっか。

　何か、美影は大切にしたいって思える何かが見つかったから、腐らないで、そんなにもきれいな強い目をしてここにいるんだね。

　そんな美影の後に続いて、タカと朝陽さんは呆れたように口を開いた。

「俺らはコイツの幼馴染みたいなもんで、俺と朝陽はこいつ

が心配すぎてついてきちゃって、気づいたらここにいるって感じだよな」
「そうなんだよな。コイツは放っておいたら、気づいたらヤクザでしたとか、気づいたら捕まってましたとか、おおいにありそうな話だったからなぁ」
　朝陽さんは、昔から苦労人だったんだね。
　おかしくなって、私はほんの少し笑いをこぼした。
　——どんな理由があって、ここに集まったのか。
　いろんなことが重なって、今ここにいる私も、茜もミッキーも。
　気づいたらここにいた、美影もタカも朝陽さんも。お兄ちゃんのまーくんが白龍でクラスメイトの私も白龍で、たまたまここに来て仲よくなった伽耶も。
　うしろでやっぱり最低だな青嵐！　とか騒いでるみんなも。
　理由はみんなちがうけど。出会えたのは、きっと偶然だけど、必然で。うまく言えないけど、たぶん。
　——奇跡に近いんじゃないかな。
　そんなことを考えて。私はひとりで、妙に納得して、あぁ、そうかもなぁなんて思った。
　花火の燃えかすと水が入ったバケツを茜が持ちあげて、そろそろ退散するぞーと言って歩きはじめる。そんな茜に続いて、みんなも歩きはじめた。
　——明日は、いつもの所に帰る日。
　——今日はきっと、これから起こるたくさんのことの前の、最後のおだやかな日。

合図

「よーし、それじゃあ帰るぞー！　行きと同じ感じで来いよー！」
「うぃーす！」
　声を張りあげた朝陽さんに元気よくみんなは返事をして、エンジンをふかした。
　あたりに、ものすごい音が響き渡る。
　みんながだんだんと出発していく中で、私は茜のバイクにおもいっきり飛びのった。
「よっし！　乗れたー。茜もはやく乗んないとみんなに置いてかれるよ！　ほら！」
「わーってるって。揺らすんじゃねーよ、それも俺のバイクだろーが」
　確実にいつもの調子に戻ってる茜がうれしくって、私のテンションはちょっとばかりあがる。
　乱暴に、ポンッとヘルメットを投げて渡してきた茜をムッとした顔で見るけど、スルーされた。
　なんかちょっと悔しい。私がガキみたいじゃん。
　そんなことを考えてジトーッと見つめてる私なんか、気にもとめる価値がないと言ったように無視を決めこむ茜は、ひらりとバイクにまたがろうとして──。
「茜！」
　うしろから聞こえた声に、またがろうとした足を元に戻

して振り返った。
　ん？　なんて思いながら、私も一緒に振り返る。
　……そこにいたのは、茜のお父さん。
「親父……」
　茜がぽつりとつぶやいたその声は、昨日の夜みたいな憎しみのこもった声じゃなくて、何か言いたげな感じで少し安心した。
　遠くにいた茜のお父さんは、私たちの方に早足に近づいてくる。そして、緊張したように身構える茜に向かって優しく笑顔を向けた。
　突然の豹変ぶりに、ぽかんと口を開けてしまったのは私だけではないようで。
　茜も口がマヌケに開いていた。
　べ、べつに、いきなり無理して態度変えろなんて私言ってないし言わないよ!?
　何この変わりよう……!!
　……でも、これが茜のお父さんなりの今できる精いっぱいの愛情表現なのかな。そうだったら、ちょっとうれしいな。
「茜、また来い」
　久しぶりに素直に会話するのが照れくさいのか、はにかみながらそう言った茜のお父さん。
　それに続けて、
「気が向いたらまた、海で遊ぼうな」
　そう言った。
　その言葉に、茜の腕はピクリと反応する。

でも、何も言わず他の方向を向いているだけで。

無言の間がちょっと続いて、せっかく仲直りできるチャンスなのに、なんて不安になる。

キュッと茜の服の裾を引っぱると、茜はわかってると言うように振り向く。

そしてひと呼吸置いて口を開いた。
「――全部、終わったら」

響き渡るバイクの音の中で、クリアに茜の声が聞こえる。
「――また、来る。……もうガキじゃねーし、遊ばねーけど」

照れてるのか、ツンとしたまま言った茜に、私も茜のお父さんも噴きだした。

"全部"、それは……青嵐とのことだよね。

茜のお父さんも、それがどういう意味なのか詳しくはわからないけどなんとなく察したようで。

心配という気持ちをにじませながら、でも笑顔で、
「……絶対来い。俺の唯一の家族なんだ、まちがっても死んだりするなよ」

そう言った。

"家族"、その言葉にわかりにくいけど少し、茜の目の中が濡れた。

でも、それを隠すみたいに地面に目を向けて、ちょびっと震える声で、
「バーーカ」

と言った。

やっぱり、茜は素直じゃない。本当は泣きそうくらい

うれしいくせに。もう、ちょっと泣いてるくせに。
　でもそんな素直じゃないのが茜らしくて、わかりにくいけど、でもうれしいんだろうなって伝わってきて……うるっと来てしまったのは内緒だ。
「死ぬかよ。いいかげん、仕事戻れ。大変なんだろ」
　そんな素直じゃない茜の言葉に、茜のお父さんはわかってるというように笑ってうなずき、
「茜のこと、よろしく頼むな。じゃあ」
　私の方を1回見てから背を向けて歩きだした。
　少しの間のあと。
　たぶん、茜が泣きそうになったことに私が気づいてるって、わかってるんだろう。
　地面に向けていた顔をあげて、私になるべく顔を見せないように茜はバイクにまたがった。
「――俺らも、行くか」
　弱いところは見せたくないのか、私に顔を見られないようにとった不自然な動きが、おかしくてかわいくて。
「あははっ」
　私は茜のバイクのうしろに乗って、笑ってしまった。
「いっ、いいからさっさと腰に手ェ回せ!!」
　私にバレるのがよっぽどはずかしかったみたいで、赤面しながらキレたツンデレ茜がかわいくて、私は茜の腰に手を回しながらまた噴きだした。
　腕に感じる、ミッキーよりもガッチリした久しぶりの茜の感覚。

久しぶりのそれに胸がきゅんってなって、無意識に茜の腰に回していた腕に力をこめる。
「やっぱり、茜のうしろが一番安心するっ」
　えへっ、なんて笑いながらつぶやくと茜の動きがピタッと停止した。
　いつもなら、腰に手を回したらすぐ出発するのに。
　不思議に思って「あかねー？」と声をかけて、うしろからのぞきこもうとする。
　けど、「バカ、見んじゃねえ！」と大きい手で顔をぐいっと押し戻された。
「ぶわっ」
　落ちるわバカ野郎！
　なんて怒鳴ろうと思ったけど、茜の耳がさっきより赤くて。
「あーもー、マジでふざけんなよ……」
　ブツブツつぶやいた茜の言葉が理解不能だったから、そんな気持ちも萎えてしまって私はまた首をかしげた。
「何言ってんの？」
「……お前ってバカだからそんなこと平気で言えんの？」
　だから、なんの話してんのさ。そんなことって何。
　茜がなにを言いたいのかさっぱりわからなくて、もう1回聞こうとした時、
「なんのこと──」
　……何を思ったのか、バイクは急発進した。
　「ひいいっ」なんて声をあげて茜の腰に強くしがみつく。
「ちょっ、ちょっと茜！　舌噛むんだけど！」

風で消されないように、前の茜に大声でそう言うと、
「バーカ、お返しだっつの！」
　茜も大きい声で返してくる。
　でも内容が相変わらず意味わかんなくて、「えっなんの？」と、またまた首をかしげた。
　……今日の茜は、ちょっと意味不明だ。
　だってお返しって、なんかしたっけ??
　右に、左に、首をかしげてたら、「はぁ」とため息が聞こえて。
「バカにはわからなくていいんだよ」
　あきれたようにそう言われた。
　は、はぁ!?　そりゃあ茜よりバカだけれども!!
　教えてくれたっていいじゃん!!
　む、ムカつく！　言い返せないのも腹立つ!!
　まぁ、でも……でも、茜がしがらみが取れてすっきりした顔をしてるから、今回は許してあげよう。
　ほっぺを膨らませてた私だけど、カーブミラーに映った茜の顔を見て頬をフッとゆるませた。
　それに私も少し、ほんの少し前に進めた気がする。
　砂を踏んだ時の感覚。あんなに至近距離で見れるようになった海。夜の海はまだ怖いけど……ちょっとは強くなれたよね？
　流れる景色をぼーっと見つめながら、私はこの３日間の出来事をたくさん思い出していた。
　午前の強すぎない陽射しと、夏の暑さを飛ばすような頬

を切る風が心地よくて、ウトウトしかけた頃。
　茜が他の人たちと合流したらしく、運転しながら話す声が聞こえる。
　けど、意識が飛びかけてるせいか、近くで話してるのにどこか遠くに聞こえた。
「これ、倉庫戻って荒らされてたらヤベェっすね！」
「なんで楽しそうに話してんだよ、大問題だろ」
「もしかしたら青嵐側のヤツらが待ちかまえてるかもな！」
「それヤベェな!!!」
「なに興奮してんだバカか」
「それもう交戦への第一歩！」
「……でも、交戦が終わったら俺たちいったいどうなってるんでしょーね、茜さん」
「それは──そん時になんねぇと、わかんねぇな」
　楽しそうな会話の中にも、やっぱりどこか緊張感が入り混じる。それくらい私たちはあぶないことをしようとしてるのかもしれない。
　会話を遠くに聞きながら、私の意識はほとんど薄れていた。
　それからどれくらい経ったのか。
　半寝半起き状態だった私は、さっきまでの心地いい風がなくなったことに目を閉じたまま眉をひそめた。
　なんか、暑い。蒸し蒸しする。
　それに、さっきよりも騒がしい。
　そこでやっと、あぁ着いたのかって理解して、ゆっくり目を開いた。

暗かった視界に、まぶしすぎる光がカッと入ってくる。
「ったく、さっさと降りろよ」
「……ハーイ」
　あきれたように言った茜に返事を返して、眠い目をこすりながら、私はぴょいっとバイクから飛びおりた。
　茜がバイクを停めにいっている間に、周りをキョロキョロと見渡す。
「ひなたーー!!」
　少し遠くから聞こえたミッキーの声に私はパッとそっちを向いた。
　龍騎さんの車からみんなが荷物を降ろしていて。その横でミッキーが私の荷物を持ってブンブン手を振っている。
「ありがとー!!」
　はやく取りにいこう、大きな声で返事をして私はそこまで駆けていく。
　荷物を受けとって、朝陽さんが倉庫のシャッターを開けるのをワクワク待つ。
　倉庫涼しいんだもん。
　でも、シャッターの鍵穴に鍵を入れて回した朝陽さんは、なぜか首をかしげた。
　そして首をかしげたまま、確かめるように右、左と鍵を回してから朝陽さんは、さっさよりもっと首をひねる。
　何かに気づいた朝陽さんの表情は強張った。
　近くでエビをくわえながらぼーっと見ていた美影も、何かを感じたのか目をスッと細める。

空気が一気に、変わった。そこでやっと、私も気づく。

倉庫のシャッターの鍵が……開いてた？

いや、こんな大変な時期に朝陽さんと美影がそんなミスするわけない。

──誰かに、開けられた？

……絶対、そうだ。

この倉庫は正直そんなに新しいものではないし、鍵も付け替えてないみたいだし、ピッキングしようと思えばきっと簡単にできる。

でも、なんの用があって？ なんでここに来たの？

まさか、中にまだいる……？

ほとんどの人が気づいたのか、白龍の倉庫の周りがシンと静かになった。

朝陽さんが、シャッターに手をかける。

そして閉まってますように、と心のどこかで祈っていた倉庫のシャッターは、カラカラといとも簡単に持ちあげられた。

嫌な予感しかしない。

嫌な音を立てて心臓が鳴るのがわかる。

上へ上へ、あがっていくシャッターが私の不安な気持ちをよりいっそうかきたてた。

ガシャンッ……。

開ききったシャッターが止まる。

開いたシャッターの向こう側を目を凝らして見つめると、暗い中に何人かの人影が見えた。

——あれ？　あの靴は、見覚えがある。

　照らされたその人の足もと。

　そこしかはっきりとは見えなくて、顔は倉庫の陰に隠れている。

　誰だっけ。誰だったっけ。この靴……。

　1歩、その人に近づこうとした時。音を立てて、向こうが1歩、近づいた。

「……日向」

　光に照らされるその人の髪と顔。気まずそうに眉をハの字にして。私の名前を呼んだ彼を見て、私はハッと息をのんだ。

　なんで……？　なんで、ここにいるの？

　それもなんで、他人のフリしてくれないの？

　私たち、敵同士なんだよ。

「……須佐っち」

　私もつられて眉をハの字にする。

　そしてようやく、倉庫の中の暗さに目がじんわりと慣れてきた。

　須佐っちのうしろに、どこかで見たことのある6人。

　どうしてって聞こうと思った。なんで来たのって言おうと思ってた。

　でも、とてもじゃないけど、問いつめられない顔をしていたから。

　痛々しい表情の彼らを——青嵐の下っ端たちを見て、私はただ言葉を詰まらせた。

……どうしたの？　なんでそんなに、苦しそうな顔をしてるの？
　──もしかして、真実を知ってしまった？
　なんで、どうして、頭の中でぐるぐるそれだけが回る。
「青嵐……だよな？」
　朝陽さんの低い声に、私はパッと我に返った。
　周りにいる白龍のみんなが、私を見ていて、そのことに少し、ビクリと肩が揺れる。
　一瞬、私が本当は青嵐の仲間なんじゃないかって、疑われているのかと錯覚してしまった。
　青嵐を追いだされた時と重なって、みんなから軽蔑の目線を向けられてるみたいに感じてしまった。
　体と顔が強張る。
　ちがう、裏切ってなんかない、須佐っちとはちがうの。
「ちがっ……」
「日向……」
　ちがう、言いかけた時に、暁の私の名前を呼ぶ声が聞こえて、私はまたハッと我に返った。
　もう一度、みんなをよく見れば、みんなはぜんぜん軽蔑した目なんか向けてなくて、むしろ不安そうに私を見ていた。
　でも、なんで不安そうにしてるかなんて考える暇もなく、
「お前、前に一度会ったよな。……何しにきた？」
　茜の低めの警戒するような声が聞こえて、私はそっちに目線を移した。
　そうだ、まずはこっち。

――なんでここに彼らがいるのかということだ。
　須佐っちも入れて、青嵐の下っ端７人。
　何かひとつ引き金を引くものがあれば、今すぐにでも交戦が始まってしまう状態なのはわかってるのに。
　須佐っちだって、バレたらヤバイのは当たり前なのに。
　それでもここに来たのは、どうして……？
「俺は、俺らは……」
　言葉に詰まった須佐っちが、次の言葉を探すように口をギュッと結ぶ。
　そして口を開いて言葉を発しようとした時。
　うしろにいた６人の中のひとりが、須佐っちの前に出て私に向かって深く深く頭をさげた。
「日向さんっ……!!　今まですみませんでしたっ……！」
「えっ……!?」
　突然のことに戸惑う私を置いて、残りの５人も須佐っちの前に立ち私に頭をさげる。
「俺ら、なんも、知らなかったのに……っ」
「知ろうともしなくて、すみません……!!」
「日向さんの言葉を聞きいれようともしなくて……。俺たちの仲間だったのに、ちゃんと最後まで信じきれなくてマジですみませんっした……！」
「日向さんの過去を詳しくは知らねぇけど、俺らが仲間にしたのに、俺らが追いだして、傷つけて……」
「許してもらえねぇのはわかってんです、でも。すげえたくさん傷つけてすみませんでした……!!」

すみません、何回も繰り返してそう言う彼らの顔は、見えない。
　でも、わかった。彼らは真実を知ってしまったんだと言うことと、声が震えるくらい、彼らも傷ついてしまったのだと言うことが。
　だから彼らには、真実は知らないでいてほしかった。
　いや、いつか知ることにはなるんだけど、だんだんカンづいていくのと、信じていたものが突然まちがっていたのだと知らされるのとでは、わけがちがうから。
　篠原柚姫に傷つけられるのは、私と……青嵐の幹部だけでいい。
　いや、もう今となっては篠原柚姫だけのせいじゃないよね。
　あと戻りできたのに、どこかでカンづいていたのに、耳をふさいで目をつぶって。まちがっている道を走り続けてる、青嵐の幹部たちのせいでもあるんだ。
　なんで彼らはあんなにもバカなんだろう。
　自分たちのせいで、傷つく仲間が増えていってるのに、それすらも、目をつぶって気がつかないフリをしている。
　私も白龍に出会って変わったけど。彼らも変わってしまった。
　いつの間にか地面に落ちていた目線をパッとあげて、私は気持ちを切り替えるように須佐っちに話しかけた。
「須佐っち、なんでこの６人が真実を知っちゃったのかを教えてほしい」
　コクリ、うなずいた須佐っちは、思い出すのも嫌だとい

う顔で地面をにらみつけながら口を開いた。
「……この間。そこの繁華街の路地裏を俺ら7人で歩いてる時に争う声が聞こえて。気になって見てみたら、そこにさ、男と、その男に守られるようにして立ってる茶髪の女と、その前で座りこんで泣いてる男の彼女がいたんだよ」
「……うん」

　茶髪の女……そのフレーズと須佐っちの声のトーンで、もうだいたいのことはわかってしまって、本当はその先を聞きたくないけど、予測じゃなくて、本当のことをちゃんと聞いておかなくちゃいけないから。

　相槌を打った私に少し目線を移してから、須佐っちはまた、日の光で熱くなった地面に目線を落として話しはじめた。

　だんだんと高くなってきた太陽に比例するように、気温も少しずつ高くなる。

　暑いのに。うるさいセミの声も聞こえるのに。

　私たちの周りだけ、にぎやかな夏から切り離されたみたいに静かで、錯覚だけど、どこか冷たかった。
「目の前で青嵐の倉庫での出来事とそっくりな光景が広がってた。……茶髪の女が泣きながら、『仲よくするなって、叩かれた』って男に抱きついて。茶髪の女を守るように立ってた男が、目の前に座りこんで泣いてる彼女に向かって『最低だ』って言って……」

　須佐っちの話してくれる路地裏での光景が、私の頭の中にある青嵐の倉庫での記憶とおもしろいくらいに重なった。
『——コイツが言ってんだよ。今まで柚姫がケガしたのも

嫌がらせされてたのも、全部お前のせいなんだろ?』
『──ひなちゃんがそんなことする子だと思ってなかった』
『──そんな最低なヤツが今まで仲間だったなんて虫酸がはしんだよ』
　……おもしろいくらいに、リンクする。
「『もうお前は彼女じゃない』そう言って彼女をにらみつけてでも、信じてもらえなくて。ふたりがその子を置いて歩いていく時に、茶髪の女が男の目を盗んで泣きくずれた女の足を蹴っとばしたんだ。……さっきまで泣いてたのに、笑顔で。ゆがみまくった笑顔で。それも茶髪の女──柚"香"って名乗ってたんだ。笑えるよな、どっからどう見ても篠原柚"姫"、なのに」
　そこまで言った須佐っちは、腹の中の怒りが抑えきれないという顔で地面をにらみつけたまま、吐き捨てるように「ハッ」と笑った。
　平常心を保ってはいるけど、私もそうとう怒りがこみあげていた。でもここで取り乱したってどうにもならない、だから落ち着け、私。
「それで、全部。──ここにいる６人は、全部にカンづいちゃったんだね……」
　落ち着くために、ふーっと１回息を吐いて。
　須佐っちから６人に目線を滑らせると、まだ傷ついてるのに、彼らは強がって平気そうな顔を保ちながら口を開いた。
「そんなわけねぇって、最初は意味わかんなくて。俺ら、混乱して。……でもちょっと経ってから、全部わかったん

です」
「──何が嘘で、何が真実か」
「今まで俺らは何に踊らされていたのかも」
　ギリッ……っと歯をくいしばる音が聞こえる。
　そして少しの沈黙のあと、今まで言葉を発していなかった茜が、とくに興味ねぇという雰囲気をかもしだしたまま、のらりくらりと目線を須佐っちに向けた。
「──で。なんでお前らはここに来たわけ」
　ああ、それは私も気になっていたところだ。
　さっきの話からすると、ここに来た理由がとくにない。
　私に謝るためだけにここに来たの？
　そんなの、ありえない。
「まだ、何か理由があるの……？」
　そう問うと、須佐っちはまだ少し怒りの残った目でうなずいた。
「この６人が、幹部の人たちに言ったんだよ。『──裏切り者は、現姫だ』って。青嵐のメンバーがほとんどそろってる中で俺らは見たんだって、路地裏での光景も詳しく話して。……でも、ダメだった」
　寂しそうにそう言った須佐っちは、幹部の彼らが変わってしまったことに気づいてるみたいだった。
「ぜんっぜん、信じてくれねぇんだ。そんなわけねぇって言って、聞く耳持ってくれねぇんだ。おまけに、俺らのことまで、疑いはじめて」
　ポツリ、ポツリ、須佐っちは言葉を紡ぐ。そして、言った。

「いつ壊れてもおかしくなかったけど。俺らは——青嵐はもうすぐ壊れるよ。6人が言った『裏切り者は現姫』ってことと、それを否定する時の幹部たちの尋常じゃない様子に、青嵐のメンバーのほとんどがカンづいて、不審に思ってきてる」

青嵐が、壊れる。

それは——。

「壊れる前に交戦をしかけて、白龍を潰して、真実をなかったことにしようとしてくる。……きっともうすぐ、青嵐は交戦に向けて動きだす」

そういう、ことだよね……。ドクンッと心臓の音が大きくなって。

須佐っちの"交戦"のひと言で空気がピリッと張りつめた。

尋常じゃない緊張感が漂う。

でもそれを無視するように、須佐っちは私に数歩近づいた。

「……俺らの行動が、交戦スタートの引き金を引いた。その責任を取るために、あくまでも、"敵"としてじゃなくて"友だち"として、俺はそれを伝えにきただけだから」

「……うん。わかった」

強い瞳で見つめる須佐っちは、言葉にはしないけど『勝ってくれ』と言っている。

それに応えるように、私も強く深くうなずいて返事をした。

そんな私を見て、いつもの屈託(くったく)のない笑顔をニカッと向けた須佐っちは、

「それじゃあ、またな！」

そう言って6人と一緒に歩きはじめた。
　その様子を見て、静かに思う。
　ああ、やっと。本当に。始まってしまうんだ。
　――交戦が終わるまで、白龍の前ではもう、何があっても泣かないから。
　白龍全員。
　守ってもらったことしかないけど……。
　守ってみせるよ、今度こそ。

鳴る、動揺

　——いつも鳴らないそれは、唐突に鳴った。

　倉庫から家に帰ってきて、お風呂から出た私はソファに座ってひと息つく。
　ちょっとぼーっとしてから、夏休みの課題をしようなんて、はたと思いつき勉強机に向かった。でも……。
「……うー、集中できない落ち着かない……」
　……今日は、集中できない日なのかもしれない。
　ぼーっとすれば自然と、今日聞いた言葉が頭の中を飛びかう。
『俺らは——青嵐はもうすぐ壊れる』
『白龍を潰して、真実をなかったことにしようとしてくる』
　——引き金は、引かれていた。
　夏休みが終わるまでに、青嵐は何か仕掛けてくるかな。
　……いや、夏休みが終わったあとかもしれない。
　すべてが終わるのはいつになるだろう。私がみんなに過去を話せるのはいつになるだろう。私はいつも心の中で謝って、心の中で"いつか話すから"って言うけど。
　——いつかって、いつだろう。
　気づかないうちに引かれていた交戦スタートの引き金。
　それは、私の心の中をかき乱すのには十分で。
　なんでか、焦る。

篠原柚姫……彼女が何をしたいのかもわからない。
　やっと茜の過去も、不機嫌だった理由もわかって、心の中のもやもやが取れたと思ってたのに。
「篠原柚姫ももしかしたら、何かがあったのかもしれないなぁ……」
　だからと言って、もう私が彼女に同情したり優しさを向けることはないけれど。
　真実を彼らに知られた時、篠原柚姫は――どう、するのかな。
「……考えても、意味ないか。よし、今日は久しぶりにはやく寝――」
　――その音が部屋に響き渡った時。
　私の思考は、一瞬はやく、ぐるぐると回って……停止した。
　プレーヤーにつながれた、スピーカーから聴こえてくる音じゃない。隣の部屋の人の音じゃない。
　この音はこの部屋の……電話から聞こえてくる音。
『プルルルル、プルルルルルルル』
　いつもは、鳴らないのに。嫌な予感しか、しないのに。
　私は思考回路が停止した頭でぼーっとしたままそこまで歩いていき、受話器をとってその音を、止めた。
「もし、もし」
『……私よ、元気にしてた？』
　おばさん。いつもはこんなにはやく、『お盆に帰ってこなくていい』って電話かけてこないのに。
「元気に、してました」

少し震えながら、答える。
『ねぇ、今年のお盆は──家に帰ってこない?』
　怖いくらい、猫なで声。息を無意識のうちに深く吸った。
「なんで……」
　口から、か細い声が出る。
『あのね……』
　おばさんの口から次に放たれた言葉は、私の思考回路をもっとショートさせた。
　どれくらい受話器を握って突ったってたんだろう。
　さっきまで鳴ってたはずの『プーッ、プーッ』という不通音もいつの間にか切れていた。頭はまだ、働かない。
　──いつも鳴らないそれは、唐突に鳴って。私の心を揺らして。動揺させたまま、切れた。
『──あんたのお母さんが、あんたに会いたがってるの』
　ショートした思考回路の中で、その言葉だけがリピートされる。
　──おかあさん。
　頭の奥に封じこめたはずの記憶は、簡単にあふれでて。
　頭の中を、私を、埋めつくして。
　──いとも簡単に、私の思考回路をショートさせる。

5章

話せてない、過去がある。
思い出したくもない、過去がある。
——消せない、消えない、罪がある。
そんな私を知っても、
みんなは私を、
嫌わないでいてくれる？

青と白と影

『だーるーまーさーんーが』
『こーろーんーだっ！』
　頭に響き渡るのは、もういない、彼の声。
　彼の背中をタッチした時の重みが、手から消えずによみがえる。
　そして、海は彼を飲みこんだ。
　――ねぇ、おかあさん。
　わたしがしねば、おかあさんは、らくになる……？
　――そして私の視界は青でいっぱいになった。

「……っ‼　……なん、で」
　まだ薄暗い朝。
　飛びおきた私の、乱れた呼吸だけが寂しい部屋に響いた。
　なんで、どうして。
　――思い出してしまったんだろう。
　忘れたくて、髪をぐしゃりと握りしめる。
　息が苦しい。胸が痛い。
　目からはいつの間にか涙があふれていた。
　頭から、さっきの青が離れなくて、視界はもっともっとゆがんでく。
　胸が痛い。切りきざまれたみたいに痛い。
　誰か助けてよ、助けて。

「ごめ、ん……ヒック、ごめんなさい……」
　逃げたい忘れたい消したい、すべて……なかったことにしてしまいたい。
　思ってはいけない無責任なことを願う私は、最低なんだ。わかってる。
　閉じこめておいたはずなのに、あふれだした過去の闇が、影が、私の生きている意味をわからなくさせた。
　そのまま、相変わらずちゃんと働かない頭でぼーっとし続ける。
　薄暗かった外はいつの間にか明るくなっていて、私はぼーっとしたまま洗面所まで向かった。
　まぶたがはれぼったくて重い。
　喉がカラカラに渇いていて息がよけいに苦しい。
　水を飲んで、顔を洗ってからふわふわのタオルを顔に押しあてる。
　タオルから顔をあげた私は鏡を見て、
「ひっどい顔……」
　ぽつりとつぶやいた。
　こんな顔じゃ、倉庫に行けない。
　ううん、顔だけじゃない。ちゃんと、ぐちゃぐちゃになった頭を整理しないと。交戦ってだけで大変なのに、迷惑かける。
　せめてみんなの前では、いつもどおりでいたい。
　──大丈夫、私は、あの頃より強い。
「ほら、笑えてる」

鏡に向かって作った笑顔は、いつもと変わらない。
　いつも、茜が近くのコンビニまで来てくれるのは正午あたりだから、それまでにちゃんといつもの調子を取り戻そう。

「……なた……日向？」
「んぇ？　あ、うん、何？」
　——ぜんっぜん、いつもの調子なんか取り戻せなかった。
　はぁ、心の中で自己嫌悪におちいりつつも、ミッキーに笑顔を向ける。
「何じゃないって!!　も、もしかして全部聞いてなかったとか……ないよな？」
　む、むしろなんの話？
　そんなにボケっとしてたの私。
「んー、えー、……メモにとり忘れたからもう1回お願いっ」
「それ確実に聞いてなかったよな!?　それにその言い方……かわいすぎるだけだからやめろよなっ！」
　予想外の返答に少し動揺する。
　あらためて私を見て、ミッキーは何か言いたそうな顔をしたけど、たぶん私にそれを言ってもはぐらかすと思ったんだろう、諦めたように開きかけてた口を閉じる。
　そしてまた開いて、代わりの言葉を放った。
「さっき日向聞いてなかったみたいだし、仕方ねーからもう1回言っとくぞ？　あのな、日向は狙われる確率少ないと思うけど、なるべくひとりで出歩いちゃダメだから」
「うん……なんで？」

「あいつら、交戦仕掛ける前に俺らの戦力減らそうとしてきてる。証拠に、最近白龍の傘下の族のヤツらが結構ボコられてんだ」

　……そんなに必死なんだ、青嵐は。確実に勝とうとしてる。

　──嘘を、『真実』に塗り替えようとしてる。

　いいかげん諦めればいいのに。

　そう考えながらも、私は胸がズキリと軋むのを感じた。

　白龍の傘下の族……。ボコられたってことは、少なからずケガをさせてしまったってことだ。……私のせいで。

　この交戦だって、いつかは起こることだったけど、それをはやめてしまったのは私だ。

　交戦が始まるのも、半分、私のせい。

　迷惑ばっかりかけてごめん、心の中で謝ろうとした時おでこにビシッと衝撃が走った。

「いっ……!?」

　バランスが崩れそうになって、片方の足をうしろに引いて支える。

　正面のピンクヘッドをムッという顔でにらみつけると、ごめんごめん、なんて色気のある顔でたしなめられた。

「でも……私のせいで、なんて考えんのはやめろよ？　日向の悪いクセだし」

「うっ……はぁい」

　私ってそんなに考えてることがわかりやすいのかな。

「それに今日、スゲーぼーっとしてるし。なんかあった？」

「へ!?　いや、ううん、何もなかったよ!?」

……私って、ほんとにわかりやすい。
「まっ、話したくねーならいいけどな！　じゃあ俺ちょっと朝陽のとこ行ってくっから！」
　笑顔でそう言ったミッキーは、ほんとのところちょっと寂しそうで、私の胸はまた痛くなった。
　朝陽さんのところに駆けていくミッキーの背中を見おくりつつ、私はソファにボスンと座る。
　ソファが置いてある、倉庫のうしろの位置は風通しがよくないからか、周りに人が少ない。
　ソファに誰も座ってないのをいいことに、私は履いていたスニーカーを脱いで、ソファに寝っ転がった。
　……落ち着く。
　家にいるよりも、みんなのいる空間ってだけで落ち着く。
　それでも、ぼーっとすればどこか遠くに青が見え隠れする。
　おばさんに返事も返していない。
　返さなきゃ。でも、なんて返せばいいんだろう。
　お母さんに伝えたいことはたくさんある。
　言いたいこともたくさんある。
　でも、怖い。怖くて、怖くて、全部思い出す。
　みんなの騒いでる声が聞こえる。バイクの音が聞こえる。
　いつもと同じ空間にいるのに、何かがちがって感じる。
　それはたぶん、私の心の中のせいでもあるけど、交戦のせいでもあるんだと思う。
　……なんて、考えてたら堂々めぐりだ。
　そう考えながら、うとうとする。

嫌な夢を見たせいで、あんまり寝た気がしなかったし、とくにこの空間は落ち着くからか、私のまぶたは徐々におりていった。

　おばさんに電話をもらった日から、4日経った。
　家ではまともに眠れなくて、倉庫で眠る日が増えていく。
　頭もしっかり働かないし。心の整理もついてない。
　みんなにはたぶん、よけいな心配をかけている。
　──でもまだ、話すのが怖い。
　嫌になる、こんな自分。
　はぁ、とため息をついて顔をあげるとみんなの心配そうな目線が私にグサリと刺さった。
　たぶん私に気を使わせないようにしてるんだろう。目線が合うと、ヤベッと言うようにみんなは目線をそらした。
　こんな顔をさせてしまっているのも、私。
　変な気を使わせてしまっているのも、私。
　私は元気だよ、大丈夫だよ、ちゃんといつもどおりだよって思わせたくて、「ふー！」なんて声を出して立ちあがった。
　膝にかけていた、黒の長めのパーカーを羽織る。
　そして倉庫の出口に向かって、みんながダベってる間を練り歩いていると、大仏くんに止められた。
「ひーちゃん、どっか行くのか？」
「え？　コンビニ！」
　突然の質問に、わたしは口からでまかせを言う。
「はぁ!?　ダメだよひーちゃん、ひとりで動いちゃダメっ

て言われただろっ」
「えーでも、朝陽さん今いないし。15分で着くし。私は狙われる確率低いし」
「……俺もついてく」
「うん、じゃあ準備してきてね待ってるよ！　ちゃんと待ってるから！」
「おう！」

　大仏くんがどこかに走っていく。
　ニコニコニコ、背中を見おくって、見えなくなったとたんに私は倉庫の出口に向かって走りだした。
　他の人にも引き止められないように、間をスイスイ進んで私はまっ暗になった倉庫の外に出た。
　ただ蒸し暑いだけのそこが、窮屈に感じて。
　でもその窮屈さと、息のしづらさが、どこか心地いい。
　２、３回。深く空気を吸いこんで、大仏くんにバレないうちにと私は目的地まで歩きはじめた。
　隠れた倉庫の周りとはちがって、どんどん明るくなっていく。
　交通量も多くなって、人の量も増えてきた。
　きらびやかな繁華街に出て、私はまた──暗い道に入った。
　空気が突然、ズシリと重くなる。
「着いた……」
　割れた瓶の破片に、転がった釘バット。
　私が来たのは、不良がのさばる──いつもみんなとケンカしにきている、路地裏だった。

踏みいれれば、私のスニーカーと地面のこすれる音が響き渡る。
　みんなの役に、立ちたいから。
　──私は青嵐の戦力を少しでも減らすために、ここに来た。
　でも、それだけじゃなくて。
　──頭から離れない過去を、モヤモヤする心の中を、振りはらいたかった。
　みんなに、バレないように。手は、極力使わない。
　奥に奥に入るにつれて、不気味な音が聞こえてくるようになる。
　殴る音、蹴る音、うめき声。
　痛いのに、きっと彼らも負けるとわかってるのに。
　それでもここに居続ける理由はなんなんだろう。
　そんなことを考えた時。ガサッ……という音とともに、3人の男がニヤニヤしながら現れた。
「女の子がこんな所にひとりで……」
「なんの用かなぁ？」
　──どれが青嵐の仲間かなんてわからないから、来る人来る人をただ蹴りとばしていった。
　どれくらい時間が経ったのかなんてわからなくて、感覚がマヒしてくる。
　こんなに人を蹴ってるのに、不思議なくらい脚(あし)は痛くならなかった。
　でも、蹴るたびに、気絶させるたびに、代わりに心がひどく痛む。

暗闇にいるせいか、ケンカをしてる間にも頭には記憶がよみがえってきて、苦しくなる……怖くなる。
　――思い出す、彼を。
「……だいちゃん……ごめんねっ……」
　気づいたら、いつの間にか涙が私の頬を冷たく濡らしていた。
　いつから私、泣いてたんだろう。
　コンクリートに転がって、苦しそうに息をする男に向けていた目線を、道に戻す。
　この男、そういえば私のこと慰めてあげるとかなんとか最初に言ってたかもしれない。いやらしい目つきだったけど。
　……あの時から私は泣いていたのかな、なんて、べつにどうでもいいね。
　そのまま歩きだそうとすると、足首をがしりとつかまれた。
　粘るなぁなんて思いながら、振りはらおうとしたのに次の言葉に私は動きを止めた。
「てめ、泣き真、似とか――汚ねん、だよ……！」
「汚い……？」
「ああそーだよ、やり方が汚――」
「この"世界"にやり方が汚いとか……あるの？」
　私の口からは、ひどく冷たい声が出た。
　泣き真似なんて、してないし。
　それに、この"世界"――この"まっとうじゃない世界"に踏みこんだ時から、汚いなんて、卑怯なんて、通用しないのくらいわかってるでしょ？　今さら何言ってるの？

『女に負けたのが悔しいからって、負け惜しみとか意味ないこと言うのやめればいいのに』
　本当はそう言って、鼻で笑って蹴とばしてやりたかった。
　でも、頭にあふれそうになる過去の記憶を必死に食いとめてた今の私に、汚いって言葉は、頭を過去の記憶でいっぱいにするのには、十分すぎた。
　食いとめてたはずの過去があふれて、脳内を埋めつくす。
　私を前に、進めなくさせる。
「……私が汚いことなんて、あの時からわかってる」
　みんなの人生を狂わせたあの日から。
「──がはっ！」
　視界が涙でゆがむ。
　余裕の笑顔なんて作っていられない。
　みっともなく、子どもみたいに涙をこぼして、過去を頭からはやく振りはらいたくて、苦しむ男を急所なんてなんにも考えずに蹴った。
「わかってる……、わかってるよ……！」
　夜の海みたいにどす黒い涙が、目からあふれてるような気がする。
　そんなのは全部気のせいなんだけど。
　頭に響き渡る、あの頃からもう何年も経っているのに忘れられない言葉たち。
　なんで止まってくれないの。
　頭の中で音楽が流れて、止まらない時みたいに、言われたことを思い出しては頭に流れて、止まらない。

過去の記憶から抜けだしたくて、白龍に出会ってから言われたことを必死に思い出してみようとするけど、何も浮かばない。
「やだぁ……」
　男を蹴り続けていた足の力もしだいになくなっていく。
「ぅぅ……あ……」
　嗚咽がもれる。
　これなら、過去を夢に見る方がまだよかった。
　助けてほしい、抜けだせないの。
「助けて……」
　膝の力が抜けて、地面に膝がつく。
　──その時、私の手首を誰かが力強くつかんで、引きよせた。
　どこかで嗅いだことのある香りがふわり、と鼻をかすめる。
　それだけで、私の頭の中をループしていた過去の記憶は、停止ボタンを押したみたいにピタリと止まった。
　それでも、止まらない涙はまた、私の視界をゆがませては落ちていく。
　目に涙をためたまま、震える唇をギュッと噛んで、私はうしろを振り返った。
　なんでいるの、そう聞いても、意地悪く口角を片方あげたまま。
　瞳に映った金髪が、じわりとにじむ。
　ねぇ、やっぱりアンタは、私のヒーローだ。
　どれだけ世間が蔑んでも。どれだけ世間の悪者でも……

ねぇ、茜はヒーローだよ。
「うっ、なんでよっ……バカぁ」
　なんでもバレてるみたいで、悔しくて。
　涙が止まらない目で、力のこもらない目で茜をにらむ。
　強い力で私を支えてくれてる茜の胸を、ぽかぽか殴る。
「おめぇだ、バカは」
「なんでいつでも、助けてくれるの。……なんでこういう時だけ、優しく笑ってんの。……ズルイよ茜は」
「お前、優しくしたらすぐ泣くもんな」
　ほら、今もだろなんて言って私の目もとをぐいっと拭ってきた茜に、私の心臓はぎゅっと痛くなった。
　なんで、いつでもいるの。なんで、優しく笑うの。
　意地の悪そうな顔で、でも優しく笑うから。助けてほしい時に、いつでもいるから。
　"大丈夫か" なんて聞かないけど、優しく頭をぽんぽんって叩くから。
　──好きに、なるんだよ……。
　ずるいよ、いつも。…ずるい。
「……なんで場所わかったの、茜」
「おめぇの考えてることなんか、お見とおしだからじゃね」
「ドヤ顔、やめてよね」
「じゃあおめぇはそのしゃくりあげてんのと、まだ涙流してんのやめろよ」
「だって止まんな──」
「まだ、辛ぇのかって、不安になるから」

「……っそう言うのがずるいんだってば……」
　ぎゅうって縮こまった心臓の部分を、服の上から押さえつける。
　ふいにそういうこと言われると、困るよ。
　私の最後のつぶやきに茜は首をかしげてから、「はー」と息を吐いた。
　私たちの間に、少しの沈黙が流れて。茜が口を開いた。
「なぁ……なんか、あっただろ」
　図星で、図星すぎるその問いに私は肩を少し揺らす。
　無言のままでいる私に、何を思ったのか茜は「まぁ、いいけど」とつぶやいた。
「ごめん……弱くて」
　いつも心の中で言っていることを、口に出して言ってみる。
　でもそんな私の暗さをどこかに飛ばすみたいに、
「弱ぇわけねーだろ、俺が歩いてきた道でどれだけのヤツらがくたばってたか」
　地獄絵巻だなあれ、なんて笑いを含んだ声で茜はそう言った。
　白龍のみんなは、私を甘やかす。
　話したくないことは、話さなくていいよって甘やかす。
　そんな優しさが甘さが胸に染みて、うれしいのか申し訳ないのかわからないけど、私はまたこっそり涙をこぼした。
　いつの間にか、荒れてた頭の中も心の中もさっきより落ち着いていて。
「茜、助けにきてくれてありがとう」

前にも似たようなこと言ったなぁなんて思いながら、私はそうつぶやいた。
　茜には聞こえてたみたいで、小さく「……おう」なんて返事が返ってきた。
「じゃ、戻るぞ倉庫」
　そう言って歩きだした、いつでも私を助けてくれる彼の背中を私はじっと見つめる。
　テレパシーでも送るみたいに、じっとじっと見つめて。
　私も彼の背中を追いかけて、歩きだした。

傷ついたように甘やかす

 私はそのあと、おばさんに今はまだお母さんには会えないと電話で伝えた。
 それで気持ちも少し落ち着いたけれど、昔の記憶を夢に見るようになってしまったのはなかなか直らなくて、たまに夢に見てしまって、倉庫で寝る日々が続いた。
 ――でも。それでも、夏祭りに行ったり。楽しく過ごして。
 ――夏休みも、残り１週間をきっていた。
 みんなが暑い倉庫の中で課題をがんばっている。
 みんなのケガは、どこでつくってくるのか増えていて。
 でも、いつもと変わらずバカみたいに明るく騒いでる。
 そんな中課題の終わってる私はアイスを手に持って、ぼーっとそんな様子を眺めていた。
 今日の朝、昔の夢を見ちゃったせいかまだ頭がいつもどおりに戻らなくてぼーっとする。
 どのくらいぼーっとしていたんだろう。
 その時、ミッキーが、
「――なぁ、日向」
 揺れる声で、私を呼んだ。
 いつもどおりなようで、いつもの明るい調子とはどこかちがう。
 私たちの空気が変わる。
 顔に浮かんでた笑顔を消してミッキーの方を向いて。私

は言葉に詰まった。
「日向、お前──青嵐と会ってから変だよな」
　ははっ、軽く笑いながら言ったミッキーは。
　笑ってるのに、笑ってなかった。
　言い方は、軽いのに軽くなかった。
　私の様子が変なことに、ミッキーもみんなも気づいていたのはわかってた。
　理由を聞きたいけど、聞かないでくれてるその優しさに、自分が甘えてることもよくわかってた。
　みんなの優しさに甘えてた私は同時に、彼らを傷つけていたこともわかってた。
　──なのに、わかってないフリをした。だから、今ミッキーはこんなに傷ついた顔をしてるんだろう。
　聞きたいけど、聞かずに、それでも私が話すのを待つよって、傷ついてるのに笑ってるんだろう。
　こんな顔をさせてるのは……まぎれもない、私。
　……なのに、バカみたいだね。
　ミッキーを傷つけてるのも、甘え続けてるのも私なのに。
　ミッキーの傷ついた作り笑い顔を見て、私の心臓は握りつぶされたみたいに痛くなった。
　それにたぶん、今まで何も言わずに、私が話すのを待ってくれてたミッキーが。探るようなセリフを吐いたのは。
「もしかして、青嵐と戦うのは嫌か？」
　ああ、ほら。彼らを、前よりもっと、不安にさせてるから。
「ちがう、ちがうの、そうじゃなくてっ……」

——今ここで、過去を話せば。私も彼らも楽になるのに、なんだかな。口は、自分に都合のいいセリフしか吐いてくれない。
　"そうじゃない"って言うくせに、その理由をまだ話さない私は、ずるい。
　——私がしてるのは、保身。
　そんな私たちの会話を聞いてた朝陽さんが口を開いて。
「じゃあ、なんで？　……いや、やっぱ今のナシな？」
　聞いたのに。ミッキーと同じぎこちない笑顔で取り消した。
　……そうやってまた、傷ついたように甘やかすから。
　本当は知りたいのに、『話したくなるまで話さなくていいよ』なんて甘やかすから。
　私はものすごくホッとするのに、どこか息苦しくなる。
　無理させてごめん、作り笑いさせてごめん、傷つけてごめん、甘えてごめん、話せなくてごめんね。
　罪悪感と安堵。ふたつの気持ちがぐちゃぐちゃに混ざって、よけいに私を混乱させた。
　何を言えばいい？　ごめん？　ありがとう？
　ちがう。わかんない……けど。
「……あのね、青嵐と戦うのが嫌って言うのは本当に絶対ちがうから。私……仲間だった人たちを"潰す"覚悟は、もう、とっくにできてる」
　これが、今私が混乱しないではっきりと言いきれる最大限のこと。
　今はこれで——許して。

気づいたら私に目を向けていた白龍の幹部のみんなを、私は強く見つめ返した。
「……しかたねーかぁ」
　そんな私をじっと見つめてから。妥協(だきょう)するように、タカがつぶやいた。
「俺は、もう、あんまり待てない」
　感情のわかりにくい顔で美影が、そう言う。
「まぁ、これだけは覚えとけ。お前が全部さらけだしてくれねぇと──俺らは不安でしかたねぇんだ」
　もっと強く、言っていいのに。言えよって、言っていいのに。話さねえなら信用できねぇって、言えばいいのに。嫌いになるとか、言っちゃえばいいのに。
　……なんで、言わないかなぁ。
「突きはなして、くれればいいのに」
　ボソッとつぶやいたその声を、拾ったみんなは。
「そうすれば話してくれるのかもしれねーけどさぁ」
「たぶん、俺が無理だ！　日向を突きはなすとか！」
「日向ちゃんを傷つける勇気ない俺には」
「んなことしたら、お前泣くだろ」
　バカみたいに、優しくて。私に傷つけられてるくせに、私を傷つけたくないって優しく笑った。
　一瞬私は目を見開いたけど、次の瞬間には、フッと力が抜けていた。
　あーあ、もう。……優しすぎるんだ、この野郎。
　甘やかしすぎなんだ私を。泣かないって決めたのに、涙

が目のふちにたまって……。
「……っもう帰る!!」
　倉庫に響き渡る声でそう言った。
「フッ……おー、送ってくわ」
　私の目もとに気づいたような、茜のかすかな笑い声を無視して、私は外に歩きだす。
　みんなの声に、「ばいばいっ!!」と強めに返しながら私は早足に外に出た。
　茜がバイクを取りにいってる間に、息を深く吸いこむ。
　私の心の中で、何かが弾けて溶けて——固まった。
　少し離れた所で、茜がバイクのエンジンをかける音がする。
　固まった気持ちが、揺らがないように。私はもう一度深呼吸した。
　上を向いて、目を閉じて、深く深く。
　——私も進めるかな……前に。吐いた息。開いた目。
　——もう、気持ちは揺るがない。
「おい日向、乗れ」
「……はーい」
　茜の声に返事をする。
　心の中、決意を固くして、ちょびっとにじむ視界いっぱいに、茜色の空を映して。

　夏の空。
　瞬く星に、願いをこめる。

——みんなに全部、話せますように。
　大丈夫。私はもう、ひとりじゃないから。
　ケータイの画面には、
【明日、いつも茜が迎えにきてくれるコンビニに2時に来てください。話さなきゃいけないことがある】
　の文字。
　送信先は、茜。朝陽さん。美影。タカ。ミッキー。伽耶。まーくん。
　準備はできた。
　私も、もう、前に進もう。
　あとは私が、話すだけ——。

「みんな、もう、来てたんだね」
　真夏の、一番暑い時間近く。
　つまり、2時前。
　みんなを呼んだコンビニに行くと、全員そろってた。
　白龍の幹部に、まーくんに、伽耶。
　それに、龍騎さん。
　昨日、バーにも寄って、龍騎さんにも来てくれるように頼んだ。
　おせーぞって、言われると思ったけど、そんなこと言わなかった。
　きっと龍騎さん以外のみんなも察してるんだろうな。
　私がなんで、みんなを呼んだのか。
　重苦しい空気が漂う。

それがなんだか嫌で、軽く笑いながら、
「じゃー、少し歩くけどついてきてね！」
　と言った。
　私を先頭にみんながうしろを歩いてついてくる。
　背中に感じる視線に、これからのことを考えて緊張する。
　不規則に鳴る心臓に、顔が強張った。
　そして、少し歩いて、見慣れた建物に着く。
「マンション……？」
　不思議そうにミッキーがつぶやいた。
「うん、ついてきて」
　まだ、詳しいことは話さないでエレベーターのボタンを押す。
　開いた扉にみんなを招きいれて、３階へあがった。
　305号室。鍵穴に鍵を差しこんで、ガチャリと回す。
　私に続いて、みんなは戸惑いながらも入ってきた。
「おじゃま、します……」
　きょろきょろと部屋の中を見渡して、まーくんが私を見て言った。
「日向の、家……？」
「あは、うん。そうそう」
　これから、みんなにすべてを話すのかって思って、心の中がざわつく。
　でもそれを悟られないように、私は軽く笑って言った。
　なんとも言えない表情で立ってるみんなに、ソファとカーペットのあたりを指差しながら「そこらへん座って？」

と言う。長くなるから、なんて意味もこめて。
　ソファに４人、カーペットに４人。
　座ったのを確認して、沈黙の中、どうやって切りだそうかななんて悩んでいたら朝陽さんが口を開いた。
「……なんで、連れてきてくれたんだ？」
　今まで秘密にしてたのにって、付け足すようにそう言われる。
　そんな朝陽さんに続いて、
「ひとり暮らしなのか？」
　とミッキーも聞いた。
　また、話しだすための手助けをしてもらっちゃった感じだ。
　本当に、話すんだ、私。怖い……。口にするのが。
　でも、もう迷わないし戸惑わない。決めたことを、もう一度心の中で繰り返す。
　そして、ふたりの問いに答えながら私はゆっくり、少しずつ、話しはじめた。
「……今までは、家に連れてきて、なんでひとり暮らしなんだって聞かれたくなかったから連れてこなかったの。きっと、理由を話せないし。そうやって遠ざけたら、みんなを傷つけるから」
「…………」
「ごめんね、今日まで話さないで、みんなの優しさに甘えててごめんなさい。不安にさせてごめん。信頼できなかったんじゃなくてね、話すことが怖いだけなんだ。……青嵐とのことがあってから、トラウマで」

あは、なんて笑って言えばミッキーが眉をさげながら、
「……無理して話さなくてもっ……！」
　とっさにそう言った。
　けど、そんなミッキーに向かって私はやんわり首を振る。
「ううん、無理してないよ。怖いけど、大丈夫。私には優しすぎるほど優しいやつらがついてるからさ。それに、話して、乗りこえたいから。——トラウマを」
　本当は、口が震えそうだけど。
　本当は、心臓が早鐘のように鳴っているけど。
　ニッて、笑って言えば、ミッキーは眉を八の字にしたまま、うなずいた。
"聞いても、嫌いにならないで"……なんて言わないね。
　だって、大丈夫。
　みんなは聞いても、嫌いになんかならないって信じてるから。……ううん、わかってるから。
「みんなにも知ってほしい。私がどんなヤツで、なんでこのまっとうじゃない世界に踏みこんだのか——」
　服の上から心臓のあたりを握りしめる。
　表情を見られたくなくて、窓の方を向いて窓枠に手をかけた。
　そして私は、忘れるわけがない過去の記憶を頭によみがえらせて。
　震える口に、気づかれないように。
　——すべての始まりを話しはじめた。

日向の影

　——私の家は、海のすぐ近くにあった。
　物心ついた時から私はここで、お母さんとふたりで暮らしていた。
　優しい近所の人たちに、友だちもたくさんいて、海もきれい。
　足りないものがぜんぜんない生活に、お父さんがいないことをわざわざ問いつめようと思ったこともなかった。
『ひーなーたーちゃーん！　あーそーぼっ！』
　ほとんど毎日、笑顔で私の家に顔をのぞかせてくれてた、誰よりも仲のよかった子。
　——それが、だいちゃんこと、大樹くん。
　私と同じ日に産まれて、病院でお母さんとだいちゃんママが知り合って、その数ヶ月後、だいちゃんの家族が引っこしてきたのが向かいの家だったこともあって。
　お母さん同士も、もちろん私とだいちゃんも仲がよかった。
『だいちゃん、今日は何すんのー？』
『今日はねー、あ、あの子たちも誘って遊ぼ！』
『うんっ！　でも日向、誘えないけどね!!　恥ずかしいからね！　うちき？　だからねっ!!　そんなわけで、だいちゃん、頼んだ！』
『おう任せて！　てゆーか、うちきってなんだそれ、どういう意味？　日向ちゃん物知りだな、すげぇなー』

『……まぁ日向、意味は知らないんだけどね！』
『えっ』
　だいちゃんは、笑顔がかわいくて、足が速くて、みんなと仲よしで、いつもみんなの中心で。
　頭はあんまりよくなかったけど、そこがまたおもしろくって。
　近所の子と一緒に遊んだり、ふたりで遊んだりしたけど。いつも一緒で、憧れてたし、友だちとして大好きだった。
　それは、出会ってからずっと変わらなくて、当たり前のように、これからも、ずっとずっと。変わらないものなのだと愚かな私は思っていた。
　――でも、小４の夏。
　あの日に……全部が、崩れる音を聞いた。

『おかーさん！　だいちゃんと遊びにいってくる！』
　夏休みまっただ中のあの日。
　お母さんに笑顔を向けて、
『いってきまぁす！』
　そう言って、私は家を出た。
　今日は、海集合って言ってたっけ。ウキウキしながら、砂浜へ駆けていく。
　少し離れた、砂浜から上り坂になって崖がある所。
　その砂浜の所でみんながジャンケンをしてるのが見えて、
『遅れてごめーん！　おーいっ！』と声をかけて、そこめがけてダッシュした。

『日向！　来ないかと思った』
『えへへ、ごめーんだいちゃん』
『今からだるまさんが転んだするんだー』
『うわーい！　やるやる！　あとで、はないちもんめもしようよ！』
『おう！　いっぱい遊ぼうぜ！　最後だしな！』
『へっ？　最後って、何が？　まだ夏休みあるよ？』
『えっ、あ、まちがった！　な、なんでもねぇから、気にすんな？』
　とっさに作ったような笑顔を浮かべて、でもどこか寂しそうな目をしてるだいちゃんに、首をかしげる。
　でも、深くは気にせず、再開したジャンケンに参戦した。
『うわーっ負けたっ！』
『じゃあだいちゃん鬼ねっ！』
　悔しがるだいちゃんが、砂浜から坂道を駆けあがって崖の端っこに立った。
　私と10人ほどの友だちは、その上り坂の下の砂浜で、始まりの合図を口にする。
『始めのいーっぽ!!』
　――そしてそれは始まった。
『だーるーまーさーんーが』
　――パタパタパタ。
『こーろーんーだ！』
　だんだんと近づく、だいちゃんの声。走っては止まるみんなの足音。

響いてはやむ、みんなの笑い声。
　何回も何回も、繰り返して。
『だーるーまーさーんーがー……ころんだっ！』
　あと少し。あと１回。
　それで、だいちゃんの背中をタッチできる距離にまで縮まった。
　私の気持ちは高まる。
　大股何歩にしようかなぁ。ニヤニヤしそうな口もとを押さえながらだいちゃんを見つめる。
　うしろを振り返って、周りを確認してただいちゃんは、崖の方に向き直った。
　そしてまた、始まる。
　──ここは、崖なのに。
　──崖の下は、海なのにね。
『だーるーまー……』
『ターッチ!!』
　私は、戸惑うことなく、彼の背中をドンとタッチした。
　やったぁって、笑顔があふれていた私の顔から、だんだんと笑顔が消えていく。
　まるでスローモーションみたいに、ゆっくりゆっくり。
　それに合わせるように、彼の足は崖からズッと落ちて、体が海に傾いた。
　──なんでこんなことになったんだろう。
　……どうして。私はこんなにもバカなんだろう。
　ちょっと踏みとどまって考えたら、わかったことなのに。

でもそんなこと思ったって、彼が離れていくのは変わらない。
　後悔しても——もう遅い。
　海に吸いこまれていく彼の背に手を伸ばすけど、届かない。届かなかった。
　空を切った手が、むなしく残される。
　そして海は……バシャンと大きく音をたててだいちゃんを飲みこんだ。
『……えっ？』
　うしろで、みんなの戸惑う声が聞こえた。
　静かな、動揺。
　それは少しして大きくなった。
『えっ、えっ、大樹くん!!　大樹くん!?』
『お、おい！　誰か！　誰か呼んでこいよ!!』
『あいつ、浮いてもこねぇじゃんっ！　……何やってんだよ日向ぁ!!』
　責められた、震えた大きい声。
　それにビクッとして、口を動かそうとするけど、うまく動かない。かすれた声が出た。
『な、んで……』
　ねぇ誰か……夢だって言ってよ——。
　どうすることもできないのも、自分の無力さもわかっていたけど。
『だいちゃん……！』
　私は……海に飛びこんだ。

痛い。苦しい、見えにくい。

はやくしなきゃって焦りが私を襲って、手が震える、足が震える。

うまく動かない。

でもだいちゃんを見つけて私は必死にそこまで泳いだ。

息がもたないかもしれない。

でもなんとかだいちゃんの手をつかんで、上に向かって泳ぐ。

ああでも、どうやって息継ぎすればいいの？

足がつかない。それがこんなに不安なことなんだって知らなかった。

でも、もともとあまり泳ぎが得意じゃない私は、息が苦しい中、水を飲みこんでしまった。

苦しい、苦しい苦しい苦しい苦しい苦しい。

ダメだ、どうしよう。

むせることもできない今の状態に、だんだん意識が朦朧としてくる。

上にあがりたいのに、手には力が入らなくなっていって……。

どうしてよ、なんで。

私の目から出た涙は海に溶けていく。

なんで人ひとり、助けられもしないの私は。

悔しい、バカ野郎。

私は霞む視界の中にだいちゃんを映しながら、ゆっくりゆっくり目を閉じていった。

……そして、次に目を覚ました時には……だいちゃんは、もういなかった。どこにも。

　溺れてから、3日目。
　やっと目を覚ました私は、目を覚ましたと聞いて、来てくれたお母さんの様子がおかしいことにも気づかなくて。
『お母さん‼　だいちゃんは⁉』
　私は焦りながらそう聞いた。
　大丈夫だよって、優しく笑ってくれると思ったのに。
　別の部屋で寝てるよって、笑ってくれると思ったのに。
　おかしいな。
　お母さんは、目をまっ赤にしながら。
『殺したのよっ……！　突き落としたんでしょうっ！　日向が……‼』
　悲痛な声で、そう、叫んだ。
　――え？
　わからなくて、何もかも。
　短いはずの3日間。たった3日間。されど3日間。
　たくさんのことが変化していて、別の世界に、来たのかと思うほど。
　……ううん、もう、別の世界だったらよかったのに。
　現実なんだ、全部。
　本当に、3日しか経ってないのって聞きたいくらいだった。
　向かいに住んでたはずのだいちゃんの家は空き家になっていて、優しいお母さんも、友だちも、近所の人も……態

度が変わってしまった。
　歩いたら、人殺しだって指をさされて、誰も味方なんてしてくれなかった。
　ねぇ、私がだいちゃんを殺したなんて、嘘でしょ？　嘘なんでしょ？　じゃあなんで私は生きてるの？　なんで私が死ななかったの？
　ねぇ、死ぬなんて聞いてないよだいちゃん。
　ねぇ、私だって海に入ったのに……ねぇ、なんで。
　──周りの目線。真実に付け足された噂。
　便乗したように言われる悪口。
　私の心もだんだんと壊れてきていたけれど、それ以上に、お母さんの心はボロボロになっていた。
　小学生の嫌がらせと、主婦の嫌がらせの差。
　それは想像以上に大きくて、お母さんが、元のお母さんじゃなくなってしまうのは容易なことだった。
『おかあさ……』
『話しかけないでよ‼︎　アンタなんか、産まなければよかったの……！』
　ごめんなさい。
『全部、アンタのせい‼︎』
　知ってるよ。わかってるの。
『人殺し！　死んでよっ……‼︎』
　ねぇ、私が死ねばよかったね。
『汚い手で、触らないでよ人殺し……‼︎』
　ねぇお母さん。私が生きててごめんなさい。

ごめんね。ねぇ誰か。
お願いだからあの日に時間を戻して。
笑顔のお母さんに戻したいの。戻したいんだよ。
お願いだから。……お願い、だからっ……。
でも、私に八つ当たりしつつも、お母さんだって心が完全に壊れてしまわないように耐えてた。
なのに、見えない所でやっていたはずのお母さんへの嫌がらせは、私にもわかるようになって、だんだん、悪化していって……。
小5の春。
──あの日、お母さんは壊れた。
今思えば、あの日が私とお母さんが最後に会った日。
家に帰ってきたお母さんは、うつろな目で涙を流していた。
頬は雨に打たれたみたいに濡れて、服はボロボロになって、足はケガをしていて……。
『ねぇ、お母さん、どうしたの？』
話しかける私にも反応しない。
そしてお母さんは、私を見て呪文みたいにつぶやいた。
『死んでよ、死んで死んで死んで死んで死んで……!!!』
何も映してないようなお母さんの目は、怖かったけど、それ以上に泣きたくなった。
だって、こんなにもお母さんをやつれさせたのは、お母さんを変えたのも、悲しませてるのも、笑顔を奪ったのも、泣かせてるのも、──全部私だったから。
私の目からは、自然に涙が流れた。

でもそんな私を見て、お母さんは怒鳴る。
『なんであんたが泣いてんのよ!!!　……っぁぁもう、もう!!! ほんとにヤダ!!!!!』
　ぶつけようのない悲しさと怒りで、声を荒らげるお母さんに、私の目からはなんでかよけいに涙があふれた。
『なんでっ……!!!　泣くなよ!!!　どうしよう、もうヤダ、なんで？　——もう、いいよ……』
　よけい募ったイライラに、泣いて甲高い声で怒鳴りながら。
　少し間を空けて、ポツリと何かをつぶやいたお母さんは無表情になって、私の手を引っぱって玄関まで歩きだした。
　突然のことに困惑する。
『どこ行くの……？』
　私の問いには答えないで、お母さんはどんどん歩いてく。
　強く握られた腕が痛い。
『ちょ、あ……』
　靴を履けてないのに止まることも出来ず、私は裸足で外に出た。まだ寒い空気が肌を刺す。
　それでも、何かが壊れてしまったみたいにお母さんは私の腕を引っぱって歩いていった。
　な、に？　どうしたの……？
　冷たい道路に、足がどんどん冷えてく。
　たまに踏む石が、私の足を傷つけて止まらせる。
　でも、足が止まる私のことなんか、まるで気にとめず進んでく。
　——怖い。

嫌な予感がしてなのか。それともいつもとちがうお母さんの様子のせいか。
　広がってく恐怖心は止まらない。広がって、広がって、私の体をよけいに凍らせる。
　でも、どうすることもできなくて、やっとお母さんが止まった場所は、夜の、浜辺だった。
　でも止まったのは一瞬で、どんどんどんどん歩いてく。
　ねぇ、おかしい。おかしいよ。
　どうして？　なんで？　待って？
　——そっちは海だよ……？
『おかーさっ……わっ』
　止めようと声をかけたところで、凍るような冷たい水に足が浸かって私は小さく声をもらす。
　それでもお母さんは止まらない。
　なんとか止まろうとする私の抵抗も意味なく、私の足は深いところへ進んでく。
『ねぇ、おかーさん、や、やだ！』
『…………』
『おかーさん!!』
『……はぁっ。黙っててよ』
　冷たく冷たくそう言いはなったお母さんの顔は見えない。
　なんで、お母さん、何があったの？
　私のせいなんでしょ、わかってるよ。謝るから。許してくれなくてもいいの。ううん、許してくれるはずないよね、でも謝るからだから……元に戻ってよお母さん……!!

ねぇだって、やだよ。笑わないお母さんも、こんなことをするお母さんも、いやだ。……いやだよ。
　どんどんどんどん、近づいていく水面との距離に比例するように私の焦りも大きくなっていく。呼吸が、荒くなる。
　水はもう、腰の位置まで来ていた。
　寒い、風が吹いて。私はガタガタと体を震わせる。
『や、だ、お母さんっ！　止、まって!!!』
　なんで、なんのために？　なんて、わかってるのに。
　それでもぐるぐる考えるのは止まらない。
　恐怖からか、寒さからか。
　――ううん、たぶん、どっちもだ。
　私の体は尋常じゃないほど震えていた。
　うまくしゃべれない。足の感覚もなくなってくる。
　それでも進んでいくお母さん。
　腰、お腹、胸、水面の位置はどんどん高くなっていって。そして……首まできた。
『ふ、はぁ、あ、はぁ、』
　息がうまくできない、吸えない。
　まだ水には入ってないのに。
　どうしよう、どうしようどうしようどうしよう。
『や、はな、して……！』
　つかまれてしびれた腕を振りほどこうと、水の中で必死に動かす。
　なんとか止まろうとした、私の足が水の中で滑って、ふらり、前にバランスを崩した。

体勢を立て直そうとしたのに。それに、重なるように。お母さんは私の腕を強く引っぱって。
『あ、やだ、やっ、おかっ──』
　私の頭を、突然、強く下に押した。
『おかーさん』そう言おうと思ったのに。
　──私の言葉の続きは、虚しくゴボッという音をたてて海に溶けた。
　あれ、おかしいな。息ができない。
　ありえないほど冷たい。声もでない。何も見えない。まっ暗。
　──私はそこでやっと、海に入れられたんだと気づいた。
　苦しくって、苦しくって。
　いろんな意味でいろんなことが苦しくって、ただ海から出るために暴れる。
　でも、寒さでうまく手足を動かせない。
　水の中、しかも上から押さえつけられていることもあって、ぜんぜん出られなかった。
　やだ、苦しい。やめてよ、お母さん。死にたくない、お願い。
　ごめんなさいごめんなさいごめんなさい。
　苦しい──。
　必死に、必死に、もがいて、意識が飛びそうになりながら、お母さんの手から逃れて一瞬だけ海面に顔が出た。
　深く息を吸いこもうとして。
　──見えた光景に私の力はフッと抜けた。

胸が痛い。ごめん、ごめんね、全部私のせいなんだよね。
　ねぇ、どうしたら昔に戻れるのかな。
　戻りたいよ、昔に。
　ねぇ神様。
　――ああ、そっか。神様も私の味方なんてしてくれない。
　私は"悪"だから。
　苦しいよ。息が。苦しいよ。心が。
　心臓が、潰れそう。
　――だって、お母さんが泣いていたから。
　苦しそうに顔をゆがめて、声を押し殺して、頬を濡らして泣いていたから。
　お母さんがこんなことしてるのも、全部私のせいなんだって思い出した。
　お母さん、ごめんなさい、ごめんね。
　ほんと、なんで私が生きてるんだろうね。ごめんね。
　笑っちゃうね。ごめん。
　だんだん、意識が薄れていく。苦しいのかなんなのか、わからなくなってくる。
『死んでよ……！』
　静かで、静かで、真っ暗な海の中にほんの少し届いたその声は。
　ぎゅうって、私の心臓を握って離さない。
　苦しい。きっと私死ぬんだなって悟って。
　――わたしがしねば、おかあさんは、らくになる……？
　そんなことを思った。

でもそれならそれで、いいかもしれない。なんて思っていたら、まぶたはどんどん落ちていった。
　意識が遠のく。体もだんだん沈んでく。
　バシャバシャと水の揺れる音がどこかで聞こえる。
　誰かが口論する声が聞こえた気がした。
　なんだろうと思ったけど、私の意識はもう戻れないところまで来ていて……そこでフッと、途切れた。
　私のずるいつぶやきは海に、叶うわけもなく消えていく。
『だれか、ぜんぶ、もとにもどして……』

　——目を開けたら、元は真っ白だったんだろう、少しくすんだ色の天井が目に映った。
　……なんで私はまたここにいるんだっけ。
　腕につながれた点滴。
　枕もとで規則正しく鳴る、ピッピッという音。
　なんでここにいるのか、目覚めたばかりの頭を働かせようとしたけど、働かない。
　……ちがうか。ほんとはなんとなく覚えてるから、鮮明に思い出さないように、働かせないようにしてるだけ。
　嫌なんだ、病院は。運ばれてきたのは、これで２回目。
　ここに運ばれてくると、毎回たくさんのことが変わって、終わってるから。
　肝心な時に、私はいなくて、いっつも変わってしまった状況に置いていかれる。
　でも、それでも自分が生きていたことにひどく安堵した。

今回もきっと、いろんなことが変わって、片づいてるんだろう。
　そんなことを思ってため息をついた時、病室の扉がガラリと開いた。
『あら、起きてたの』
　入ってきたのは、知らない人。看護師さんでもない。
　じっと警戒するようにその人を見つめれば、その人は無表情に私を見つめ返して早口に話しはじめた。
　まず、お母さんの姉で、私のおばさんにあたるということ。
　それと、お母さんは精神科の病院にいて私には当分会ってはいけないこと。
　そしてもうひとつ、私はおばさんに預かってもらうことになったってこと。
『一度会ったけど。覚えてる？』
　べつにどうでもいい、という顔をするなら聞かなければいいのに。
　そんなことを思いつつも、首を振り。
　私は、いつ会ったのかもう記憶にもない目の前のおばさんを見つめた。
　ふぅん、とつぶやいたおばさんは『起きたこと、看護師さんに伝えてくるわ』そう言って部屋から出ていった。
　これから私……あの人と一緒に暮らすの？
　新しい場所で、やり直せる……？
　もう、あんなあんな辛い思いしなくていいの……？
　それがものすごくうれしくて、私の強張っていた顔から

だんだんと力が抜けた。
　安心したのか、目にほんの少しの涙がたまる。
『よかっ、たっ……！』
　起こしていた体を、ベッドにボフンと預けて私は絞りだすようにつぶやいた。
　また、昔みたいに、笑える。
　でも、ものすごくホッとしてる半面、そんな自分に驚いている自分もいた。
　うしろ指をさされて、あることないこと言われて、誰もが私を汚いもののように見る毎日だったけど。こんなに自分が参ってたなんて知らなかった。
　べつに平気だって思ってた。
　なのにほら、あの状況から抜けだせるってわかったら泣くほどうれしかった。私も、壊れる寸前だったのかなもしかしたら。
『……よかった』
　噛みしめるようにもう１回つぶやいた時、病室の扉が開いて看護師さんとおばさんが入ってきて。
　お医者さんにいろいろ調べられて、『３日後には退院できますね』という言葉をもらった。
　おばさんはそれが終わったあと、『３日後また来るわ』そう言ってさっさと出ていってしまった。
　もっと、おばさんのこといろいろ聞きたかったのに。
　病室でひとり。遠くに見える海を視界に入れないように、はぁ、とため息を吐きだす。

まるで、頭の片隅にある、私がここに運ばれてきた理由。
　──"海での記憶"にフタをするように。

　──そして、３日が経った。
　これでこの街ともサヨナラできる。
　寂しくない、わけじゃないけど……それよりもやっぱり、安心の方が大きくて。
　──私はバカで、ずるかった。
『来たわよ、荷物はまとめてある？』
『あ、はい。そんなにないので』
『家には、大切なものとかない？』
　表情を変えず、淡々と聞いてくるおばさんに返事を返しながらおばさんの車に乗りこむ。
　そして車は、この街からどんどん離れていった。
　私が犯した罪はなくなることはないのにね。
　すべては私が原因で起きたことなのにね。
　ひとりだけ、すべてから逃げるように。車がそこから離れていくにつれて、罪の意識がだんだんと薄れていっているのに自分自身で気づいていなかった。
　数時間かかって着いたのは、大きな家。
『す、すごい……』
　私、こんな所で暮らせるの？　本当に？
　ほんとに、生まれかわったみたいな気分だ。
　そういえば、おばさんの服もアクセサリーも高そうだもんなぁ。

私もそういうものを身につけられるのかな、なんてウキウキする。
　──罪悪感なんて、もう、ひとかけらも私には残っていなかった。
　すべての原因の私が、人を殺した私が、楽しく過ごすことへの罪悪感。
　でも、おばさんの家に入って、おばさんを呼びとめるために腕に触った時。
『──汚い!!　触らないでよ、その手で!』
　怒鳴って腕を振りはらわれて、自分の両手を、ハッとしてじっと見つめた。
『……ぁ、ご、めんなさい』
　──なくなってた罪の意識が重く重く、私にのしかかって、全部全部思い出した。
　バカだ。バカだバカだバカだ。
　──大切な人、みんなの人生を狂わせた私が。
　"やり直せる"……何考えてんの?
　そんなわけないじゃん。
　こんなに汚い手。こんなに汚い私。
　私は変わらず、幸せになんかなれない。
　──ううん、なっちゃいけない。
　おばさんに、
『お金は1ヶ月ごとに渡すし、払えるやつは払っておいてあげるから、ひとり暮らしして。マンションは用意してある。
　──悪いけど、一緒には暮らせない』

そう言われて私はあの家から出た。
　小6で、マンションでひとり暮らし。常識的にはきっと、おかしいんだろう。
　……表面上は多忙なおばと住んでることになってるけど。
　料理もよくわからない私は、まずそこからで、大変なことはたくさんあった。
　でも、人殺しとののしられるよりはいくぶんかマシだった。本当に。
　お金には困ってないし。
　幸せなんかとはほど遠いけど、でもこれが私にはお似合いで、私に相応しい。
　だって……私は、人殺し。
　――私は、幸せになっちゃ、いけない。

少しずつ

「ひとり暮らし始めて、それからだったかな。フラッシュバックするようになったのは。海の記憶だけだったらまだよかったんだけど、昔はだいちゃんまで出てきてさ。"お前が死ねばよかったのに"って、言うの」

　ああ、声が震える。手が震える。

　思い出すだけで、頭が痛くなる。

　一度もみんなを振り返らないで、窓の外を向いて話していた私には、みんなの様子はわからなかった。

　そして私はまた口を開く。

「小6から中学3年まで、ずっと、ずっとひとりで。学校では仲よくする子なんかいなかったし、仲よくなんかしちゃいけないと思ってた。それに私は過去にとらわれてて、前なんか向けてなくって。静かで、つまらないヤツだったから。誰も近寄ってなんかこなかった。"なんで私が死ななかったんだろう"。いつも思ってた。心は過去から動けてないのに表面上でだけ、私はそのまま進んでいった。ふらっと適当に高校に入って。そこで私——青嵐に出会ったんだ。誰も絡んでこなかった私に、興味本位で近づいてきて。なんだこの人たちって程度の人たちだったのに。気づいたら、私の周りを明るく彩って。気づいたら私、ひとりじゃなかった。……はじめて、私の過去を知ってもそれでもそばにいてくれた人たちだった」

笑わなかった、笑えなかった私は、気づいたら、笑ってた。
気づいたら、楽しかった。
気づいたら、姫になれることがうれしかった。
だって、気づいたら大好きになってたんだ……彼らが。
「毎日が楽しくて。はじめて知った、仲間って存在がうれしくて。もう幸せになってもいいのかななんてときどき悩んで、約1年間。いいのかもしれないって思いはじめてた時——あんなことが、あったんだけどね」
ははっ、口から出た声は予想外にもかすれてた。
思い出したのは、青嵐を追いだされた時のこと。
思い出して、辛くないって言ったら嘘になる。
やっぱり私にはどこか心が痛くなる思い出。
でも、なんでかな。つい最近のことなのに。思い出すと、すごくすごく昔のことに感じる。
……強くなれたって、ことなのかな。私。
「でもそのおかげで私、みんなに会えた。あの時は、"仲間"を知る前の、昔の私に戻りたくても戻れなくて。どうしたらいいのかわからなかった。だけど、みんながこんなに弱い私を救ってくれた。助けてくれた。仲間にしてくれた。強くしてくれた。なのに、ね」
窓枠にかけていた手にぎゅっと力がこもる。
「私の素性、こんなにも話すの遅くなっちゃって、ごめんね。みんなの優しさに甘え続けててごめんね。心配たくさん、かけてごめんね。私のせいで交戦することになっちゃって、ごめんね。いっぱい、ケガさせてごめ——」

目をぎゅっとつむって、窓枠を握りしめて、うつむいて謝り続けていた私の頭に手がポンと置かれて、私はびっくりして言葉を止めた。
　いつの間に背後に来てたんだろう、ふわりと香ってきた香りは、美影の。
「もう、謝んな」
　感情は相変わらずわかりにくいけど。どこか優しさのこもったその声に、私の力んでいた目と手からフッと力が抜けた。
　頭から離れていく美影の手に合わせるように、閉じていた目をゆっくり開く。
　そういえば、みんな、どんな顔してるのかな。
　窓枠にかけていた手をゆっくりゆっくり、離していく。
　心がふわっと解放された気がした。
　ああ、私。やっと話せた。全部話せたんだ。
　──よかった。
　窓枠から離れた手。私は1回窓の外を見つめて。みんなの方へ、ゆっくり、振り返った。
　そしてみんなの方に目線を移して──。
「えっ」
　まーくんを見て私は声を出し1歩引いてしまった。
　え、だって。
「ヴっ、ヴヴっグスッ……ひな、日向ぁぁ！」
　ものすごい、泣いてたから。
　途中ちょっとなんか聞こえるなぁと思ってたけど、まー

くんだったんだ。
　そんなこと思いながら、ひとりひとりに目線を滑らして、私の目はまた潤んでしまった。
　……だって、なんでみんなが泣いてんだバカやろう。
　涙をこらえている伽耶。ちょっと目の赤いタカ。鼻水すすりながら泣いてるミッキー。そっぽを向いて、鼻をすすった茜。怒ったように目を潤ませてる、朝陽さん。唇を噛みしめて目を赤くした龍騎さん。美影は……泣いてないけど。
「……なんでみんな、泣いちゃうかなぁ……」
　交戦が終わるまでみんなの前では泣かないって決めたのに、みんなに泣かれたら泣きそうになっちゃうじゃんか。
　出てきた涙をこらえるために、ぐっと唇を噛む。
　ダメ、泣くな。
　そう、こらえてた時に、伽耶がソファから突然立ちあがって、私をぎゅっと抱きしめた。
「日向っ……、辛かったよね。いっぱいいっぱい、辛かったねっ……」
　伽耶、いつもそっけないくせに、こんな時だけ優しくするなんてずるいよ。
　泣きそうになって顔が崩れたけど、涙をこぼさないように、嗚咽をもらさないように。
　こくこくと、強くうなずいた。
　私から離れた伽耶は、潤ませた目で私を見てからソファに戻ってく。

ぐすぐす、伽耶だって泣いてるくせに、「泣くなバカ」そう言ってまーくんの頭を叩いた伽耶を見て、なんでかよけい泣きそうになった。
　視線を滑らせると、朝陽さんと目が合う。
「日向ちゃん、話してくれてありがとな。辛かったろ？」
　話したら、泣いちゃう気がしたから。
　ふるふると首を横に振って、笑顔を向けた。
　けど、朝陽さんは自分にムカついてるのか怒ったような顔のまま「ごめんな、俺が急かすようなこと言ったからだよな」と言う。
「そ、それなら俺だって……！」
　そしてそんな朝陽さんにかぶせるように、ミッキーも目を潤ませたまま身を乗りだした。
　ちがうって言おうと思ったのに、涙がこぼれそうですぐに言えないのがもどかしい。
　1回深呼吸して、いろいろあふれそうな気持ちをなんとか抑えながら口を開いた。
「朝陽さんたちのおかげで私、話せたんだよ」
「だから、俺たちが……」
「ううん、ちがくて。みんなが、傷ついてるのにそれでも私を甘やかして笑うから。私のせいで、傷ついたのに、私を傷つけたくないなんて言って笑うから。──話そうって、思ったの。そんなことでって、思うかもしれないけど。なんでかわかんないけど私、みんなの笑顔見たら"話せる、話そう"って思ったの」

笑顔を向けてそう言えば、ミッキーはキョトンという顔をする。
「それだけ、で？」
「あは、変だよね。でも私にとってそれくらい、みんなの力は大きいの。みんなにまた背中を押してもらっちゃった。おかげで私、トラウマも……乗りこえられたよ」
「そっ、か。無理して話させちゃったかなって思ってたんだ。それなら、よかった」
　ほっとしたように笑った朝陽さんに、私はまた視界がゆがんだ。
　どこまでも優しいんだよね、みんなさ。ほんとに、困っちゃうよ。
「無理して話すくらいだった方が、きっと私にはちょうどよかったよ。みんなのこと傷つけたんだから」
　涙に浮かんだ目を隠すように床を見て笑いながら言ったら、突然ガシッ！　と肩をつかまれた。
　ビックリして顔を勢いよくあげると、また目に涙をためて、辛そうな顔で私を見るミッキーがいた。
「そんなの、日向の傷に比べたらどってことねーよ！　──なぁ日向、お前まだ、自分は幸せになっちゃいけないとか思ってんのか……？」
「そ、れは……」
　思ってない、わけがない。
　思い出すだけで、罪悪感であふれて。
　だって私はたくさんの人の人生を狂わせた。

そんな私が幸せになんて、なっていいはずがないじゃんか……。

　黙りこんで下を見ていたら、肩に乗っていたミッキーの手に力が加わった。

「俺、話聞いてて思ったんだ。お前の幼なじみは、お前が幸せになるのを恨むようなヤツなのか？　会ったことねぇし、知らねえけど、きっとそんなやつじゃねぇだろ……？」

　私は彼を、だいちゃんを、よく知ってるよ。

「恨むような、人じゃない……。でも、でもさ。わかってはいるけど、そんな簡単には思えないよ。"もしかしたら、恨んでるかもしれない"……そう考えたら、やっぱり幸せになんかなっちゃいけないって思うの」

　みんなと楽しく過ごすのもたまに、罪悪感が湧いてきて止まらなくなるの。

　ぎゅっと、かたく口を結んだ私を見てから。

　ミッキーは少しの間を空けて力強く言葉を放った。

「……日向、それ、俺まちがってると思うよ。恨まれてるから、幸せになっちゃいけない？　——それって日向が逃げてるだけだよ、罪悪感から」

「え……？」

「幸せにならなければ、罪悪感も感じないで、これでいいんだって思って生きていけるけど。きっとそれって自己満足で、なんの罪滅ぼしにもなんねぇと思う。——罪悪感を感じるのが、どれだけ辛くてもさ。罪悪感を感じてでも、幸せになるのが本当の罪滅ぼしなんじゃねぇかな……？」

なんて、えらそうだけど。
そう言いながら、私の肩から手を離して頭のうしろをかいたミッキー。
私は、ミッキーの言った言葉に、どこかを思いきり突きさされた感じがした。
——なんで……なんで私は今まで気がつかなかったんだろう。
そうだよ。罪悪感を忘れて幸せになるんでもなくて。罪悪感を感じないように、幸せにならないんでもなくて。
——罪悪感を感じてでも幸せにならなくちゃいけなかったんだ、私は。
なんで、どうして気づかなかったんだろう。
なんで、どうしてまた彼らは、大切なことを私に気づかせてくれるんだろうか。
「みっ、ミッキー、私っ……!!」
「お、怒らせたか……?」
突然大きい声をあげた私に、きょどったミッキー。
でも、私の泣きそうにゆがんだ顔を視界に入れて、やわらかく笑って、言った。
「なぁ、日向。——もう、前に進んでもいいんだよ」
「……っ」
ダメだ、視界がおもいっきりゆがむ。
涙がこらえきれなくなって、私はとっさにまた窓の方を向いて、みんなに背を向けた。
ぼろぼろぼろ、止まらなくなって、あふれてくる涙。

目もとに腕を押し当てて、今にでももれそうな嗚咽をこらえるためにぐっと震える口を結ぶ。
『だから、もう、──前に進んでも、いいんだよっ……』
　なんで、私が前に言った言葉、覚えてるのミッキー。
　ねぇ、なんで私がほしい言葉がわかったの……？
「俺さぁ、過去を日向に話してこの言葉言ってもらった時、スッゲェうれしかったんだよ。だから、日向にも」
　へへって、笑いながら言ったミッキーに私はよけいに涙があふれた。
　泣いてるの、バレてるかなぁ。バレてるよなぁ。
　みんなの前で、交戦が終わるまで泣かないって決めてたのに……でも、もう、無理だった。
　あふれる涙は止まることを知らないのか、あふれ続けて。みんなに顔を見せないのは、せめてもの意地。
　言いたいことがたくさんあったのに、どれも口にすることができなかった。
　でもひとつ、今伝えるなら。
「──みんな、ありがとう……っ」
　何がって、たくさんだよ。言えないくらい、たくさんだよ。
　私が伝えるのはごめんねじゃ、なかったね。
　私が伝えなきゃいけないのは、『ありがとう』。
「こっちこそ、話してくれてありがとう。日向」
　龍騎さんの声に背を向けたまま、うなずく。
　そして、涙を止めるために、深く深く息を吸いこんではいた。

「日向、もう、大丈夫だろ？」
　タカの声が聞こえて、私は強くうなずいて、目もとをグイッと拭った。
　もう、大丈夫。昨日よりもっと、大丈夫。
　私はもう、過去から前に進めてる。進んでいける。
「私が最近、変だったのはね。おばさんから電話が来て『お母さんが会いたがってる』って言われたからだったの」
「それで……」
「それは、断っちゃった。今はまだ会えないから。でも私、いつか絶対会いに行く」
　窓の外をみて、強く強くそう言えば、今まで何も言わなかった茜が、いつの間にか私の横に来ていて、どことなく赤い目で、がんばれよって私を見た。
　そして、いつもどおり意地悪くニヤリと笑う。
「あれ、お前、また泣いた？」
「ばか！　うるさい！　泣いてない！」
　きっと、私が最近泣かないようにしているのに気づいてたんだろう。
　ニヤニヤ笑いながらそう言った茜をにらみつけたら、「ふーん？」とよけいにニヤニヤと笑われた。
「あ、茜だって！　目ぇ赤っ……」
「よーし、それじゃあ倉庫戻るか。あいつらも幹部いなくてビビってるだろ」
　反撃しようとした声は、わざとらしく茜にかき消された。
　悔しくってもう１回反撃しようとしたけど、去り際、茜

に頭をポンと叩かれて。そんな気分も消えてしまった。
「まぁ、いっか」
　窓を向いていた私も、扉の方を向く。
「――あ、そうだ、まーくん。もし下っ端の中で私の過去気になってるヤツいたら話してあげてね、まーくんが。たぶん、私には聞きにくいだろうから」
　茜に続いて、部屋から出ていこうとしていたまーくんを引きとめれば、まーくんは1回足を止めて「おう！」と返事をしてからまた歩きはじめた。
　みんなが部屋から出ていく。その背中を私は、まだ止まったまま見つめた。
　そして、心の中でつぶやく。
　私の過去を聞いても、変わらないでいてくれて、ありがとう。
　私を前に進ませてくれて、ありがとう。
　たくさん甘えさせてくれて、ありがとう。
　過去を、受けいれてくれてありがとう。
　ねぇもう、"私、強くなったよね？" なんて考えないで、"私は、強くなった" ……そう、思っていよう。
　罪悪感を感じてでも、幸せになるんだ。私は。
　ちがう、ならなくちゃいけない。
　だからみんなこれだけ、どうかお願い。
　罪悪感に押しつぶされそうになったら、助けてほしい。
　壊れそうになったら、泣きそうになったら、受けとめてほしい。

そばにいてくれる、それだけでいいから。
　──どうせ、お願いなんかしなくてもそうしてくれるんだろうけどさ。
　……でもそうしたら私、もう前を向いて歩いていけるよ。
　──過去で止まってた足が、どこかでコツリと踏みだす音が聞こえた気がした。
「おい、日向。来ねーのか」
　美影が扉で振り返る。
　それでパッと我に返った私は全力の笑顔を向けて、
「今行く！」
　扉の所へ駆けていった。

　──夏休みが終わる。
　夏が、秋に向けて準備をしはじめる。
　私たちも、交戦に向けてできる限りの準備を進める。
　どこか緊張感のある空気が漂うけど、私たちはいつもと変わらずバカみたいに笑う。
　夏が秋になるのが早いか。交戦が起こるのが先か……そんなの、わからないから。
　──交戦でもしものことがあった時、後悔しないように、ただ笑う。

嵐の前の

　夏休みが明けた。
　久しぶりに学校への通学路をひとりで歩きながら、まだまだ夏だなぁなんて思う。
　——白龍のみんなと出会って、気づけばもう、３ヶ月。
　でも、"もう" ３ヶ月じゃなくて、"まだ" ３ヶ月しか経ってないって考えると変な気分になる。
　まだ３ヶ月しか一緒にいないんだっけ。
　もっと、もっともっと前から一緒にいたような気がしてしまう。
　それにしても、今日と明日。
「心細いなぁ〜……」
　実をいうと今日と明日は、茜も南も学校に来ない。
　たしか、同盟やら傘下やらの族に会うらしく、その行く族の中のふたつが南つながりで傘下になった族で、南がいなきゃだめらしい。
　久しぶりに、白龍に会う前の時に戻ったみたいで緊張する。
　でももう、青嵐を怖いとは思わない。
「絡まれなければ、いいけど」
　主に青嵐の、姫の方に。
　でも茜いなくても、私もう伽耶と仲よしだしね！
　伽耶がいれば平気かな、うん！
　そんなことを考えて歩いていれば、私はいつの間にか学

校の前まで来ていた。
　感じる目線を気にしないようにしながら、校舎内に入っていく。
　靴を履き替えて、階段をあがって……それにしても、なんなのアンタらは‼　って叫びそうになった。
　目線と一緒に浴びせられるのはコソコソという声。
　聞こえてるんです、頼むから聞こえないようにしてほしい。
　内容はだいたい、「今日はあの人いないのかな？」「また裏切ったんじゃん！　キャハハッ」とか「青嵐と白龍って、今ヤバイんでしょ？」みたいなそんな感じ。
　交戦のことも、知ってる人は知ってるんだ。
　もう頼むから放っといてほしいなんて心の中でつぶやいた時、意外な言葉が耳に届いた。
　それまでのその人たちの会話は他と対して変わらず、
「あれ？　あの人いないのかな……？」
「プッ、また裏切って捨てられたんじゃない？」
　だった。なのに、
「……でもさ、アレ、ほんとかな？」
　なんて聞こえてきたからびっくりだ。
　アレって……？
　気になって、少しペースを遅くして聞き耳を立てる。
「アレ？　何それ？」
「だからさ……本当はあの子、裏切ってないってやつ」
「はぁ⁉　な、何それ！」
「今少し噂になってるんだけど、本当は、今の姫があの子

をいじめてて。今の姫がいじめられたーとか言ってたのは、自作自演……っみたいな」
「え？　いや、え？　……それ嘘じゃないの？」
　ど、どういうこと？　なんで今になってこんな話が？
　でもまだ、知ってるのは少人数みたいだ。
　教室までの廊下を歩きながら私は動揺する頭で考える。
　うーん……。
　なんで？　誰が？　——あ。
　そこでなんとなく答えが浮かんで、私は床に向けてた顔をバッとあげた。
　ヒソヒソ話してるみんなの目線が集まる。
　今まで、蔑むような目だけだったのに、どこかに動揺を交えてる人がいる。
　いつもとちがう感じに、私もまた少なからず動揺したけど、私には関係ないと、私はまた床に目線を向けた。
　誰に真実が広がろうが、誰が"真実"を信じようが交戦はあるんだから。
　教室の前に着いて下へ向けていた顔をあげて、扉に手をかける。
　でも、私が扉を引く前に、ガラガラガラッと勢いよく向こう側から扉が開いて、人が出てきた。
　そこにいたのは、篠原柚姫。
　ぶつかりそうになって、私はびっくりして目を見開く。
　篠原柚姫も、予想外だったのか目を見開いた。
「え、ちょっ……」

そして当たり前だけど、なす術もなく。
　ドンッと私たちはぶつかった。
　歩きだしていた篠原柚姫と止まっていた私がぶつかったんだから、もちろん私がうしろにグラリとバランスを崩す。
　廊下にいる人の目線をチラチラと感じる中、私はうしろにドサッとしりもちをついた。
　教室の扉の所では、篠原柚姫がめずらしく動揺したような顔で立っている。
　うるさかった廊下は、私たちのそんな様子を見てシンと静まった。
　まるで私が篠原柚姫に〝突きとばされた〟光景を見てしまったかのように。
「いっ……た」
　でも私はそんな周りの雰囲気にも気づかずに、新学期早々災難だなーなんて思いながら立ちあがる。
　そこでやっと、周りの目線と空気に気づいた。
「えっ」
　一瞬戸惑ったけど、今の雰囲気を瞬時に理解して篠原柚姫の顔に目線を移す。
　私と目が合った篠原柚姫は、口を悔しそうにゆがめながらギリッと私をにらみつけてきて。
「……ちょっとついてこいよ」
　ボソリと私の耳もとでつぶやいて歩きだした。
　まだホームルーム始まるまで時間もあるし……。
　嫌がらせなんかしてきても今の私には意味ないし、べつ

にいいか。
　——それに、茜に言われてたこともあるし、好都合。
　ポケットに手をつっこんでソレを操作して「よし」聞こえないようにつぶやいた。

　静まった廊下、青嵐のヤツらはまだ学校に来てないんだ、なんて思いながら私は篠原柚姫について歩きだした。
　たくさんの目線を感じながら、廊下を通りぬけて歩いていくとだんだん人の数が減ってくる。
　そして、人がまったくいない特別棟の階段の踊り場で篠原柚姫は足を止めた。
　ふたりだけの空間に、ジメッとした空気が漂う。
　にらみつけるように私を見る篠原柚姫を、私もまっすぐ見返す。
　少しの沈黙が流れて、篠原柚姫が口を開いた。
「ねぇ……」
「何」
「なんであんな噂が流れてんのよ……？」
　怒りのこもった声で、目で、私を見てきた篠原柚姫だけど、私はそれを変わらず真顔で見返す。
「噂？　……ああ、"元姫は本当は裏切り者じゃない"ってやつのこと？」
　威圧的に、フッと笑いながら言えば、篠原柚姫は目を見開く。
　なんだか私の方が、悪いヤツみたいなんだけれど。

でもこの子に……コイツに、優しく接してあげることはできないんだ。
「調子のりやがって……！　なんでこの噂が……絶対広がるはずなかった真実が、広まってんのかって聞いてんの！」
「逆ギレしないでよ、私のせいじゃないよ。"知っちゃったヤツ"がいる、それだけでしょ。──アンタのボロのお陰でさ」
「は、そ、んなわけないじゃん!!　私がボロなんか出すわけない!!　嘘だ、アンタでしょ？　アンタがなんかしたんでしょ？　言え！」
「もー、嘘なわけないじゃん。私が真実をいくら言ったって信じてくれないヤツばっかりじゃんこの学校。それを知ってんのに、本気で私がこんな噂流したとか思ってるんなら。……それは結構、おバカさんだ」
　そして最後にちょっとバカにしたような笑顔を付けてあげれば、今にもつかみかかりそうな勢いで私をにらんできた。
「……うる、さい」
　……それにしてもこの子、こんなに小さかったっけなぁ。
　私より少し低いだけの彼女なのに、前は大きく見えたのに。
　今は前よりずっとずっと小さく見える。
　──ああ、そっか。
　私はもう、昔の私とはちがう。ちがうんだよね。
　だから、こんなにも彼女の存在も威圧感も、ちっぽけに見えるんだ。
　人は変わろうと思ったら変われるんだ。

変わろうともしてないヤツになんか、負けない。
「うる……さい……うるさいうるさいうるさいっ！　じゃあ誰だって言うの!?　意味わかんない!!　それに、アンタがぶつかってきて、転んだりするからよけい私が疑われるじゃんかよ!!」
「ぶつかったのは私じゃなくて、アンタ。それと、噂の発生源は誰か知らないけど。私の予想でよければ教えてあげる。――青嵐の下っ端たち、だよ」
「そ、んなわけ……」
　これは、須佐っちが言ってた話からの私の予想。
　真実を知った下っ端６人が、青嵐の幹部のヤツらに『裏切り者は現姫だ』って言って。
　それで、それを言われた時の幹部の尋常じゃない様子に、周りで聞いてた人たちがカンづいて、不審に思ってきてるって。
　この学校の男子半分は少なくとも青嵐だし、もちろんこの学校の女子と付き合ってるヤツも、いるだろうし。
　まぁ、今までは夏休みだったから、広がらなかったものの。
　――学校が始まったら広がっちゃうのは当たり前。
　私の予想が正しければ、だけれど。
　でもそっか、篠原柚姫は何も知らないのか。
　噂はどんどん広まっていく。
　それはもちろん、すごい速度で。
　それに比例するように、青嵐の幹部が選んだ……というより、作りだしたまちがった道は、もう、目をつぶって耳

をふさいで通ることはできなくなるんだ。
　だって、噂が広まれば広まるほど、彼らの進む道はどんどんくずれてもろくなっていく。
　──見るしかないんだ、本当のことを。
　彼らが助かる道はひとつ。
　"今すぐ交戦を仕掛けて、勝つこと"。
　考えてみたら、思った以上にもう目の前まできていた交戦に私の心臓は変に鳴った。
　──って、今は関係ないこと考えてる場合じゃなかった。
「……信じるか、信じないかは好きにして。それで、用ってこれでおしまいだよね？　私戻るね」
　これ以上、絡まれるのはごめんだ。
　言うだけ言ってその場から去ろうとすると、腕にギリッと爪を立てて止められた。
「いっ……」
　きれいに伸ばされた爪が、腕に食いこむ。
　……さ、刺さってるかな、これ。
　少し顔をゆがめながら篠原柚姫を見れば、作ったような余裕そうな笑みを向けられた。
　どこか、悔しさと怒りがにじみ出ている気がするけど。
「……じゃ、じゃあ、最後にひとつ教えてあげる。私は、アンタの過去を──知ってるわよ」
「……それが？」
　ほんの少し、動揺したけど。
　でも、自分でもびっくりするくらい本当に少しだった。

……みんなの、おかげかな。
　私のそんな様子を見て、予想外だったのか篠原柚姫の方が動揺している。
「せ、青嵐のみんなに聞いたんだから！」
「それが？」
「白龍に、バラしてやる！」
「もう知ってる」
「……ちっ」
　動揺させたかったんだろうけど、ぜんぜん動揺しない私にチッと舌打ちした篠原柚姫は、私の腕から手を離してひとりで歩いていってしまった。
　姿が見えなくなって、ようやくふうっと息を吐く。
　ポケットに手をつっこんでソレを止めてから、私は壁にもたれかかった。
　……過去の話題を出されて、ほとんど動揺せずにいられるなんてなぁ……。
　──いろんなことが頭の中でぐるぐる回る。
　篠原柚姫も相変わらずだった。
　どんな理由でもこんなこと絶対にしちゃダメだって、どうやったらわかってもらえるんだろ──って！
　けど私は頭をブンブン振って、「気にしない気にしない！」と階段に響き渡る声で言って壁から背中を離した。
　腕がチクリと痛んで目をやれば、案の定。
　篠原柚姫につかまれていた所はやっぱり、爪が刺さってたらしく、２ヶ所から血が出ていた。

グイッと適当に血を拭って、ため息をつく。
　……どうしよう、教室に行くの嫌になってきたな。
「あ、旧美術室行こう」
　いちおう伽耶に連絡入れておいた方がいいよね、スマホでメッセージを打ちながら階段をのぼる。
　扉を開けて教室に入り、4つの机のひとつにカバンを置いて、窓を開けてからイスに座る。
　ふわっと入ってくる風が気持ちよくて、ぼーっと空を見ていた私は、こくり、こくり、舟をこぎはじめた。
　そして、机に突っぷして目をつむった。

「――なた、ひなた。ひなた」
「んー……？」
　伽耶の声がだんだん大きくなる。
　体を揺さぶられてる感じがして、私はゆっくり目を開いた。
　……あれ？　私……。
「あ、起きた」
「あれ……。って、え!?　伽耶!?　今何時!?」
「声でかい。今、12時前だよ」
　そうか、私あれからずっと寝てたんだ。
「あああっ、失敗した!!　2時間目まで寝て、3時間目からは起きて授業出ようと思ってたのに！　もうお昼!?　……伽耶、起こしてくれてありがとう」
「んーん。暇だったし、日向から連絡来てたから探しにきてみた。……いっしょにお昼食べようと思って」

今日お弁当つくってきてよかった！　うれしいなぁ……。
本当に交戦が近いのかってくらいに平和。
いや、交戦が近いからこそ、なのかな。
これがきっと、交戦前の数少ない平和な時間。
うん、いっぱい笑って、楽しく過ごそう。
そんなことを心の中で決めて、私はその時間を伽耶と楽しく過ごした。

「ふー、それじゃあ教室戻るかー！　あと２時間がんばろっと」
「日向、この教室鍵は」
「開けっぱで平気だよー」
「そっか」
　伽耶と空き教室を出て、廊下を歩く。
　教室が近くなった時に、さっきコーヒー飲んだことを思い出して足を止めた。
　念のため、行っておこう。
「伽耶、私トイレ寄ってくから、先戻っててー！」
　私の声に、「わかった」と返事をした伽耶を横目に私はトイレに入った。
　——でも、その行為が……と言うより、今日、コーヒーを飲んでしまったことがそもそもの私のまちがいだった。
　結構時間ヤバイよね、なんて思いながらはやくトイレを済ませて出る。
　でももう廊下には人があんまりいなくて、急がなきゃな

んて思って走りだそうとした時。
「──おい、待てよ」
　引きとめる声が聞こえて、私は踏みだそうとした足を止めた。
　夏休みショッピングモールで会った時、関わらないでって釘を刺したと思ったんだけど。おっかしいなぁ。
　それにしても、この場所、茜に会った日のことを思い出す。
　くるりと振り返って、彼ら……青嵐の幹部５人を真顔で見返した。
　目線はもう、そらさない。
「あれ？　オヒメサマはいないんだ」
　クスッて笑ってやれば、夕はイラついたように私をにらみ返す。
「てめぇが、まだ怖いんだとよ。てゆーかお前、今日また柚姫に絡んだんだろ？　なぁ、ふざけんじゃねぇぞ……？」
　ドスのきいた声で言ってくるコイツは、まだ私を"元姫"として見ているみたいだ。
　私は、"元仲間"じゃない、"元姫"じゃない。
　"敵"なんだけど。
　そこんとこ理解してほしい、なんて心の中でつぶやきながらも、コイツの言ったセリフが我慢できないほどおかしくって私の口がゆがんだ。
　ヤバイ、こらえろ、こらえろ。
「ふ、ふざけてるのはそっちでしょ、プフッ」
　あらまあ、大変だ。

笑いがこみあげてきて声が震えたあげく、結局笑い声がもれてしまった。
　彼らをヒートアップさせちゃうのはまずい、めんどくさい。
「それでさ、ふざけてるのってそっちだよね？」
「俺たちがふざけてるって？　大真面目なんだけど？」
「ええ？　大真面目だったの？　——"あんなお姫さまの嘘"をまだ信じてる人がいるなんて信じらんなくてさ、ふざけてるのかと思っちゃった」
　挑発するように彼らを見たのに、彼らはキレるどころか動揺していて……待ってよ、それは予想外だった。
　その様子に、私も少なからず動揺してしまった。
　だって、あと２日くらいは、あの噂はコイツらの耳には届かないと思ってたのに、コイツら、もう、知ってる。
　だからそんなに動揺してるんでしょ？
　私の思ってた以上に、交戦の日は近かったのかもしれない。
　もう、目の前。本当にもう手の届く距離に交戦の日が迫ってきてたんだ。
　それじゃあ私、今何かされてもおかしくないんだ。
　コイツらはどうやって交戦をふっかけてくるんだろう。
　誰かを人質にとる？　それとも呼びだすだけ？　でも、どうやって？
　——油断は、できない。
　私が人質にされる可能性は低いけど。
　私、今すぐこの場所を立ち去った方がいいのかもしれない。
「……じゃ、私、急いでるから」

何も言わない彼らに背を向けて、動揺を隠しながら教室へ向かって歩きだす。
「おい、まて！　もし交戦で俺らが勝ったらお前、篠原柚姫をいじめてましたって全校生徒の前で言って謝れよ!!」
「負けたら、ね。いいよ、私たちは負けないから。それじゃあもし私たちが勝ったら。──解散してよ、青嵐」
「はっ!?　お前、ふざけ──」
「いいぜ、受けてやる」
「おい、夕!!」
　うしろで騒ぐ彼らを無視して、私はまた歩きはじめた。
　まださっきの動揺が収まらない。
　……本鈴はまだ鳴ってないよね。
　でも、時間を確認しようとスマホを取り出す時、
「あっ」
　隠しきれない動揺が気を抜いた時に現れて。
　──ゴトンッ……カラカラカラ。
　スマホが手を滑って、落ちた。
　はめていたカバーが外れて、カラカラ音を立てる。
　スマホの本体は、私のうしろの方に滑っていった。
　待って、まさか──。
「おい、なんか落ちたぞ」
　拾う、音が聞こえる。
　ダメ、触らないで。
　全身がひやりと冷える。勢いよくバッと振り返ったけど、遅かった。

中哉の手に拾いあげられて、
「これ──」
　裏側に貼りつけてあるみんなで撮ったプリクラを見られて、それも運悪く中哉の指が触れていた。
「……っ」
　お願いだから、触らないでほしかったのに。
　秘密の、宝物だったのに。
　白龍のみんなしか知らない、大切な秘密だったのに。
　何かを言いかけた中哉を無視して、悔しくてほんの少し泣きそうになりながら、すばやく中哉の手から奪いとった。
「さ、わんな」
　ただ拾ってくれただけだってわかってるし、理不尽なこと言ってるのはわかってるけど、さすがに無理だった。
　夕がキレたように口を開こうとしたけど、中哉がそれを止める。
　だけど、私はそんなの気にとめる暇もなく、彼らにまた背を向けた。
　足もとに落ちたカバーを拾って、私は教室に向かって歩きはじめる。
　スマホをゴシゴシと強く強く袖でこすって、元どおりにカバーをはめた。
　───悔しい、悔しい悔しい悔しい。
　青嵐なんかに触らせてしまった自分に腹が立つ。
　見せてしまった自分に腹が立つ。
　最悪なんかじゃ収まりきらないほど、最悪。

自分にありえないほどイラ立ちながら、まだ少し廊下に残っていた人の目線を感じながら、私は教室の中に入った。

「それで、あんなイラついてたの」
　5時間目が終わって、席に来た伽耶にさっきのことを話せばドンマイという目で見られる。
「あああああっ！　もう！　悔しい!!」
　自己嫌悪でいっぱいになって大きい声でそう言ったら、伽耶に「声デカい。みんな見てるよ」なんて言われた。
「大声出さなくったってみんな見てるよ……」
　ブスーッという顔をして頬杖をつく。
「フッ、それもそうだね」
　そんな私を見て笑った伽耶をジト目でにらんだ。
「ごめんごめん。噂のこと、私も耳に入ってるからわかってるよ」
「…………」
「……日向。交戦……ケガしないで」
　聞こえてなくてもべつにいいってくらいの大きさでつぶやいた伽耶の声は、ちゃんと私の耳に届いて、うれしいけど、申し訳なくなった。
「……気をつける」
　だって、"うん"とは言えないから。
　そんな私を見て、無表情をほんの少し崩して、切なげな顔をした伽耶に胸が痛くなった。
「嘘でもいいから、うんって言ってほしかった」

「……えへ、ごめん」
「……私も何か、できたらよかったのに」
「ううん、伽耶。伽耶は、もう十分私たちの力になってる。だって私たちに何かあったらきっと伽耶のこと傷つけることになるでしょ？　——だったらもう、何がなんでも無事でいるしかないって思うから」
「……ほんと、日向はキレイごとばっかり言う。でも嫌いじゃないよ。今みたいな考え方」

　切なげな顔を隠すように、口角をあげた伽耶に私もごめんって気持ちをこめて笑った。
「——よし、じゃあ、ラストの6時間目がんばろっ」
「うん、そだね」

　伽耶が自分の席に向かって歩きはじめた。

　周りの人たちとはちがう空気が、私たちを包んで、揺らしてく。

　もうすぐ、すべてをかけたソレが始まって、そしてすべてが終わるのだと頭では理解してるけど、心がついていかない。

　緊張と、動揺と、不安。

　それでもきっと、彼らも、私も、始まりの音が聞こえる1秒前まで。

　——ただただ、笑う。

その音ですべては加速する

　放課後、伽耶と別れて、茜の待ってる所まで行った私は茜と2ケツして倉庫まで行って、今日あったことをみんなに話した。
　青嵐はもう、あとがないということ。
　茜に"言われてたコト"もバッチリできたこと。
　交戦で負けたら、私は篠原柚姫をいじめたとみんなの前で宣言して、勝ったら青嵐は解散すること。
　——それと、もう交戦は目の前まで来てるということ。
　それを話し終わった時、少なからずやっぱりみんなは動揺していて。
　みんなも、こんなに交戦が近いとは、もうすぐそこまで来てるとは思ってなかったんだろう。
　——でもそれは、幹部以外の話。
　美影と、朝陽さんと、茜と、ミッキーと、タカは、誰ひとりとして、動揺の色なんか見せなかった。
　わかって、いたのか。
　それとも、みんなを不安にしないためか。
　まぁ、どっちにしても。
　動揺と不安が心の中にあった私にとって、幹部のみんなのその様子は私を『大丈夫だ』と安心させてくれるには十分だった。
　おかげで、もし今交戦になったとしても自分のやること

はっきりとわかってる。
　——みんなを守ることと、ひとりでも敵を減らすことと、真実を私の口から教えて、"アレ"を聞かせてあげること。それだけ。
　久しぶりに、静かな倉庫。
「あの、茜さん。あいつらどういう手を使って交戦へ持ってこうとしますかね……？」
　暁が、真剣な顔をして茜に問うと、茜も真剣な顔に戻る。
　……ほんとに。どうやって？
「わかんねぇな。突然乗りこんでくるかもしんねぇし、誰かさらうかもしれねぇし、ただ普通に場所と時間を指定されるだけかもしれねぇ。それか、もっと卑劣な手ェ使ってくるかもしんねぇけど」
「じゃあ、本当になんにもわかんねぇって感じっすね……」
「でも、青嵐のヤツらも傘下の族とか同盟組んでるとこか連れてくると思う。だからたぶん、広い場所に指定してくる可能性が高いんじゃねーかなって、俺らは予想してる」
　ミッキーの言葉で、私は頭にあの場所を思い浮かべて目を見開いた。
「——あっ！　せ、青嵐の倉庫！　あそこ、ありえないくらい広いし、周りにも何個か普通の大きさだけど倉庫が並んでる！」
「ひ、日向ちゃんそれ本当か!?　だとしたらそこの可能性が圧倒的に高くなるな……。念のため中の構造わかる範囲で教えてもらえるかな？」

「も、もちろんですとも！」
　こっち来て、とソファの所に手招きされて朝陽さんの横に座る。
　紙とペンを渡されてだいたいのつくりと、周りの倉庫の位置とかを描きこんだ。
「なるほどな……。じゃあ、倉庫の裏に倉庫のギャラリーへあがる階段がもうひとつあるってことか。で、幹部の部屋が２階にある、と」
「うん。でも、交戦の時は幹部の部屋は使われないと思う。今までも倉庫で戦う時は幹部のヤツらも下におりてたから。……とゆーより、姫が幹部の部屋で待ってるって感じだった」
「なるほど……じゃあ、周りの倉庫は？」
「うーん、こことここは──」
　なにげに私、役に立ててるかもしれない。
　そう思ったらだんだんうれしくなってくる。
　話し終わって、ありがとうと朝陽さんに言われてニヤニヤしてしまった。
　さっきまで不安そうな顔してたみんなも、もう決心はついたのかバカ騒ぎしてる。
　怖くないわけじゃないんだろう。
　だって、白龍より青嵐の方が人数が多い。
　なのに、それにプラスして、傘下と同盟の族が加わる。
　青嵐はケンカふっかける側だから準備がしっかりできるけど、私たちにはしっかり準備できるかもわからない。

傘下の族と、同盟の族を、その日その場所にどれくらい呼べるのかもわからない。
　でもきっと、美影を……総長を、みんな信頼してるんだろう。
　でも私だって、同じ。みんなを信頼してる。
　──うん、だから、大丈夫。
　そう、心の中でつぶやいた時、目が合ったモヤシダさんがお前もこっち来いよと手招きした。
「行く行くー！」
　それに笑顔で応えて、私もバカ騒ぎしてる中にまじっていった。

　でも、次の日。
　──もう、ソレは、来てしまった。
　いつもどおり学校に行って、伽耶としゃべって。
　放課後、今日も茜が学校にいなかったから、来てもらって２ケツして、倉庫に着いて……。
「──あれ？　おっかしいなぁ」
　カバンを探って、私は首をかしげた。
「何？　どーしたの日向？　探し物？」
　うしろから私の腰に手を回してのぞきこんでくるミッキーを振り返って見あげる。
「んー、スマホが見つからなくって……」
　おかしいな。
　放課後、茜に連絡した時ちゃんとカバンに入れたのに。

それに、スマホには茜に頼まれてた"アレ"が入ってる。
こんな時になくしたなんて、シャレになんない。
　それにスマホには、私の宝物が貼ってあるのに……。
　ミッキーが俺も探すよと言って手伝ってくれて、探しはじめてから、10分が経った。
　……なのに見つからない。
　最初は落ち着いてた私だけど、あまりにも見つからなくってだんだんと焦ってきていた。
「待って、本当ない。どうしよう……カバンに入れなかったっけ？　学校にあるのかな？」
「ひーちゃん、落としたりしてねぇ？」
「うーん、カバンに穴が開いてなければ……」
「開いて……ねぇなー」
「あの女子っぽいスマホ、俺らがまちがえてしまっちゃうわけねーし」
「なぁ日向。これ、もし、交番とかに届けられてたら……」
　横でモヤシダさんにつぶやかれて、私はサァッと青ざめた。
　もし、名前どこかにないか確認するために、スマホのカバー外されたら？　私、もう、スマホ取りにいけないじゃん!!
　それに、現白龍幹部の顔も警察の方々にダダもれてしまう。
「お前ホントにカバンに入れた？」
「史上最悪にピンチだよ、茜。……入れた、はずなんだけど、みんながそんなこというから不安になるじゃん!!」
「わ、わかったから怒んなっつーの！」

「ご、ごめん……」
　はぁ、ため息をつくと、茜がしょーがねーなという感じで口を開く。
「まだ日は沈んでねーよな？　しかたねーから暗くなる前にいちおう道も探しに行くか？」
「うん……。なんか、毎回毎回迷惑かけてゴメ──」
　──プルルルルルッ　プルルルルルッ。
　でも、私の謝ろうとした声は、誰かの着信音でかき消された。
　そうすると、近くにいた茜が「俺だ」とつぶやいてスマホを取り出す。
　だけど、茜は画面を見て不思議そうな顔をする。
「お前のスマホから、なんだけど」
　そして私に、画面を見せてきた。
　そこにははっきり、『日向』と書かれてる。
　それを見て、私はパァッと顔をほころばせた。
「私のスマホ拾ってくれた人からじゃない!?　もしかして！」
　そう言えば、茜は納得したように「あー」とつぶやく。
　よかった、誰かの手に渡ってるんなら、探す手間が省けた。
　茜は画面を触って、耳に当てた。
「あー、もしもし」
　──でも、そんな顔も、そんな空気も、全部、全部全部……一瞬で、砕けた。
　茜の顔が、突然、殺気に満ちる。
　茜の手に、スマホを握りつぶしそうなくらいの力がこ

もって。
　——何。なんで。どうして。
　ねぇ、拾ってくれた人じゃないの。
　私の頭にヤツらが浮かんで、目を見開いたのと、茜が、
「——てめぇ、青嵐のッ……！」
　そう怒鳴ったのは同時だった。
　そうか、私のスマホは、忘れてきたんでも、落としたんでも、拾われたんでもなかった。
　——"盗られた"んだ。青嵐に。
　倉庫の空気が、ガラリと変わった。
　茜が瞬時にスピーカーにして、音量をあげたおかげで、私たちにも声が聞こえる。
『ピンポーン！　正解で〜す』
　ああ、この、人をバカにしたような話し方は、声は。
「茂……っ!!」
『あれ〜？　花崎サンかな、その声は。ダメだよ〜、スマホのロックはもっとわかりにくいのにしないとさ』
「最悪だ、アンタら。私昨日触るなって言ったよね……？」
『そんなこと言われたっけ？　忘れちゃったなぁ』
　ケタケタ笑う声に、虫酸が走る。
　ムカつきすぎて、手に力がこもってカタカタ震えた。
　そんな私を落ち着かせるように、茜がまた私の頭に手を置く。
「で？　用件はなんだ？　さっさと言えよ」
『せっかちだな〜。でも用件なんてどうせ予想ついてるん

でしょ？」

　低くなった茂の声に、私たちの空気がピリッと痛いくらいに張りつめた。

　誰も何も、話さない。

　倉庫には、茜と茂の静かな、でも低く殺気だった声だけが響く。

「いいから、言えよ」

『じゃあ仕方ないから、言ってあげるね〜。今日が終わる前に、決着をつけよう。俺らは青嵐の倉庫で待ってる。今からいつでも、攻めこんできていいよ？　ただし、明日になる前に俺の所にスマホを取りにこれなかったら、俺がブッコワシテ海に放り投げてあげるからね？　あ、もちろん取りにくるのは本人じゃないと渡さないよ。それ以外はダメ。まぁ俺を倒せたら他のヤツでもいいけど。タイムリミットはあと、5時間30分。まぁ、せいぜいがんばってよ』

　茂のバカにしたような声が耳に残って、電話はプツリと切れた。

「今日って、マジかよ……」

　静かな中に、茜の声が響く。

　その声に、結構ギリギリな状況なんだと瞬時に理解した。

「今から俺と幹生で、できるだけ族は集める。いちおう、今日と昨日、傘下と同盟組んでるとこには全部声かけておいたから、セーフだったな」

「でも今日中ってのはヤバイぞ、茜。来れねーところあるかも」

「……ギリギリ、だな」
　ああ、また、私のせいだ。
　私が今日スマホを奪われなければ、もう少し余裕があったのに。
「私、スマホなんてべつにいいよ!!　べつにいいから、次仕掛けてくるの待とうよ！　じゃないと私たち、本当に――」
「大丈夫だ、負けねぇよ」
　でも、だって……ギリギリじゃん。
　どれくらいの族が集まるのかもまだ、わからない。
　人数が、青嵐より少なくてあぶない状況になるかもしれない。なら。私のスマホなんて、どうだっていいじゃんか。
　言いようのない悔しさが心をむしばむ。
「みんなが、あぶない状況になるのは、絶対、やだ……！」
　唇をギュッと噛んで、泣きそうになりながら茜を見つめれば、フッて笑われた。
「大丈夫だ、信じろよ。絶対、大丈夫だ。信じらんねーか？」
　だって、ズルイよ、そんなの。
　信じらんないなんて、言えるわけないじゃんか。
「信じ、られるよ。……られるけどっ」
「なら、"けど"はいらねぇよ。おめぇは俺らのこと信じてろ。信じて、ついてこいよ。――あぶなくなったら、守ってくれんだろ？」
　ニヤリ、笑った茜は、今日の交戦を避ける気はないらしい。
　なんだって、こんなに頑固なんだ。
　だったらもう、私はうなずくしかない。

「守るから。守ってみせるから。──約束してよ。全部終わった時、全員そろってこの場所で笑えてなかったら許さないから」
「当たり前」
　意地悪く、上等とでもいうように笑った茜を見て、あやうく泣きそうになった。
　みんなが、いろんな族に電話をかけはじめる。
　みんながせわしなく動く中、美影が声を張る。
「2時間後、倉庫出るから準備済ましとけ。全部──片づけにいくぞ」
「うっす!!」
　みんなの声が、倉庫に響き渡った。
　少し前に、引かれていた交戦スタートの引き金。
　そして今日、時間を空けてようやく、発砲されて。

　──交戦スタートの音が、すべてのことを終わりに向けて加速させる音が、鳴った。

☆ ☆
☆ ☆

6章

すべて始まって、すべて終わる。
終わりの鐘が鳴った時、
残る答えはふたつにひとつ。
真実—Truth—か。
嘘—Falsity—か。
——さぁ、すべてにカタをつけようか。

交戦

　——今日が終わるまで、あと3時間10分。

　私たちは青嵐の倉庫からほんの少し離れた場所に集まっていた。

　もちろん、傘下の族と同盟を組んでる族も。

　結局、来れないのは2チームだけに収まって、朝陽さんの読みが正しければこれで青嵐側と白龍側の人数は同じくらいらしい。……勝算は、ある。でも、気は抜けない。

　倉庫に着替え置いておいてよかった、なんて思いながら私は服を整える。

「——そうそう、だからこの3個の倉庫にあいつらは分散しているはずなんだ。だからお前らはこの倉庫で指示頼む」

　他の族の総長に説明してる幹部のみんなの声が聞こえる。

　作戦ってほどのもんじゃないけど、青嵐の倉庫で交戦することになった時に備えて、みんなで考えておいたのを少し変えたもの。

　——内容は、いたってシンプル。

　今まで私が見てきた様子から変わってなければ、青嵐の使う倉庫は3つ。

　一番大きい倉庫と、その横にある2つの倉庫。

　その3つの倉庫のどれかに青嵐の幹部がいる。

　けど、どこにいるかわからないからこっちも3グループに分かれて攻めて、青嵐の幹部が居る倉庫を見つけしだい

連絡してもらう。それで、私と白龍の幹部はその倉庫に移動する、それだけだ。
　ようやく説明が終わったみたいだった。朝陽さんが今話している赤髪の相手、たしか、TUSKの総長だったっけ。
　その人が、言葉を切ってから私に目線を滑らせてきた。
「な、なんの用ですか……？」
　ちょっと朝陽さんのうしろに隠れながらそう言う。
　身長が高いせいもあって威圧的すぎる、怖すぎる。
「そんなビビんじゃねーよ。おい朝陽、この子が言ってた子か？」
「そう、茜と一緒にお前らと同じ倉庫行くからな」
「マジで？　ケンカできんのかよ？」
「できるできる、見かけによらずね」
「ふーん？　頼りにしてるぜ」
　この人絶対信じてないななんて思いながら、「お、おうよ！」返事をした時、誰かの腕時計から９時を知らせる音が鳴って。
　まだゆるさの残ってた空気が、ガラリと変わった。
　座ってた人は立ちあがって、タバコを吸ってた人は、地面に落として足で踏みつける。
　鉄パイプを拾いあげる、カランという音が不気味に鳴った。
　そしてひと言。
「──行くぞ」
　美影のその言葉で私たちは青嵐の倉庫まで歩きはじめた。
　静かな中に、音が響く。

こするような足音。鉄パイプを引きずる音。
　痛いくらい緊迫した空気に、歩きにくさを感じるほど。
　そして私たちの視界に、並んだ倉庫と、その前で私たちを待っている人たちが目に入った。
　倉庫の外だけで、あの人数。
　中に入るのも大変だなこれは……なんて思いながらも、久しぶりに見たそこに私の中の何かが震える。
　怖い？　そうじゃない。言うなら、武者震い。
　──追いだされて、それ以来かな……ここに来たのは。
　でもやっと、やっと全部カタがつくんだ。
　今の私を、見せてあげよう。
　負けるもんか、負けたりしないよ。
　それに私は、伽耶と約束もした。
　頭の中に、さっきまーくんの携帯を借りて、伽耶と交わした会話がよみがえる。
『日向、交戦が終わったら遊ぼう。あと、今度はふたりで旅行行こう。──約束だからね？　もし破ったら、キライになるから』
　伽耶に嫌われるのは困るからなぁ。
　大丈夫、ちゃんと戻ってくるよ、みんな。
　だんだん、倉庫に近づいていく。あっちも気づいたみたいで、私たちの方を見てにらみをきかせる。
　私たちは自分の行く倉庫に向かって、3方向に分かれた。
　タカとミッキーが、左。美影と朝陽さんが、まん中。茜と私が、右。

「それじゃ、がんばれよ」
　茜のそんな言葉で、私たちは分かれた。
　茜は先頭きって歩きだす。
　そして、倉庫の前にいたヤツらと間を詰める。
　──ガシャン!!!
　ひとり、蹴りとばして、そしてそいつが倉庫にぶつかった、大きな音で。
　青嵐側のヤツらの顔はみるみる怒りに満ちる。
「うぉらぁぁあぁっっ!!!」
　──そして、全部の場所でケンカが始まった。
　知った顔も、知らない顔も、みんなみんな次々に倒していく。ふたり同時に来たから、すばやくひとり立てなくすれば、もうひとりが怖気づきながらにらんでくる。
「てめぇ、女だと思って調子乗りやがって……!!　手かげんなんかしねーぞオイ!!」
「当たり前でしょ？　なめないでよ、そんなの──いらないから」
　急所に２発入れれば、そいつはガクンと崩れる。
　かまってる暇なんかないの。
　青嵐の下っ端の奴らで、幹部と同じく真実を塗り替えようとしてるヤツらは、本気で私のところに殴りかかってくる。
　でも、そう言うヤツらより、私を申し訳なさそうに見ながら手かげんしてくるヤツの方が多くて、思ったよりはやく、私たちは倉庫の中まで攻めこむことができた。
　でも、倉庫の中には思ってたよりも多くの人がいて、人

数を減らさないと幹部がいるかいないかもわからない。
　まだ連絡は来てないのかな、なんて隙を見せない程度に茜を探したけど、見つからなかった。
　——どれくらい時間経ったかな。
　人数が減ってきた倉庫を見渡す。
　幹部がいない、ハズしだ。そんなことを思ってれば、近くに茜を見つけて茜に駆けよる。
「茜っ！　連絡は——」
　でも茜は私の方を見たあと、切羽詰まった顔をして、
「このヤロッ……！」
「づっ……！」
　私の手を引いて私の背後にいたらしいやつを蹴りとばした。
「わっ。あ、ありがとう茜」
「お前気をつけろっつの。心配すぎて、気が気じゃねえ」
　……神様仏様、誰でもいいけどごめんなさい。
　こんな時にドキドキしてる場合じゃないんだよ私‼
「あ、茜！　それで、青嵐の幹部の居る場所の連絡来た？」
　それをごまかすように、横に来たヤツを殴りながらそう聞く。
　それに茜が答えようとしたとき、タイミングよく着信音が鳴った。電話にすばやく出た茜が、スピーカーにしてくれて音が私にも聞こえるようになる。
　怒鳴り声と人と人のぶつかりあう音が聞こえてきて、それにかぶせるように、

『――茜か？　そっちはどうだ？』
　息のあがった朝陽さんの声が聞こえた。
「こっちは片づいてきてる。白龍側の戦力もあんまり減ってねえ」
『そうか、よかった。じゃあ茜、お前、日向ちゃんと真ん中の倉庫に来い。――青嵐の幹部、全員いる』
「マジかよ、それ大丈夫か」
『結構キツい、はやめに頼むな。それじゃ』
　切羽詰まった朝陽さんの声が聞こえて、プツリと切れた電話。
　茜はそれを乱暴にポケットにつっこんで、
「日向！　さっさと行くぞ！」
　私の手をつかんで走り出した。
　私も茜に引っぱられながら、走り出す。
「う、うん！　はやくスマホ返してもらわな――イテッ」
　でも、走りながら大声を出したせいで、さっき殴られて切れた口の中にズキンと痛みが走った。
　そのせいで一瞬足が止まる。
　茜がそれに気づいて足を止めた。
　ごめーんなんて笑って謝ろうとしたのに、
「なんかされたか？」
　心配したような顔で茜が振り返るからなんだか調子が狂ってしまった。
　ダメだよ、茜。余裕そうに笑っててもらわなきゃ、困るよ。
「さっき殴られて切れた所が、痛くなっただけだから平気

だよ！」
　不安になるから、笑ってよ。心配なんか、しないでよ。
　でも、そんな私の心の中も知らないで、茜はちょっと殺気だった顔になる。
「もうバカ！　平気だって！　……茜がいつもどおりじゃなきゃやだよっ」
「……わかってっけど、お前がケガしてるとすっげぇイライラすんだよ!!　わかったら気いつけろ!!」
　不覚にも、ちょっとうれしくなってしまって。
「じゃあ行くよ茜！」
　言葉に詰まっちゃったのは内緒だ。
　でも、茜の腕を引っぱって走りだそうとしてるのに茜が動いてくれない。
　ん？　と思って振り返れば、茜は私の空いた方の手のひらに、冷んやりした何かをグイッと押しつけて、握らせた。
「お前それ大事に持ってろ!!」
　そう言って、私の手を引っぱって走りはじめた。
「ちょ、いきなり走りださないでくれたまえぇぇっ!!」
「変なしゃべり方してんじゃねえ」
「うううるさい！　てか、これって……」
　茜の走るペースに慣れて、手のひらをそっと開く。
「かわ……いい」
　そこにあったものを見て、私は雰囲気にまったく合わない言葉をポツリとつぶやいた。
　でも、だって。

ゴールドのアメピンに、太陽のモチーフがついてる。
　太陽のまん中の丸には、オレンジ色のキラキラした石。
　丸の周りの三角は、アメピンと同じゴールド。
　落とさないようにまたギュッと握れば、茜が警戒するように陰に隠れて足を止めた。
「ねぇ、茜、これって——」
「いいから交戦終わるまでなくさず持ってろ！　もうすぐ朝陽たちのいる倉庫入るから、気い引きしめろよ」
　茜に聞こうと思ったけど、なんだかかわされてしまった。
　しかたなく、わたしはジャージの深いポケットにつっこんで、意識を少し離れた所にある倉庫に集中させる。
　倉庫の外に敵がいないと確認したのか、茜は陰から出て一番大きい倉庫に向けて歩きだした。
　いつも私が過ごしてた所に、まさか、乗りこむことになるとは思わなかったなぁ。
　そんなことを思っていれば、倉庫の中から聞こえる音がだんだん大きくなっていく。
　中で殴りあう人たちが見えて、私はゆるんでた気持ちをピシッと引きしめる。
「日向、お前は、スマホ持ってる夏下茂だけ探してケンカしろ。俺らのことは気にすんな。——ケガだけ、すんなよ」
「うん、わかった。——茜もね」
　そう言って笑えば、茜のいつもの笑顔が返ってきた。
　ここに、あいつらがいるんだ。
　ここで、全部、終わらせよう。

──そうして私は、何ヶ月ぶりかのその場所に足を踏みいれた。

立っているのは

　——そうしてまた、殴って蹴って。
　響き渡る不気味な音に身を沈めて、私は茂を探してひとりひとり倒していった。
　でも、やっと茂を見つけたと思った時には、立っているのはもう少ない人数だった。
　青嵐の幹部と白龍の幹部がいれば、こうなっちゃうのはしかたないか。
　きっと私も、元姫という立場じゃなかったらもう気絶しててもおかしくなかった。
　でも、よかった。ここまで立っていられて。
　白龍の幹部と、青嵐の幹部が無言で見つめあう。
　静かに、冷たく、でも、ギラギラとした目で。
　周りにいた人たちは、もう自分の役目は済んだんだと悟ったようで、壁の方に歩いていった。
　——誰も声を発しないで、どれだけ経っただろう。
　沈黙を破ったのは、茂だった。
「……11時過ぎか。まさかお前らがここまで来ちゃうとはね〜。予想外だったわ。そしたらもう俺らでぶつかって決着つけるしかないんじゃね？」
　手に持った私のスマホを、ひらひらさせながら言う。
「返してよ、私のスマホ」
　いつ落としてもおかしくない状況に、内心ハラハラして

そういえば、ケタケタと笑いながら、
「焦んなって。はい、ドーゾ」
　となにげにすんなりと返してくれた。
　差し出されたスマホをバッと奪って、胸の前でギュッと握る。
　よかっ、た。
「じゃあスマホも返したことだし、幹部同士1対1で戦おうよ。終わった時、立ってる人数が多い方が勝ち。もうこれ以外勝敗決まんないし、どう？」
　そう言いながら、みんなに目線を移す茂。
　それに青嵐のメンバーは同意する。
　でも白龍のみんなはうなずかないで、
「それよりも、もっと大事なことがあんだろーがよ」
　と低い威圧的な声でそう言った。
　キョトン、という顔をする茂は、わかってるのにわからないフリをしてる。
　とぼけないでよ、わかってるくせに。
「全部教えてあげるよ、あんたたちの姫の本性も、私と白龍の関係も。ケンカするのは――それからでもいいでしょ？」
　でも、そんな私を見て、茂は再度笑って。
「何が？　もう全部知ってるけど？　お前が柚姫ちゃんをいじめた、それだけだろ」
　そう、言ったけど、さっきほどの余裕の笑みじゃなかった。
「わかってるくせに」
　絞りだすようにつぶやけば、他の青嵐の幹部は一瞬顔を

ゆがめた。
　どことなくゆがんだ表情は、もう嘘と真実をわかっている顔で。
　なのに、中哉は無理やりヘタくそな笑みを作って私を見た。
「他に、なんかあるのかよ?」
「……あるでしょ、わかってるでしょ!?」
「ただの言い訳だろ!　全部嘘だろ!　聞く必要もねぇ!!」
　中哉は近くにあったドラム缶を蹴っとばす。
　派手な音を立てて転がったそれに、私はびくりと肩を揺らした。
「おら、さっさと交戦の勝負つけようぜ」
　でも同時に、キレたようにそう言ってまた真実から逃げた中哉に、ありえないほど怒りが湧きあがった。
　ふざけんな、叫ぼうとしたのに、それは白龍のみんなによって止められた。
「落ち着いて日向、こんなヤツらにイライラしてたらキリないよ」
　ミッキーの手が肩にのって、ハッとする。
　……そうだ、取り乱したらダメだ。
「コイツらは、そーゆー奴らだ。仕方ねぇ、先に勝負つけるしかねぇみてーだな」
「話すのは、あとでも平気か?　日向ちゃん」
　こんな状況なのに、私に優しく笑って言った朝陽さんに私も平常心を取り戻してうなずいた。
「うん、ごめん。大丈夫。みんな、無茶はしないで」

「当たり前。俺らが負けるとか、思ってんの？」
　にいっ、と口角をあげて言ったタカに、私もあきれたような笑みを向けた。
「残念ながら、ぜんぜん。まぁいざとなったら守ってあげるけど？」
「バーカ、下っ端の分際で大口叩いてんなっ」
　私の頭をぽすんと叩いて、青嵐の方に向き直ったタカ。
　けど、きっと不安だろうな。私はみんなが負けないって信じてるけど、たぶん力は互角くらい。
　どうなるかなんて、わからないから。
　青嵐と白龍の幹部が見つめあう。
　そして中哉が口を開いた。
　――けど、それをさえぎるように、
「さっきすごい音したけど……みんな平気??」
　篠原柚姫がギャラリーから顔をのぞかせた。
　大方、中哉がドラム缶を蹴っとばした時の音のことだろう。
「バカ！　ゆーちゃん、出てきちゃダメだよ!!」
　焦ったように言う歩の言葉が聞こえてないのか、篠原柚姫は下におりてきた。
「危ないから隠れてろって言ったろ？」
「で、でももう、危なくないでしょ？　それに、私だって見まもりたい」
「柚姫……。わかった、ハジ寄ってろ」
　そんな茶番を右から左へ聞き流しながら、絶対に何か思惑があるはず、と私は篠原柚姫の顔を見つめる。

けど、さすが、とでもいおうか。
　表情からは読みとれない。
　ハジに寄ってろと言われた篠原柚姫は、わざわざなのか、たまたまなのか、私の近くに立った。
　もう、おびえた演技はしなくていいのかな？　なんて思っていれば、静かな中、中哉の声が響いた。
「勝敗のつけ方は、さっき茂の言ったやつでいいな？」
「ああ。相手は」
「お前らの好きなようにどうぞ？」
　美影の問いに、余裕さを漂わせて言った中哉にひとりでカチンときながら見ていれば、ケンカする相手は決まったみたいだった。
　美影と、中哉。
　朝陽さんと、夕。
　茜と、茂。
　ミッキーと、歩。
　タカと、海くん。
　それぞれふたりが向かいあって、静かに、にらみあう。
　威圧的すぎる、しびれるような空気に、足が動かなくなった感じすらした。
　そして茜の、
「──どっからでも、来いよ」
　その言葉をスタートにするように、よけいに空気が重くなった。
　ジリ、ジリ、距離を詰めては離れる。

どっちからも手を出さない状況に、無意識に呼吸を止めてしまう。
　もはや私は、自分の横にいる篠原柚姫の存在なんか忘れていた。
　誰も手を出さないのが続いて、１分は経った頃。
「キリねぇな！」
　一番初めに、夕が手を出した。
　飛んでく速い拳。でも、朝陽さんはするりと避けて、代わりに蹴りを繰りだした。
　けどそれを間一髪という感じで夕が避けて、間合いを取る。
　速すぎるその流れに私は息をのんだ。
　そして、夕が手を出したのがキッカケか、他の所もケンカが始まっていた。
　それを見て、ひとりでドキドキしていれば、すっかり忘れていた篠原柚姫に話しかけられた。
「ねぇ」
「わっ、何？」
「――これで青嵐が負けたら、白龍、奪っちゃおっかなぁ」
　目線をみんなのケンカに向けていた私は、篠原柚姫に目線を移して。
　一気に、心が冷たく冷めるのがわかる。
「――は？」
　口から出た声も、ひどく冷たかった。
　奪うって、何？
　白龍は、物じゃない。それにもし、白龍の仲間になれる

んなら、なってみればいい。
　私と白龍を離れさせられるんなら、やってみればいい。
　そんなこと、心配してない。
　そんなことよりも……。
　スッと、冷たくなった目で篠原柚姫を見つめれば、そんな私の様子に気づいてか、篠原柚姫はビビったのを隠すように無理やり口角をあげた。
「な、何？　マジになって。あ、私にビビってるんでしょ？　奪われちゃうのが怖――」
「何言ってんの？　まだそんなこと言えるって、どんな神経してんの？　自分がしたことがどれだけの人を傷つけたかわかってないの!!?」
　私の声は、気づいたら大きくなっていて、言い終わった時、さっきまでケンカしてたはずの夕が私の肩をガッとつかんだ。
「てめぇ、柚姫に何してんだよ!!」
　なんで、こんな最低なヤツをここまで守れるの？
　わかんない。わかんないよ。
「……アンタだって」
「あぁ!?」
「アンタだって、物としてしかとらえられてないのに!!!仲間が大変な状況でこんなこというヤツなのにっ――」
「夕ぅ～っ……、怖かったぁ」
　こんな、ヤツなのに。
「大丈夫か？　ちょっと離れた所にいろよ」

夕のその声に、なんだかもう、どうでもよくなった。
　少しだけ、ほんの少しだけだけど。
　こんなヤツに利用されて、かわいそうとか思った私がバカだったのかな。
　……私の言葉を耳にも入れてくれないんだ。
　なんて、前から知ってたことか。
　ははっ、なんてかすれた笑いをこぼして、ケンカを再開した夕の背中を見つめた。
　そして、離れた距離からまた、懲りずに篠原柚姫が話しかけてくる。
　目線を合わせたら、感情的になっちゃうだろうから、私はケンカの方に目線を向けたままだけど。
「プッ、残念だったね」
「……何が？」
「言ったこと、無視されちゃってさ」
　くすくす、笑ってるこの女は本当に自分のことしか考えてない。
　私は、ポケットの中に手をつっこんで、四角いそれをポケットの中でギュッと握る。
「まぁ、べつにいいよ。——無視できなくなるようなモノ、持ってるから」
「つ、強がっちゃって。見苦しいよ？」
「……言ってれば」
　強がってるのはそっちだよ、まったく。
　そんなことを心の中でつぶやきながら、私はポケットの

中から四角いそれ——スマートフォンを取り出した。
　篠原柚姫に気づかれないように、ボイスメモのアプリを開く。
　そして、音を最大まであげて、いつでもアレを流せる準備をした。
　いつ、流そうか。いつ、すべてに気づかせてあげようか。
　本当は、私が真実を話しても信じてくれないだろうから、その時に流そうと思ってた。でも状況が変わった。
　——コレは、私の武器。
　今誰かがあぶなくなったら、守るための、最大限の武器。
　ずるい？　そんなの知らないよ。
　ずるいのはアンタたちだもん。
　アンタたちには、勝たせない。
　なかなか決着のつかないケンカに、私はスマホを握りしめる。
　殴っては、殴られて。よけては、よけられて。
　だんだん、スピードもなくなってきていた。
「てめぇ、そろそろ、くたばれよ」
「それは、こっちのセリフ」
　息のあがった茜の声を聞いて、私は、茂ってやっぱり強かったんだと再確認する。
　でも、ちょっと茜の方が押しててホッと胸をなでおろした。
　そんな時、カランと何かを拾う音がして、私はそっちに視線を向けて、目を、見開いて、とっさに、ボイスメモの一番上にある"アレ"の再生ボタンを押した。

はやく、はやく……!!　はやく流れろ……!!
　ミッキーが、みぞおちを押さえて苦しそうに息をする。
　そんなミッキーに向かって、歩が鉄パイプを振りかざす。
　殴る音と、靴のこすれる音と、荒い息遣い。
　そんな静かな空間に響き渡るようにして、それは流れた。
『ねぇ……』
　ちょっとくぐもった、低い、篠原柚姫の声。
　それに、みんなの動きが止まった。
『何』
　冷たい、私の声。
『なんであんな噂が流れてんのよ……？』
　そして、怒りのこもった、きっと彼らの知らない篠原柚姫の声が響いて。
　歩に目線を移せば目を見開いて、鉄パイプを握った手が頭上で止まっていた。
　よかった……。
　そして、あの時の、夏休み明けの篠原柚姫との会話は止まることなく再生される。
『噂？　……ああ、"元姫は本当は裏切り者じゃない"ってやつのこと？』
　性格悪そうにフッと笑った私の声が再生されて、ほんの少し顔をしかめる。
　……ちょっとやだ。
　でも、ここで止めたらダメだ。だって、次が肝心なんだから。

そして、篠原柚姫の、いつもの女の子らしい姿からは想像もできないような口調と声が流れる。
『調子のりやがって……！　なんでこの噂が……、絶対広がるはずなかった真実が、広まってんのかって聞いて——』
「——うるさい!!!　こんな、こんな作り物流して!!　ふざけないでよ!!　誰が信じると思ってんの!?　……はやく、止めてよ、はやく。止めろっつってんの!!!」
　取り乱した篠原柚姫の声が倉庫に響いて、私はしかたなくそれを止めた。
　誰も、何も言わない。
　白龍は冷たく彼らを見て、青嵐は目を見開いて、彼女を見つめた。
　そして、当の本人は自分がどんな口調でしゃべってしまったのかに気づいたらしく、ハッと息をのんで自分の口もとを押さえた。
「今、のは、ちがう。ちがくて……」
「何がちがうの？」
　私が彼女を見て、冷たくそう言えば言葉に詰まる。
　長い、長い、沈黙が流れて。ポツリ、中哉がつぶやいた。
「……俺、は。俺は……」
　でも、やっと認めるだろうと思った私が、浅はかだったんだろう。
　そんな中哉の動揺と迷いを吹っきるように、茂が、
「俺は何も、聞いてねぇ……!!」
　そう言った。

その時一瞬、本当に一瞬、あきれて絶望しそうになったけど。
「てめぇふざけんな!!!」
　茜の、怒鳴り声と殴った音が聞こえて、私はパッと我に返った。
　——そうだ、今だけ言わせておけばいいんだ。
　だって彼らが勝つことなんてありえない。
　私たちが負けるなんて、ありえないんだから。
　再開したケンカ、殴られる茂を見つめて私は心の中でつぶやいた。
　——信じたくないなら、今だけほざいてろ。
　本当は自分のことなのに、自分でケンカにまざれないのがもどかしいけど。
　……けど、白龍のみんなは私のそんな気持ちを全部わかってくれてるみたいに、怒った顔で、殺気に満ちた顔で、私の代わりに戦ってくれてて、涙があふれそうになった。
　見てるだけでわかる、青嵐と白龍じゃ、強さがちがう——。
　戦力の話じゃなくて、心の強さが。
　私たちは正しいことを貫いてる。
　ちがうと気づいてるのにそれを迷いながら貫こうとしてる彼らとは、ちがう。
「負けるわけが、ないよ」
　ポツリ、つぶやけば、いまだに迷ったような顔をしてる中哉が目に入った。
　そして、美影の攻撃をよけて間合いをとって。

ケンカの途中だっていうのに、私に目を向けた中哉は。
「俺は、全部、気づいてた。わかってたんだ、ホントは」
　そう、言った。私は目を見開く。
「中哉、お前っ……」
　青嵐の幹部が、動揺して。
　その隙に白龍のみんなが動いた。
　青嵐はよろめいて体勢を立て直すけど、きっともうすぐ終わるだろう。
　中哉は、美影の強い一撃を食らって座りこんでいた。
　形勢は確実に白龍に傾いた。
　よかった、なんて安心していたのもつかの間。
「なんでよっ……！」
　そうつぶやいた篠原柚姫が私の首を絞めてきて、壁に追いこまれた。
　突然のことに、状況がよく理解できない。
「何っ……苦し……」
　動揺しながら声を出すけど、うまく声が出なかった。
　みんなはケンカに集中してて、こっちには気づいてくれない。
　こんなところで、意識飛ばすわけにはいかないのに。
　首に当てられた手をはがそうとするけど、しびれてうまく力が入らない。
「私が手に入れたもの、奪うな……!!　いつの間にあんなの録ってたんだよお前、ふざけんな、ふざけんな、ふざけんな……!!」

「やめ、しゃべれなっ……」
「私がどれだけ苦労して手に入れたと思ってるのよ、惚れさせて、ケガまでして。全部、台ナシじゃない……」
　言いたいことは、たくさんあるのに、頬をひっぱたいてやりたいのに、力が入らない。悔しい。
「う、あっ……」
　苦しくて、自然と目から涙が出てくる。
　だんだんと意識も朦朧としてきて、聞こえてた音も聞こえなくなってきた。
　こんなところで、終わりたくない。
　ゆがむ視界、ケンカをしてる方になんとか目線をやれば、もう中哉は立てなくなっていて。
　夕と朝陽さんの所も、朝陽さんが押していた。
　茂も、ほとんどフラフラで。よかった、勝てるじゃん。
　そして、タカの所に目線を移した時、私と目の合ったタカが目を見開いた。
「バカが!!!」
　そして一発、海くんのみぞおちに蹴りを入れて。
　倒れていくところを横目に、私の所に走ってきた。
　その様子に、他の人たちも気づいたのか私の方を向く。
　タカが、篠原柚姫を突きとばして、私はコンクリートにドサッと転がった。
「おい、日向……!　聞こえるか?　平気か!?　おい!!」
　タカは心配したように私をのぞきこんで、揺するけど。
　ごめん、ダメだ。入ってきた酸素に、むせる。

うまく息が吸えなくて、意識が遠のくのを止められない。
　悔しい。また肝心な時に意識がないんだ、私は。
　そんな中、茜が茂を気絶させたのを見て、しゃべれないけど、必死の笑みをタカに向けた。
　よかった、勝ったねって意味もこめて。
　これで、青嵐は──おしまいだ。
　ほっと、安心して、青嵐のヤツらとのゴタゴタをちゃんと終わらせられなかったのは悔しいな、なんて思いながら。
　私の意識はそこで──途切れた。

みんなの不安

「ん、まぶ、し……」
　目を、薄っすらと開く。
　そして入ってきた光に、私は顔をゆがめた。
　そのまま顔の向きを変えようすれば、
「日向!?」
「えっ!?　日向ちゃん起きた!!?」
　突然、まぶしい光はさえぎられて、代わりに大きい声が耳の鼓膜を震わせた。
　目をゆっくり開く。
　寝起きの働かない脳をなんとか回転させて、
「あかね……?　あさひさん……」
　そうつぶやけば周りの景色がいつもとちがうことに気がついて、私は飛びおきた。
「あれっ!!　ここどこ!?」
「お前なに飛びおきてんだ横になってろ！」
「日向ちゃんここ病院！　静かに！」
　びょ、びょういん……?
　それよりも、起きたばっかなのにふたりに怒られた……！
　がーん、なんてつぶやいてれば病室の扉がガラガラと勢いよく開いて。
　包帯やらガーゼだらけの白龍の連中が、にぎやかに病室に転がりこんできた。

そしてそのあとに間を空けて、
「日向ぁっ……！　バカ、約束とちがう……」
　目を潤ませた伽耶が入ってきて、私に抱きついた。
「え？　え？」
　ひとりで混乱する私を置いて、みんなはよかっただのなんだの。
　……なんで私、病院にいるんだっけ。
　そんなことを思ってれば、タイミングよくミッキーが声をかけてくれた。
「大丈夫か？　覚えてる？　日向、交戦で首絞められて病院に運ばれたんだけど」
　そう教えてもらうと、曖昧だった記憶がぶわっとあふれてきて。
「そうだった……!!」
　全部思い出して私はつぶやいた。それと同時に、怖くなる。
「ど、どれくらい、私寝てた……？」
「心配すんな、１日も経ってねぇよ。今、午前10時だから……10時間くらいだな」
　その言葉に、私はほっと胸をなでおろした。
「てゆーか、みんな……。ずっと病室の外と中にいてくれたの……？」
　私が起きてすぐ入ってきたみんなのことを思い出してそう言うと、みんなは笑顔で面会できない時間以外みんないたぞ！　と答えた。
　……ほんとに、自分のケガのこともちゃんと考えなよ。

なんて思いながらも、笑顔があふれてしまった。
　交戦のことと、あのあとどうなったのか。
　聞こうと思って口を開いたら、お医者さんと看護師のお姉さんが病室に入ってきて。
「はいはい、君たちはいったん出なさい」
「それとうるさくしないの！」
　そう言ってみんなを追いだしてしまったので、聞けなかった。
　いろいろ診察をされて、何も問題はないけどあと1日は様子見だからおとなしくしてなさいと言われて、お医者さんと看護師さんが出て行くと、茜がひとり、入ってきた。
「みんなは？」
「飯買いに行ってる」
　そう言いながら歩いてきて、私のベッドのそばの丸イスに座る。
　何も話さない茜に、少し緊張しながら、私はまた口を開いた。
「交戦あのあと……どうなった？」
「お前が気絶しちまったから、あのあとはとくにあいつらと話さなかったな。あいつらはあいつらで、ぼーっと突っ立ってるし、ふたり気絶してるし。——でも、俺らが勝った。これはまちがいねぇ」
「よかった……」
　そうつぶやいてほっと息をはきだしたけど、すぐ、胸にモヤモヤが広がった。

だって、青嵐と篠原柚姫と私のことはまだ、決着がついてないから。
　けど、そんな私の心を読んだのかというタイミングで、病室の扉がガラッと開いて、コンビニの袋をぶらさげたみんなが入ってきた。
「さっき、青嵐のヤツらに会った……！　族、ちゃんと解散するって！」
「それと、ひーちゃんとちゃんと話したいって！」
「毎日午前10時から午後3時まで倉庫で待ってるから、退院したら来てほしいってよ……！」
　息を切らしながら、そう言った。
「えっ……！　青嵐が……？」
　驚いてつぶやけば、コクリとうなずかれた。
　私の話を聞く気になったってこと……？
　でも、それならちゃんと私と青嵐のことを片づけられる。
　そう思ったら私の胸の中のモヤモヤは吹きとんで、ほんの少し、自分の顔が笑顔になっているのに気がついた。
　——遅くなっちゃったけど、全部終わりにできるんだ。
「みんな、伝えてくれてありがとう」
　ニコッと笑って言えば、なぜかみんなは複雑そうな、寂しそうな笑顔を私に返して。
「ぜんぜん！　俺ら、メシ食ってくるな！」
「あとでお菓子持ってくるよ！」
「茜さんも、行こう行こう！」
　そう言って病室から出ていった。

「……なんか、変なの」
　誰もいなくなった病室でポツリとつぶやけば、やけに寂しく感じて、私は起こしていた体を寝かせた。
　だんだん、眠くなって瞬きが遅くなる。
　——そして私は、夢の中に入っていった。

白と不安　タカside

　――ガラッ
「日向どうだった？」
　病室から出てきた茜にそう問えば、「寝てる」とそっけない返事が返ってきて。そして続けて、
「それにしても……なんだお前ら」
　俺の両脇にいるヤツらを見て、あきれたように茜がつぶやいた。
　俺の座ってる病室前のソファ。
　俺の両脇には、日向と仲のいい白龍のメンツが座ってるんだけど、ありえないほど、しょんぼりとした顔をしてる。
　いかつい男どもが何やってんだって話だわ。
　まぁでも、あれが原因だろうな。
　病室の前、イスに座ってぼーっとしながら俺は少し前のことを思い出す。
　日向が医者に診察されてる間、俺たちはコンビニに行ってメシを買って、そして帰りに、青嵐に出くわした。
　交戦の時の、つい何時間か前の時の勢いは、どこに行ったんだってくらい。
　別人レベルに雰囲気がちがってた。
　もう、威厳がない。威圧感がない。
　そして、『青嵐は解散する』ポツリとつぶやいてから。
『日向ともう一度ちゃんと話したい。だから、伝えてくれ

ないか。退院したら倉庫に来いって。毎日午前10時から午後３時の間は、倉庫で待ってるから』
　間を空けてそう言って、俺たちに背を向けて歩いていった。
　……だけど。
　おかげで白龍のやつらも弱々しくなってしまった。
「日向……やっぱ青嵐のところに戻っちゃうかな」
　隣で幹生がグスッと鼻をすする。
　似合ってないから泣くなとは、さすがに言えなかった。
「で、でも、青嵐は解散するんだろ？」
　元気づけるために俺がそう言えば、みんなはよけいにズンと暗くなる。
　なんだっつーんだマジで。
「青嵐の解散取り消して、仲間に戻ったっておかしくないじゃん」
「それに日向は、もともと青嵐だったんだ。誤解が解けたら戻りたいと思うのが普通じゃねぇっすか？」
　いっつも日向とふざけてたモヤシダこと林田が、幹生に続いてそう言った。
　俺には、なんとも言えねぇな。
「あいつ、普通じゃねーからなー」
　笑いながらつぶやいた俺の声は、完全スルーされ、また重苦しいため息が聞こえた。……お前らな。
「でももし、日向が青嵐に戻りたいって言ったら。俺たちは止めないで送りだしてやるんですか？　茜さん」
「……そう、なるだろ」

「茜さんは、いいんですか？　それで」
　暁の問いに、感情のこもらない声で返事をした茜。
　なんの話だよ、とは思わなかった。
　むしろ俺だって言いたかった。
　お前はそれでいいのかよ。
　日向がもしあいつらのところに戻りたいって言ったら、はいどーぞって送りだすのかよ。
「いいんだよ、俺は。あいつには幸せになってもらうのが一番だろ」
　ったく。物わかりいいフリしてんなよ、茜。
　本当はそんなのぜって一嫌なくせに。
　言葉ではなんとでも言えるけど、実際そうなったらたぶんお前今の言葉と逆のことすんぞ。
　なんて、今そんなこと言ったら茜がキレそうだから言わねぇけど。
「ひーちゃんいなくなったら、寂しいっすね」
「……だな」
「まあ、前と同じ風に戻るだけだ。もしあいつが青嵐に戻りたいって言ったら、ちゃんと笑顔で手ェ振ってやろう」
　なんて、強気に俺は笑ってみたけど、本当は俺だって強がってる。
　ちょっと気をゆるめたら、俺だってコイツらと同じように不安そうな顔になってしまうんだろう。
　俺の言葉にコクリとうなずいた、両脇の幹生と暁の頭をポンポン叩きながら、俺は病室を見つめた。

お前の好きにしていいんだぞ。心の中でつぶやいたけど、やっぱ俺も茜のこと言えねぇな。
　俺だって、物わかりいいフリしてるだけ。
「まぁ、気にしてもしなくても、明日になれば全部解決すんだから」
　そんな俺のつぶやきは、自分に言いきかせるみたいに、静かな廊下に響いて消えた。

そしてやっと走りだす

　——私は、怒っていた。何にって、自分にだ。
　目を覚まして、ぼーっとしてたら、病室の外での会話が聞こえて、私はまた彼らを不安にしてるんだと。
　自分で自分に腹が立った。
「もう……」
　つぶやいた声は、誰の耳にも止まらず消えてく。
『日向が青嵐に戻りたいって言ったら。俺たちは止めないで送りだしてやるんですか？　茜さん』
『……そう、なるだろ』
　頭にリピートされる会話。
　なんで彼らは一歩引いた所にいるんだろうか。
　仲間なのに、私の。仲間なのに、私と。
「なんだかなぁ……」
　でもきっと、彼らを安心させてあげられる方法はひとつ。
　今どんなこと言ったってダメだ。
　明日、退院したら青嵐の倉庫に行って、さっさと全部終わらせて、——みんなのところに戻るだけ。
　うん、それだけだ。
　私はベッドから出る。
　そして、静かになった病室の外を確認してから扉をガラッと開けた。
　みんなはビクッとして私の方を見たけど。

私は、何も聞いてないフリ。笑顔を向けて、
「みんな、もう疲れてるだろうからいったん家に帰って休んでよ！」
「えっ、でもひーちゃ……」
「いいからいいから。ちゃんと寝なきゃケガだって治んないでしょ？　私もたぶんまた爆睡しちゃうから、みんなは暗くなる前に帰ってよ、ね！」
　みんなはでも、と渋る。
　けど、立ちあがった茜の「コイツがこう言ってんだから、いいんだよ。疲れてんだろおめーらも」というセリフで渋々みんなも立ちあがった。
「うん……じゃあ帰るけど……。ひーちゃん暇になったら電話しろよ！」
「そうだぞ日向！　怪談話してやるよ！」
「ひーちゃんもちゃんと寝ろよ！」
「はいはい、わかったから帰りなさい。まったくもうっ、みんなって本当に私が好きだよね」
　あしらうように言って、そのあとに付け足すようにそんなこと言ったらみんなは複雑そうな顔を向けてきた。
「……否定はできねぇけど、なんかひーちゃんに上から目線で言われると、ムカつくな」
「な」
　……そこは素直に「あたりめぇだろ」とでも言ってちょうだいよ、頼むから。
　ま、それがみんなだけどね。

「もううるさい！　バイバイ！」
　笑顔で手を振れば、みんなも笑顔で手を振り返してくれて、誰も、大ケガしなくてよかったなぁ。
　そんなことを思った。
　あとは私が、終わらせれば、全部、片づくんだ。
「――よし」
　見えなくなったみんな。
　だれもいない廊下でひとり、つぶやいて、私は病室に戻った。

　――そして、次の日。
　昨日、伽耶が持ってきてくれた服に着替えて、私はベッドから立ちあがった。
　どうしよう……。緊張する。
　さっさと青嵐とのことを終わらせて、みんなのところに戻ろう、そんなことを思っていたら早く起きてしまって。
　もう一度診察を受けて、ご飯を食べて、身支度を整えると、やっと9時になったところだった。
　10時まで、あと1時間。
　ベッドに腰掛けて深く深呼吸する。
　少し間を空けて、もう1回深呼吸しようとした時、病室の扉がガラリと開いた。
　きれいな金髪が見えて、私はつぶやく。
「茜……」
「よう」

「早いね？　みんなは？」
　扉を閉めて入ってきた茜は、イスに座った。
「もう少ししたら来る。……お前は、もう体平気か？」
　私の首を見ながら、いつもより優しい声でそう言った茜に私は一瞬言葉に詰まった。
「っ、うん、もう平気！」
「こっから青嵐の倉庫まで、歩きだよな？　何時に出んだ？」
「9時半前に出ようと思ってる」
「そっか」
　そうつぶやいた茜は、やっぱり寂しげで。
　私が青嵐の方に行っちゃうとか思ってるんだろうなぁ。
　そんなわけないのにな。
　……だって、こんなに好きなのに。
　白龍も、茜も……大好きなのに。
　心の中で、そっとそんなことをつぶやいていれば、茜が私から目をそらしながら、私の目の前に何かを握った手のひらを差し出して。
　私の開いた手の上に、コロンと置いた。
「これっ……！」
　私が、交戦の時、茜に渡されたやつ。
　キラキラの、おとなっぽい太陽のヘアピン。
「お前のジャージ洗う前に、とっといた」
　ぶっきらぼうにそんなことを言う茜は、目線を別の所にそらしていて。
「こ、これは……どうすればいいんでしょうかね……？」

ぎこちなく問いかけると、少しの間があって。
「……わかんだろ」
　横目でにらむように見られてどきりとする。
「く、くれる……ってこと？　……いやぁ、まっさかぁ〜」
　んなわけないよねー、ヘラヘラ笑っていれば、茜が何かをつぶやくけど。
「うへ？　なんて言ったの茜？」
　聞こえなくて聞き返す。
　そうすると茜はまた私から目線をそらしてつぶやいた。
「だから。……やるって、言ってんだろ」
　照れたように、ぶっきらぼうにそう言った茜に私の頬は、柄にもなく赤くなった。
「こ、こんなかわいいの、くれるの……？」
「だからそうだっつの！」
　……バカ。
　こんなのもらったら、期待するよ。
　手の中にある、かわいいピン留めを視界にとらえたら。
　きゅうって、心臓が締めつけられて痛くなった。
　それをごまかすようにベッドから立ちあがって、鏡の前に行く。
　ポンパドールの所と耳の上あたりどこにつけよう、なんて迷ったけど、見えやすい所の方がいいななんて思って、結局、耳の上あたりにつけた。
「えへ……かわいい」
　ひとりでつぶやいた時、病室をノックする音が鳴った。

「しっつれいしまーす!」
　朝っぱらなのにでかくて野太い声が聞こえて、扉がガラッと開く。
「ひーちゃんおはよー!」
「日向!　昨日ぶり!!」
「あれ、日向ちゃんかわいいのつけてるな」
「おっ、ほんとだ!」
　ほんっとに、朝っぱらから元気だな。
　みんなは私に笑顔を向けてくれた。
　ねぇ、今もほんとは不安にさせてるんだよね。
　知ってるよ、ごめんね。
　でも、すぐに片づけて、みんなのところに戻ってくるから待っててよ。
「……おい、日向。時間だぞ、行ってこいよ」
「あ、ほんとだ。──それじゃあ、行ってくるね」
　そう言ってベッドから立ちあがる。
　振り向くと、不安そうなみんなの顔があった。
　みんな、そんな不安そうな顔しないでよ。
「ひーちゃん、楽しかった」
「日向がどういう決断しても、俺らは受け入れるからな」
　ほんとに、みんなはバカ野郎だ。
　お別れじゃないんだから。
　お別れになんか、させないんだから。
　私が青嵐の方に行くわけないんだから。
　……待ってて。

——はやく戻ってきて、「まだ一緒にいさせて」そう言って安心させてあげるから、待っててよ。
　みんなの不安そうな、寂しそうな顔をあとに、私は病室を出た。
　はやる気持ちを抑えながら病院の廊下を歩いて、エレベーターに乗る。
　はやくあいつらの倉庫に行かなくちゃ。
　全部片付けて、全部全部終わらせて。
　白龍のみんなを安心させたら、全力で伝えよう。
　——『ありがとう』と『大好き』を。
　そして私はあいつらの倉庫に向かって走りだした。

Truth or Falsity

「着いた……」

　私はまた、倉庫の前に立っていた。

　そして、1歩1歩、倉庫の入り口に近づいて。

　——トン。

　足音を立てて、倉庫の中に踏みこんだ。

　中にいたのは、青嵐の幹部と……篠原柚姫。

　倉庫のまん中の所にいる彼らは、私が来たのに気づいたのかバッと顔をあげた。

　篠原柚姫はうつむいたままだけど。

　私は迷わず中まで進んで、彼らの前で足を止める。

　そして、彼らと目が合って瞬時に思った。

　——ああ、知ってる。

　もう、私の知らない彼らじゃない。

　篠原柚姫の意のままにされてる彼らじゃない。

　私と会った時と一緒の、私の知ってる彼らに戻っていた。

　でももう、優しくなんかしないし。

　きっと、できない。

　私と目の合った中哉が、切なげに瞳を揺らして口を開いて沈黙を破った。

「ひな——」

「名前で呼ばないで？　虫酸が走るから」

　でも私は、それをバッサリ冷たくあしらった。

よけい、中哉は切なげな顔をする。そんな顔したって、もう遅いんだよ、中哉。
「はな、ざき」
「……何？」
「お前のこと、信じてやれなくてすまなかった。真実に途中で気づいてたのに、まちがってることを認めなくて、悪かった……」
　——切なげな声でそう言った中哉に、"やっと" って思った。やっとここまで来れたって。
　ほんの少し、目に熱い何かがこみあげて、私は中哉から目線をそらして続けた。
「真実は、わかって言ってるの？」
　謝る中哉に問えば、
「お前が、俺らに必死に叫んでたこと。あれが全部、真実……なんだろ？」
　そう、返ってきて、また、グッと目の奥が熱くなった。
「やっと、だね」
　やっと、気づいてくれたね。本当のことに。
　こんな声、出すつもりじゃなかったのに。
　優しい声が出てしまって、彼らが泣きそうに顔をゆがめた。
「もっとはやく、気づいてほしかった。遅すぎたよ、みんなはさ」
「ごめん、なんて言ったってもう、遅えんだろ？」
　ポツリ、つぶやいた夕の声が耳に届いて、なんだか、すごく久しぶりに聞いた気がした。

おかしいな、少し前に会話したんだけどなぁ。
「もう遅いよ全部。私、いっぱい言ったのに。ちがうって。やってないって、私じゃないって。いっぱいいっぱい言ったのに。——あの時に、信じてほしかったよ」
　口からするりとあふれたその言葉に、視界の端で夕が唇をギュッと噛んだのが見えた。
「俺も、許してもらうつもりはないけど、ごめん」
　茂の震えた声。
「俺も、ごめん」
　歩の、後悔してもしきれないという声。
「便乗するみたいで悪いけど、本気で思ってるから。……ごめんな」
　海くんの、傷ついた声。
「——いいよ、謝んなくて。許す気なんて、ないから」
　冷たく言ったつもりだったのに。言うつもりだったのに。
　私の声も、震えていた。
　でも、一番責めなくちゃいけないのも、一番気づかせなくちゃいけないのも、青嵐のみんなじゃなくて、全部の原因の……。
「ねぇ、篠原柚姫——アンタのせいなんだよ、全部。わかってるでしょ……？」
　ずっと、黙ってうつむいてた、アンタなんだよ、篠原柚姫。
　でも、私の声は聞こえてるはずなのに反応してくれない。
　少しの沈黙が流れて、
「柚姫、もう、いいだろ」

中哉がそう言った。
　それでも何も言わない柚姫に、青嵐のみんなが口を開く。
「いいかげんにしろ、柚姫。もうお前の嘘に踊らされる時間は終わったんだよ」
「まず、花崎に言わなくちゃいけないことがあるよね？」
「ゆーちゃん」
「柚姫ちゃん」
　みんなの声に、我慢ならないというように篠原柚姫は肩を震わせて。
　篠原柚姫はぽつりと何かをつぶやいた。
「……でよ」
「え？」
「なんでよ……!!　私のこと1回は好きだったくせに、みんなそうやって手のひら返して!!!　何が悪いのよ!?　欲しいものを手に入れただけ、それの、何が悪いの？　せっかく、みんな私のものになったはずだっ――」
　――パンッ!!
　聞いていられなくて、私は、怒りで目を潤ませながら篠原柚姫の頬を強く叩いた。
　アンタが心に何を抱えてるとか。アンタの過去に何があったとか、そんなの知りたくもないけど。
　知る気もないけど。
　――まちがっちゃったら、"ごめんなさい"だ。
　それだけ、言えばいいんだよ。
　……一番のわからず屋は、アンタだね。

「人は物じゃない!!! 青嵐も白龍も物じゃない!!! この人たちの顔は、ブランドじゃないんだよ!!? 欲しいから、手に入れる!? ……ワガママ言うのもたいがいにしろ!! ふざけないでよ……!! わかんないの? 自分がどれだけの人を傷つけたか、まだ、わかんないの……!?」
「は、はは。何、言ってんのよ。私が傷つけたのは、アンタだけでしょ……?」

 あぁ、この子は……わかってないんだ、本当に。
「見て、わかんない? 今、青嵐のみんなが悲しそうな顔してるのは、なんで? アンタのせいでしょ……!? アンタのついた嘘は、バレなければ傷つくのは私だけだったかもしれない。でも、バレたら、アンタの嘘に踊らされてた人みんなが傷つくんだよ……?」

 篠原柚姫は、途中でハッという顔をして青嵐のみんなを見たのに、気づかないフリをした。
「……うる、さい。私のせいじゃない!!」

 ねぇ、今ならまだやり直せるでしょ。

 それで、もう同じことを繰り返すのはやめにしてよ。

 これ以上、自分をおとしめて、なんの意味があるの?
「もう、わかってるんでしょ? アンタのひとりよがりで、少なくとも青嵐のみんな、全員傷ついたんだよ。……ねぇ、アンタはどれだけの人を傷つければ気が済むの? これでも、まだ、足りないの……?」

 これからも、そうやって、繰り返すの……?
「ちがう!! ちがう、ちがう!! 私は、悪くない!! 私なん

かの嘘に乗せられた、コイツらが悪——」

　ねぇ、もう。わかってよ。認めてよ。

　子どもみたいに駄々をこねるのは、終わりにしてよ。

　私の目からは勝手に涙が出て、頬を伝って、グレーの床を黒に染めた。

「いいかげんに、してよ……！　わかってるでしょ……!?　もう、やめてよ。全部、終わりにしようよ。篠原柚姫、アンタのやったことは——"まちがい"だよ」

「私は、私、は……」

「これからも同じこと繰り返されたら、なんのために私たちが傷ついたのかわかんないじゃんか……。もう、アンタも終わりにしようよ。お子様なのは、ひとりよがりなのは、これ以上人を傷つけるのは、もう、終わりにしようよ」

「わた、し……」

　もう、終わりにしよう？

　篠原柚姫が、へたりと床に座りこむ。

　そして、片方の目からポロリと涙をこぼした。

　ねぇもう、同じことはしないでしょ？

　……しないよね。

　私は、自分の頬を伝う涙を拭った。

　座りこんで泣く篠原柚姫を許す気なんか、さらさらないけど。

　今もこれからも、大っ嫌いだけど、それでも、ほんの少し、よかったと思った。変わってくれれば、いいな。

　篠原柚姫を見つめていた私の前に、中哉が立つ。

気づいて見あげれば、中哉の横に夕、茂、海くん、歩の全員が立った。
　私に、頭をさげて、
「もう1回、俺たちと――仲間になってくれないか」
　そう言った。
　顔をあげた最低な彼らは、私を見つめる。
　返事なんか、わかりきった顔で。
　……目が合えば、彼らの意図がわかってしまって。
　だてに私、仲間やってなかったんだなぁなんて今になって自覚した。
　目の奥が熱くなって、私の目からはまた、透明な涙がこぼれる。
　止まらずに、頬を伝っては落ちていく。
　でもそんなの、気にならなかった。
　――つまり、アンタたちに、私は裏切られて捨てられたから。
　だからせめて、今度は……最後は。
　私に捨てさせてくれるってことでしょ……？
　アンタたちを。青嵐を。
　――みんながそれを望んでるなら、全部、ぶつけてやろう。
　お望みどおり、おもいっきり。
　心残りがないように。大っ嫌いなあんたたちがまた、進めるように。
　私が前に、進めるように。
　今までのこと、全部ひっくるめて。

私は腕に力を入れる。そして、ヒュッと振りあげて。
　――バチン……!!
　渾身の力をこめて、みんなの頬を叩いた。
「アンタたちと、また、やり直すわけないでしょ!!　私に、ひどいことをした人たちとまた仲間になれるほど、私は優しくない!!　アンタたちなんか、嫌いだ。世界で一番大っ嫌いだ!!!」
　涙は止まらなかったけど、私は大声でそう言った。
　目の前にいるみんなは、どこかおだやかな表情をしてるように見えて、言いたいことは、言えたけど、みんなを満足させたまま終わらせるのはやっぱりなんか気に食わなくて。
「でも……!」
　と、また口を開いた。
「憎くて憎くて、たまらないけど。でも、でもね、大好きだった。みんなのこと、大好きだったよ。一番初めに私を救ってくれたのは、誰でもない。……みんなだったから」
　ねぇ、アンタたちの望んでないことを言ってあげるよ。
　きっと私にこっぴどく捨てられたら、スッキリできたんだろうけど。
　させてあげない。私のせめてもの、嫌がらせ。
「私を、裏切ったこと。信用できなかったこと。一生悔いながら……幸せに、なってよ。それと、みんなのおかげで私白龍に会えたから、それだけは――ありがとう」
　濡れたままの頬を、上にあげる。
　笑顔を作ってそう言えば、夕が悔しそうに、でもどこか

すっきりした顔で目をうるませながら、
「イヤミなヤツだな、ホンット」
　そう、つぶやいた。
「それ、ほめ言葉でしょ?」
　笑って言えば、ため息をつかれた。
　中哉が、私の頭を指さして目を細めて笑いながら、
「お前それ、愛されてんな」
　と言った。でも、意味がわからなくて、キョトンとして尋ねる。
　茜にもらった、太陽のピンのこと?
「何が?」
「何がって、それ白龍の誰かからもらったヤツじゃねぇのか」
「そうだけど……」
「太陽にはめこまれてる宝石、シトリンだろ。そのピン、有名なブランドのやつで。シトリンの意味は――」
　中哉が、シトリンの意味を教えてくれて、私が目を見開いた時。
　どこからかたくさんのバイクの音が聞こえて、その音はだんだん、大きくなって。
　――ガシャアアン!!
　半開きだったシャッターが吹っとんだ。
「――やっぱりひーちゃんはお前らには意地でもあげねぇ!!!」
　なんてバカでかい声と同時に、その音の発生源の見慣れたヤツらが、倉庫の中にバイクで乗りこんできた。

私も、青嵐も、海くんに立たせてもらってた篠原柚姫も、唖然(あぜん)。
　そんな私たちをよそに、カッコよく登場したのはいいものの、「やめ、ちょ、俺のバイクに傷がつくだろが！」「待って転ぶ！」「はやく降りろよ！」「おまえどけ！」とゴチャゴチャやってるおバカさんたち。
　幹部のみんなは外に停めたらしく、あとからノロノロ入ってきた。
　そして、やっとこみんなバイクを降りて、私の所に来たかと思えば、幹部以外のみんなは声をそろえて。
「悪いけどお前らに、日向はやらん!!」
　──どうにも突っぱしりまくった発言をした。
　そっか、私が甘かったんだね。
　この子たちが不安になってるのは知ってたよ、うん。
　だからさっさと戻って安心させてあげようって、思ってたんだけど、それは甘かったようで……。
　どうやらこの子たちは不安になって考えて悩んだあげく、ここに来るという答えに、たどりついてしまったみいだった。
　さすがに、これは予想外。
　でも、ごめん。──口もとがゆるんじゃうのは、許してよ。
　だってだって。
　突っ走りすぎだけど。カンちがいもしすぎだけど。
　私が青嵐に戻っちゃうかもって思ってここまで来てくれたなんて、うれしくって、しょうがない。

青嵐がポカンとしている中、私はひとり、プフッと噴きだした。
「みんな、見当ちがいすぎるよ」
　ケラケラ笑ってれば、倉庫に私だけの声が響いて。
　そして間を空けてから、白龍のみんなが声をそろえて、
「えっ」
　なんて言って固まるからよけいにおかしくて笑ってしまった。
　笑いからか、さっきまで泣いてたせいか、別のことでか、わからないけど涙があふれて。
　私は指ですくいあげる。
「おい、ひな……花崎、コイツらどうした？」
「スッゲー固まってるけど」
「ああ、私が青嵐に戻ると思って来ちゃったんだって」
　早とちりもいいところだよ、なんてつぶやいてまた笑うとやっとみんなが動きはじめた。
「えっ、えええええ!?」
「ひーちゃん聞いてねぇよそんなの!!」
「えっ、日向、えっ、マジか!!?」
「だから、誰も青嵐に戻るなんて言ってないでしょーが！」
「いや、だって俺ら不安で、ひーちゃんとかもう青嵐に戻る前提だったし……な」
「……な」
「……プフッ、ほんと、バカばっか。不安になんかなんなくていいの！　私の仲間は誰!?　ほら！」

「も、もちろん白龍だコノヤロォォッ!!」
「はい！　そうでしょ!?　だから不安になんかなんないで自信持っててよねもっと！」
　もう、なんて潤んだ目で言えばみんなはいまだ動揺したような顔をして。
「えっ、じゃあホントに、ひーちゃんいなくなんねぇのか？」
「そうだってば！」
　私がはっきりとそう言えば、みんなはいっせいにいかつい顔を泣きそうにゆがめた。
「マ、マジかよっ……」
「茜さん！　よかったっすね!!」
　南が、少し離れた所に立ってる、幹部のみんなの方を向いて言った。
　そんな南の言葉に茜が耳を赤くして、
「なんで俺に言うんだよ！」
　焦ったように言ってるのを見てクスリと笑う。
　──ねぇ、茜。
　もしこのピンの意味を知ってて私にくれたなら、──思い出になんか、させないよ。
「じゃあほら、みんな帰ろう！」
「ひーちゃん話終わってたのか？」
「みんなが来るちょっと前にね」
「あーあ、心配して損したな」
「まったく、早とちりもいいとこだよね。ほら、いいからバイク乗んなさい！」

彼らの背中をバイクの方に向かってトンと押せば、みんなはぶつくさ言いながら、でも顔は笑顔でバイクにまたがる。
　幹部のみんなが、「ほらな、だから早とちりすぎだって言っただろ？」とかなんとか言えば、「えぇー!?　総長たちだって不安そうにしてたじゃないですか！」と下っ端が騒ぐ。
　それを見て、私はまたクスッと笑って青嵐を振り返った。
　彼らを見れば、ちょっと切なげに目を細めていて。
「いいヤツらだな、俺なんかよりも、ずっと」
　優しくそう言ったから。
　私は、そんな彼らにおもいっきり笑顔を向けて言ってやる。
「当たり前でしょ？　私の大好きな、自慢の仲間なの」
　そして、大嫌いな彼らに背を向けた。
　後悔してよ。私を信じられなかったこと。
　……一生、後悔しててよ。
　そして私の大好きなみんなに顔を向ければ、みんなは温かすぎる笑顔を向けてくれて。
「ほら、来いよ」
　茜が、私の定位置をポンポンと叩きながら言った。
「……うんっ」
　私は笑顔を見せてそう言って、茜のバイクに乗った。
「……うちのヤツが世話になったな」
　バイクの音だけが響く中、美影がそう言えば、中哉は首を振って、
「迷惑かけて、すまなかった」

謝った。でも、それに返事をしないで。
　美影は「行くぞ」とひと言、言ってバイクを発進させる。
　それに続いて、茜も、みんなも、大きい音を鳴らしてバイクを加速させた。
　横目に、彼らを入れて。

　——ねぇ、真実か嘘か。まちがえてもいいから。
　——まちがいを認めないなんて、これからは絶対にしないでよ。

　そんなことを、心の中でつぶやいた。

そして私たちは

　倉庫の外に出れば、いつもどおり、風が頬をかすめて、濡れたまつげが、太陽の光を反射して目の端でキラキラと光った。
　——でもいつもどおりのはずなのに、いつもより、風が気持ちよく感じて、全部、キラキラして見えるのは、きっと、気のせいじゃないんだろう。
　ねぇ、いろんなことがあった。
　みんなのおかげで私は変われたね。強くなれた。
　私は、みんなの役に立てたのかな。
「なぁ、公園！　寄ってかねぇ？」
　そんなことを思っていれば、バイクの音にも、風にも、かき消されない声でミッキーがそんなことを言った。
　そんなミッキーの提案にみんなが口々に同意する。
　公園まで、歩いていこうということになって、止められる場所を探して話しながらバイクを走らせる。
　……この空気、好きだなぁ。
　茜のうしろで、フフッて笑うと「こえーぞ、お前」と言われた。
　だって、しかたないじゃん、大好きなんだよ。
　みんなも、この空気も。
「あそこ停めよう！」
　そう言ったミッキーの声で、私たちはバイクを空き地に

停めて、公園へ向かって歩きはじめた。
「おい朝陽、俺にアイス買えよ」
「あーずるい！　朝陽さん、私もー」
「しかたねぇ、日向ちゃんには買ってやるよ」
「やったー！　朝陽さんってばやっぱり優しい」
「はぁ!?　おい朝陽ふざけんな！」
　みんなではしゃいで、笑って歩いてて、気づいたら、私と茜は騒いでるみんなの少しうしろを並んで歩いていた。
　なんにも、会話はないけど、そんな空気が心地いい。
　そんな時、中哉に言われた言葉を思い出した。
『シトリンの意味は――』
　ねぇ茜。
　茜は知ってて渡したの？
「茜の初恋って、私？」
　そんなことを考えて、気づいたら、私の口からそんな言葉がポロリとこぼれていた。
「……あ」
　茜が、目を見開く。
　私が口をパッと押さえて、ふたりで目を合わせて沈黙が続く。
　でも、茜の顔がだんだん赤くなっていって。
「おま……！　は!?　……その、ピンの意味……！」
　めずらしく焦りながらそんなことを言った。
　やっぱり、茜は、このピンの……シトリンの石の意味を知っててこのピンをくれたんだね。

——ねぇ茜。
　期待してもいい？　期待してもいいのかな。
　いつから茜を好きだったかなんて、はっきりとは言えないけどさ。
「ねぇ、茜。私、茜が。……茜が世界で一番大好きだよ？」
　シトリンの意味は"初恋、甘い思い出"だ。
　おもいっきり。今までで一番の笑顔を向けて私は茜にそう言った。
　思い出になんかさせない。
　思い出になんかしないでほしいよ。
　ねぇ、私は青嵐に戻ったりしないよ。
　最初に救ってくれたのが誰とか。関係ない。
　私がいたいと思うのは、白龍だけだ。
　だって、白龍が好きだから……それ以上に、茜が大好きだから。
「…………」
　でも茜は目を見開いたまま固まって、ピクリとも動かない。
　手を目の前で振ってみるけどぜんぜん動いてくれない。
　……もしかして、聞こえてなかったとか？
「……しかたないなぁ、もう1回言ってあげるね。好き。世界で1番茜がだいすっ——もがっ！」
「……聞こえてるっつーの、バカが……」
　私の口をグッとふさいで、息を吐きながらつぶやいた茜の顔は赤くて、ドキリとする。
　なんだぁ、聞こえてたんだ。

そ、それにしても、私の口をぎゅっと押さえる、茜の手のひら。唇に茜の手の感覚。
　こ、これじゃまるで、私が茜の手のひらに、ちゅ、ちゅーしてるみたいじゃん……!!
　そんなことを考えはじめたら止まらなくて、茜が触れてる唇と頬が、だんだん熱くなっていく。
　空気が甘くて、耐えきれなくて、ほんの少し唇を動かせば茜が気づいたように手をパッとどかした。
　茜の表情が髪の毛で隠れて見えない。
　茜が言葉を発するのを待つけど、何も言ってくれなくてだんだん不安になって。
「茜は……？」
　我慢できなくてつぶやいたら、まっ赤な茜がやっとこっちを向いた。
　じいっと目線を合わせる。
　そしたら茜は耳まで赤くして、私から1度目線をそらす。
　そしてまた、私に目線を移して、あろうことか、
「……顔がうるせぇ!!」
「ぶっ!!」
　そう言って私の顔をグイッと押した。
「んな、見てんじゃねーよ!」
「ちょっと！　超理不尽なんだけど!?　こっちはドキドキして待ってたのに!!」
「ど、ドキドキとか軽々しく言うな!!」
　ドキドキくらい軽々しく言わせてよ!!

……って、ダメダメだ。これじゃいつもの感じに戻っちゃう。
　すうっと、息を吸って深呼吸。
　今言わなかったら、今聞かなかったら、当分聞けない気がするから。
「……本当に、茜。私茜が好きなんだよ。……茜は？」
　真面目にそう言えば、茜は目をそらしてぶっきらぼうに言う。
「……言わなくても、わかんだろ」
　だから私は、茜の顔を無理やりつかんでこっちを向かせた。
「言ってくれなきゃ、わかんないよ茜」
「っ、」
　茜が言葉に詰まって。
　私の手から逃れようと顔をぐぐぐぐっと動かす。
　だけど、私も手に力を入れてぐぐぐぐっと阻止した。
　そうすれば、茜は諦めたように息を吐いて、赤い顔で、私を見た。
　そして、私に顔を寄せて、耳もとで小さく、つぶやいて、私の横を通りぬけて歩きだした。
　少し停止してからバッと振り返れば、ポケットに手をつっこんで歩く、耳の赤い茜。
　それを見て私の胸は、きゅうっと締めつけられて。
　この気持ちをどうしたらいいのかわからなくて、頰を染めて、唇をぎゅっと合わせた。
　——耳にも、頭にも。

焼きついて離れないその言葉は、私の頭の中で、何度もリピートされて、私の胸を痛いくらいに締めつける。
『――好きだ』
　ねぇ、茜、私もだよ。私も、好きだよ。
　茜が、少し離れた所を歩いていたみんなに追いつく。
　そうしたらみんなが私が止まっていることに気がついて、振り向いた。
「ひーちゃーん!!」
「はやくー!!　公園!!　もうすぐだぞー!!」
「日向!!　はやく来いよ!!」
　――ねぇ、私、幸せ者だなぁ。
「待ってー!!　今行くー!!」
　今日で何度目かわからない、目に浮かんだ涙を気づかれないようにグッと拭う。
　そして私は、彼らの元へ走りだした。
　近くまで来て、歩をゆるめればみんなは温かい笑顔で私を待っていてくれて、そんな笑顔を見たら、どうしても、無性に、伝えたくなったから。
　私はみんなの所にたどりつく少し手前で足を止めて、
「――みんな、たくさんありがとう。それとね、大好き!!」
　笑顔で、言った。
　そんな私を見て一瞬固まったみんなは、次の瞬間私を囲んで、
「俺だって大好きだひーちゃん!!」
「俺の方が大好きだ!!」

私の頭をなでまわしながら、潤んだ目で涙声になりながらそう言った。
　──ねぇ、私、みんなに会えてよかった。
　みんなに会えて、本当によかったよ。
　みんなに会うために青嵐に裏切られたんなら、そんなの安いもんじゃんって思うほど。
　辛い事もあったけど。悲しい時もあったけど。
　みんなのおかげで全部笑顔に変えられた。
　前に、進めた。
　ありがとうじゃ、伝えきれないほど。
　大好きじゃ、言いきれないほど。
　──みんなに会えたことに感謝してるんだ。
　みんなにもみくちゃにされてる私の腕を、誰かがグイッと引っぱって、引きよせた。
　背中にトンッと当たった胸板は、もう、誰のかすぐにわかる。
「──言っとくけど。……俺んだから」
　そんな嫉妬丸出しのセリフに、私の顔は最大限までゆるんだ。
　ポカーンとするみんなを置いて、茜は私の腕をつかんで歩きだす。
　そして間を空けて、うしろから。
「はぁぁーー!?」
　という声が聞こえて、茜がニヤリと笑った。
　そして、止まることのない笑顔の中。

私の手を引いて、おもいっきり走りだした。

——そしてまた、私たちは。
騙して、騙されて。
信じて、傷ついて。
愛して、愛されて。
転んで、立ちあがって。
そうやって、たくさんのことを重ねて生きていくんだろう。
きっと、泣きたい時の方が多い。
きっと、笑えない時の方が多い。
でも、私たちは前へ、傷ついても前へ。
立ち止まらずに進んでいくんだ。
立ち止まりそうになっても、座りこみたくなっても、
どれだけまちがっても、大丈夫。
だってもう、私には。
私たちには。
——笑って、手を引いて、一緒に走ってくれる人が、こんなにたくさんいるんだから。

【END】

あとがき

　数ある本の中から『真実と嘘 〜Truth or Falsity…＊〜』を手に取ってくださり本当にありがとうございます。
　作者のうい。です！

　この作品はとても思い入れの強い作品でした。
　はじめて完結させた長編小説、という事も理由のひとつですが、何よりも、はじめてたくさんの方に読んでいただけた作品でもあるからです。
　また、ハイテンションな主人公日向と白龍のメンバー、青嵐と悪役柚姫、過去に友情に恋愛に……。
　『真実と嘘 〜Truth or Falsity…＊〜』は、私の書きたいことをただひたすら詰めこんだお話、と言っても過言ではないからです。
　おかげさまで、書籍化するにあたり余計な部分を削ったりしつつもこの量で、作者が一番ビビってます（笑）。

　そして、そんな思い入れのある作品を今回この様な形で書籍化して頂けたこと本当にうれしく思っています。
　すべて、読んで応援してくださっていたみなさまのおかげです。心から感謝しています。ありがとうございました！

　そして、この小説を手にとって下さったみなさま。

訴えかけるような何かが直接書かれた作品ではありませんが、読み終わった時に少しでも心を弾ませて、楽しかったと感じてもらえる作品に出来ていたら本望です。
　また、書籍はここでおしまいですが、サイトでは番外編としてこのあとの物語がゆっくり続いていたりします。
　お暇つぶしがてらにでものぞいていただけたらうれしいです！

　最後になりましたが、最大級の愛をこめて。
　この作品を書籍化して下さった、スターツ出版様。
　マイペースで迷惑ばかりかけたかと思いますが、とても親切にしてくださった担当の飯野様。
　素敵な表紙を描いてくださったイラストレーター様。
　素敵なデザインをしてくださったデザイナー様。
　この作品を通して知り合えたみなさま。
　サイトでずっと応援してくださってたみなさま。
　そして今、この本を手にとってくださっているみなさまへ。

　本当にありがとうございました。

　この作品が、本当に本当に少しでも、皆様の生きる活力になりますように。

2016.1.25　うい。

この物語はフィクションです。
実在の人物、団体等とは一切関係がありません。
物語中に、一部、法に反する事柄の記述がありますが、
このような行為を行ってはいけません。

うい。先生への
ファンレターのあて先

〒104-0031
東京都中央区京橋1-3-1
八重洲口大栄ビル7F

スターツ出版（株）書籍編集部 気付
うい。先生